Meiner Schwiegermutter gewidmet –
und allen Schwiegermüttern

*«… und die Hausgenossen eines
Menschen werden seine Feinde sein.»*
(Matthäus 10,36)

Prolog

Es war schon weit nach Mitternacht, als die junge Frau das Haus des Ritters am Laurenzplatz verließ. Die Stadt lag in tiefer Stille, und ihre Laterne warf nur einen kleinen Lichtkreis, der jedoch sofort die Mücken anzog. Die letzten Tage waren ungewöhnlich heiß gewesen. Die Straßen und Häuser der Stadt hatten die Sonnenwärme regelrecht gespeichert, sodass auch die Nacht nicht die ersehnte Abkühlung brachte.

Ihr Weg war nicht sehr weit, aber dennoch lang genug, um ihre innere Unruhe noch weiter anwachsen zu lassen. Sie wusste, es wäre besser gewesen, die Stadt nicht mehr zu betreten, und sie würde sie auch auf dem schnellsten Wege wieder verlassen müssen – für immer.

Nur um dem Mann, den sie liebte, einen Dienst zu erweisen, hatte sie einer Aussprache innerhalb der Stadtmauern zugestimmt. Ihr Schicksal war besiegelt, aber ihn könnte sie vielleicht noch retten. Dafür würde sie jede Gefahr auf sich nehmen. Er hatte zu ihr gehalten und ihr die Ehe versprochen, trotz allem, was passiert war. Wenn es ihr nur gelänge, die Schuld auf sich zu nehmen …

An einer Häuserecke blieb sie stehen und strich sich über den leicht gewölbten Bauch. Nein, es wäre nicht recht, wenn auch er vor den Häschern fliehen musste. Er war ein angesehener Kölner Kaufmann, dessen Wein bis ins Badische hinein beliebt war. Wenn sie etwas tun konnte, um ihn von der Last des Urteils zu befreien, dann würde sie nicht zögern, es zu tun.

Mit neuem Mut schritt sie voran, und nach kurzer Zeit war sie an ihrem Ziel angekommen. Es war noch abgeschlossen. Also war er wohl noch nicht da. Sie zog den großen Schlüssel ihres Vaters aus ihrer Gürteltasche und öffnete die Tür, hängte die Laterne an einen der Wandhaken und blickte sich prüfend um.

Sie selbst hatte diesen Treffpunkt vorgeschlagen. Wenn jemand sie hier antreffen würde, könnte sie recht einfach eine Erklärung finden. Doch niemand hatte sie gesehen. Zu dieser Zeit wäre dies auch sehr unwahrscheinlich gewesen. Auf ihrem kurzen Weg war sie nicht einmal einer Stadtwache begegnet.

Er schien doch schon da zu sein. Hinter einer nur angelehnten Tür sah sie einen flackernden Lichtschimmer.

Vorsichtig nahm sie die Laterne wieder vom Haken, schlich zu der Tür und lauschte. Nichts war zu hören. Oder doch? Kam da nicht ein Geräusch aus dem Raum? Sie atmete tief durch, stieß die Tür weiter auf und blickte sich suchend um.

1

Herrin, wir sollten uns beeilen», sagte Franziska mit einem Blick zum Himmel. «Das gibt ein schweres Gewitter, wenn Ihr mich fragt.»

Von der Eifel zogen schwarzgraue Wolken heran, die Luft in den Gassen Kölns war zum Schneiden dick, die Rinnsteine stanken nach Küchenabfällen und dem Inhalt unzähliger Nachttöpfe. Schwärme dicker schwarzer Fliegen bedeckten die Abfälle wie ein schimmernder Teppich.

Adelina nickte zustimmend. «Wir sind ja gleich da. Und wenn wir Glück haben, noch vor dem Unwetter wieder zurück. Meister Vetscholder braucht nur noch einen Abdruck meines neuen Siegels für das Zunftregister und meine Unterschrift.» Sie wischte sich mit dem Ärmel ein paar Schweißtropfen von der Stirn und lockerte das Gebende ihrer Haube. «Hoffentlich bringt der Regen ein wenig Abkühlung!»

Franziska wischte sich ebenfalls den Schweiß aus dem Gesicht. Ihr Kleid wies unter den Achseln und am Rücken dunkle Flecken auf. «Wenn wir zurück sind, kann Magda Euch ein kühles Fußbad richten. Das hat Euch doch während Eurer Schwangerschaft immer so gut getan.»

«Eine gute Idee, Franziska.» Lächelnd dachte Adelina an einen Bottich mit kühlendem Wasser. Wie angenehm müsste es sein, ihrem gerade drei Monate alten Sohn die Brust zu geben, während ihre Füße im Wasser Abkühlung fänden. «Wirklich eine gute Idee! Da wären wir.» Sie pochte an die Tür des Versammlungshauses der Gaffel Himmelreich.

Ein bewaffneter Stadtsoldat öffnete ihr, begrüßte sie freundlich und ließ sie ein. Seit die neue Stadtverfassung, der Verbundbrief, in Kraft getreten und vom Erzbischof sowie von König Wenzel anerkannt worden war, hatte es in der Stadt vereinzelt Unruhen gegeben. Um sich vor Aufwieglern aus den Reihen der entmachteten Patrizier zu schützen, hatten die Zünfte, die nun in verschiedenen Gaffeln zusammengeschlossen waren, beim Stadtrat um bewaffneten Schutz ihrer Versammlungs- und Verwaltungshäuser gebeten.

Adelina wies Franziska an, beim Eingang zu warten, und ging zielstrebig auf eines der Schreibzimmer zu. Da die Tür halb geöffnet war, trat sie ohne zu klopfen ein.

«Guten Tag, Meister Leuer!», grüßte sie den betagten Mann in Kaufmannskluft, der sich am Schreibpult gerade über ein Dokument beugte. Er hob den Kopf und stand dann eilfertig auf. «Meisterin Burka, seid mir gegrüßt! Wie geht es Euch? Gut seht Ihr aus. Und was macht Euer herziger Kleiner?»

Adelina lächelte. «Colin ist wohlauf und beinahe ständig hungrig. Vermutlich hat er das von seinem Vater.»

«Ah ja, wunderbar. Das ist ein gutes Zeichen, meine Liebe.» Um die Augen des alten Zunftmeisters bildeten sich unzählige Fältchen, als er ihr zulächelte und sich wieder setzte. «Was führt Euch denn bei dieser furchtbaren Hitze hierher? Ah, vermutlich seid Ihr wegen Eures neuen Siegels gekommen, nicht wahr? Da muss ich Euch leider enttäuschen. Meister Vetscholder, der die Gaffelregister verwaltet, ist im Augenblick nicht hier.»

«Tatsächlich? Wie merkwürdig.» Überrascht verzog Adelina das Gesicht. «Wir hatten den heutigen Nachmittag zur Siegelung und Unterschrift vereinbart.»

Meister Leuer nickte. «Ich wundere mich auch, denn er war bereits gestern nicht hier, und dabei müssten eigentlich noch weitere wichtige Vorgänge abgeschlossen werden. Ich kann mir nur vorstellen, dass er wieder einmal Probleme mit einer seiner Weinladungen hat. Erst kürzlich hat er eine Lieferung durch vagabundierende Kriegsknechte verloren.»

«Das wollen wir doch nicht hoffen.» Adelina dachte mit Unbehagen an die schon seit längerem unbeschäftigten Söldnertruppen, die sich seit dem Abkommen mit dem Erzbischof in zersplitterten Grüppchen vor den Stadttoren herumtrieben. Friedenszeiten waren für diese Männer schlimmer als Krieg und Belagerung. Aus Langeweile, vor allem aber aus der Not heraus, überfielen sie Handelskarawanen oder Treidelkähne, die Wein und Lebensmittel geladen hatten.

«Nein, das wollen wir wirklich nicht hoffen. Aber was machen wir denn nun?» Ratlos griff Meister Leuer nach einem Pergament auf dem Schreibpult, legte es jedoch gleich wieder nieder. «Leider habe ich keine Befugnis, die Register durchzusehen.» Seine Miene hellte sich auf. «Aber Meister Hirzelin müsste gleich kommen. Er kann Euch den Eintrag machen. Wenn Ihr so lange warten möchtet?»

«Nun ja, wenn es nicht zu lange dauert.»

«Bestimmt nicht. Setzt Euch und trinkt etwas Ahrwein. Ein guter Tropfen, der Winzer beliefert auch meinen eigenen Haushalt.» Eifrig stellte Meister Leuer ihr einen versilberten Becher hin und griff nach dem Weinkrug.

«Oh! Na, so was, verzeiht, ich muss rasch in den Keller und den Krug auffüllen.» Leuer stand wieder auf, verzog dabei jedoch das Gesicht und rieb sich den Rücken.

«Wartet, Meister Leuer, bleibt nur hier und schont Euch. Ich werde selbst hinuntergehen», sagte Adelina sofort und nahm ihm den Krug ab.

«Würdet Ihr? Verzeiht, aber das aufziehende Gewitter macht meinen alten Knochen zu schaffen. Das ist wirklich ärgerlich.»

«Macht Euch keine Gedanken. Ich bin gleich wieder zurück.»

Adelina verließ das Zimmer, winkte Franziska, ihr zu folgen, und öffnete die Tür, hinter der sich die Kellertreppe befand. «Komm, nimm diesen Krug, wir gehen hinunter und füllen ihn mit frischem Wein. Ich nehme derweil das Licht.»

«Kann ich Euch behilflich sein?» Der Wachmann kam herbei und hielt den beiden Frauen die Tür auf.

«Danke, es geht schon», winkte Adelina lächelnd ab. «Einen Krug Wein werden wir schon allein herauftragen können.» Sie nahm das flackernde Tranlicht aus der Halterung neben der Treppe und ging voran.

«Hier unten ist es wenigstens kühl», sagte Franziska hinter ihr. «Aber es riecht ziemlich muffig.»

«Ja, die alten Gewölbe sind stellenweise feucht», antwortete Adelina. «Der Lagerraum für den Wein ist es glücklicherweise nicht.»

Sie ging zu einer schweren Eichentür, drückte sie auf und hängte das Lämpchen in eine Halterung neben dem Türstock.

«Ziemlich finster ist es hier», befand Franziska. «Man sieht ja kaum was.»

«Geh schon mal vor, hier liegen irgendwo noch weitere Lämpchen. Ich zünde eines an und komme nach.» Adelina trat an ein Bord neben der Tür, auf dem eine Holzkiste stand, und entnahm ihr ein Tranlicht.

«Iih, hier riecht es ja noch schlimmer», rief Franziska, die nur wenige Schritte in den Raum gegangen war und nun auf Adelina wartete. «Ein wenig wie beim Metzger am Schlachttag.»

«Du kommst auf Ideen», sagte Adelina schmunzelnd und entzündete das Licht. «Nun komm, Meister Leuer sagte etwas von Ahrwein, der besonders gut mundet. Eines der Fässer müsste angestochen sein.»

«Hm, nur welches?» Franziska sah sich in dem Dämmerlicht um. «Das dort hinten?» Sie ging zu einem der Fässer und wies auf den Stopfen an der Öffnung.

Adelina nickte. «Das muss es sein. Gib mir mal den Krug, dann kannst du das Fass leichter öffnen.» Sie rümpfte die Nase. «Du hast recht, hier riecht es wirklich unangenehm.» Franziska trat an das Fass heran und machte sich an dem Stopfen zu schaffen. «Ihr hattet unrecht. Es ist doch feucht hier. Ich bin gerade in eine nasse Lache getreten. Das klebt richtig!»

«O je, da wird doch nicht eines der Fässer ausgelaufen sein?» Besorgt richtete Adelina den Schein ihres Lämpchens auf den Boden und stieß im nächsten Moment einen entsetzten Laut aus.

«Was ist, Herrin? Hat das Fass ein Leck?» Franziska ließ von dem Stopfen ab und blickte ebenfalls zu Boden. «Soll ich Meister Leuer … o Grundgütiger!» Sie wurde kreidebleich und schlug die Hand vor den Mund. «Das … das ist ja … Das sieht ja aus wie Blut!» Sie würgte.

Adelina starrte auf die dunkelrote Lache am Boden, die von irgendwo hinter dem Fass zu kommen schien.

Sie schluckte mehrmals, dann ging sie langsam und vorsichtig um das Fass herum.

«Allmächtiger!» Der Anblick, der sich ihr bot, drehte ihr beinahe den Magen um. Sie versuchte, Franziska zurückzuhalten, doch diese war bereits neben ihre Herrin getreten und schrie beim Anblick der Toten schrill auf.

Sofort vernahmen sie polternde Schritte auf der Treppe. «Meisterin? Ist Euch etwas geschehen?» Der Wachmann kam herbeigeeilt. «Was ist passiert?» Er schob die beiden erstarrten Frauen beiseite, prallte dann zurück und würgte entsetzt. «Bei allen Heiligen!», stieß er hervor und mühte sich sichtlich, seinen Mageninhalt bei sich zu behalten.

In der Nische zwischen Fass und Wand lag eine junge Frau in einem hellgelben Seidenkleid, der man die Kehle durchtrennt hatte. Ihr hellblondes Haar und das Gebende der bestickten Haube waren dunkel vom Blut. Doch das meiste Blut war nicht aus dieser Wunde geflossen.

Jemand hatte der Toten den Leib aufgeschlitzt; innere Organe und Därme quollen hervor. Es sah aus, als sei die Leiche regelrecht ausgeweidet worden.

«Holt den Büttel!», sagte Adelina, die sich inzwischen etwas gefangen hatte und Franziska am Arm von dem grausigen Fund fortzog.

«Ja, na… natürlich.» Der Soldat, inzwischen schon grünlich um die Nase, stürzte aus dem Raum.

Gleichzeitig wurden wieder Schritte laut, diesmal stammten sie von Meister Leuer, der dem Wachmann verwundert hinterherrief und dann den Weinkeller betrat. «Meisterin Burka, ist etwas geschehen? Was ist denn das für eine Aufregung?»

«Bleibt stehen!» Adelina fasste den alten Mann am Arm, doch er hatte die Leiche bereits entdeckt.

«Großer Gott, Bela!» Er wurde blass und begann zu zittern. Adelina packte fester zu und stützte ihn. «Franziska, hilf mir, wir müssen ihn hinaufbringen!»

Franziska erwachte aus ihrer Benommenheit und eilte an Leuers andere Seite.

«Nein!» Der Zunftmeister wehrte sich und wandte sich zu der Toten. «Bela! Bela, was hat man dir angetan?»

«Kommt hier weg, Meister Leuer, Ihr könnt nichts mehr für sie tun.» Es kostete die beiden Frauen einige Anstrengung, den alten Mann, dem inzwischen die Tränen über die Wangen strömten, aus dem Weinkeller zu schieben.

In der Schreibstube bugsierten sie ihn auf einen Stuhl. Auch Adelina ließ sich auf einen Schemel sinken und merkte nun, wie sehr ihre Knie zitterten. Sie atmete mehrmals tief durch und versuchte vergeblich, den grauenhaften Anblick vor ihrem inneren Auge zu vertreiben.

Meister Leuer hatte die Hände vors Gesicht geschlagen und schien wie erstarrt. «Bela, arme Bela», murmelte er tonlos vor sich hin.

«Meister Leuer», sprach Adelina ihn an und bedeutete gleichzeitig Franziska, sich ebenfalls zu setzen. Die schüttelte jedoch den Kopf und trat, sehr blass im Gesicht, ans Fenster und starrte hinaus.

«Meister Leuer», wiederholte Adelina eindringlich, und endlich ließ der alte Mann die Hände sinken und sah sie mit gequältem Blick an. «Der Wachmann holt den Büttel. Kennt Ihr die Tote? Dann müsst Ihr das gleich aussagen.»

Leuer nickte schwach. «Bela … Elfge.» Er stockte. «Avarus' Verlobte.»

«Avarus Vetscholder?»

«Was hat man ihr bloß angetan? Man hat sie … hat ihr …»

«Ja, ich weiß.» Adelina nickte schaudernd. «Versucht, nicht mehr daran zu denken, bis …»

In diesem Moment wurde die Haustür aufgestoßen und mehrere Männer, darunter der Büttel, stürmten die Stufen zum Weinkeller hinunter.

«Das ging schnell», kam es von Franziska, die sich mehrfach mit beiden Händen übers Gesicht fuhr und dann auf Adelina zutrat. «In meinem ganzen Leben habe ich noch nichts so Schreckliches gesehen.»

Adelina nickte. «Wir müssen hierbleiben und unsere Aussagen machen. Sie werden den Vogt holen, der ist für so etwas zuständig.»

«So etwas?»

«Mord, Franziska.» Adelina schloss die Augen und erschauderte.

Von unten drangen Stimmen zu ihnen. Befehle wurden gerufen, dann kam einer der Männer herauf und streckte den Kopf in das Schreibzimmer.

«Ihr habt die Bescherung da unten gefunden?» Er wirkte nicht betroffen, eher aufgeregt und beinahe erfreut über diese ungewöhnliche Störung seines Alltags. «Ihr müsst hierbleiben und warten, bis der Vogt da ist. Wahrscheinlich schicken sie auch den neuen Gewaltrichter her, damit er sich die Schweinerei ansieht. Da hat einer ganz schön gewütet.»

Bevor Adelina ihn empört zurechtweisen konnte, hatte sich der Mann mit einem schiefen Grinsen zurückgezogen. Augenblicke später fiel die Tür hinter ihm ins Schloss.

Es dauerte nicht lange, bis der Vogt, Bartold Scherfgin, im Gaffelhaus eintraf: ein glattrasierter Mann mit rotblondem schütterem Haar, Schweinsäuglein und einem enormen Doppelkinn. Sein Mantel war weit, jedoch nicht weit genug, um seinen vorstehenden Wanst zu verbergen.

Er untersuchte die Leiche und befragte dann Adelina und Franziska zu den Umständen, unter denen sie sie entdeckt hatten.

«Sonst ist Euch nichts aufgefallen?», schloss er seine Befragung ab. «Die Frau kann noch nicht allzu lange tot sein, sonst wäre das Blut bereits getrocknet. Der Täter kann also noch nicht lange fort sein.»

«Wir waren allein im Keller», sagte Adelina. «Was hätte uns auffallen sollen außer dem unangenehmen Geruch?»

Scherfgin nickte grimmig und wandte sich dann an Meister Leuer. «Wir müssen den Keller noch einmal eingehend untersuchen. Wenn der Gewaltrichter eintrifft, können wir die Leiche entfernen. Solange müsst Ihr Euch noch für Fragen bereithalten.» Dann wandte er sich Adelina zu. «Ihr könnt derweil gehen. Sollte es noch Fragen geben, wird der Gewaltrichter Reese sich an Euch wenden. Sagt mir nur kurz, wo Ihr wohnt.»

Adelina hob verblüfft den Kopf. «Georg Reese ist der Gewaltrichter?»

«Seit kurzem», bestätigte Scherfgin. «Kennt Ihr ihn?»

«Sehr gut sogar, wenngleich ich ihn schon seit einigen

Wochen nicht mehr getroffen habe. Grüßt ihn bitte von Meisterin Burka, er weiß, wo er mich finden kann.» Sie stand auf, winkte Franziska, und die beiden verließen das Haus.

Auf der Straße atmete Franziska erleichtert auf. «Keinen Augenblick länger hätte ich es dort ausgehalten!» Sie schüttelte sich. «Ich muss immerzu daran denken, wie diese Frau da lag, so …»

«Mir geht es ähnlich.» Adelina ging langsam in Richtung Alter Markt. «Das werden wir so schnell nicht vergessen.»

«Wer mag das dieser Bela angetan haben?»

«Ich weiß es nicht.» Adelina beschleunigte ihre Schritte. «Aber das ist auch nicht unsere Sache.»

«Wie wird Meister Vetscholder reagieren, wenn er davon erfährt?»

Adelina schüttelte den Kopf. «Komm, beeil dich, es beginnt zu regnen.»

Tatsächlich kam ein böiger Wind auf, der Staub und Unrat durch die Gassen wehte. Erst vereinzelt, dann immer dichter fielen dicke Regentropfen aus den fast schwarzen Wolken. In der Ferne grollte der erste Donner.

Adelina raffte ihre Röcke und lief so schnell sie konnte, ohne dass es unschicklich wirkte. Franziska rannte immer einen halben Schritt hinter ihr.

Die Straßen und Plätze waren wie leergefegt. Bis auf ein paar vereinzelte Bettler hatten sich die Menschen vor dem nahenden Unwetter in Sicherheit gebracht.

Nur ein paar Bauern waren auf dem Alter Markt noch dabei, ihre Waren auf den Marktkarren zu verstauen.

Mit Erleichterung blieb Adelina vor ihrer Apotheke

stehen. Genau in dem Moment, als sie sich durch die Tür schob, brach der Platzregen los.

«Das war knapp!», rief Franziska und schloss die Tür hinter sich.

Adelina riss sich die feuchte Haube vom Kopf und schüttelte sie aus. «Geh zu Magda und sag ihr, sie soll das Abendessen vorbereiten. Ich will nachsehen, ob alle Fenster geschlossen sind. Wo sind die Mädchen?»

«Bestimmt in der Küche», vermutete Franziska und begab sich selbst dorthin. Als sie die Küchentür öffnete, stob ein staubfarbenes Fellbündel an ihr vorbei und rannte, freudig mit dem Schwanz wedelnd, auf Adelina zu.

«Moses, du frecher Hund!», wehrte sie das Tier ab, musste jedoch tatsächlich ein bisschen lachen, was nach den Schrecken der vergangenen Stunden befreiend wirkte. Der Hund umtanzte sie freudig, hüpfte bellend auf und ab und folgte ihr auf den Fersen, als sie durch das Haus ging, um die Fensterläden zu überprüfen.

Der Rundgang dauerte eine ganze Weile, denn nachdem ihr Gemahl, der städtische Medicus Neklas Burka, im vergangenen Herbst das Nachbarhaus gekauft hatte, waren mehrere Durchbrüche durch die Wände vorgenommen worden und der Wohnbereich im Obergeschoss nun doppelt so groß wie zuvor.

Im Erdgeschoss des neuen Hauses, gleich neben der Apotheke, hatte Neklas begonnen, sich Behandlungsräume einzurichten, die er sich mit einem Chirurgen zu teilen gedachte.

Adelina warf noch einen Blick in die Dachkammer ihrer Stieftochter Griet, als von unten empörtes Weinen und Schreien laut wurde.

«Herrin, seid Ihr oben?», rief Magda nach ihr.

«Ich komme schon», antwortete Adelina und eilte hinunter in die Küche.

«Er hat Hunger», meinte die ältliche Magd und reichte Adelina den frischgewickelten Säugling.

«Er hat immer Hunger», lächelte Adelina und setzte sich mit Colin auf die Ofenbank. Während sie ihm die Brust gab, sah sie sich in der aufgeräumten Küche um. «Gibt es heute kein Abendessen?»

«O doch, Herrin, aber der Herr Magister wollte heute unbedingt etwas aus der Garküche holen. Er hat Mira mitgenommen; sie müssten bald wieder zurück sein.»

«Aus der Garküche? Warum das denn? Ich hatte doch frische Grützwürste bereitgelegt?»

«Er sagt, er erwartet heute einen Gast, und da Ihr unterwegs wart, dachte er, so sei es einfacher.»

«Dachte er? Na schön.» Adelina schloss kurz die Augen. Hätte sie sich nicht gerade so ausgesprochen wohl gefühlt, wäre sie ärgerlich geworden. Sie strich Colin sanft über die Wangen, die sich vor Anstrengung wie auch Genuss leicht gerötet hatten.

Dann wandte sie sich wieder an Magda. «Und wo sind Griet und Vitus? Hast du meinem Vater den Mohntrank gegeben?»

«Griet und Vitus sind draußen bei Ludowig. Vitus hilft beim Holzhacken, und Griet wollte so gern den Hühnerstall ausmisten. Das Kind ist geradezu vernarrt in die Hühner.» Magda schüttelte nachsichtig den Kopf. «Euer Vater hat, soweit ich ihn verstehen konnte, nach Euch gefragt. Er scheint gerade ein paar lichte Momente zu haben, doch nachdem ich ihm den Mohnsaft gegeben hatte, ist er eingeschlafen. Morgen früh solltet Ihr gleich als Erstes nach ihm sehen.»

«Das werde ich.» Adelina nickte ihrer Magd noch einmal kurz zu und lehnte sich erneut mit geschlossenen Augen zurück. «Würdest du mir einen Eimer kaltes Wasser für meine Füße richten?»

«Aber natürlich, sofort, Herrin.»

Adelina lauschte, wie Magda eilfertig das Gewünschte herbeibrachte. Von draußen drang das noch immer heftige Rauschen des Regens herein, untermalt vom fernen Grummeln und Poltern eines Gewitters.

«Soll ich Euch helfen, die Schuhe auszuziehen?», fragte Magda.

Adelina nickte, doch im selben Moment pochte es heftig an der Haustür. «Sieh bitte nach, wer da ist.»

Doch Magda war kaum an der Küchentür, als diese aufsprang und Franziska hereinplatzte. «Herrin, da ist ein berittener Bote an der Tür, der einen Brief für Euch hat. Soll ich ihn hereinlassen?»

Adelina war verblüfft. «Ein Bote? Um Himmels willen, ja! Lass ihn herein bei diesem Wetter!» Da Colin mittlerweile nur noch halbherzig saugte, eher nur noch nuckelte, löste sie ihn rasch von ihrer Brust. Magda nahm ihn auf den Arm, und Adelina richtete eilig ihr Kleid.

Der Bote, der nun die Küche betrat, war noch jung und ein wenig verlegen. «Meisterin Burka?» Er sprach mit starkem Akzent, der sie an Neklas erinnerte. «Ich kann nicht lange verweilen, soll nur diesen Brief übergeben.»

«Vielen Dank.» Neugierig nahm Adelina das gesiegelte Schriftstück entgegen. «Aber wartet doch wenigstens, bis der Regen nachlässt. Auch sollt Ihr nicht ohne eine kleine Belohnung losreiten.» Sie winkte Franziska, die in der Küchentür stand. «Hol meine Geldkassette, damit ich den Mann bezahlen kann.»

«O nein, nicht nötig!», wehrte dieser jedoch ab. «Frau Benedikta hat mich bereits im Voraus sehr gut bezahlt. Aber sie erwartet mich schon übermorgen zurück, deshalb kann ich wirklich nicht länger bleiben.»

«Frau Benedikta?» Adelina hob die Brauen.

«Ja, Frau Benedikta Burka, Eure … die Mutter Eures Herrn Gemahls, Meisterin. Sie lässt Euch grüßen und sendet diesen Brief.»

Von der Haustür her wurden erneut Schritte und Stimmen laut, gleich darauf erschien Mira in der Küche. Am Arm trug sie einen großen Korb, aus dem es verführerisch nach Gebratenem duftete. «Meisterin, habt Ihr schon gehört …?», rief sie aufgeregt, verstummte dann aber, als sie den Boten sah. Hinter ihr erschien Neklas Burka, ebenfalls mit einem Korb bepackt.

«Nanu?» Erstaunt über die vielen Menschen in seiner Küche sah er sich um. «Was ist denn hier …? Donatus!» Er drückte Franziska den Korb in die Arme und war mit zwei Schritten bei dem Boten. «Was führt dich denn hierher, Mann? Bringst du Nachrichten aus Kortrijk?» Er klopfte dem Boten herzlich auf die Schulter.

Donatus lächelte Neklas erfreut an und nickte. «Eure Mutter schickt mich mit einem Brief zu Eurer Gemahlin.»

«Ach?» Neklas blickte zu Adelina. «Was schreibt sie?»

«Das weiß ich nicht», antwortete Adelina amüsiert. «Ich bin doch noch gar nicht dazu gekommen, den Brief zu lesen. Dieser junge Mann hat es übrigens abgelehnt, den Regen bei uns abzuwarten oder wenigstens eine Belohnung für seinen Botendienst anzunehmen.»

Neklas grinste. «Donatus?»

«Eure Mutter, Ihr wisst doch ...» Donatus räusperte sich. «Frau Benedikta hält sehr viel auf die Einhaltung ihrer Befehle», erklärte er Adelina.

«Ach was», rief Neklas. «Ich halte ebenso viel darauf, dass meine Anweisungen befolgt werden, und ich bestehe darauf, dass du heute Abend unser Gast bist. Für einen Esser mehr wird es allemal reichen, und Adelina hat eine sehr hübsche Kammer für Gäste eingerichtet. Bei dem Gewitter, das gerade heranzieht, kannst du sowieso nicht reiten. Oder willst du etwa vom Blitz getroffen werden?» Wieder klopfte er dem jungen Mann auf die Schulter und schob ihn dann zu der Holzbank am Esstisch. «Setz dich, ich sorge dafür, dass Ludowig dein Pferd in den Stall führt.»

Magda hatte inzwischen damit begonnen, die Speisen aus den beiden Körben auszupacken, Franziska half ihr dabei. Mira hatte sich derweil in eine Ecke zurückgezogen und beobachtete das Treiben um sie herum.

Adelina legte den Brief beiseite und stand entschlossen auf.

«Ich hole frisches Bier. Mira, steh da nicht so dumm herum, sondern hilf mir!»

Ungewöhnlich eilfertig gehorchte das Mädchen, das gerade zwölf Jahre alt und seit einem Jahr Adelinas Lehrling war. «Ja, Meisterin, ich komme schon.» Als sie die Kellerstiege hinuntergingen, leuchtete sie Adelina sorgsam. «Meisterin, habt Ihr schon gehört, im Gaffelhaus Himmelreich ist eine zerstückelte Leiche gefunden worden!»

Sofort fuhr Adelina ein kalter Schauer über den Rücken. Am Fuß der Stiege drehte sie sich um und musterte Mira streng. «Wo hast du das denn aufgeschnappt?»

«Na, in der Garküche», antwortete das Mädchen unbekümmert. «Da waren Knechte des Büttels und haben davon erzählt. Überall muss Blut gewesen sein, und die Leichenteile sollen im ganzen Keller verteilt …»

«Schweig!» Ungehalten schüttelte Adelina den Kopf. «Solche Reden will ich hier nicht hören.»

«Aber es soll wirklich ein grauenhafter Anblick gewesen sein!»

Adelina ging zu einem der Bierfässer und füllte den großen Krug, den sie mitgebracht hatte. «Es war in der Tat ein grauenhafter Anblick.»

Mira redete aufgeregt weiter: «Ich möchte mal wissen, wer die Leiche gefunden hat. Wart Ihr nicht heute auch im Gaffelhaus? Dann müsstet Ihr doch …» Sie hielt inne, als ihr bewusst wurde, was Adelina eben gesagt hatte. «Auweia.» Sie zog den Kopf ein.

Adelina fixierte sie streng. «Kein Wort mehr davon, Mira. Schon gar nicht vor Griet und Vitus, hast du verstanden! Nun wackele nicht so mit dem Licht, ich muss das Fass wieder richtig verschließen.»

2

Während des Abendessens hielt sich Mira tapfer an das Redeverbot, wenngleich Adelina ihr die Neugier an der Nasenspitze ansah. Doch auch sie schwieg beharrlich über die Ereignisse des Nachmittags, vor allem, weil neben Donatus auch noch der erwartete Gast eintraf.

Meister Josef Kornbläser aus Bonn war Chirurg, wie Neklas ihr erklärte, und sehr daran interessiert, sich mit ihm die Behandlungsräume im Nebenhaus zu teilen.

«Nennt mich Meister Jupp, liebe Frau, das tun alle», stellte sich der große, muskulöse Mann mit einem breiten Grinsen vor, das zwei Reihen blendend weißer, gesunder Zähne entblößte. Er sah sich in der Küche um, die zugleich als Stube diente und in der an dem großen Eichentisch mehr als zwölf Personen Platz finden konnten, und fuhr sich durch den saubergestutzten Vollbart. «Gemütlich ist es hier. Da sieht man wieder, was die ordnende und liebende Hand eines Weibes auszurichten vermag, nicht wahr?» Er zwinkerte Neklas zu, der jedoch nicht darauf einging. «Das Lotterleben des Junggesellen ist nicht halb so schön, stimmst du mir da nicht zu?»

Neklas bedachte ihn mit einem strafenden Blick, der Adelina nicht entging. Überrascht blickte sie zwischen den beiden Männern hin und her. «Kennt ihr euch schon länger?»

«Länger?», prustete Meister Jupp, und um seine

Augen bildeten sich unzählige winzige Lachfältchen. «Sagt bloß, er hat Euch nichts von mir erzählt? Neklas, also wirklich! Dabei sieht mir deine verehrte Gemahlin nicht so aus, als würde sie die Geschichten aus deiner Vergangenheit nicht verkraften.» Er musterte Adelina aufmerksam. «Sagt, was wisst Ihr alles über Euren Gemahl?»

Sein Grinsen war so einnehmend, dass Adelina sehr an sich halten musste, es nicht zu erwidern. Doch so leicht wollte sie es ihm nicht machen. Allerdings war sie sofort von dem bulligen Mann angetan gewesen, und da Neklas in der Wahl seiner Bekanntschaften bislang immer eine außergewöhnlich glückliche Hand bewiesen hatte, ging sie davon aus, dass Meister Jupp vollkommen vertrauenswürdig war. Und nach seiner letzten Bemerkung schloss sie außerdem, dass er sehr genau wusste, wovon er sprach.

Nach einem kurzen Blick in die Runde blickte sie dem Chirurgen fest in die Augen und meinte: «Haltet an Euch, Meister Jupp, es befinden sich Kinder und Gesinde mit am Tisch. Solltet Ihr Euch also bemüßigt fühlen, ein wenig Licht in die Vergangenheit meines Gemahls zu bringen, wartet damit, bis wir in trauterer Runde beisammensitzen.»

Er sah sie überrascht an.

Sie warf Neklas einen Seitenblick zu. Dieser reagierte nicht, sah jedoch so aus, als wisse er genau, was nun kommen würde, und gab ihr mit seinem Schweigen zu erkennen, dass er ihre Worte billigte.

Sie wandte sich wieder an Meister Jupp. «Bislang sind uns nur wenige Details bekannt, genug jedoch, um, wenn sie nicht innerhalb der Mauern dieses Hauses bleiben, meinen schönen, ruhigen Haushalt in Teufels Küche zu bringen.»

Meister Jupp stieß ein erneutes Prusten aus. Neklas blinzelte empört.

Adelina lächelte fein und senkte ein wenig die Stimme, obwohl sie wusste, dass ihr dennoch alle Anwesenden aufmerksam an den Lippen hingen. «Da Ihr aber erpicht darauf zu sein scheint, will ich Euch nicht im Ungewissen lassen. Mir ist bisher bekannt, dass ich mit einem Ketzer verheiratet bin, der, da er nicht widerrufen wollte, im Turm landete und wohl dort verrottet wäre, hätten ihm nicht einflussreiche Freunde zur Freiheit verholfen. Des Weiteren ist er ein bemerkenswerter Alchemist, wobei ich argwöhne, dass es für mein und unser aller Seelenheil besser wäre, nicht zu viele seiner Geheimnisse zu teilen. Er hat ein untrügliches Gespür für gute, loyale Freunde, weshalb ich davon ausgehe, dass Ihr ein vertrauenswürdiger Mann seid, und außerdem hat mein Gemahl die gefährliche Angewohnheit, Dinge auf seine Weise zu erledigen, was mich fürchten lässt, dass wir eines Tages von den Häschern der Inquisition heimgesucht werden. Ein Vorbote stellt uns bereits seit einem Jahr in sehr ärgerlicher Weise nach. Vielleicht ist Euch sein Name bekannt: Bruder Thomasius. Sagt bitte, habt Ihr noch etwas hinzuzufügen, Meister Jupp?»

Sekundenlang herrschte atemloses Schweigen, dann brach Meister Jupp in schallendes Gelächter aus. Er ließ den Hähnchenschenkel, an dem er gerade kaute, auf seinen Teller fallen und hielt sich den Bauch. Mit der anderen Hand schlug er auf die Tischplatte, sodass Platten und Becher klirrten. Lachtränen strömten ihm übers Gesicht, doch er wischte sie nicht ab. «Nein, wirklich, das hätte ich nicht gedacht», stieß er schließlich hervor und schnappte nach Luft. Halbherzig fuhr er sich mit dem Handrücken über die Augen und blickte Neklas kopfschüttelnd an. «Ich dachte, du habest nur an einem ruhigen, gemütlichen Heim Gefallen gefunden.» Wieder schüttelte er den Kopf und wurde einigermaßen ernst. «Du hast ihr tatsächlich alles erzählt? Und deinen Leuten …» Er sah sich an dem langen Tisch um und blickte rundum nur in wachsame, wissende Gesichter. «Das hätte ich wirklich nicht gedacht, Neklas», wiederholte er und sah Adelina mit neuerwachtem Interesse an. «Ihr scheint mir eine kluge Frau zu sein, und da Ihr zudem Meisterin seid und eine eigene Apotheke führt, müsst Ihr auch überaus geschäftstüchtig sein. Dennoch habt Ihr diesen Tunichtgut geheiratet. Das spricht für Euren Mut und lässt mich hoffen, dass sich hier zwei Herzen gefunden haben.» Er lächelte. «Ist dem so, Meisterin Burka?»

Adelina konnte nicht verhindern, dass eine feine Röte in ihre Wangen kroch. Ringsum war leises Glucksen zu hören, ansonsten hielten sich die Mägde und die Mädchen jedoch zurück, um nicht ein Wort zu verpassen.

Erfreut wanderte Meister Jupps Blick zu Neklas, der dem Ganzen schweigend zugehört hatte und auch jetzt nichts sagte. Der kurze Seitenblick, den er Adelina zuwarf, schien dem Chirurgen jedoch vollauf zu genügen. Entspannt lehnte er sich zurück und griff nach dem Hähnchenschenkel. «Damit hatte ich wirklich nicht gerechnet», wiederholte er erneut. «Aber es geschehen wohl doch noch Zeichen und Wunder. Das lässt mich umso lieber deinem Vorschlag zustimmen, mit meiner Familie nach Köln zu kommen und hier mit dir gemeinsam zu arbeiten. Ein Haus in der Nähe, das man mieten oder kaufen kann, weißt du nicht zufällig?» Er zuckte mit den Schultern. «Ach was, das lässt sich später auch noch erledigen.» Herzhaft biss er in das zarte Fleisch und kaute genussvoll. «Aber sag, ist Thomasius tatsächlich hier in Köln?»

Neklas hob die Schultern. «Er macht uns seit vergangenem Herbst das Leben schwer. Obwohl er sich schon eine Weile nicht mehr bei uns hat blicken lassen, und daran hat Adelina auch nicht unwesentlichen Anteil. Anscheinend sind ihm einige seiner Anschuldigungen und Anklagepunkte abhandengekommen.»

«Sind sie das?» Meister Jupp hob überrascht die Brauen. «Wie konnte das geschehen?»

«Das ist eine lange Geschichte», antwortete Adelina. «Sie beginnt mit einem Mord im Dirnenhaus auf dem Berlich und endet mit einigen sehr unschönen Erlebnissen, die ich euch irgendwann erzählen werde, jedoch ungern beim Essen. Bruder Thomasius müssen die Ereignisse jedoch wohl ziemlich zugesetzt haben, da er einsehen musste, dass Neklas ganz und gar nicht in das Bild passen wollte, das er überall zu verbreiten versuchte. Wie gesagt, seither hält er sich zurück. Oder aber er wetzt nur seine Zunge und plant einen vernichtenden Gegenschlag.»

«Könnte sein, sollten wir aber lieber nicht hoffen», meinte Meister Jupp und trank einen Schluck Bier. «Also wechseln wir lieber das Thema. Ich würde zu gerne deinen Sohn sehen, Neklas, doch damit werde ich mich wohl bis morgen gedulden müssen?»

«Er schläft nebenan», bestätigte Adelina. «Es ist jedoch möglich, dass er noch einmal aufwacht und Hunger hat. Ansonsten möchte ich ihn nicht stören.»

«Schläft er bei seiner Amme?», hakte der Chirurg verwundert nach. «Würde sie ihn denn, wenn er aufwacht, hereinbringen?»

Adelina schüttelte lächelnd den Kopf. «Er hat keine Amme.»

«Nicht?» Nun war der Meister Jupp tatsächlich überrascht. «Wollt Ihr sagen, Ihr nährt ihn selbst?»

«So ungewöhnlich ist das nun auch wieder nicht», meinte Neklas.

Doch Meister Jupp war anderer Ansicht. «In bürgerlichen Kreisen sogar sehr ungewöhnlich. Familien, die etwas auf sich halten ... Ich kenne jedenfalls keine ...» Er hielt inne. «Warum nährt Ihr ihn selbst, Frau Adelina?»

«Nun, das kann ich Euch sagen.» Adelina sah ihm fest in die Augen. «Allgemein behauptet man doch, dass ein Kind mit der Milch auch die Eigenschaften der Amme aufnimmt, nicht wahr? Ich habe schon viele Ammen kennengelernt, Meister Jupp. Und nicht eine war dabei, deren Eigenschaften ich gerne bei meinem Sohn wiedererkennen möchte.»

«Aha.» Die Antwort schien Meister Jupp zu gefallen, denn er nickte zustimmend. «Also hofft Ihr, Eurem Sohn vor allem Eure Eigenschaften mitzugeben.» Nun grinste er wieder. «Ich hoffe, das wird den kleinen Colin einmal zu einem vernünftigeren Mann heranwachsen lassen, als es sein Vater ist.»

Diesmal grinste Neklas zurück. «Ich will doch hoffen, dass er auch etwas von mir mitbekommen hat. Obwohl man fürchten muss, dass uns diese Mischung von Eigenschaften einen nicht ganz unproblematischen Charakter bescheren wird.»

«Vermutlich», stimmte der Chirurg lachend zu. «Aber

manches überspringt ja auch eine Generation, nicht wahr? Und nun erzähl mir noch einmal von deinen Plänen für die Behandlungsräume. Ich hätte da auch ein paar Ideen, möchte dir aber nicht vorgreifen.»

†

«Dein Freund ist ein sehr angenehmer Mensch», befand Adelina später am Abend. Sie hatte Colin mit in die Schlafkammer gebracht und in seine Wiege gebettet, ohne dass er aufgewacht war. Nun saß sie auf dem Bett und löste ihre zu festen Schnecken geflochtenen schwarzen Haare. Neklas hatte sich bereits unter der Decke ausgestreckt und die Arme hinter dem Kopf verschränkt. «Ja, er ist ein ausgesprochener Menschenfreund. Deshalb hat er sich auch nach dem Studium in Salerno entschieden, den Beruf des Chirurgen zu ergreifen. Er meinte, damit könne er den Leuten besser dienen als mit Harnschau und teuren Elixieren.»

«Damit könnte er recht haben», lächelte Adelina. «Hast du nicht aus demselben Grund begonnen, dich mit der Kräuterlehre zu beschäftigen?»

«Wir haben beide einen außergewöhnlichen Weg eingeschlagen», stimmte Neklas zu. «Allerdings blieb seine Entscheidung nicht weniger folgenreich als die meine. Er wurde enterbt, als sein Vater von seinem Ansinnen erfuhr.»

«Ach?»

«Jupp war der einzige Sohn und Erbe. Schon, dass er ohne Rücksicht auf die Wünsche der Eltern nach Salerno ging, machte seinen Vater fuchsteufelswild. Dass er dann aber nicht einmal den Arztmantel und die Gelehrtentonsur tragen wollte, sondern lieber gebrochene Knochen flickte und Gliedmaßen amputierte, brachte das Fass zum Überlaufen.»

«Also kommt er aus einer angesehenen Familie?»

«Kaufleute», nickte Neklas. «Seit vielen Generationen in Bonn ansässig. Das Geschäft hat nun Jupps Schwager übernommen.»

«Ist er verheiratet?»

«Nein.»

Adelina ließ verwundert den beinernen Kamm sinken, mit dem sie gerade ihr Haar entwirrte. «Nicht? Aber ich dachte … Er sprach doch von seiner Familie?»

«Er hat zwei kleine Töchter, Zwillinge. Sie sind seine Familie. Die Mutter …» Neklas hielt inne. «Das ist eine traurige Geschichte, Lina. Du solltest ihn nicht darauf ansprechen, wenn er nicht selbst davon anfängt.»

«Du machst mich neugierig.» Rasch zog Adelina ihr Kleid aus und schlüpfte ebenfalls unter die Decke. Neklas zog sie an sich und erzählte: «Er reiste damals, es mag vielleicht sechs oder sieben Jahre her sein, als fahrender Chirurg durch die Lande. Bei Hamburg, das ist weit im Norden, fast schon am Meer, traf er auf ein junges Mädchen, eine Jüdin, die von zu Hause ausgerissen war. Er nahm sie als Bademagd auf.»

«Eine Jüdin?»

«Sie muss ein Engel gewesen sein. Jedenfalls, wie das so geht …»

«Sie verliebten sich?»

«Sie war sogar bereit zu konvertieren; er wollte sie heiraten. Doch das geht natürlich alles nicht so einfach, vor allem nicht, wenn man ständig auf Reisen ist. So wurde sie schon vor der Hochzeit schwanger und bekam die beiden Mädchen. Jupp erkannte die Kinder als die seinen an, sie beschlossen, in Koblenz sesshaft zu werden und dann alle Formalitäten hinter sich zu bringen, damit sie endlich heiraten konnten. Aber auf der Reise dorthin erkrankte Ruth an den schwarzen Blattern und starb.»

«Oh.» Adelina biss sich betroffen auf die Lippen.

«Jupp tut alles für seine kleinen Mädchen. Ich habe sie neulich kennengelernt. Ungefähr fünf Jahre sind sie jetzt alt und sehr lieb. Hübsch werden sie wohl auch einmal, allerdings kommen sie sehr nach der Mutter. Sie haben feuerrotes Haar.»

«O je, auch das noch.»

«Eine Kinderfrau kümmert sich um die beiden, während Jupp arbeitet.»

«Das ist wirklich eine traurige Geschichte», sagte Adelina und lehnte ihr Gesicht an Neklas' Schulter. «Und er hat so von einem gemütlichen Heim geschwärmt ... Hat er vor, sich wieder zu verheiraten?»

«Um der Kinder willen, meinst du?» Neklas blickte nachdenklich zur Decke. «Ich glaube nicht. Und welche Frau will schon zwei halbjüdische Stieftöchter?»

«Sind sie denn nicht getauft?»

«Doch, das schon. Aber du weißt doch, wie die Leute sind.»

«Verbittert wirkt dein Freund jedoch nicht.»

«Nein, dazu ist er von zu fröhlicher und herzlicher Natur. Er liebt seinen Beruf, das scheint ihm zu genügen.»

Aus der Wiege klangen leise gurgelnde und brabbelnde Geräusche. Adelina erhob sich noch einmal und warf einen Blick auf ihren Sohn, der jedoch nur kurz die Augen aufschlug, zweimal blinzelte und dann, die Lippen zu einem Lächeln verzogen, wieder einschlief.

«Ihr werdet also zusammenarbeiten.»

«Doctore Bertini macht es ebenso», bestätigte Neklas. «Allerdings ist der Chirurg, mit dem er seine Räume teilt, noch recht unerfahren. Jupp hingegen hat auf seinen Reisen bereits viele Fertigkeiten und Kenntnisse gesammelt. Er versteht sich ausgezeichnet auf die Behandlung von Wundbrand und schwierigen Brüchen. Und außerdem hat er einiges Geschick im Kurieren von Zahnleiden.»

«Zahnreißer ist er also auch?» Adelina schüttelte sich. «Dir ist doch wohl bewusst, dass eure Idee nicht nur auf Gegenliebe stoßen wird? Viele Leute halten nichts von Chirurgen.»

«Fürchtest du, wir kommen in Verruf?» Neklas lächelte und drehte sich auf die Seite. «Keine Sorge, wir werden schon kein zwielichtiges Badehaus eröffnen.»

«Das meinte ich auch nicht. Nur …»

«Ich weiß. Meister Jupp ist ein guter Mann und ein hervorragender Chirurg.» Er hielt inne. «Und nun erzähle mir, was du schon den ganzen Abend verschweigst.»

Überrascht blickte sie ihn an, dann verzog sie kläglich die Mundwinkel. «Dir entgeht nichts, was? Aber ich vermute, du hast dir bereits das meiste zusammengereimt. Mira konnte den Mund ja auch nicht halten.»

«Mira? Was ist mit ihr?» Verblüfft blinzelte Neklas. «Hat sie etwas angestellt?»

«Das nicht.» Adelina setzte sich auf und lehnte sich gegen das Kopfteil des Bettes. «Sag bloß, sie hat dir nicht den ganzen Heimweg in den Ohren gelegen? Hast du denn nichts mitbekommen?»

«Was mitbekommen?»

Ungläubig schüttelte Adelina den Kopf. «Ein merkwürdiges Kind. Sie hat in der Garküche aufgeschnappt, dass im Gaffelhaus Himmelreich eine ermordete Frau gefunden worden ist.»

«Ach das!» Nun setzte sich auch Neklas auf. «Im Gaffelhaus? Das habe ich nicht mitbekommen. Da waren ein paar Knechte des Büttels, die sich darüber ausließen, aber bei dem Lärm und Gedränge in der Garküche habe ich nicht alles gehört.» Er runzelte die Stirn. «Im Gaffelhaus Himmelreich also. Das ist schlimm.» Er musterte sie prüfend. «Hat dich das so mitgenommen? Dass es im Gaffelhaus deiner Zunft geschehen ist?»

«Ich war heute dort.»

«Oh.» Er hob die Hand, um ihr über die Wange zu streicheln. «Dann hast du die Aufregung also miterlebt?»

Als sie schwieg und das Gesicht noch kläglicher verzog, ließ er die Hand wieder sinken und kniff die Augen zusammen. «Da ist doch noch etwas?»

«Ich habe die Tote gefunden. Das heißt, Franziska und ich …»

«O nein!» Schockiert fuhr sich Neklas mit den Fingern durch die schwarzen Locken, was dazu führte, dass sie nach allen Richtungen abstanden. «Nicht schon wieder!» Er verdrehte die Augen, dann fixierte er Adelina streng. «Das ist nicht unsere Sache!»

Verärgert zog sie die Brauen zusammen. «Natürlich nicht!» Sie rutschte zurück unter die Decke. «Dennoch werde ich vor dem Gewaltrichter meine Aussage machen müssen. Franziska auch, denn sie war ja ebenfalls dabei.»

«Selbstverständlich», nickte er und legte ihr eine Hand auf die Schulter. «Verzeih, aber wir scheinen dauernd in solche Geschehnisse verwickelt zu werden. Ich möchte nicht, dass du dich schon wieder in Gefahr begibst.»

«Dazu besteht ja auch kein Grund. Die Tote ist die Verlobte des Zunftmeisters Vetscholder. Er wird sich um die Aufklärung dieses entsetzlichen Mordes kümmern.» Bei der Erinnerung an den grausigen Anblick schauderte sie. «Neklas, es war furchtbar! Sie lag hinter dem Weinfass – wir wollten für Meister Leuer Wein heraufholen! –, in ihrem Blut, Neklas! Ihre Kehle war durchtrennt …»

«Du liebe Zeit!»

«… und ihr Bauch aufgeschnitten.»

«Was bitte?» Entsetzt starrte er sie an.

«Ihr Leib! Man … Der Mörder … er hat ihr den Leib aufgeschnitten und …» Sie würgte und schluckte krampfhaft. «Es sah aus, als habe er sie ausgeweidet!» Nachdem sie es endlich ausgesprochen hatte, fühlte sie sich etwas besser. Sie schloss die Augen und schüttelte leicht den Kopf. «Nie wieder will ich so etwas sehen. Die arme Frau! Wer tut so etwas?»

Neklas hob ratlos die Schultern. «Ich will hoffen, niemand, den wir kennen.» Auf ihren verärgerten Blick wehrte er mit beiden Händen ab. «Nein, du weißt, wie ich das meine. Das muss jemand gewesen sein, der im Zorn durchgedreht ist. Meister Vetscholders Verlobte war es, sagst du? Das ist sehr traurig für ihn. Wie hat er es aufgenommen?»

«Er war heute nicht da. Vermutlich weiß er noch nichts davon.»

«Er wird es noch früh genug erfahren. Und wann wirst du deine Aussage machen?»

«Sobald Reese hier auftaucht. Morgen, vermute ich.»

«Dann solltest du jetzt versuchen, ein bisschen zu schlafen, damit du morgen ausgeruht bist.»

«Wenn ich überhaupt schlafen kann.»

Neklas löschte das Licht neben dem Bett, rutschte zu ihr hinüber und nahm sie in den Arm. «Das wirst du schon. Denk einfach an etwas Schönes.»

«Hm.» Adelina schloss die Augen wieder und konzentrierte sich auf Neklas' ruhigen Atem und die leisen Schnaufer, die Colin im Schlaf ausstieß. Dann hörte sie das Tapsen von Pfoten auf dem Boden. Moses kam von seinem nächtlichen Rundgang durchs Haus und ließ sich mit einem zufriedenen Prusten neben dem Bett nieder.

Als sie aufwachte, war der Morgen bereits angebrochen, und die ersten scheuen Sonnenstrahlen stahlen sich durch die Ritzen des Fensterladens. Neklas schlief noch fest, doch aus Colins Wiege kamen glucksende Geräusche.

Rasch stand Adelina auf, zog sich an und nahm ihren Sohn auf den Arm. Er hatte sie in der Nacht nur einmal geweckt, weshalb sie sich recht ausgeruht fühlte.

Leise verließ sie die Schlafkammer und traf auf Moses, der am Treppenabsatz gelegen hatte und nun gähnend zu ihr aufblickte. Er folgte ihr nach unten in die Küche, wo sie ihm einen Rest Knochen vom vergangenen Abend in seine Schüssel legte. Dann ließ sie Fine, Vitus' schwarzweiße Katze, herein, die bereits vor dem verschlossenen Küchenfensterladen wartete. Auch sie bekam etwas zu fressen, danach setzte sich Adelina mit Colin auf die Ofenbank und gab ihm die Brust. Dabei ging sie in Gedanken die Aufgaben des heutigen Tages durch und lauschte dem Zwitschern der Vögel, die vor dem Fenster ihr Morgenkonzert abhielten. Im Haus erklangen Geräusche und leise Stimmen, dann erkannte sie an den unregelmäßigen Schritten auf der Treppe, dass Ludowig, der hünenhafte Knecht, an seine Arbeit ging. Er hinkte ein wenig, weil sein rechtes Bein etwas kürzer war als das linke, doch das behinderte ihn so gut wie nicht.

Adelina hörte die Hintertür gehen, wenig später das Poltern von Holz und das Gackern der Hühner, die Ludowig aus ihrem Stall gelassen hatte.

Das alles waren Arbeiten, die sie noch vor nicht allzu langer Zeit selbst erledigt hatte. Um alles hatte sie sich allein gekümmert, es auch nicht anders gewollt.

Doch sie fühlte sich inzwischen in ihrem neuen großen Haushalt viel zu wohl, als dass sie diese Zeiten zurückgewünscht hätte.

«Bist du nun endlich satt?» Sie lächelte Colin liebevoll an. «Es wird Zeit, das Frühstück für die anderen zu bereiten, und dann muss ich die Bestände der Zutaten für Malerfarben durchsehen. Außerdem kommen heute die Sammelfrauen mit neuen Kräutern und …»

In diesem Moment erschien Magda gutgelaunt in der Tür. «Guten Morgen, Herrin. Seid Ihr schon so früh in ein Gespräch mit Eurem Sohn vertieft?»

«Guten Morgen, Magda. Mir fiel gerade ein, dass Griet neue Schuhe braucht. Du solltest mit ihr zum Schuhmacher gehen, wenn sie von ihrem Unterricht zurück ist.»

«Ich kann sie auch gleich von den Beginen abholen, dann ist es ein Weg», schlug Magda vor.

Adelina nickte zustimmend. «Gut. Ich möchte heute nicht fortgehen, falls Herr Reese kommt.»

Magdas Miene verzog sich mitfühlend. «Ich hab's schon von Franziska gehört. Schrecklich ist das! Und dass Ihr sie finden musstet …»

«Psst.» Adelina wies mit dem Kinn auf die Tür, und Magda verstummte.

Griet trat ein, beide Hände am Kopf, und bemühte sich, ihre ungebärdigen schwarzen Löckchen mit einem Haarband zu bändigen.

«Komm her, ich helfe dir», lächelte Adelina und gab Colin an Magda weiter, die ihn in das Bettchen legte, das extra für ihn bereitstand.

Mit geübten Händen flocht Adelina aus dem Lockengewirr eine hübsche Frisur. Dann musterte sie das neunjährige Mädchen eingehend. «Dein Kleid wird schon wieder zu kurz», stellte sie fest. «Noch einmal kann ich den Saum nicht auslassen.»

«Das ist aber mein Lieblingskleid», sagte Griet mit ihrem leichten flämischen Akzent, der dem ihres Vaters glich, und blickte an sich hinab. «Ich möchte es nicht weggeben.»

«Es ist aber nur noch gut genug für den Schellenknecht», meinte Adelina. Als sie den enttäuschten Blick ihrer Stieftochter sah, betrachtete sie den Saum noch einmal. «Vielleicht lässt sich ja ein Stück Stoff ansetzen», schlug sie vor.

Die Miene des Mädchens hellte sich sogleich wieder auf. «Könnt Ihr mir zeigen, wie das geht, Frau Adelina?»

«Natürlich. Aber ich dachte, die Beginen bringen euch auch das Nähen bei?»

«Schon.» Griet zog die Nase kraus. «Aber das geht so langsam, weil die anderen nicht so schöne, gerade Stiche hinkriegen. Ich will lieber etwas Schöneres nähen als langweilige Betttücher.»

«Nun gut, mal sehen, wann ich dazu Zeit habe. Nun hilf mir, den Haferbrei zuzubereiten.»

Während die Frauen einträchtig in der Küche arbeiteten, tauchte auch Mira auf und deckte den Tisch. Franziska brachte wenig später Vitus in die Küche, dem sie beim Ankleiden geholfen hatte.

Und gerade, als das Frühstück fertig war, schob sich auch Neklas durch die Tür. «Haben wir eine Wegzehrung für Donatus? Er lässt sich nicht überreden, noch länger zu bleiben. Ludowig hat sein Pferd bereits gesattelt.»

«Natürlich. Magda, pack ein Stück Brot, Äpfel und den Rest Braten von gestern in einen Korb», wies Adelina an, während sie selbst den Haferbrei auf die Schüsseln verteilte. «Richte ihm Grüße an deine Familie aus und wünsch ihm von mir eine gute Heimreise!», wandte sie sich an Neklas, der mit dem Korb schon fast wieder zur Tür hinaus war. Dabei fiel ihr ein, dass sie noch immer nicht den Brief ihrer Schwiegermutter gelesen hatte. Er lag auf dem Regal neben dem Ofen, wo sie ihn am Vorabend abgelegt hatte. Sie nahm sich vor, ihn gleich nach dem Frühstück zu öffnen.

3

Sie hatten gerade mit der Mahlzeit begonnen, als heftig an die Apothekentür geklopft wurde. Adelina wies Ludowig an, die Tür zu öffnen, und er kam mit einem Schreiber des Vogts zurück, der sich sogleich an Neklas wandte: «Magister Burka, verzeiht die frühe Störung, aber mein Herr, der Vogt Bartold Scherfgin, wünscht, dass Ihr ihn umgehend aufsucht.» Der schmale Mann rümpfte seine spitze Nase und blickte sich in der Küche um. Anscheinend missfiel ihm der Geruch des frischgekochten Haferbreis. «Ihr sollt Euch die Leiche einer jungen Frau ansehen, die gestern gefunden wurde.»

«Die vom Gaffelhaus?», platzte Mira heraus und fing sich dafür einen strafenden Blick von Adelina ein. Das Mädchen schlug die Hand vor den Mund, blickte jedoch weiterhin neugierig zwischen Neklas und dem Besucher hin und her.

Der Schreiber sah das Mädchen überrascht an, äußerte sich jedoch nicht auf ihre Frage.

«Ich komme sofort», sagte Neklas und stand auf.

«Wer ist denn im Gaffelhaus gestorben?», fragte Griet, nachdem die Männer die Küche verlassen hatten.

«Na, eine Frau», verkündete Mira. «Die ist da im Keller geschlachtet worden!»

Griet bekam kugelrunde Augen. «Wirklich?»

«Mira!» Adelina schlug mit der flachen Hand auf den

Tisch. «Hör sofort mit diesem Unsinn auf und halt den Mund!»

«Menschen werden doch gar nicht geschlachtet, nur Schweine und Kühe und so», sagte Vitus und schob seine leere Schüssel von sich.

«Recht hast du», sagte Franziska gutmütig. «Komm, wir gehen in den Garten und schauen, ob der Kohl schon gewachsen ist.» Sie zog den Jungen, der sie inzwischen um einiges überragte, mit sich hinaus. Auch Ludowig stand auf. «Werde mich mal um die Pferde kümmern und das Rad am Wagen reparieren», brummte er.

«Griet, es wird Zeit», sagte Adelina. «Die Beginen warten nicht mit dem Unterricht.»

«Ich bringe sie schon.» Magda winkte Griet zu sich, und die beiden machten sich auf den Weg.

Adelina atmete auf, als sich die Küche langsam leerte. Dann fixierte sie ihr Lehrmädchen streng. «Du hast ein vorlautes Mundwerk, Mira. Hatte ich dir nicht ausdrücklich gesagt, du sollst über diese Sache schweigen?»

«Das war aber doch gestern Abend», meinte Mira mit unschuldigem Augenaufschlag.

«Das gilt auch heute noch», sagte Adelina verärgert. «Verschwinde jetzt in die Apotheke und fege den Boden, aber ordentlich! Auch die Ecken.»

Mira zog einen Flunsch. «Aber Meisterin, ich dachte, Ihr zeigt mir heute, wie die Destille funktioniert.»

«Erst, wenn du gelernt hast, dich an meine Anweisungen zu halten.» Damit wandte Adelina sich um und sah nach Colin, der dem Geruch nach eine frische Windel benötigte.

Mira ging mit hängenden Schultern an ihre Arbeit.

Nachdem Adelina ihren Sohn frisch gewickelt und zurück in sein Bettchen gelegt hatte, fiel ihr ein, dass sie heute noch nicht nach ihrem Vater gesehen hatte. Doch als sie einen Blick in dessen Kammer warf, stellte sie fest, dass er noch schlief. Der Schlafmohn wirkte immer sehr lange.

Albert Merten, der noch bis vor knapp zwei Jahren die Apotheke geführt hatte, war mit der Zeit immer vergesslicher und verwirrter geworden, sodass Adelina das Geschäft nach und nach übernommen hatte. Vor einem knappen Jahr dann hatte ihren Vater ganz plötzlich der Schlag getroffen, und seither war es noch schlimmer mit ihm geworden. Er hatte nur noch selten lichte Momente, erkannte Adelina oder die anderen kaum noch und konnte auch nicht mehr richtig sprechen. Manchmal ermunterten sie ihn zum Aufstehen und Herumgehen, doch musste er sich dabei schwer auf seinen Gehstock stützen und war schon mehrmals vor Schwäche gestürzt.

Adelina war fest davon überzeugt, dass der körperliche und geistige Verfall ihres Vaters auf die giftigen Dämpfe zurückzuführen war, die er Jahr für Jahr in seinem Laboratorium eingeatmet hatte, während er auf der Suche nach dem Stein der Transmutation gewesen war, mit dessen Hilfe man angeblich niedere Metalle zu Gold machen konnte.

Adelina hielt davon nichts, umso ärgerlicher fand sie es, dass auch Neklas oft im Laboratorium mit alchemistischen Versuchen experimentierte. Er versicherte ihr zwar immer wieder, diese seien völlig ungefährlich, doch sie argwöhnte, dass, wenn es auch keine giftigen Dämpfe gab, seine Versuche durchaus nicht ungefährlich sein konnten. Warum sonst hatte er, als Bruder Thomasius, der fanatische Dominikaner, in Köln aufgetaucht war, seine Sammlung alchemistischer Bücher bei Nacht und Nebel aus dem Haus geschafft?

Seufzend schloss Adelina die Tür zur Schlafkammer ihres Vaters wieder und begab sich zurück in die Küche. Nun wollte sie endlich den Brief von Neklas' Mutter lesen, doch kaum hatte sie ihn in der Hand, als es erneut an der Tür klopfte. Sie hörte die Schelle, die sich an der Tür befand, und kurz darauf streckte Mira die Nase in die Küche. «Meisterin, der Herr Reese ist da und will Euch sprechen.»

«Sag ihm, ich komme sofort.» Rasch legte Adelina den Brief wieder ins Regal, ordnete ihr Kleid, zog die Küchenschürze aus und eilte dann in die Apotheke.

«Guten Morgen, Herr Reese!», begrüßte sie den hageren Ratsherrn, dessen düstere Miene sich bei ihrem Anblick ein wenig aufhellte.

«Frau Adelina, wie schön, Euch wohlauf zu sehen. Ihr könnt Euch gar nicht vorstellen, wie erschrocken ich war, als ich hörte, ausgerechnet Ihr hättet diesen schrecklichen Fund gemacht! Wo Ihr doch gerade erst ein Kind bekommen habt und …»

«Nun.» Adelina lächelte. «Das ist ja schon drei Monate her, und auch kein Grund, dass es mir schlecht gehen müsste.»

«In der Tat seht Ihr noch blühender aus als sonst», bestätigte Reese. Er nestelte an seinem Ratsherrenmantel. «Verzeiht, aber ich muss dieses Kleidungsstück ablegen. Es ist unerträglich warm und drückend, das gestrige Gewitter hat ja leider keine Abkühlung gebracht.»

«Aber natürlich, hängt Euren Mantel hier neben die Tür.»

«Leider habe ich auch nicht sehr viel Zeit, deshalb

wäre es ratsam, Euch und Eurer Magd meine Fragen gleich und ohne Umschweife zu stellen.»

Adelina nickte und wandte sich an ihr Lehrmädchen, das, auf den Besenstiel gestützt, wieder einmal gaffte und lauschte. «Mira, hol Franziska herein. Danach setzt du dich in das Hinterzimmer und bereitest die Bindfäden zum Aufhängen der Kräuter vor, die heute gebracht werden sollen.»

Enttäuscht stellte Mira den Besen in eine Ecke und ging zur Hintertür. «Ich bin aber noch nicht mit Kehren fertig.»

«Das kannst du später nachholen. Nun geh. Und Mira!»

Das Mädchen blieb stehen. «Wenn ich dich beim Lauschen erwische, setzt es was!»

«Ein schwieriges Kind?» Reese blickte Mira aufmerksam nach.

«Zuweilen.» Adelina hob die Schultern. «Seit wann seid Ihr Gewaltrichter?»

«Ich wurde vor sechs Wochen in dieses Amt gewählt.» Reese lächelte schief. «Offenbar befand man mich als passend, da ich in der Vergangenheit – mit Eurer Hilfe wohlgemerkt – zweimal bei der Aufklärung von Morden erfolgreich war.»

«Ihr klingt nicht sehr begeistert.»

«Nun ja, das Amt des Gewaltrichters ist eines der undankbarsten und vor allem das am wenigsten angesehene. Das war schon unter dem alten Stadtrat so. Man befasst sich ständig mit Mord, Verrat und Betrug und wird dabei noch nicht einmal bezahlt. Und wenn der Wollhandel nicht so gut liefe und meine Gehilfen mir nicht die meiste Arbeit abnehmen würden, könnte ich mir das Amt gar nicht leisten. Es hält mich an mindestens vier Tagen in der Woche von meinen Geschäften ab; Ihr könnt Euch sicher vorstellen, was das bedeutet. Und alles für die Ehre, die Schöffen ein wenig zu entlasten und dem Vogt ins Handwerk zu pfuschen.»

«Das ist tatsächlich eine undankbare Aufgabe», bestätigte Adelina.

Da in diesem Moment Franziska die Apotheke betrat, begann Reese sogleich mit seiner Befragung.

Sie berichteten abwechselnd über den vergangenen Nachmittag und die Umstände, die sie in den Keller des Gaffelhauses geführt hatten.

«Und Euch ist ganz bestimmt nichts Ungewöhnliches aufgefallen?», hakte Reese ein letztes Mal nach.

«Nichts.» Adelina schüttelte den Kopf. «Es war niemand außer uns im Keller, falls Ihr das meint.» Sie nickte Franziska zu. «Du kannst wieder an deine Arbeit gehen.»

Reese wartete, bis die junge Magd den Raum verlassen hatte, dann begann er erneut zu sprechen: «Soweit wir vermuten, muss der Mord in den frühen Morgenstunden geschehen sein, noch bevor die ersten Zunftmitglieder ins Gaffelhaus kamen.»

«Aber wer sollte sich Zugang zu dem Keller verschafft haben?», wunderte sich Adelina. «Das würde ja bedeuten, dass Ihr eines der Zunftmitglieder verdächtigt.»

«Der Verdacht liegt in der Tat nahe», meinte Reese. «Nur wenige Meister haben einen Schlüssel für das Haus, diesen hätte man aber möglicherweise auch nachmachen lassen können. Außerdem wäre noch zu klären, wie Bela Elfge dorthin kam.»

«Sie ist die Verlobte eines unserer Zunftmeister, wie ich hörte», warf Adelina ein.

Reese nickte. «Avarus Vetscholder. Ich habe einen meiner Gehilfen zu ihm geschickt, um ihn ins Rathaus zu holen. Er war wohl gestern geschäftlich unterwegs und hat wahrscheinlich gerade erst von dem Unglück erfahren.»

«Scheußlich.» Adelina schauderte. «Könnte er seine Verlobte zu so früher Stunde ins Gaffelhaus geschickt haben?»

«Möglich. Aber Belas Vater, Wolfram Elfge, ist ebenfalls Mitglied der Gaffel Himmelreich. Kennt Ihr ihn nicht?»

Adelina hob die Schultern. «Seit die Zünfte sich zu Gaffeln zusammengeschlossen haben, ist es nicht mehr ganz einfach, alle Zunftmeister zu kennen. Es sind zu viele.»

«Wolfram Elfge ist einer der neuen Schöffen, die der Rat zusammen mit dem Erzbischof berufen hat, nachdem so viele der ehemaligen Patrizierschöffen aus der Stadt verbannt oder eingekerkert worden sind. Ihr wisst, Euer Nachbar Keppeler, Gott hab ihn selig, gehörte auch dazu. Die meisten der neuen Schöffen stammen aus Handwerker- und Kaufmannskreisen. Elfge betreibt einen Wein- und Spezereienhandel, den er, soweit ich hörte, mit dem der Familie Vetscholder zu verbinden wünschte.»

«Dann hätte also auch er seine Tochter ins Gaffelhaus schicken können.»

«Hätte er, tat er aber nicht. Ich habe bereits mit ihm gesprochen. Er war dermaßen schockiert, als er vom Tode seiner Tochter hörte, dass ihn beinahe der Schlag getroffen hat. Er ging davon aus, dass Bela sich außerhalb der Stadt bei Verwandten aufhalte. Belas Mutter ist bei der Nachricht zusammengebrochen. Es war entsetzlich.»

«Das kann ich mir vorstellen. Gibt es noch etwas, womit ich Euch weiterhelfen kann?»

Reese schüttelte den Kopf und lächelte. «Nein, meine Liebe. Ich denke, das war alles. Verzeiht, dass ich Euch so lange von Eurer Arbeit abgehalten habe. Alles Weitere werden Bartold Scherfgin und ich zu klären haben.»

«Ich wünsche Euch viel Glück dabei.»

«Danke, Frau Adelina, das können wir vermutlich brauchen.» Reese griff nach seinem Mantel, hängte ihn sich jedoch nur über den Arm. «Diese Sache wird mir noch manch schlaflose Nacht bereiten. Und dabei bin ich eigentlich mit einer ganz anderen Angelegenheit beschäftigt, die für die Stadt Köln von ungeheurer Wichtigkeit ist.»

«Ach?» Adelina hob die Brauen.

«Sicher wisst Ihr, dass die Patrizier mit der neuen Stadtverfassung nicht einverstanden sind.»

Adelina verzog spöttisch die Mundwinkel. «Wie auch? Sie wurden ja schließlich gewaltsam ihrer althergebrachten Rechte enthoben und aus der Stadt verbannt.»

«Heißt Ihr dieses Vorgehen nicht gut?»

«Ich finde, die Zünfte haben ein Recht auf Selbstbestimmung und Gewicht im Rat, mir gefällt nur diese ewige Gewalt nicht.»

«Sicher, ganz unblutig ist der Verbundbrief nicht eingeführt worden», stimmte Reese zu. «Doch im Grunde können wir von Glück sagen, dass es nicht noch schlimmer kam. Der Erzbischof hat den Rat bestätigt, König Wenzel ebenfalls. Nun geht es darum, den Frieden wiederherzustellen und zu wahren.»

«Was die Patrizier aber nicht wollen.»

«Nein, offensichtlich nicht.» Reese, der bereits an der

Tür gestanden hatte, kam noch einmal an den Verkaufstresen zurück. «Wir haben Grund zu der Annahme, dass sich eine ganze Reihe der alten Geschlechter rund um Bonn und Siegburg zusammengetan haben und einen Schlag gegen die Stadt planen.»

«Sie wollen angreifen?» Adelina riss entsetzt die Augen auf.

Reese nickte. «Es geht das Gerücht um, Hermann von Goch sammle Geld und habe sich mit Hilger Quattermart verbündet.»

«Von Goch? Ist das nicht dieser Bankier?» Adelina runzelte die Stirn.

«In der Tat, das ist er. Sein Geld steckt einfach überall, auch beim Erzbischof, dessen Berater er lange Zeit war.»

«Goch war Berater des Erzbischofs?»

«Er war bis vor zwanzig Jahren Kanoniker im Stift zu Kaiserswerth, wusstet Ihr das nicht? Als er das Stift verließ, trat er in den Dienst des Herzogs von Geldern, mit dem er noch immer befreundet ist. Wir fürchten, er nutzt seine alten Verbindungen, um den Angriff auf die Stadt zu planen.»

«Und Ihr wollt dies verhindern? Wie soll das gehen?»

Reese hob die Schultern. «Wir haben Kunde erhalten, dass Goch und seine Helfer versuchen, die Gaffelregierung zu untergraben, indem sie Bestechungsgelder an Zunftmeister zahlen, die ihnen im Falle eines erneuten Umsturzes geneigt sein könnten. Ich muss nun herausfinden, an wen diese Gelder gehen, um die Verräter dingfest zu machen.»

«Wie wollt Ihr herausfinden, wer diese Bestechungsgelder erhalten hat? Das wird doch sicherlich alles im Geheimen ablaufen?»

«Das schon.» Reese trat wieder zur Tür. «Aber wir suchen nach ganz bestimmten Münzen – beispielsweise besitzen der Herzog von Geldern sowie einige andere der Stadt verwiesene hohe Herren das Münzrecht und prägen ihre eigenen Gold- und Silberstücke. Der Rat hat dieses Recht aufgehoben und sämtlichen Geldverkehr der verbannten Patrizier mit der Stadt untersagt. Doch genau jene Münzen tauchen im Moment nicht nur vereinzelt, sondern in großen Mengen auf.»

Adelina runzelte die Stirn. «Wie aber wollt Ihr wissen, ob nicht einige dieser Münzen noch aus Zeiten stammen, in denen das Münzrecht der betreffenden Patrizier noch galt?»

«Ein guter Einwand.» Reese öffnete die Tür. «Diese Frage lässt sich nur durch intensive Befragung derjenigen klären, die im Besitz dieser Münzen sind.»

«Befragung.» Adelina verzog das Gesicht. «Ihr meint wohl Daumenschrauben und Streckbank.»

«Die üblichen Methoden zur Wahrheitsfindung, meine Liebe.» Reese lächelte begütigend. «Ich weiß, wie Ihr dem gegenübersteht. Aber ist es nicht besser, das Übel an der Wurzel auszureißen, bevor es zu einer offenen Fehde kommt?» Er nickte ihr noch einmal zu. «Gehabt Euch wohl.»

†

Nachdenklich machte sich Adelina daran, eine Bestellung von Arzneien, die Neklas ihr am Vortag auf eine Wachstafel geschrieben hatte, zusammenzustellen. Dabei kam ihr in den Sinn, dass sie wegen all der Aufregung am Vortag noch immer keinen gültigen Eintrag ihres neuen Siegels im Zunftregister hatte. Sie nahm sich vor, gleich am nächsten Morgen noch einmal ins Gaffelhaus zu gehen.

Gegen Mittag kamen ihre beiden Kräuterfrauen mit vollen Körben in die Apotheke. Während Adelina noch zwei Kunden bediente, wies sie Mira an, die Kräuter entgegenzunehmen und im Hinterzimmer zum Trocknen aufzuhängen. Dann erst kam sie endlich dazu, den Brief ihrer Schwiegermutter zu lesen. Sie setzte sich mit dem Schreiben auf den Hocker in der Apotheke für den Fall, dass weitere Kundschaft kommen würde.

Benedikta Burka sandte ihr in freundlichen Worten Grüße und die besten Wünsche für Neklas und Colin. Was sie weiter schrieb, ließ Adelina so heftig erschrecken, dass sie die wenigen Zeilen gleich mehrmals las.

Sie zog die Stirn in Falten und spürte mit einem Mal ein leichtes Herzklopfen. Nervös fuhr sie sich über die Stirn.

«Adelina, geht es dir nicht gut?»

Erschrocken fuhr sie auf und blickte in Neklas' besorgtes Gesicht. Sie hatte ihn nicht hereinkommen hören.

«Nein, nein.» Sie legte den Brief beiseite. «Ich habe nur … Wo ist Franziska? Sie muss die Kammern oben herrichten. Dann soll sie mit den Mädchen das Haus putzen. Und Magda muss unbedingt alle Laken und Kleider waschen.»

Neklas hob verwundert die Brauen. «Hatten wir nicht kürzlich erst Waschtag?»

Adelina ging nicht darauf ein. Sie war von ihrem Hocker aufgesprungen und hatte einige Schachteln aus dem Regal hinter dem Tresen hervorgezogen. «Ich werde frisches Konfekt herstellen und etwas besonders

Gutes kochen. Ludowig muss mich auf den Markt begleiten.»

«Adelina?»

«Huhn wäre nicht schlecht. Ob auf dem Neumarkt wohl Safran zu bekommen ist?»

«Safran ist teuer, Adelina. Was hast du denn vor? Bekommen wir Besuch?»

«Griet braucht ein neues Kleid, in dem alten kann sie sich unmöglich länger zeigen.»

«Adelina!» Neklas fasste sie am Arm und schüttelte sie leicht.

Irritiert sah sie in sein amüsiertes Gesicht. «Was?»

«Du bist ja ganz aufgeregt. Man könnte meinen, der Erzbischof persönlich würde uns beehren.»

Sie zog ungehalten die Brauen zusammen. «Nicht der Erzbischof. Deine Mutter kommt zu Besuch.»

4

«Ja, ja, Schwiegermütter.» Magda stellte einen großen Korb Bettlaken in der Küche ab und rieb sich den schmerzenden Rücken. Adelina saß auf der Ofenbank und nährte Colin. Magda lächelte ihr zu und sammelte die beiden schmutzigen Leinentücher ein, mit denen das Geschirr nach dem Abwasch trocken gerieben wurde. «Ich hab mal bei einer Familie gearbeitet, bei der auch eines Tages die Schwiegermutter zu Besuch kam», fuhr die Magd fröhlich fort. «Das war vielleicht ein Drachen, kann ich Euch sagen, Herrin. Bestimmt sind nicht alle Schwiegermütter so, aber diese … Dauernd hatte sie etwas am Haushalt auszusetzen. Meine damalige Herrin ist fast verrückt geworden. Die Tischtücher waren nicht weiß genug, das Fleisch nicht zart genug und die Federbetten nicht weich genug. Und dann mäkelte sie dauernd über die Kindererziehung. Ich sag Euch, das war vielleicht schlimm. Und dann hat sie meiner Herrin dauernd reingeredet, wenn es ums Essen ging. Die Alte meinte immer, besser zu wissen, was ihrem Sohn schmeckte und was besonders gut für ihn war. Und ständig gab es Streit zwischen dem Herrn und der Herrin. Wunderte mich auch nicht. Alle waren heilfroh, als die Alte wieder fort war.»

Adelina hatte ihrer Magd schweigend zugehört und blickte ihr kurz nach, als sie mit dem Wäschekorb nach draußen verschwand. «Unsinn», sagte sie sich. «So schlimm wird Frau Benedikta schon nicht sein. In ihren Briefen klingt sie immer sehr freundlich.» Sie blickte auf ihren Sohn nieder, der sie mit seinen strahlend blauen Augen eindringlich ansah. Vorsichtig stand sie auf und brachte ihn zu seinem Bettchen. «Morgen werde ich mit Griet zur Schneiderin gehen», beschloss sie. «Und Franziska muss unbedingt die Zinnbecher polieren.»

†

«Diese tote Bela war schwanger.» Neklas goss sich Bier in seinen Becher und trank einen Schluck. Es war schon spät, das Abendessen abgetragen, und die Mädchen und das Gesinde hatten sich bereits zurückgezogen. Adelina wischte gerade mit einem feuchten Lappen über den Küchentisch, bei Neklas' Bemerkung hielt sie aber inne und ließ sich ihm gegenüber auf die Bank sinken.

«Sie war schwanger?»

Neklas schwenkte das Bier im Becher, dann stellte er ihn ab. «Ich sollte sie mir doch heute Morgen ansehen. Der Vogt hat sie in sein Haus gebracht und dort vorläufig aufgebahrt. Übermorgen soll die Familie sie abholen und begraben lassen.»

«Übermorgen erst? Bei dieser Hitze ...» Adelina rümpfte die Nase.

Neklas nickte. «Es war schon heute ausgesprochen unangenehm. Und damit meine ich nicht nur den Geruch. Sie haben sie auf einem Karren transportiert. Dabei klaffte aber die Wunde auseinander, sodass sie schließlich ihre Gedärme wieder zurück in ihren Leib quetschen mussten.»

«O Gott!»

«Stell es dir lieber nicht vor.» Auch Neklas schauderte. «Sie hätten sie vielleicht besser zugenäht. Allerdings hätte ich dann nicht gesehen, was ich gesehen habe.»

«Dass sie schwanger war.»

«Sie trug ein winziges Kindchen in sich, kaum so groß wie meine Hand. Das war vorher niemandem aufgefallen, weil auch keiner darauf geachtet hat.»

«Dann muss ihr Tod Meister Vetscholder doppelt getroffen haben», vermutete Adelina.

«Wenn er es wusste und der Vater war.»

Adelina blickte ihn überrascht an. «Warum sollte er nicht?»

Achselzuckend trank Neklas erneut einen Schluck Bier. «Hätte er Bela dann nicht schon längst heiraten müssen? Schon um Gerede zu vermeiden?»

Adelina stützte das Kinn auf ihre Hand und blickte nachdenklich auf die Tischplatte.

«Es besteht auch die Möglichkeit, dass Bela es selbst nicht wusste.»

Überrascht hob Adelina den Kopf bei Neklas' Bemerkung. Er nickte bekräftigend. «Immerhin war das Kind wirklich noch sehr klein. Wenn sie also nicht bemerkt haben sollte, dass sie schwanger war ...»

«Neklas, eine Frau weiß, wenn sie schwanger ist.» Adelina beugte sich ein Stück vor. «Es gibt sehr sichere Anzeichen dafür, das müsste dir doch bekannt sein. Wenn Avarus noch nichts davon wusste, würde ich eher vermuten, dass sie es ihm verschwiegen hat.»

«Was wieder dafür sprechen würde, dass er nicht der Vater ist.»

Adelina sah ihn einen Moment lang an, dann lachte

sie. «Wolltest du nicht, dass wir uns aus dieser Sache heraushalten? Und jetzt sitzen wir hier und spekulieren darüber, wer der Vater dieses ungeborenen Kindes ist. Viel einfacher wäre es, Avarus direkt zu fragen.»

«Das werden Scherfgin oder Reese mit Sicherheit schon getan haben», sagte Neklas und spielte mit seinem halbvollen Becher. Dann lächelte er. «Und damit wäre unsere Schuldigkeit in diesem Fall wirklich getan, nicht wahr? Was würdest du davon halten, wenn wir hinaufgehen und uns mit angenehmeren Dingen beschäftigen?»

Adelina blinzelte ihm zu. «Du meinst Dinge, die möglicherweise zu einer weiteren Vaterschaft deinerseits führen könnten?»

Er zwinkerte zurück. «Warum nicht?»

Sie lachte leise. «Die Wahrscheinlichkeit ist derzeit ziemlich gering, Neklas, aber das ist sicher kein Grund, uns davon abzuhalten, oder?»

«Ts, ts, ts.» Scherzhaft hob Neklas den Zeigefinger. «Spricht da etwa die Sünde der Wollust aus dir? Wenn das Bruder Thomasius gehört hätte. Ich traf ihn übrigens heute auf dem Heimweg. Er predigte auf dem Heumarkt Keuschheit und Enthaltsamkeit.»

«Wie immer.»

«Als er mich sah, hat er seine Ansprache an die armen Sünder ziemlich schnell beendet. Er kam mir nach, sauertöpfisch wie eh und je, und teilte mir mit, dass er mich beobachten würde. Ich solle auf der Hut sein, denn nicht das kleinste Vergehen werde ihm entgehen.»

«Wie unfreundlich.» Adelina verdrehte verärgert die Augen. Dann stand sie entschlossen auf. «Aber bis in unsere Schlafkammer wird er dich wohl nicht verfolgen.»

Neklas grinste und folgte ihr zur Tür. «Ich hoffe nicht. Aber vielleicht sollten wir vorsichtshalber die Fensterläden schließen.»

†

«Guten Morgen, Vater.» Adelina betrat Albert Mertens' Schlafkammer und beugte sich über das Bett. «Wie geht es dir heute? Hast du gut geschlafen?»

«Li…na», brachte Albert schwerfällig über die Lippen. Seine Augen leuchteten dabei auf.

Sie streichelte ihm liebevoll über die bärtige Wange. Sein Gesicht war schmal geworden, die Wangenknochen traten deutlich hervor. Das ehemals rotblonde Haar war in den vergangenen Monaten immer weißer geworden. Es schmerzte sie, ihren lebensfrohen Vater so hinfällig zu sehen.

Als Franziska mit einem Eimer warmen Wassers und sauberen Tüchern hereinkam, machte sie ihr Platz und half der Magd dann, Albert zu waschen.

«Ich habe kürzlich dein Siegel abgeben müssen und ein eigenes anfertigen lassen», erzählte sie ihrem Vater, während sie aus der Truhe unter dem Fenster ein frisches Unterhemd nahm und ihm half, hineinzuschlüpfen. «Nachher will ich ins Gaffelhaus, um es ins Zunftregister eintragen zu lassen.»

«Nicht … viele … Frauen … Siegel …», antwortete er schwerfällig. «Warum … nicht … meins?»

Adelina lächelte. «Vater, du weißt doch, dass dein Siegel nicht vererbt werden kann. Meines muss sich erkennbar davon unterscheiden. Ich habe aber dein Siegel als Grundlage für mein neues benutzt. Es ist sehr schön geworden. Wenn du möchtest, zeige ich es dir später.»

Albert nickte. «Mein … Kissen.»

«Aber sicher, Meister Albert.» Franziska stellte den Eimer beiseite und schüttelte das Kissen sorgfältig auf. «Ihr solltet heute Mittag wieder einmal aufstehen und herumgehen, damit Euch Eure Knochen nicht so wehtun.»

«Mh, mh.» Albert schüttelte den Kopf.

«Vater, Franziska hat recht, du solltest wirklich nicht den ganzen Tag hier liegen», meinte nun auch Adelina. «Du könntest uns in der Küche Gesellschaft leisten oder ein wenig im Garten auf und ab gehen. Du magst doch die Rosen so gern, und die Bohnen blühen auch schon.»

Doch Albert schüttelte erneut den Kopf. «Ich … bin … dir … lästig.»

«Aber nein, Vater.» Betroffen setzte sich Adelina neben Albert und legte ihm eine Hand auf die Schulter. «Wie kommst du denn darauf?»

«Kann … nichts … mehr … tun. Die Ap… Apo …»

«In der Apotheke ist alles in Ordnung, Vater. Neklas hat mir ein neues Regal bauen lassen, und wenn er bald nebenan seine Behandlungsräume eröffnet, werden bestimmt viele neue Kunden zu uns kommen.»

«Räu… Räume? Neklas?»

«Mein Gemahl, Vater, weißt du nicht mehr? Er ist Medicus.»

«Umpf.» Albert ließ den Kopf hängen. Doch plötzlich strahlte er sie an. «Dein Junge … Co…lin?»

Adelina lächelte ihren Vater liebevoll an und kämpfte gleichzeitig mit Tränen der Rührung. Er erinnerte sich an seinen Enkel! «Ich kann dir Colin später bringen lassen, wenn du ihn sehen möchtest. Er ist schon recht kräftig und hat immer Hunger. Aber nur, wenn du heute aufstehst.»

Albert nickte glücklich. «Colin, ja. Was … essen?»

«Oh, sicher, Meister Albert!», rief Franziska, die gerade aus der Küche kam und einen Krug und einen Korb mit Brot dabeihatte. «Hier kommt schon Euer Frühstück.» Sie stellte Korb und Krug schwungvoll ab und brach Albert dann ein Stück Brot ab.

Adelina stand auf und ging zur Tür. «Ich muss jetzt ins Gaffelhaus, Franziska. Sei so gut und geh mit den Schuhen, die ich in die Küche gestellt habe, zum Flickschuster. Ach ja, nimm Ludowig mit, auf dem Rückweg könnt ihr zwei Fässchen Bier mitbringen.»

«Mit Ludowig?» Franziska sah sie erschrocken an. «Muss ich?»

Adelina hob überrascht die Brauen. «Ja, sicher, allein wirst du doch mit den Fässern nicht fertig, oder?»

Franziskas Miene verfinsterte sich. «Aber könnte nicht Magda? Ich erledige auch alle ihre Aufgaben …»

«Franziska, was ist los? Warum willst du plötzlich nicht mit Ludowig gehen? Habt ihr euch gestritten?»

«Na … ja, also ich …»

«Also wirklich.» Verärgert schüttelte Adelina den Kopf. «Ich will hier im Haus keinen Unfrieden, ist das klar? Wenn ihr euch gestritten habt, seht zu, dass ihr die Sache aus der Welt schafft.»

«Ja, Herrin.» Franziska zog den Kopf zwischen die Schultern. «Ich dachte ja nur … Ich glaube, Ludowig kann mich nicht ausstehen. Er ist immer so grob und unfreundlich zu mir.»

«Hast du ihm einen Grund dafür gegeben?»

«Bestimmt nicht, Herrin.» Franziska schüttelte heftig den Kopf.

«Dann werde ich ihn anweisen, dich etwas freundlicher zu behandeln.»

«Nein, Herrin, bitte nicht.» Entsetzt schaute die junge Magd sie an. «Das will ich nicht.»

Adelina kniff die Augen zusammen. «Also, was denn nun? Du sagtest doch, er ist unfreundlich zu dir, aber ich soll ihn trotzdem nicht zur Rede stellen?»

«Ich mach das schon selbst», meinte Franziska und senkte den Kopf. «Sonst hält er mich erst recht für eine dumme Kuh.»

«Hat er das zu dir gesagt?»

«Er hat gesagt, er hat mit Frauenzimmern wie mir nichts am Hut, und ich soll mich von ihm fernhalten. Das war, als ich ihm mit dem kaputten Zaun helfen wollte.»

Adelina blickte verwundert auf ihre Magd, die fahrig ein Eckchen Brot zerkrümelte. «Vielleicht ist ihm nur eine Laus über die Leber gelaufen, Franziska. Wenn es jedoch etwas Ernstes ist, müsst ihr diese Angelegenheit irgendwie aus der Welt schaffen. Ich wünsche jedenfalls, dass ihr heute gemeinsam zum Schuster und zum Brauer geht. Kümmere dich jetzt um meinen Vater, ich muss gehen.»

†

Auf dem Weg zum Gaffelhaus wurde Adelina von Magda begleitet, die jedoch von Unfrieden zwischen Franziska und dem Knecht nichts wusste.

«Gezankt werden sie sich haben», vermutete sie. «Sind

ja beide richtige Dickschädel, und die Franzi hat manchmal ein ganz schön freches Mundwerk. Hat sich halt jahrelang in den Gassen herumgetrieben als Kind. Und der Ludowig ist auch manchmal so ein sturer Klotz.»

«Tatsächlich?»

Magda nickte. «Schon. Aber nicht zu Euch oder dem Herrn Magister. Das würd er sich nie trauen. Er arbeitet ja gern für Euch, müsst Ihr wissen. Aber er ist halt ein Mann und meint, er muss immer alles selbst machen. Kann ich mir schon vorstellen, dass er das Mädchen angeblafft hat, als sie ihm helfen wollte. Zäune reparieren ist schließlich keine Frauensache.»

«Aha.» Adelina ließ es dabei bewenden, wunderte sich insgeheim jedoch sehr. Offenbar hatte sie sich in letzter Zeit so sehr um Colin und die Apotheke gekümmert, dass ihr die Befindlichkeiten ihres Gesindes entgangen waren. Das würde sich ab sofort wieder ändern, beschloss sie. Es fehlte noch, dass sie nicht wusste, was in ihrem eigenen Haushalt vor sich ging. Vor allem, da Frau Benediktas Besuch so kurz bevorstand.

5

«Guten Tag, Meister Hirzelin», grüßte Adelina den großgewachsenen, schlaksigen Zunftmeister, der sie an der Tür des Gaffelhauses empfing. Hinter ihm stand der Wachmann und nickte ihr freundlich zu. «Schön, dass ich Euch heute antreffe.»

«Ihr kommt wegen Eures neuen Siegels», sagte Hirzelin und bedeutete ihr, ihm zu folgen. Magda blieb wartend an der Tür stehen. «Meister Leuer hat mir erzählt, dass Ihr gestern deswegen hier wart und … Nun ja.» Sein Lächeln erreichte nicht seine runden Eulenaugen. Sein dünnes braunes Haar sah aus, als habe er es sich eben noch heftig gerauft. «Ich bedaure sehr, dass Ihr diesen schrecklichen Fund machen musstet. Die Zünfte sind in Aufruhr. So etwas hat es noch nie gegeben!» Er führte sie in seine Schreibstube und öffnete das bereitliegende Register. «Würdet Ihr mir Euer Siegel für einen Abdruck geben?» Er streckte die Hand aus. Adelina holte ein mit Wachstuch ausgeschlagenes Kästchen aus dem Beutel, in dem sich das Siegel befand.

Hirzelin nahm es und legte es neben das Register. «Ich kann nicht begreifen, wer Bela das angetan hat!» Er entzündete eine Kerze und erwärmte das Siegelwachs an der Flamme. «Sie war so eine liebenswerte Person, und nun das!» Er machte einen Abdruck im Register und einen weiteren auf einer bereits ausgefertigten Urkunde, die danebenlag. «Hier, bitte sehr.» Er gab ihr das Siegel zurück. «Wenn Ihr nun so freundlich sein wollt, Urkunde und Registereintrag zu unterzeichnen.» Zuvorkommend reichte er ihr eine Schreibfeder und rückte das Tintenfässchen näher.

Adelina setzte auf beide Dokumente ihre Unterschrift, Hirzelin tat es ihr gleich und legte dann beides zum Trocknen beiseite.

Adelina lächelte ihm zu. «Ich bin sicher, der Schuldige wird bald gefunden.» Ihr Gesicht wurde wieder ernst. «Aber sagt, wie hat es Meister Vetscholder aufgenommen? Für ihn muss es doch ein ungeheurer Verlust sein.»

Hirzelins Eulenaugen nahmen einen besorgten Ausdruck an. «Das ist es in der Tat. Aber fast noch schlimmer ist, dass er bislang noch gar nichts davon erfahren konnte. Er ist seit vorgestern geschäftlich unterwegs und konnte noch nicht ausfindig gemacht werden.»

«Er ist noch immer nicht hier?» Adelina zog überrascht die Augenbrauen hoch. «Weiß denn niemand, wo er sich aufhält?»

«Nein, niemand», kam es von der Tür. Dort stand Georg Reese in Begleitung einer jungen Frau, deren hellblondes Haar, das nur mit einem Schapel und einem luftigen, dunkelblauen Schleier bedeckt war, beinahe weiß wirkte. Auch ihre Haut war sehr hell, jedoch nicht, wie bei manchen Damen, dank Reispuder. Ihre hellblauen Augen blickten freundlich und aufgeschlossen in die Welt. Lediglich die dunklen Ringe unter den Augen verrieten, dass sie Kummer hatte.

«Guten Tag, Frau Adelina.» Der Gewaltrichter trat näher und stellte dann seine Begleiterin vor. «Dies ist

Marie Elfge, die Schwester der verstorbenen Bela, und auch eine entfernte Verwandte von mir. Marie, dies ist Meisterin Adelina Burka, die Apothekerin vom Alter Markt. Meister Hirzelin kennst du ja.»

«Natürlich. Guten Tag, Meisterin Burka, Meister Hirzelin.» Maries Stimme klang angenehm dunkel. «Onkel Georg hat mir bereits einiges von Euch erzählt, Meisterin Burka.»

«Tatsächlich?» Adelina schmunzelte. «Sicherlich nicht immer nur Gutes, oder?» Sie wandte sich Reese zu. «Habt Ihr Meister Vetscholders Gesinde und seine Lehrlinge befragt?»

«Das haben wir», bestätigte Reese. «Leider wissen sie auch nicht, wohin er geritten ist. Nur, dass er vorgestern die Stadt verlassen hat, jedoch am Abend wieder zurück sein wollte.»

«Und als er nicht zurückkam, hat sich niemand Sorgen gemacht?», wunderte sich Adelina.

Reese schüttelte den Kopf. «Avarus Vetscholder ist ein erwachsener Mann. Wenn er einmal eine Nacht nicht zu Hause verbringt, ist das für seine Leute noch kein Grund zur Beunruhigung.»

«Benötigt Ihr mich, Herr Gewaltrichter?», fragte Meister Hirzelin dazwischen. «Falls nicht, würde ich mich gerne wieder meinen Geschäften zuwenden. Ihr könnt Euch in dieser Schreibstube aufhalten, wenn Ihr wollt.»

«Das ist sehr freundlich, Meister Hirzelin. Ich müsste noch einige der Gaffelmitglieder befragen. Dieser Raum würde sich sehr gut dafür eignen.»

Hirzelin nickte und verließ dann den Raum.

Reese sah ihm kurz nach. «Er ist kein Freund Vetscholders», sagte er. «Die beiden scheinen in einem ständigen Konkurrenzkampf zu stecken.»

«Avarus hat ihm einige Winzer vom Oberrhein abspenstig gemacht», erklärte Marie. «Dafür hat Hirzelin versucht, ihm mit Wasser verlängerten Wein unterzujubeln.»

«Ach?» Adelina sah die junge Frau erstaunt an. Marie nickte bekräftigend. «Ich kenne Avarus schon eine Weile. Ihr wisst doch, dass Bela und er verlobt waren.» Ihre Miene verfinsterte sich, und sie schluckte hart. «Meine Schwester hat mir so einiges erzählt. Aber die Sache war sowieso schon seit längerem bekannt. Vielleicht nicht in Apothekerkreisen», setzte sie hinzu, als sie Adelinas leichtes Kopfschütteln bemerkte. Sie tupfte sich mit dem weiten Ärmel ihres blauen Surkots die Augen. «Mein Vater hat Avarus immer beigestanden und sich bemüht, Hirzelins Anfeindungen abzuwehren.»

Adelina blickte Marie aufmerksam an. «Könnt Ihr Euch denn vorstellen, wer Eure Schwester ermordet haben könnte?»

«Nein. Nein, ich … nein.» Marie schüttelte heftig den Kopf und kämpfte sichtlich mit den Tränen. «Ich kann noch gar nicht begreifen, dass sie tot sein soll.»

«Beruhige dich, Marie.» Fürsorglich führte Reese die junge Frau zu einem Schemel und brachte sie dazu, sich zu setzen. «Ich habe gleich gesagt, du solltest nicht mitkommen. Es ist nicht gut für dich …»

«Ach was, nicht gut!» Verärgert blitzte Marie ihren Onkel an. «Meine Schwester wurde ermordet! Soll ich da tatenlos herumsitzen? Meine Mutter ist ganz krank vor Kummer. Sie hält sich nur noch aufrecht, weil jemand sich um die Trauerfeier kümmern muss. Vater sitzt in seinem Kontor und spricht mit niemandem mehr. Und jetzt ist Avarus auch noch verschwunden. Es ist alles ganz furchtbar …»

«Jungfer Marie, wäre es möglich, dass Euer zukünftiger Schwager etwas über den Mord weiß oder damit zu tun hat?», fragte Adelina geradeheraus.

«Avarus?» Maries Ausruf klang so entsetzt, dass Adelina abwehrend die Hände hob. «Verzeiht, aber ich dachte nur …»

«Was? Dass er sie umgebracht hat?» Marie sah sie böse an. «Wie könnt Ihr es wagen?»

Adelina ließ die Hände wieder sinken. «Ich wage gar nichts, Jungfer Marie. Aber es ist doch wohl so, dass Meister Vetscholder seit Belas Tod verschwunden ist. Ihr wisst es vielleicht noch nicht, aber mein Gemahl, der Medicus Neklas Burka, hat Bela gestern auf Anweisung des Vogts untersucht. Dabei hat er festgestellt, dass sie schwanger war.»

«Wie bitte?» Reese starrte sie verblüfft an. «Warum erfahre ich das erst jetzt? Scherfgin hätte mich darüber in Kenntnis setzen müssen!»

«Ich weiß, dass sie schwanger war.» Marie stand von ihrem Schemel auf und trat ans Fenster. Ohne sich umzudrehen sprach sie, den Blick auf die gegenüberliegende Häuserfront gerichtet: «Sie wusste es seit ein paar Wochen und hat es mir sofort erzählt. Ich musste ihr schwören, dass es ein Geheimnis bleibt. Oh, lieber Gott!» Sie schluchzte leise.

«Weiß Avarus von dem Kind?», hakte Reese leise nach. Er war neben Marie getreten, schien sich jedoch nicht zu trauen, sie zu berühren.

«Er weiß es. Natürlich weiß er es.»

Adelina trat nun auch ans Fenster. «Dann ist er also der Vater?»

Marie drehte sich zu ihr um und sah ihr fest in die Augen. «Nein, er ist nicht der Vater.»

†

«Gut, dass Ihr wieder da seid, Meisterin.» Hinter dem Apothekertresen stand Mira und füllte frisches Konfekt aus einer Schüssel in kleine Holzkästchen.

Adelina sah sie überrascht an und warf einen Blick in die fast leere Schüssel. «Was tust du denn da, Kind?»

«Ich fülle ein paar der Kästchen, die Meister Schuller vorhin gebracht hat, Meisterin. Sie sind doch für das Konfekt gedacht, oder nicht? Während Ihr fort wart, kamen drei Männer und eine Frau und wollten Konfekt kaufen.»

«Ach?»

«Und weil Ihr mir erlaubt habt, die Süßigkeiten herauszugeben, wenn Ihr nicht da seid oder keine Zeit habt, habe ich das auch getan.» Mira zog die Geldkatze unter dem Tresen hervor und öffnete sie. «Ich weiß ja, wie viel ein Kästchen kostet.» Sie griff in die Kassette und hielt Adelina dann ein paar Münzen hin.

Adelina warf einen kurzen Blick darauf und nickte dann anerkennend. «Sehr gut, Mira. Leg das Geld an seinen Platz zurück, und wenn du mit dem Einpacken des Konfekts fertig bist und noch etwas übrig sein sollte, darfst du dir zwei Stücke nehmen.»

Miras Augen blitzten erfreut auf. «Danke, Meisterin.»

«Heute Nachmittag gehe ich mit dir und Griet zum Schneider. Ihr benötigt dringend neue Kleider. Sieh zu, dass du bis dahin die restlichen Holzkästchen im Hinterzimmer verstaut und die leeren Glasphiolen gesäubert hast.»

Während Mira sich wieder an ihre Arbeit machte, nahm Adelina den Platz hinter dem Tresen ein. Sie bediente einige Kunden und dachte dabei über das nach, was sie heute von Marie erfahren hatte. Sie überlegte gerade, ob sie Belas Schwester noch einmal aufsuchen sollte, als vor dem Haus das Klappern von Pferdehufen und das Poltern eines kleinen Fuhrwerks zu vernehmen war. Ein Blick aus dem Fenster zeigte ihr, dass Ludowig und Franziska mit den Bierfässern zurück waren. Das Fuhrwerk bog um die Hausecke in das Tor zum Hinterhof ein. Es war kaum Adelinas Blicken entschwunden, als sie lautes Schimpfen und Zetern vernahm.

Erstaunt hob sie den Kopf. Das Zetern kam eindeutig von ihrer Magd, immer wieder unterbrochen von Ludowigs dunkler Stimme. Verärgert legte Adelina den Salbentiegel beiseite, in dem sie gerade eine Mischung gegen Verbrennungen angesetzt hatte, und eilte zur Hintertür hinaus. «Achte auf die Apotheke», rief sie Mira im Hinterzimmer zu, durchquerte mit wenigen Schritten den schmalen Flur und riss die Tür zum Garten auf. Dabei scheuchte sie Moses auf, der auf der anderen Seite der Tür gelegen hatte und überrascht bellte.

«Dann mach doch, was du willst!», keifte Franziska gerade. «Meinetwegen kannst du dir den Rücken durchbrechen mit den verdammten Fässern.» Mit wildem Blick schoss die Magd an Adelina vorbei ins Haus. Moses rannte ihr kläffend hinterher.

«Jecke Trin», brummte Ludowig und machte sich an

der Ladung des Fuhrwerks zu schaffen. Erst als Adelina, die Hände in die Seiten gestemmt, neben ihm auftauchte, bemerkte er sie. «Oh, Herrin. Kann ich was für Euch tun?»

«Was war hier eben los?»

«Nichts, Herrin.»

Adelina sah ihn streng an. «Und was war das eben mit der jecken Trin?»

«Äh ...» Ludowig ließ von dem Fuhrwerk ab und verzog betreten das Gesicht. «Das ... damit wart nicht Ihr gemeint, Herrin.»

Adelina musste ein Lächeln unterdrücken. «Das hatte ich auch nicht angenommen. Mir ist zu Ohren gekommen, dass es zwischen dir und Franziska des Öfteren zu Streitereien kommt.»

Ludowig zuckte mit den Schultern und griff nach einem der Fässer. «Ist ein bisschen überspannt, die Kleine. Hab sie an ihre Arbeit geschickt. Was soll sie mir hier zwischen den Füßen rumlaufen?»

«Wenn ich das eben recht mitbekommen habe, wollte sie dir helfen», meinte Adelina mit einem Blick auf die Ladung des Fuhrwerks.

«Brauch keine Hilfe.» Zum Beweis schulterte Ludowig das Fässchen und trug es ins Haus.

Adelina folgte ihm und stellte sich ihm an der Tür in den Weg, als er zum Fuhrwerk zurückwollte. «Und ich kann keine Zankereien in meinem Haushalt brauchen.»

«Liegt ja nich' an mir. Sie soll mir einfach meine Ruhe lassen.»

Adelina wollte noch etwas erwidern, doch in diesem Moment ertönte das Geschrei ihres Sohnes. Vitus streckte den Kopf aus der Küchentür und winkte ihr heftig zu. «Lina, Colin weint, bestimmt hat er Hunger. Ich hab auch Hunger.»

Ludowig nutzte die Gelegenheit und verdrückte sich nach draußen. Adelina sah ihm kurz nach und ging dann in die Küche. «Magda kann dir was zu essen machen.» Sie beugte sich über Colins Bettchen und nahm ihren Sohn auf den Arm. Sogleich hörte er auf zu schreien.

Magda werkelte am Spülstein und sagte über die Schulter: «Ich hab Vitus schon zwei Stück Käse gegeben. Der Junge ist ein Fass ohne Boden. Gleich muss ich los, um Griet von den Beginen abzuholen.»

«In Ordnung, dann nimm auch Vitus mit. Das lenkt ihn vielleicht von seinem Hunger ab.» Adelina setzte sich mit Colin auf die Ofenbank und öffnete ihr Kleid, um ihm die Brust zu geben. «Mach heute Abend die Grützwürste, nicht dass sie noch verderben.»

«Ich hab sie schon vorbereitet, Herrin.»

«Wo ist Franziska?»

Magda wischte sich ihre feuchten Hände an der Schürze ab. «Hab sie nach oben geschickt, das dumme Huhn. Sie hat sich so aufgeregt …»

«Franzi hat auch geweint, wie Colin», warf Vitus ein. «Was ist denn mit ihr? Ich mag nicht, wenn sie weint.»

Adelina sah ihren Bruder irritiert an, dessen leicht schiefes Gesicht einen vollkommen neuen, besorgten Ausdruck angenommen hatte.

«Sie ist nicht traurig, Vitus», erklärte Magda rasch. «Sie hat sich nur über Ludowig geärgert.»

«Sie hat aber geweint!» Vitus verschränkte die Arme vor der Brust. «Ich geh jetzt zu Ludowig und sag ihm, er darf sie nich' mehr ärgern.»

«Vitus?» Adelina sah ihrem Bruder verblüfft nach, der entschlossen die Küche verlassen hatte.

Magda gluckste leise. «Mir scheint, Herrin, Euer Bruder hat sich ein bisschen in Franziska verguckt.»

«Vitus? Aber er ist …»

«Nicht der klügste Mensch in Gottes Schöpfung, gewiss.» Magda nickte. «Sein Verstand ist vielleicht der eines kleinen Kindes, aber der Junge hat doch auch Gefühle, oder nicht? Und er wird bald erwachsen.»

Nachdenklich strich Adelina über Colins Wange und blickte dann zu Magda auf, die neben ihr stand und auf eine Antwort wartete. «Vielleicht hast du recht, Magda. Mir ist nur nie in den Sinn gekommen, dass Vitus dazu fähig sein könnte, sich zu verlieben.»

«Ach, so arg ist es vielleicht auch gar nicht», milderte Magda ihre Worte von vorher ab. «Vielleicht will er sie auch einfach nur ein bisschen anhimmeln und beschützen. So ähnlich wie bei seiner Katze. Die ist doch auch sein Ein und Alles.»

«Sicher.» Adelina nickte nachdenklich. «Aber eine Katze zu lieben ist etwas anderes als einen Menschen zu lieben.»

†

Beim Schneider verbrachte Adelina mit den beiden Mädchen beinahe den gesamten Nachmittag. Denn sie hatte nicht nur beschlossen, neue Kleider für die Mädchen anfertigen zu lassen, es sollten auch neue Schürzen, Beinlinge, Nachthemden und für Mira zwei neue Schapels sein. Das Mädchen war groß für sein Alter und wirkte schon recht erwachsen, sodass es Adelina angemessen schien, dass Mira künftig einen Jungfernkranz tragen sollte.

Mira tat zwar, als sei dies nichts Besonderes, aber die Aufregung, mit der sie die Stoffe für die Schleier aussuchte und mit Griet tuschelte, ließ erkennen, dass sie sehr stolz war, schon für so erwachsen angesehen zu werden.

Auf dem Rückweg zum Alter Markt schnatterten die beiden Mädchen wie zwei Entenküken. Adelina ließ sie gewähren.

«Weißt du, es gibt Mädchen, die schon mit zwölf oder dreizehn Jahren verheiratet werden», erzählte Mira Griet gerade wichtigtuerisch. «Eine meiner Schwestern, Edelgard, war bei ihrer Hochzeit auch erst vierzehn. Das ist so üblich beim Adel, damit die Erbfolge frühzeitig gesichert ist. Wenn ich einmal heirate, dann am liebsten einen tapferen Ritter hoch zu Ross. Der muss mich retten, und ich brauche dann niemals wieder Böden zu fegen oder Waagen zu polieren.»

Adelina räusperte sich amüsiert. «Mira, ich denke nicht, dass in allzu naher Zukunft ein Ritter um deine Hand anhalten wird. Und glaub mir, das solltest du dir auch lieber nicht wünschen.»

«Warum nicht, Meisterin?» Verwundert blickte Mira sie an.

Adelina bemühte sich um ein ernstes Gesicht. «Weil so früh geschlossene Ehen selten die glücklichste Wahl sind, mein Kind. Abgesehen davon wird dir dein Mundwerk, falls du an einen strengen Eheherrn geraten solltest, vermutlich einigen Verdruss bringen. Der Mann, der dich zur Frau nimmt, tut mir heute schon leid.»

«Was hab ich denn gesagt? Ich mag nun mal nicht gerne fegen und polieren und putzen und …»

«Schscht!» Griet stieß ihr den Ellenbogen in die Seite. «Du ärgerst Frau Adelina.»

«Ich ärgere gar niemanden!», protestierte Mira empört. «Aber ich darf doch wohl noch sagen, was ich denke.»

«Genau das meine ich.» Streng blickte Adelina Mira in die Augen, die jedoch nur trotzig zurückstarrte. «Mit dieser Einstellung wird es dir schwerfallen, überhaupt einen Mann für dich zu begeistern. Und nun zügele deine Zunge.»

«Aber Ihr sagt auch immer, was Ihr denkt, auch wenn es unhöflich ist.»

«Mira!» Griet schlug sich erschrocken die Hand vor den Mund.

Adelina verzog keine Miene. «Du vergreifst dich im Ton, Kind. Noch ein Wort, und ich werde dafür sorgen, dass du aus dem Bodenfegen nicht mehr herauskommst.»

«Och …» Mira zog einen Flunsch.

«Das hast du nun davon», flüsterte Griet.

«Mir doch egal», flüsterte Mira zurück. «Warte nur, bis ein Ritter zu mir in rasender Liebe entbrennt …»

«O Himmel, Mira!» Adelina schüttelte halb verärgert, halb belustigt den Kopf. Sie wollte gerade zu einer weiteren Rüge ansetzen, als sie in einiger Entfernung Bruder Thomasius, den Dominikanermönch, aus einer Seitengasse auf den Laurenzplatz treten sah, den sie und die Mädchen gerade überquerten. Seine wie immer makellos weiße Kutte leuchtete grell in der Sommersonne.

Ihre Miene verfinsterte sich augenblicklich. «Der hat uns gerade noch gefehlt», murmelte sie.

«Wer?», fragte Griet und folgte Adelinas Blicken. Plötzlich blieb sie wie angewurzelt stehen und wurde aschfahl. «N…nein!»

«Was ist denn mit dir los?» Mira war ebenfalls stehen geblieben und blickte Griet neugierig an. «Komm, wir müssen weiter!» Sie zog sie am Ärmel ihres Kleides, doch Griet riss sich los und starrte in die Richtung, aus der der Mönch langsam auf sie zukam.

Adelina sah sich nach den Mädchen um und blieb ebenfalls stehen. «Mira, Griet, was ist?» Dann fiel ihr Griets entsetzter Gesichtsausdruck auf. «Griet? Ist alles in Ordnung mit dir?»

«Gelobt sei Jesus Christus», erklang die ölige Stimme des Mönchs.

Adelina wandte sich in seine Richtung. Er verbeugte sich artig und musterte neugierig die beiden Mädchen.

Griet war noch blasser geworden, und im nächsten Moment rannte sie mit einem verängstigten Schrei davon.

«Griet, was ist denn los? Bleib stehen!» Adelina sah dem Mädchen erschrocken nach. Mira wischte sich fahrig die Hände an ihrem Rock ab. «Ich lauf ihr nach, Meisterin.» So schnell sie konnte, rannte sie ebenfalls los.

«Habt Ihr Schwierigkeiten mit Eurer hübschen Stieftochter, Frau Meisterin?»

Adelina blickte Bruder Thomasius irritiert an. «Es scheint so. Ihr habt sie erschreckt.»

«Ich? Aber auf keinen Fall.»

«Weshalb sollte sie sonst vor Euch davongelaufen sein?»

Thomasius blickte streng auf sie herab. «Möglicherweise hat das Kind gesündigt und will sich durch Flucht seiner gerechten Strafe entziehen.»

Adelina schüttelte den Kopf. «So ein Unsinn. Ihr seht

an jeder Ecke Sünde und Verderbnis. Griet ist noch ein Kind. Habt Ihr dem Mädchen vielleicht einmal aufgelauert und sie mit Euren Geschichten vom Fegefeuer geängstigt?»

«Ich lauere niemandem auf!», empörte sich der Mönch und verschränkte seine knochigen Arme in den Ärmeln seiner Kutte. «Doch wenn mir ein armer Sünder begegnet, ist es meine Pflicht zu versuchen, ihn auf den rechten Weg zurückzuführen.»

«So wie Eure Schwester Ludmilla, die Ihr zwingen wolltet, eine Tat zu gestehen, die sie nicht begangen hatte?»

«Ludmilla ist keine gewöhnliche Sünderin», knurrte Thomasius aufgebracht. «Sie hat ihre Seele schon auf Erden dem ewigen Höllenfeuer überantwortet.»

«Ihr seid ja verrückt.» Ungehalten wandte sich Adelina ab und ging weiter in Richtung Alter Markt.

Der Dominikaner folgte ihr jedoch und hielt sich beharrlich an ihrer Seite. «Ihr werdet auch noch erfahren, wie grausam Gottes Strafe für diejenigen ist, die nicht umkehren und bereuen wollen.»

Abrupt blieb Adelina stehen. «Was heckt Ihr diesmal wieder aus, Bruder Thomasius? Ich habe Euch schon einmal gewarnt. Haltet Euch von mir und meiner Familie fern. Eure haltlosen Verdächtigungen widern mich an.»

«So haltlos nun auch nicht, meine Tochter.» Thomasius lächelte süffisant und rieb sich einen winzigen Schweißtropfen von seiner langen Adlernase. «Wie ich hörte, will Euer Gemahl einmal wieder gegen das Gebot der Heiligen Mutter Kirche verstoßen.»

«Wie bitte?» Adelina starrte ihn verständnislos an.

Er legte ihr eine Hand auf den Arm, zog sie jedoch sofort wieder zurück, als er das warnende Funkeln in ihren Augen sah. «Ist es nicht so, dass er wieder einmal die Ruhe der Toten missachten und den Leib einer Verstorbenen öffnen will?»

«Davon weiß ich nichts.» Adelina wandte sich von ihm ab und marschierte weiter über den Laurenzplatz.

«Natürlich wisst Ihr davon!», rief Thomasius ihr nach und blieb ihr auf den Fersen. Dabei rempelte er einen Zimmermann an, der einen großen Eimer mit Werkzeug schleppte. Klirrend und scheppernd fiel der Eimer zu Boden, der Zimmermann stieß einen Fluch aus und bedachte den Mönch mit mehreren unflätigen Schimpfwörtern, während er Hammer, Fäustel und Nägel vom Boden aufklaubte.

Die ersten Neugierigen blieben stehen und gafften. Zwei Hausfrauen, die ihren Einkaufskörben nach wohl ebenfalls auf dem Weg zum Alter Markt waren, steckten tuschelnd die Köpfe zusammen und zeigten dabei auf Adelina und Thomasius.

Verärgert blieb sie erneut stehen und funkelte ihn an. «Was soll das heißen?»

Thomasius, der nicht daran dachte, seine Stimme zu mäßigen, donnerte: «Ihr selbst habt die Unglückliche doch gefunden! Und da wollt Ihr mir erzählen, Ihr wüsstet nicht, was Euer Gemahl mit ihr vorhat? Ich sage Euch, er hat Euch bereits mit seinem ketzerischen Verhalten angesteckt. Aber Ihr werdet schon sehen, wohin Euch das führt. Einmal ist er dem Scheiterhaufen entkommen. Ein zweites Mal wird ihm das nicht gelingen.»

«Starke Worte, alter Mann», erklang hinter ihnen eine ironische Stimme.

Adelina und Thomasius fuhren herum und sahen sich Meister Jupp gegenüber, der in einigen Schritten Entfernung vor dem Eingang einer Taverne stand, die er offenbar soeben verlassen hatte. Er musterte den Mönch nicht gerade freundlich. «Und sie zeugen von Missgunst, mein lieber Bruder im Herrn. Kein schöner Charakterzug, aber du warst ja schon immer nachtragend wie der Gottseibeiuns. Ich könnte ja behaupten, mich zu freuen, dich wiederzusehen, doch das wäre eine glatte Lüge und damit eine Sünde, nicht wahr, Thomasius? Also schlucke ich die Worte hinunter, die mir bei deinem Anblick durch den Kopf gehen, und begrüße lieber die Gemahlin meines lieben Freundes.» Er lächelte Adelina an, ohne auf das empörte Schnaufen des Mönchs zu achten. «Guten Tag, Frau Adelina. Geht Ihr immer allein spazieren? Keine gute Idee, wie mir scheint, wenn Euch solch unfreundliche Gesellen belästigen können.»

Adelina entspannte sich sogleich in der heiteren Gegenwart des Chirurgen und schaffte es sogar zurückzulächeln. «Guten Tag, Meister Jupp. Ihr habt sicher recht, aber ich war bis eben nicht allein, müsst Ihr wissen. Beim Anblick von Bruder Thomasius ist jedoch meine Stieftochter auf und davon gerannt, und mein Lehrmädchen Mira hatte nichts Besseres zu tun, als ihr auf dem Fuß zu folgen.»

«Aha. Das wird wohl für die beiden Jungfern noch ein erkleckliches Donnerwetter nach sich ziehen», vermutete der Chirurg. «Aber scheltet sie nicht zu arg, liebe Frau. Vor Thomasius die Flucht zu ergreifen, bedeutet, ein gutes Maß an Menschenverstand zu besitzen. Für Kinder in dem Alter bestimmt nicht von Nachteil, will ich meinen.»

«Josef Kornbläser.» Thomasius starrte den Chirurgen an. «Ich hätte nicht gedacht, dich noch einmal wiederzusehen.»

«Meister Josef Kornbläser für dich. Und auch ich hatte gehofft, auf deine Gegenwart bis zum Jüngsten Gericht verzichten zu dürfen.» Meister Jupp starrte feindselig zurück und verschränkte seine muskulösen Arme vor dem Körper.

Thomasius gab sich unbeeindruckt. «Wie geht es deiner jüdischen Hure? Oder ist sie womöglich inzwischen doch dein angetrautes Weib geworden?»

«Nachdem du lange genug dafür gesorgt hast, dass sich kein Geistlicher fand, der sie taufen wollte, ist uns dieses Glück leider versagt geblieben. Und wahrscheinlich wird es dich sogar freuen zu hören, dass sie gestorben ist.» Meister Jupps Stimme war voller Sarkasmus.

Thomasius machte große Augen. «Oh.»

«Gib dir keine Mühe, alter Mann. Ich weiß, dass du glaubst, dies sei meine gerechte Strafe. Vielleicht hast du damit sogar recht, wer weiß.»

«Ich habe nicht gesagt ...»

«Aber gedacht. Geh zurück in dein Kloster und rutsch noch ein bisschen auf den Knien vor dem Altar herum. Aber hör auf, den Menschen unnötig Verdruss zu bereiten.» Er wandte sich an Adelina. «Kommt, ich begleite Euch nach Hause. Ist Neklas noch unterwegs?»

«Ich weiß es nicht.» Adelina hatte dem Disput atemlos gelauscht und blickte nun irritiert dem Dominikaner nach, der sich grußlos abgewandt hatte und davongegangen war.

«Überrascht?»

«Was?» Sie sah den Chirurgen verwirrt an.

Er grinste spitzbübisch, doch seine Augen blickten noch immer ernst drein. «Für Thomasius habe ich ebenso wenig freundliche Worte übrig wie Ihr. Allerdings wird er sie mir vermutlich weniger ankreiden als Euch.»

«Wie das?»

«Er hat ein schlechtes Gewissen.»

Sie bogen auf den Alter Markt ein. Meister Jupp nahm Adelinas Arm, führte sie um den Stand einer Hökerin herum und schob einen Bettler beiseite, der sich ihnen mit fordernd erhobenen Händen genähert hatte. Dann fuhr er fort: «Er hat sich seit meinen Kindertagen bemüht, mir das Leben schwer zu machen. Das tut er grundsätzlich bei allen Menschen, ganz besonders jedoch bei denen, die ihm nahestehen. Zuletzt ist er einen Schritt zu weit gegangen.»

Adelina blieb, da sie die Apotheke erreicht hatten, stehen und sah ihn überrascht an. «Ich verstehe nicht ganz ...»

«Thomasius ist mein Onkel, Frau Adelina.»

«Bruder Thomasius? Du liebe Zeit.» Erschüttert ließ sie die Hand sinken, mit der sie die Haustür hatte öffnen wollen.

«Thomas Kornbläser, bevor er die heiligen Weihen empfing. Die Verwandtschaft kann man sich leider nicht aussuchen.» Er lächelte wieder. «Tut mir den Gefallen und denkt nicht weiter darüber nach. Was mich betrifft, sind die familiären Bindungen zu Bruder Thomasius erledigt.»

«Er macht uns Scherereien, seit er in der Stadt ist.»

Meister Jupp nickte. «Wie ich bereits sagte: Das gehört zu seinen Lieblingsbeschäftigungen. Aber sagt, wovon sprach er überhaupt? Ist Neklas in Schwierigkeiten?»

«Ich hoffe nicht.» Adelina hob die Schultern. «Aber kommt doch herein und fragt ihn selbst.»

6

Adelina führte Meister Jupp in die Küche, wo er sich von Magda mit einem Krug Bier und Honiggebäck verwöhnen ließ. Neklas war noch nicht zurück, doch der Chirurg wollte unbedingt auf ihn warten. Adelina entschuldigte sich und ging auf die Suche nach Griet und Mira.

Das Lehrmädchen saß im Garten und fädelte Kräuter auf Schnüre auf, die zum Trocknen unter den Dachvorsprung des Pferdestalls aufgehängt werden sollten.

Auf Adelinas Frage nach Griet hob sie nur die Schultern. «In ihrer Kammer wird sie sein. Erst wollte sie gar nicht nach Hause. Als ich sie festhalten wollte, hat sie mich getreten.» Sie hielt kurz inne. «Ich hab ihr eine gescheuert.»

«Mira!» Vorwurfsvoll sah Adelina auf ihr Lehrmädchen herab.

Mira zuckte jedoch nur mit den Achseln. «Was hätte ich denn machen sollen? So hab ich sie wenigstens nach Hause gebracht.»

«Was war denn los? Warum ist sie davongelaufen?»

«Weiß ich nicht. Die spinnt doch manchmal. Wie damals, als sie in diesem zerrissenen Fetzen zu Euch in die Apotheke gehen wollte.»

«Es reicht, Mira. Ich will kein Wort mehr darüber hören, hast du verstanden?» Adelina fixierte das Mädchen streng und wandte sich dann ab.

«Ich sag ja gar nichts.» Offensichtlich froh, einigermaßen ungeschoren davongekommen zu sein, griff Mira übertrieben eifrig nach den Kräutern.

†

Adelina fand Griet tatsächlich in deren Kammer ganz unter dem Dach. Das Mädchen saß auf dem Bett und spielte still mit dem Püppchen, das Adelina ihr vor einiger Zeit geschenkt hatte.

Adelina setzte sich neben sie und schwieg eine Weile. Dann legte sie ihr leicht die Hand auf den Rücken. «Griet, warum bist du davongelaufen?»

«Tut mir leid.» Griets Stimme zitterte leicht.

«Hat Bruder Thomasius dich erschreckt?»

«N… äh, ja.» Griet blickte ängstlich zu Adelina auf.

«Warum hat er dich erschreckt? Bist du ihm irgendwann schon einmal begegnet? Hat er dich auf der Straße angesprochen?»

«Nein, Frau Adelina.» Ein überraschter Ausdruck huschte über Griets Gesicht. «Ich bin ihm noch nie allein auf der Straße begegnet.»

«Und warum macht er dir dann solche Angst?»

Griet ließ den Kopf wieder hängen. «Ich … weiß nicht.» Sie hob den Kopf wieder. «Er ist gemein, oder? Er will Vater schaden.» Ihre Worte klangen merkwürdig hölzern und so, als seien sie ihr eben erst in den Sinn gekommen.

Adelina strich ihr sanft über den Rücken. «Du musst dir keine Sorgen machen. Und ängstigen brauchst du dich auch nicht. Aber es ist sehr ungezogen, einfach wegzulaufen, Griet.»

«Ich weiß.»

«Wenn dich das nächste Mal etwas ängstigt, sag es mir lieber, ja?»

Griet nickte unglücklich. «Frau Adelina?»

«Hm?»

«Gibt es eigentlich Geister? Und kann man die sehen?»

«Geister?» Verwundert betrachtete Adelina ihre Stieftochter. «Wie kommst du denn darauf?»

«Ich dachte nur. Wenn es welche gibt, habe ich vielleicht einen gesehen.»

«So ein Unfug, Griet.» Adelina schüttelte den Kopf. «Es gibt keine Geister.» Sie stand auf, nahm Griet das Püppchen aus der Hand und legte es auf das kleine Schreibpult unter dem Fenster. «Nun komm an die Arbeit. Du kannst mir dabei helfen, die fertigen Salbentiegel in Wachstuch einzunähen.»

Griet rutschte von der Bettkante und folgte ihr die Treppe hinab. «Dann kann ich also bestimmt keine Geister gesehen haben?»

Adelina drehte sich zu ihr um. «Ganz bestimmt nicht.»

Griet nickte und ließ dann den Kopf hängen. Am Fuß der Stiege blieb Adelina stehen und fasste das Mädchen an den Schultern. «Griet, sieh mich an.»

Griet hob langsam den Kopf.

«Stimmt etwas nicht? Was ängstigt dich so?»

«Nichts, Frau Adelina.» Griet senkte den Blick wieder. «Ihr habt ja gesagt, es gibt keine Geister. Ich gehe schon mal ins Hinterzimmer und schneide das Wachstuch zu, ja?» Damit wandte sich das Mädchen rasch ab und eilte davon.

Adelina sah ihr besorgt nach, wurde jedoch aus ihren Gedanken gerissen, als Franziska nach ihr rief und einen Besucher meldete.

Rasch ging sie hinunter und traf in der Apotheke auf Georg Reese, dessen Gruß äußerst knapp und atemlos ausfiel. Er hielt sich krampfhaft die linke Hand, und auf seiner Stirn standen Schweißperlen.

«Herr Reese, um Himmels willen! Was ist Euch geschehen?» Adelina eilte zu ihm. «Ihr blutet ja!»

«Verzeiht, Frau Adelina, ich bin unglücklich gestürzt, weil eine Gruppe Berittener mich auf dem Marktplatz abgedrängt hat. Ausgerechnet über den Fuß des Kax bin ich gestolpert und habe mir die Hand verletzt.»

«Lasst sehen.» Vorsichtig betastete Adelina die Hand, über die eine blutige Schramme lief. «Das sieht aber gar nicht gut aus. Vielleicht ist sogar etwas gebrochen.» Besorgt ließ sie die Hand wieder los. «Da kann ich Euch nicht helfen, Ihr solltet zu einem … Augenblick!», unterbrach sie sich und eilte zur Hintertür. «Ich bin gleich wieder da!» Sie war mit wenigen Schritten an der Küchentür und streckte den Kopf hinein. «Meister Jupp? Gut, dass Ihr noch da seid. Wäret Ihr so freundlich, mit in die Apotheke zu kommen? Dort ist der Gewaltrichter Reese mit einer verletzten Hand.»

«Oh, aber sicher.» Meister Jupp sprang auf und folgte ihr. «Um was für eine Verletzung handelt es sich?»

«Seht selbst.» Adelina führte ihn in den Apothekenraum und stellte die beiden Männer einander vor.

Meister Jupp begann sofort, die Hand des Ratsherrn zu untersuchen und nickte dann vor sich hin. «Hm, aha, ja, zwei Finger sind gebrochen. Das muss gerichtet werden.» Er wandte sich an Adelina. «Habt Ihr sauberes

Leinen für einen Verband? Dann bringt es mir doch bitte nach nebenan. Glücklicherweise habe ich mein Werkzeug bereits hergebracht. Kommt, guter Mann, Euch kann sogleich geholfen werden.»

Als Adelina den zweifelnden Ausdruck auf Reeses Gesicht sah, nickte sie ihm ermutigend zu. «Geht nur mit ihm. Meister Jupp wird sich als Chirurg künftig die Räume nebenan mit meinem Gemahl teilen. Er soll ein ausgezeichneter Knochenflicker sein. Ich schicke Franziska mit dem Leintuch zu Euch hinüber.»

†

Als Franziska wenig später von ihrem Botengang zurückkam, meinte sie bewundernd: «Also, ich sag Euch, Herrin, dieser Meister Jupp, das ist ein Mann, dem seine Arbeit Spaß macht. Er hat die ganze Zeit vor sich hin gepfiffen, während er die Hand von Herrn Reese versorgt hat. Und wie geschickt der ist! Ganz sanft war er, obwohl er doch solche Pranken hat.» Sie führte eine übertriebene Geste aus, die zeigen sollte, wie riesig die Pranken des Chirurgen waren. «Aber der arme Herr Reese hatte trotzdem scheußliche Schmerzen, das hat man ihm angesehen. Jetzt ist er nach Hause gegangen. Aber er meinte noch, ich soll Euch ausrichten, dass Marie Elfge morgen zu Euch kommen möchte.»

«So?» Überrascht hob Adelina die Brauen. «Hat er gesagt, was sie von mir will?»

«Nein.» Franziska schüttelte den Kopf. «Nur, dass sie sich Eure Apotheke ansehen möchte.»

«Kommt Meister Jupp noch einmal herüber?»

«Ich glaube schon.» Franziska nickte. «Der Herr Magister ist gerade gekommen, und sie unterhalten sich. Bestimmt lädt er Meister Jupp zum Essen ein.»

«In Ordnung, dann gib Magda Bescheid, dass sie für eine Person mehr aufdeckt.»

Nachdem Franziska die Apotheke verlassen hatte, lehnte sich Adelina nachdenklich gegen den Verkaufstresen. Marie Elfge wollte sie also besuchen. Unangenehm war ihr dieser Gedanke ganz und gar nicht. Die junge Frau hatte sehr nett gewirkt; Adelina freute sich darauf, sie näher kennenzulernen und ihr die Apotheke zu zeigen.

†

Nach dem Abendessen, die Mädchen und das Gesinde hatten sich bereits in ihre Kammern begeben, setzte sich Adelina mit Colin noch einmal auf die Ofenbank in der Küche und ließ ihn bei sich trinken. Neklas kam dazu und betrachtete beide liebevoll. «Der kleine Kerl hat einen ganz schönen Appetit, was?»

Adelina lächelte. «Von wem, glaubst du, hat er das? Aber findest du es nicht ungehörig, uns beide so anzustarren?»

«Ganz und gar nicht.» Neklas zupfte neckisch an einem Zipfel ihrer Haube. «Vielleicht macht mir das ja auch ein wenig Appetit.»

«Nun hör aber auf!» Verlegen drehte sie sich von ihm weg, doch damit entzog sie Colin ihre Brust, und er begann zu weinen.

Neklas lachte leise. «Mir scheint, mein Sohn und ich haben da tatsächlich etwas gemeinsam.» Doch dann wurde er wieder ernst. «Warum hast du mir nicht erzählt, dass du heute Thomasius begegnet bist?»

Adelina schnaubte empört. «Weil er es nicht wert ist ...» Sie brach ab und fragte dann unvermittelt: «Warum hast du mir nicht gleich gesagt, dass er mit Meister Jupp verwandt ist?»

Neklas zuckte mit den Achseln. «Ich wusste, das würdest du noch früh genug erfahren. Die beiden sind nicht eben die besten Freunde.»

«Kann man das in Bezug auf Bruder Thomasius überhaupt von jemand behaupten?»

«Vermutlich nicht», bestätigte Neklas.

Eine Weile saßen sie still beieinander und hingen ihren Gedanken nach. Nachdem Colin satt war, richtete Adelina ihr Kleid, wiegte ihren Sohn jedoch weiterhin in ihren Armen.

«Gibt es noch etwas, das ich über deinen Freund wissen sollte? Etwas, das vielleicht mit deiner Vergangenheit zusammenhängt?»

Neklas seufzte. «Nichts, was du nicht beizeiten erfahren wirst.» Er stand auf. «Lass uns hinaufgehen.»

Argwöhnisch blickte sie ihn an, blieb jedoch sitzen. «Was verschweigst du mir diesmal?»

Er drehte sich in der Tür um. «Adelina ...»

«Nein!» Sie schnitt ihm mit einer heftigen Handbewegung das Wort ab. «Du hast mich schon mehr als einmal in Schrecken und Sorge versetzt. Wann gedenkst du zum Beispiel, deine alchemistischen Schriften wieder aus der Bibliothek des Erzbischofs zu entfernen? Ich kann noch immer nicht begreifen, warum du glaubst, sie seien dort sicher, geschweige denn, wie du es fertiggebracht hast, sie dorthin zu bringen.» Sie stand auf und schob sich, Colin fest an sich gedrückt, an ihm vorbei.

Neklas folgte ihr die Stiege hinauf, antwortete ihr jedoch erst, als die Tür der Schlafkammer hinter ihnen zugefallen war. «Die Bücher sind längst nicht mehr dort.»

Adelina, die Colin in seine Wiege gebettet hatte, richtete sich auf. «Ach?»

«Ich weiß selbst, dass sie im erzbischöflichen Palast nicht auf Dauer sicher gewesen wären.»

«Hast du sie vernichtet?»

«Wie es aussieht, ist Thomasius nicht mehr hinter ihnen her. Denn schließlich hat er seither keine Anstalten gemacht, sie bei mir zu suchen.»

«Um Himmels willen!» Adelina starrte ihn entsetzt an. «Sie sind wieder hier im Haus?»

«Sie sind hier sicher.»

«Es sind verbotene Schriften, Neklas. Wenn man sie bei dir findet, kann dich das auf den Scheiterhaufen bringen. Und genau das will Thomasius! Er ist fanatisch … und er ist Dominikaner. Jeder weiß doch, dass die Dominikaner mit der Inquisition …»

«Thomasius ist kein Inquisitor.»

«Aber er kann dich dennoch anklagen.»

«Das kann jeder, der es will.» Neklas setzte sich aufs Bett und klopfte auffordernd neben sich. Adelina blieb jedoch bei der Wiege stehen und verschränkte die Arme vor dem Leib. Seufzend schüttelte er den Kopf. «Lina, ich verstehe dich ja. Aber du kannst sicher sein, dass weder die Bücher noch Thomasius dir oder den Kindern gefährlich werden können.»

«Und was ist mit dir?» Nun trat sie doch näher und setzte sich auf die Bettkante.

Neklas fasste sie leicht an der Schulter. «Auch mir nicht.»

«Ach, und was macht dich da auf einmal so sicher?

Ich weiß noch, wie du reagiert hast, als Thomasius zum ersten Mal in Köln aufgetaucht ist. Er hat dir Angst gemacht. Und das sicherlich nicht ohne Grund.»

Neklas' Griff an ihrer Schulter wurde fester. «Vielleicht sollte ich dir doch etwas erzählen.»

«Ich bitte darum!»

«Lina!» Neklas seufzte, dann sagte er: «Thomasius hat mir weniger Angst gemacht, als du denkst. Vielmehr hat es mich wütend gemacht, dass er mich hier gefunden hat, ja, dass er mich überhaupt all die Jahre verfolgt hat und es, wie du weißt, noch immer tut.»

«Er war einer der Ankläger in dem Prozess, der dich in Italien auf den Scheiterhaufen bringen sollte.»

«Das war er.» Einen Moment schwieg er und schien nach den richtigen Worten zu suchen. «Die Anklage gegen mich lautete unter anderem auf verbotene Leichensektion und Giftmischerei.»

«Unter anderem?», stieß Adelina hervor.

Neklas ging nicht weiter darauf ein. «Ich habe dir bereits erzählt, was meine Beweggründe für diese Taten waren. Ich wollte Wege finden, kranken oder vergifteten Menschen zu helfen, nicht mehr und nicht weniger.»

«Die Kirche sieht das aber anders», warf Adelina ein.

«Das tut sie in der Tat», bestätigte er mit bitterem Unterton. «Den Inquisitoren war mein Ruf als Alchemist bekannt. Die Sektionen hätten sie vielleicht gar nicht so sehr gegen mich aufgebracht, wenn sie nicht hinter meinem Wissen her gewesen wären.» Er ließ seine Hand von ihrer Schulter gleiten und begann, seine Stiefel auszuziehen. «Wissen, das ich nicht mit ihnen teilen wollte. Aber sie ließen nicht locker und boten mir Gold und eine Pfründe, wenn ich ihnen mein Wissen über die Transmutation von unedlen zu edlen Metallen verriete.»

«Dann weißt du also, wie man aus unedlen Metallen Gold macht?» Adelina sah ihn sprachlos an.

Neklas nickte und schüttelte gleichzeitig den Kopf. «Theoretisch ja. Nur ein paar kleine Details entziehen sich beharrlich meiner Kenntnis. Einige aufwendige Versuche schlagen immer wieder fehl … Wie auch immer, sie wollten sich mein Wissen zu eigen machen, denn du kannst dir sicherlich vorstellen, wie sehr den kirchlichen Herrschern an einer unerschöpflichen Geldquelle gelegen wäre.»

Adelina rutschte auf ihre Seite des Bettes und lehnte sich gegen das schwere hölzerne Kopfteil. «Sie wollten dich bestechen.» Mit gerunzelter Stirn hielt sie inne. «Aber sie hätten dich nicht mehr gehen lassen, oder?»

Nachdenklich starrte Neklas auf die Bettdecke. «Auf keinen Fall wäre ich lebend aus dieser Sache herausgekommen. Vermutlich hätten sie mich zum Goldmachen in irgendeinen Keller verbannt, bei Wasser und Brot.»

«Aber du sagst doch, du kannst noch kein Gold machen.»

Neklas stieß verächtlich die Luft aus. «Das war ihnen leider nicht klarzumachen. Und sie hätten mich kaum wieder einfach nach Hause spazieren lassen, nachdem sie es endlich eingesehen hätten.» Er sah ihr fest in die Augen. «Sicher verstehst du, warum ich ihren Vorschlag nicht annehmen konnte.»

Adelina blickte ernst zurück. «Also haben sie dich stattdessen der Ketzerei angeklagt.»

«Thomasius trat als einer der Hauptkläger auf. Er war

derjenige, der mich ursprünglich für den Bischof ködern sollte. Und er kann es mir nicht verzeihen, dass ich erst die Frechheit besaß, sein Angebot abzulehnen, und dann auch noch dem Gericht entkam. Er war schon immer fanatisch und versucht seit damals, mir mit seinen Verdächtigungen beizukommen.» Neklas seufzte. «Was er nicht weiß, ist, dass sein Neffe damals nicht unwesentlich an meiner Befreiung aus dem Kerker beteiligt gewesen ist.»

«Meister Jupp?»

«Er und ein Batzen Geld aus dem Kaufmannskontor seines Vaters.»

«Meister Jupp hat dich aus dem Kerker geholt?» Adelina brauchte eine Weile, um diese Neuigkeit zu verdauen.

Neklas grinste. «Genauer gesagt konnte er mit dem besagten Geld den einen oder anderen Wachmann bestechen. Außerdem hat er ein paar einflussreiche Männer auf unsere Seite ziehen können, denen daran gelegen war zu verhindern, dass im Falle einer peinlichen Befragung möglicherweise ihr Name über meine Lippen kommen könnte.»

«Großer Gott.» Adelina schlug eine Hand vor ihre Augen und schüttelte den Kopf.

Neklas stieß einen Laut aus, der irgendwo zwischen ironisch und amüsiert lag. «Selbstredend war inzwischen mein Haus und alles Geld und Gut der Kirche anheimgefallen. So läuft das immer in Kirchenprozessen. Ich hatte nichts mehr. Deshalb ging ich aus Italien fort und kam auf Umwegen nach Köln.» An dieser Stelle verzog er seine Lippen zu einem breiten Lächeln. «Was mein Glück war, wie sich an jenem Tag herausstellte, als ich zum ersten Male die Schwelle deiner Apotheke überquerte.»

Adelina ging nicht darauf ein. Ihr lag etwas ganz anderes auf dem Herzen. «Aber warum glaubst du, Thomasius könne dir nun nicht mehr gefährlich werden? Du selbst hast mir einmal gesagt, dass der Erzbischof von Köln wegen des Prozesses ein Auge auf dich hat. Wenn Thomasius dich erneut anklagt ...»

«... schneidet er sich ins eigene Fleisch», ergänzte Neklas. «Nur, dass er das bislang noch nicht weiß. Aber er wird es bald erfahren.»

Adelina hob die Brauen und wollte etwas erwidern, doch in diesem Moment kam aus der Wiege ein leises Weinen. Rasch stand sie auf und warf einen Blick auf Colin, der jedoch nur kurz aufgewacht zu sein schien. Leise ging sie wieder zum Bett und begann sich auszuziehen. «Was hast du denn gegen ihn in der Hand?»

In Neklas' Augenwinkel stahl sich ein schelmisches Funkeln, das ihr gar nicht gefiel. «Neklas? Was hast du vor?»

Er zuckte mit den Schultern. «Nichts, was dich beunruhigen müsste. Ich erzähle dir ein andermal davon.»

«Ich will aber nicht ...»

«Lina, bitte vertrau mir.» Er blickte sie nun wieder ernst an. «Oder habe ich dir je einen Grund gegeben, dies nicht zu tun?»

Adelina fuhr sich durch ihr nun offenes schwarzes Haar und schlüpfte unter die Decke. Nachdenklich sah sie ihm ins Gesicht. «Nein», gab sie zu. «Das hast du nicht. Aber ich kann nun mal diese Geheimniskrämerei nicht ausstehen.»

«Sie ist nur zu deinem Besten, Liebste.»

«Hm», brummte sie und zog sich die Decke bis zur Nasenspitze. Dann drehte sie ihm noch einmal den Kopf zu. «Ich will keinen Ärger, wenn deine Mutter zu Besuch ist.»

«Das kann ich verstehen, Lina.» Neklas zwinkerte ihr zu, dann löschte er das Licht.

«Hm», knurrte Adelina erneut. «Verstehen vielleicht, aber kannst du es auch einhalten?»

7

Der nächste Tag begann bereits sonnig und heiß. Schon in den frühen Morgenstunden schien die Luft über dem Alter Markt zu stehen; um die Kotzbank, auf der die Fleischer Schlachtabfälle zum halben Preis anboten, schwirrten ganze Schwärme von schwarz schillernden Fliegen. Adelina hatte die Haustür dennoch weit geöffnet, da die Handwerker nebenan dabei waren, neue Fenster und eine breitere Tür einzubauen, und sie so wenigstens mit einem Ohr die Arbeiten überwachen konnte. Neklas war schon früh an das Bett eines Schwerkranken gerufen worden, und Meister Jupp hatte sich heute noch nicht blicken lassen. Am vergangenen Abend hatte er davon gesprochen, dass er sich ein Haus in der Nähe ansehen und hinterher seine Familie aus Bonn herholen wollte. So blieb ihr nichts anderes übrig, als die Bauarbeiten selbst zu beaufsichtigen, während sie gleichzeitig getrocknete Salbeiblätter in einem Mörser zermahlte. Sie gab noch einige weitere Zutaten hinzu, um die Mischung gegen Frauenleiden zu vervollständigen. Mira stand dicht neben ihr und sah ihr aufmerksam zu. Immer wenn Adelina mit einer Portion fertig war, füllte das Lehrmädchen diese in ein kleines Säckchen und verschnürte es fest. Neben ihr auf dem Tresen lag bereits eine stattliche Anzahl solcher Beutel.

«Nun leg die Kräutersäckchen in die Kiste dort», Adelina wies mit dem Kinn auf einen Holzkasten mit Deckel, während sie die letzten Kräuterreste aus dem Mörser kratzte. «Danach reinigst du den Mörser und schaust im Hinterzimmer nach der Destille. Wenn genug von dem Weingeist in das Glas-Ei getropft ist, versetzen wir ihn mit verschiedenen Essenzen, die ich dir dann zeigen werde.»

«Und wozu braucht man diese Mixtur dann?», fragte Mira und packte die Säckchen eifrig in die Kiste.

Adelina wischte sich die Hände an einem Tuch ab. «Heute werden wir Einreibungen gegen geschwollene Füße zubereiten und eine Paste, die man für Umschläge gegen Gicht verwendet.» Sie warf einen Blick aus der Haustür und wischte dann rasch mit dem Lappen über den Tresen. «Nimm alles zum Reinigen mit hinaus. Es scheint, als käme dort Kundschaft.»

«Wer ist es denn?» Mira nahm den Mörser und versuchte ebenfalls, einen Blick nach draußen zu werfen.

Adelina schob sie jedoch energisch Richtung Hintertür. «Tu, was ich dir gesagt habe.»

Wenig später betraten zwei Männer in Arztmänteln die Apotheke. Einer von ihnen war der betagte und mittlerweile kahlköpfige Magister Arnoldus, dem die ärztliche Betreuung der Scholaren an der Universität oblag, den zweiten Mann kannte Adelina nicht. Er war groß und dünn, sein spitzes Kinn gab seinem Gesicht etwas Ziegenartiges. Arnoldus stellte ihn als Magister Pierre van Stijn vor. «Er wird meine Stellung an der Universität einnehmen, wisst Ihr», berichtete der alte Arzt weiter. «Ich bin froh, dass der Dekan endlich einen Nachfolger gefunden hat. Mir ist die Arbeit doch mittlerweile recht beschwerlich geworden.»

«Das kann ich sehr gut verstehen, Magister Arnoldus»,

sagte Adelina und lächelte herzlich. «Kann ich denn etwas für Euch tun?»

Der fremde Medicus trat näher an den Tresen heran. «In der Tat, das könnt Ihr, da Ihr Euch ja Meisterin dieser Apotheke nennt. Magister Arnoldus hat Euer Haus in den höchsten Tönen gelobt, deshalb sind wir hier», näselte er und bedachte sie mit einem Blick, der zu sagen schien, dass ihm ein männlicher Apotheker lieber gewesen wäre. «Einige der Scholaren klagen über Leibschmerzen. Eine Magenverstimmung scheint der Grund zu sein. Deshalb benötige ich Arzneien.»

«Aber natürlich.» Adelina bemühte sich weiterhin um einen freundlichen Ton, obwohl ihr die hochnäsige Art des Arztes schon jetzt zuwider war. «Ich habe eine hervorragende Kräutermischung gegen Magenleiden, die ich auch selber ...»

«Danach habe ich Euch nicht gefragt.» Die Stimme des Arztes klang ungehalten. Streng sah er auf sie herab. «Ich kann meine Arzneien sehr gut selbst zusammenstellen, Frau Meisterin.» Er blickte sich in der Apotheke um, vor allem die Regale musterte er sehr eingehend. «Nehmt ein Quantum hiervon ...» Er wies mit seinem Gehstock, den Adelina jetzt erst bemerkte, auf eine Glasflasche. «Und hiervon ...» Wieder blickte er sich um. «Und hiervon, aber nur ein halbes Gran.» Jedes Mal deutete er mit seinem Stock wie mit einem Zeiger auf die Behältnisse und Phiolen. «Nun, was ist? Ich habe nicht den ganzen Tag Zeit.»

Adelina biss die Zähne zusammen und nahm die gewünschten Zutaten aus dem Regal. Dann ging sie rasch zur Hintertür und rief nach Mira. «Bring mir Mörser und Waage her, auch die kleinen Gewichte!»

Van Stijn hatte sich gegen den Tresen gelehnt und trommelte ungeduldig mit den Fingern darauf herum. «Warum habt Ihr Eure Waage nicht hier stehen?»

Adelina öffnete eines der Behältnisse und roch zur Kontrolle daran. «Weil mein Lehrmädchen sie vorhin gereinigt hat», erklärte sie kurz angebunden. In diesem Moment kam Mira auch bereits mit den Gerätschaften herbei.

Van Stijn musterte sie eingehend. «Dauert das bei dir immer so lange, Mädchen?»

«Äh …» Mira sah verunsichert zwischen dem Arzt und Adelina hin und her.

Adelina schüttelte leicht den Kopf. «Geh wieder nach hinten und kümmere dich um die Destille.»

Mira nickte und machte sich sichtlich erleichtert davon. Währenddessen hatte Adelina bereits damit begonnen, die Zutaten für die Arznei zu mischen.

Der Arzt sah ihr mit Argusaugen dabei zu. «Ihr lasst das Mädchen an die Destille? Wie lange geht sie bereits bei Euch in die Lehre? Sie kann doch höchstens zehn Jahre alt sein.»

Adelina hob den Kopf und funkelte ihn verärgert an. «Mira ist zwölf und bereits seit einem Jahr bei mir. Sie ist durchaus in der Lage, die Bereitung von Weingeist zu überwachen.»

«Meisterin Burka ist sehr tüchtig, Magister van Stijn», beeilte sich Arnoldus einzuwerfen. «Glaubt mir, in ganz Köln findet Ihr keine bessere Apothekerin. Und ihre Lehrmädchen sind äußerst fleißig und gelehrig …»

«Das wird sich noch herausstellen», unterbrach van Stijn ihn steif, dann wandte er sich wieder an Adelina. «Was ist, seid Ihr bald fertig?»

Sie füllte das Gemisch in eine kleine Holzdose mit Deckel und reichte sie dem Arzt. «Zwei Kupferpfennige.»

«Ihr näht das nicht in Wachstuch ein?» Van Stijn öffnete den Deckel des Behältnisses und schloss ihn gleich wieder.

Adelina schüttelte den Kopf. «Diese Mischung muss atmen können. In Wachstuch würde sie rasch verderben.»

Der Arzt nickte gnädig und legte ihr das Geld auf den Tresen. Dann wandte er sich mit einem gemurmelten Gruß ab und trat auf den Marktplatz hinaus.

Magister Arnoldus kratzte sich verlegen am Kopf. «Verzeiht, meine Liebe, er ist ein wenig … Er ist …»

Adelina lächelte ihm zu. «Ist schon gut.»

«Aber er ist ein guter Arzt, das könnt Ihr mir glauben.»

Von draußen drang plötzlich Neklas' Stimme zu ihnen. «Pierre van Stijn! So eine Überraschung.» Sein Ton verriet, dass er gerne auf diese Überraschung verzichtet hätte. Die beiden Männer betraten erneut die Apotheke. Van Stijn sah ebenso wenig erfreut aus wie Neklas. «Dann ist es also wahr, du bist hier in Köln. Und noch dazu …» Er blickte zwischen Neklas und Adelina hin und her. «Mit einer Apothekerin verheiratet?» Naserümpfend wandte er sich ab. «Du weißt genau, dass Arzt und Apotheker keine gemeinsame Sache machen dürfen. Darauf stehen hohe Strafen.»

«Das tun wir auch nicht», erwiderte Neklas kühl. «Jedenfalls nicht in beruflicher Hinsicht.»

«Das will ich hoffen.» Van Stijn war schon wieder an der Tür. «Wenn mir so etwas zu Ohren kommen sollte …» Damit war er zur Tür hinaus.

Arnoldus folgte ihm eilig, drehte sich an der Tür jedoch noch einmal um. «Nehmt es ihm nicht übel. Er ist wirklich ein guter Arzt, und wir können froh sein, dass er Mitglied der Fakultät geworden ist. Also …» Er lächelte noch einmal entschuldigend. «Gehabt Euch wohl, Meisterin, Magister Burka.» Damit eilte er hinter van Stijn her, der den Marktplatz bereits zur Hälfte überquert hatte.

Neklas sah ihnen kurz nach, dann drehte er sich zu Adelina um und lächelte schief. «Habe ich richtig gehört, der alte Sauertopf ist in die medizinische Fakultät eingetreten?»

Adelina nickte. «Er übernimmt Magister Arnoldus' Posten. Woher kennst du ihn?»

«Ach», Neklas winkte ab. «Wir haben eine Zeit lang zusammen studiert. Anscheinend trifft sich der gesamte Jahrgang hier in Köln wieder.»

Erstaunt hob Adelina die Brauen. «Ihr habt gemeinsam studiert? Dieser van Stijn wirkt viel älter als du.»

Neklas grinste. «Das täuscht. So wie jetzt sah er wohl schon als Kind aus. Wahrscheinlich hat er das seiner chronisch schlechten Stimmung zu verdanken. Er war regelmäßig Prüfungsbester, aber nicht einmal das hat ihn zu einem Lächeln verleitet. Er ist ein klassischer Miesepeter.»

«Na wunderbar. Das wird die Scholaren bestimmt erfreuen.»

Neklas zuckte mit den Schultern. «Er ist ein guter Arzt, das muss man ihm lassen.» Er ging zur Tür und zog sie zu, dann kam er zurück zum Tresen. «Wie ich gehört habe, ist Meister Vetscholder noch immer nicht aufgetaucht.»

Adelina räumte die Glasflasche und die Tiegel wieder ins Regal zurück und wischte erneut mit dem Lappen über den Tresen. «Glaubst du, er hat etwas mit Belas Tod zu tun?»

Neklas hob die Schultern. «Sie war schwanger. Wenn das Kind nicht von ihm war und sie es ihm verheimlicht hat …»

«Sie hat es ihm nicht verheimlicht», meinte Adelina. Sie erinnerte sich, was Marie ihr erzählt hatte. «Er wusste von dem Kind.»

«Dann könnte es doch durchaus sein, dass er in Zorn geriet und sie umgebracht hat.»

«Nein, du verstehst nicht.» Adelina wischte ihre Hände an ihrem Rock ab und stützte sich dann auf den Tresen. «Er wusste es schon länger. Und Marie hat mir versichert, dass er Bela trotzdem heiraten wollte.»

«Marie?»

«Marie Elfge, Belas Schwester. Ich traf sie mit Reese im Gaffelhaus.»

«Dann war das Kind vielleicht doch von ihm.»

Adelina schüttelte den Kopf. «Sie wurde überfallen, auf dem Weg zwischen Köln und Siegburg.» Sie rieb sich die Arme, auf denen sich eine unangenehme Gänsehaut gebildet hatte. «Ein Trupp Soldaten hat ihre Kutsche angehalten, und einer von ihnen …» Sie brach schaudernd ab.

«Ich verstehe.» Neklas machte ein ernstes Gesicht. «Und dennoch wollte Vetscholder sie heiraten?»

«So sagt wenigstens Marie», bestätigte Adelina. «Zwischen den beiden muss eine große Zuneigung bestanden haben. Er wollte das Kind als seines anerkennen.»

«Und dennoch ist er seit Belas Tod verschwunden», gab Neklas zu bedenken. «Wer weiß, was wirklich in ihm vorging. Gekränkte Ehre hat schon so manchen zur Raserei gebracht.»

«Mag sein.» Adelina ging leise zur Hintertür und warf

einen Blick auf ihr Lehrmädchen, das gerade eifrig dabei war, das volle Glas-Ei aus der Destille zu nehmen. «Ich komme gleich, Mira», sagte sie und zog die Tür wieder zu. Langsam drehte sie sich zu Neklas um. «Was aber nicht dazu passt, sind der Ort und die Umstände von Belas Tod», meinte sie. «Lockt ein Mann, rasend vor Zorn, seine Braut in aller Frühe in ein Zunfthaus, um sie dort im Weinkeller zu ermorden? Und warum hat er ihr den Leib aufgeschnitten?»

«Du hast recht, das passt nicht ins Bild», stimmte Neklas nachdenklich zu. Dann schüttelte er den Kopf und machte eine abwehrende Handbewegung. «Aber das ist ja eigentlich wirklich nicht unsere Angelegenheit. Der Vogt oder Gewaltrichter Reese wird die Wahrheit schon ans Licht bringen. Es ist wirklich besser, wenn wir uns aus der Sache heraushalten, meinst du nicht?»

Adelina verzog ironisch die Mundwinkel. «Sind wir nicht schon längst mittendrin?»

†

Das Glöckchen an der Haustür rief Adelina eine Weile später aus dem Hinterzimmer in die Apotheke. Sie überließ Mira das Abfüllen der Essenz in die kleinen Glasphiolen und eilte in den Verkaufsraum.

Marie Elfge stand noch an der Tür und sah sich neugierig in dem quadratischen Raum mit den hohen Regalen um. Bei Adelinas Anblick lächelte sie herzlich. «Guten Tag, Meisterin Burka. Ich hoffe, ich störe Euch nicht? Ich möchte Euch keinesfalls von der Arbeit abhalten, aber ich musste mir unbedingt Eure Apotheke ansehen. Onkel Georg hat mich so neugierig gemacht …»

«Aber nein, Ihr stört überhaupt nicht.» Adelina machte eine einladende Handbewegung. «Kommt nur näher und seht Euch um.»

«Haltet mich bitte nicht für aufdringlich», sagte Marie und beäugte die Tiegel und Phiolen, die hinter Adelina in den Regalen aufgereiht standen. «Ihr müsst wissen, ich war noch niemals in einer Apotheke. Es ist nämlich so», sie kicherte. «Ich war noch niemals krank. Meine Mutter sagt immer, ich erfreue mich einer geradezu skandalösen Gesundheit.»

«Ich kann Euch gerne ein wenig herumführen, Jungfer Marie», schlug Adelina vor. Belas Schwester, die wohl nur wenig jünger als sie selbst war, gefiel ihr ausnehmend gut.

Marie lächelte erfreut. «Würdet Ihr das tun? Wisst Ihr, ich bewundere Frauen, die ein Handwerk erlernt haben und sogar ein eigenes Geschäft führen. Mein Vater wollte nicht, dass Bela oder ich etwas anderes als das Hauswesen erlernen. Ihm ist es nur wichtig, dass wir einmal einen guten Eheherrn finden. Den Wein- und Spezereienhandel wird einmal mein jüngerer Bruder übernehmen.» Sie hielt inne und blickte in eine unbestimmte Ferne. «Jetzt, da Bela tot ist, wird Vater vermutlich mich mit Avarus verheiraten wollen. Die beiden waren sich einig, ihre Geschäfte zusammenzulegen.»

«Und Ihr würdest das tun?» Adelina sah Marie aufmerksam an. «Avarus heiraten, meine ich?»

«Wenn er mich haben will, wird mir nicht viel anderes übrig bleiben», meinte Marie trocken. «Als Tochter hat man ja selten die Wahl.» Ihre Stimme klang betont gelassen, doch an ihren Augen sah Adelina, dass Marie über die Aussicht, möglicherweise Avarus' Frau zu werden, alles andere als froh war. Dennoch lächelte sie tapfer. «Versteht mich nicht falsch, Avarus ist ein herzensguter Mensch. Bestimmt wäre er ein guter Ehemann. Aber ich bin nun mal nicht Bela, und er … Zwischen den beiden war etwas Besonderes, wisst Ihr.»

Adelina nickte verständnisvoll. «Noch ist ja nichts entschieden, nicht wahr? Und da Meister Vetscholder noch nicht wieder in Köln ist …», lenkte sie das Gespräch vorsichtig in eine andere Richtung.

Marie blinzelte und tupfte sich mit dem Ärmel ihres dunkelblauen Kleides über die Augen. «Ich weiß schon, was Ihr damit sagen wollt. Die Spatzen pfeifen es von den Dächern. Alle Welt glaubt, er habe etwas mit Belas Tod zu tun. Aber das glaube ich nicht, das kann einfach nicht sein.» Sie schwieg und sah Adelina kummervoll an. «Eher glaube ich, dass auch ihm etwas zugestoßen ist.»

«Was meint Ihr damit?» Adelina trat hinter dem Tresen hervor und ging auf Marie zu.

In diesem Moment öffnete sich die Hintertür, und Mira streckte ihren Kopf herein. «Meisterin, ich bin mit dem Abfüllen fertig. Magda lässt ausrichten, sie geht gleich los, um Griet von den Beginen abzuholen.»

Adelina drehte sich zu ihr um und nickte. «In Ordnung. Lösch das Feuer an der Destille …»

«Hab ich schon gemacht!»

Adelina zog die Brauen hoch. «Also gut, dann geh hinaus in den Garten und hol mir eine Schale voll Blütenblätter von den Kletterrosen am Hühnerstall. Aber nur die von ganz geöffneten Blüten und keines, das schon einen braunen Rand hat.»

«Wollt Ihr Rosenwasser herstellen?», fragte Mira erfreut. «Ich laufe sofort los!»

Adelina sah ihr kurz hinterher und lächelte amüsiert. «Dieses Kind ist ganz versessen auf Duftwässerchen», erklärte sie an Marie gewandt. «Das ist beinahe das Einzige, womit sie sich ohne zu murren stundenlang beschäftigen kann.» Sie wurde wieder ernst. «Warum glaubt Ihr, dass Meister Vetscholder etwas zugestoßen sein könnte?»

Marie schwieg und schien zu überlegen, was sie auf die Frage antworten sollte. Schließlich hatte sie sich wohl zu etwas durchgerungen. «Er wollte Bela besuchen ... in Siegburg. Wir dachten doch, sie sei dort, bei ihrem ... bei ihrem Oheim. Alle dachten das. Aber wenn er sie dort nicht angetroffen hat, warum ist er dann nicht sofort zurückgekommen?»

Adelina nickte. «Das ist in der Tat eine gute Frage. Warum wollte er Bela besuchen?»

«Vermutlich, um etwas wegen der Hochzeit zu besprechen», sagte Marie und blickte wieder traurig zu Boden. «Sie hätte doch in zwei Wochen stattfinden sollen, und beide Familien planten ein großes Fest. Außerdem besuchte Avarus Bela auch zu Hause sehr oft. Mutter fand das schon fast unanständig, aber die beiden waren einfach unzertrennlich.» Marie wischte sich wieder über die Augen. «Er tat einfach alles für sie. Deshalb kann ich auch nicht glauben, dass er etwas mit Belas Tod zu tun hat.»

Adelina dachte nach. So kam sie nicht weiter, doch dann fiel ihr noch etwas ein. «Bela hätte also in Bonn weilen sollen. Ihr erzähltet mir aber doch, dass sie erst vor kurzem von Söldnern überfallen worden war. Dennoch hat sie sich erneut auf den gefährlichen Weg dorthin gemacht?»

Marie hob den Kopf. «Sie ließ sich nicht davon abbringen. Bela … Bela war in solchen Dingen sehr eigensinnig.»

«Und Euer Vater hatte nichts dagegen einzuwenden?»

«Doch, zunächst schon, doch sie überredete ihn, die Bewachung ihrer Kutsche zu verstärken. Außerdem …» Marie zögerte. «Er wusste wohl von dem Überfall, nicht aber, dass man sie, dass Bela …»

«Dass sie geschändet wurde, wusste er nicht?»

«Nein. Er weiß es auch jetzt nicht. Und, nun ja, ich möchte auch nicht, dass er davon erfährt. Das würde er nicht verkraften.»

«Ich verstehe. Bela spielte die Gefahr also herunter. Aber was ist mit den Wachen, die sie begleiteten? Haben die nicht Eurem Vater vom wahren Ausmaß des Überfalles berichtet?»

«Das konnten sie nicht. Vielmehr, er konnte es nicht. Damals reiste Bela nur mit einem bewaffneten Wächter, der gleichzeitig die Kutsche lenkte. Die Söldner schlugen ihn nieder. Erst als sie fort waren, kam er wieder zu sich.»

«Liebes Bisschen!» Adelina schüttelte sich entsetzt. «Ein Wunder, dass Eurer Schwester damals nicht noch mehr passiert ist.»

Nun lächelte Marie wieder. «Sie konnte sich ihrer Haut wehren. Sie erzählte mir, sie habe um sich getreten und einige empfindliche Körperteile der Männer getroffen.» Sie wurde rot. «Nun ja, und einem von ihnen hat sie mit einem Stein die Nase gebrochen. Da suchten sie das Weite.»

«Eure Schwester war offensichtlich eine mutige Frau.»

«Das war sie», bestätigte Marie.

«Und die Wachen, die sie diesmal nach Siegburg begleiteten? Hat man die bereits befragt?»

«Natürlich. Onkel Georg hat mit ihnen gesprochen. Sie haben Bela nach Siegburg gebracht und dort bei ihrem Oheim zurückgelassen.»

«Hat man ihn ebenfalls schon befragt?»

«Das weiß ich nicht.» Marie wurde unruhig. «Warum fragt Ihr das alles?»

Adelina ging um den Tresen herum und auf Marie zu. «Es interessiert mich einfach. Die Umstände des Todes Eurer Schwester sind schließlich mehr als ungewöhnlich», wählte sie vorsichtige Worte.

Dennoch zuckte Marie zusammen. «Sie sind einfach schrecklich! Und, ja, ich vergaß, Ihr fandet sie ja. Wie schlimm muss das für Euch gewesen sein, Meisterin Burka.» Sie stockte und sah Adelina neugierig ins Gesicht. «Onkel Georg erzählte mir, dass Ihr ihm schon einmal bei der Aufklärung eines Mordes geholfen habt. Fragt Ihr deshalb? Werdet Ihr ihm auch jetzt wieder helfen?»

Adelina zögerte. «Genau genommen habe ich mit Herrn Reese schon zweimal einen Mörder überführt. Nun ja», sie lächelte schief. «Beide Male bin ich eher durch Zufall in die Angelegenheiten hineingeraten, und ehrlich gesagt habe ich meinem Gemahl versprochen, mich diesmal aus der Sache herauszuhalten.»

«Was Euch aber schwerfällt?» In Maries Frage schwang Verständnis mit. «Eure Fragen sind sehr klug, will ich meinen. Habt Ihr noch mehr davon?»

Adelina konnte sich ein leises Lachen nicht verkneifen. «Möglicherweise habe ich die tatsächlich. Aber wäre es nicht sinnvoller, diese zusammen mit Herrn Reese zu erörtern?»

«Ihr habt recht.» Marie nickte. «Ich werde ihn bitten, mich noch einmal zu Euch zu begleiten.»

«Hoffen wir, dass Meister Vetscholder bis dahin auch wieder aufgetaucht ist.»

«Ja, hoffentlich», stimmte Marie zu. «Nun habt Ihr mich aber noch immer nicht in Eurer Apotheke herumgeführt. Und meine Magd wartet draußen schon recht lange.»

«Bittet sie doch herein», schlug Adelina vor, doch Marie schüttelte den Kopf.

«Mechthild ist nicht die Hellste und sehr geschwätzig. Ich weiß sie lieber draußen vor der Tür.» Sie lächelte. «Ein wenig Zeit habe ich noch. Und ehrlich gesagt bin ich froh, eine Weile von zu Hause fort zu sein. Ich kann dort nichts tun, um den Kummer meiner Eltern zu lindern.»

Also begann Adelina mit einer Führung durch den Apothekenraum, zeigte Marie etliche Tiegel, Fläschchen und Dosen mit zum Teil recht wundersamen Inhalten und erläuterte ihr, wozu diese jeweils dienten. Sie erklärte ihr die Waage und ließ sie auch einen Blick ins Hinterzimmer werfen. Zum Schluss bot sie ihr noch ein Stück ihres begehrten und sehr teuren Zuckerkonfekts an.

Marie schloss genießerisch die Augen, während sie kaute. «Himmlisch», sagte sie und leckte sich über die Lippen. «Ich habe bestimmt noch nie so eine Köstlichkeit gegessen.»

Adelina dankte ihr für das Lob und packte ein weiteres Stück zusammen mit einigen kandierten Kirschen ein. «Als Wegzehrung», meinte sie lächelnd.

«Ihr verführt mich!» Marie lächelte zurück. «Vermutlich hofft Ihr, in mir zukünftig eine neue Kundin zu haben.» Sie schob sich eine Kirsche in den Mund und verdrehte verzückt die Augen. «So sei es. Bei meinem nächsten Besuch bringe ich meine Geldbörse mit.» Sie schob das Päckchen mit den Süßigkeiten in ihre Gürteltasche und wandte sich zur Tür. «Nun muss ich aber wirklich gehen. Aber wenn ich darf, komme ich in den nächsten Tagen noch einmal vorbei.»

«Selbstverständlich, ich freue mich darauf.» Adelina trat neben sie und wollte ihr die Tür öffnen, als ihr noch etwas einfiel. «Wer ist eigentlich Euer Oheim, den Bela immer besuchte?»

Marie hüstelte. «Walter von der Weiden.»

«Der Patrizier?» Mit großen Augen sah Adelina ihre Besucherin an.

Marie nickte. «Er wurde, wie viele andere Patrizier, aus Köln verbannt und wohnt nun in einem seiner Häuser in Siegburg.»

Diese Information musste Adelina erst einmal verarbeiten. «Ihr habt familiäre Verbindungen zu den Patriziern? Und dennoch ist Euer Vater ins Schöffenamt gewählt worden?»

«Also …» Verlegen rieb Marie ihre Hände aneinander. «Genau genommen hatte Bela diese familiäre Verbindung. Es ist zwar ein offenes Geheimnis, aber wir sprechen nie darüber. Um Gerede zu vermeiden, Ihr wisst schon.»

«Gerede worüber?»

«Bela ist nicht Walters Nichte. Sie nennt ihn zwar Oheim, doch in Wahrheit ist er ihr Vater.»

In diesem Moment wurde die Tür aufgestoßen, sodass beide Frauen erschrocken zurückprallten.

«Oha.» Meister Jupp sah sich verdattert um. «Verzeiht, Meisterin Burka, ich sah Euch zu spät. Und auch Euch, edle Jungfer.» Er musterte Marie kurz und lächelte entschuldigend. «Keinesfalls wollte ich Euch über den Haufen rennen.»

«Es ist ja nichts passiert», sagte Marie. «Ich denke, ich werde nun wirklich gehen. Aber ich besuche Euch so bald wie möglich wieder, Meisterin Burka.»

«Ich freue mich schon darauf», wiederholte Adelina herzlich.

Marie trat an Meister Jupp vorbei auf den Marktplatz und sah sich um. «Verzeiht, Herr», wandte sie sich dann noch einmal an ihn. «Habt Ihr zufällig meine Magd gesehen? Sie sollte hier vor der Tür auf mich warten.»

Meister Jupp verneinte. «Es sei denn, es handelt sich bei Eurer Magd um ein schwatzhaftes junges Ding mit einer Vorliebe für süße Pasteten.» Er wies auf die Bude eines Pastetenbäckers ganz in der Nähe, vor der ein leicht pummeliges Mädchen saß und, während es offensichtlich dem Bäcker schöne Augen machte, an einer der heißen Leckereien kaute.

«Da soll mich doch!» Maries Miene verzog sich ärgerlich. «Woher hat sie denn das Geld? Mechthild!», rief sie mit überraschend lauter Stimme.

Meister Jupp gluckste. «Vermutlich hat sie ihn mit ihrem Lächeln bestochen.»

«Umso schlimmer!» Mit energischen Schritten eilte Marie auf ihre pflichtvergessene Magd zu. Meister Jupp und Adelina beobachteten, wie sie Mechthild am Arm fasste und zur Rede stellte. Augenblicke später huschte die Magd ihr voran mit eingezogenem Kopf über den Alter Markt davon.

«Eine Kundin?», fragte Meister Jupp, und an seiner Stimme erkannte Adelina seine Belustigung.

«Die Schwester der Toten, die im Gaffelhaus gefunden wurde», antwortete sie.

«Ach?» Der Chirurg hob neugierig die Brauen. «Die Tote, die Ihr gefunden habt, wie ich hörte. Kennt Ihr sie schon länger?»

«Nein, wir trafen uns erst kürzlich zum ersten Mal. Sie interessiert sich für die Apotheke und bat mich, sie ein wenig herumzuführen.»

«Ein ungewöhnlicher Zeitpunkt, findet Ihr nicht?» Der Chirurg ging wieder in die Apotheke. «Der Verlust ihrer Schwester …»

«Sollte sie ans Haus fesseln, meint Ihr? Vielleicht fühlte sie sich dort nicht sehr nützlich. So sagte sie mir jedenfalls.»

Meister Jupp dachte darüber nach. «Ja, manchmal kann einen zu viel Trauer aus dem Hause treiben. Nun ja, aber weshalb ich überhaupt hier bin …»

«Wolltet Ihr nicht nach Bonn fahren und Eure Familie herholen?»

«So ist es, und ich bin auch schon so gut wie fort. Allerdings wollte ich Euch fragen, ob mir Ludowig kurz zur Hand gehen könnte. Ich habe ein paar schwere Kisten, die ich vorher noch in die Behandlungsräume tragen muss, und meine Gesellen sind ja leider noch nicht hier.»

«Aber sicher doch. Ludowig müsste draußen hinter dem Haus sein. Geht nur zu ihm.»

Meister Jupp bedankte sich und machte sich sogleich auf die Suche nach dem Knecht. Adelina schloss die Apothekentür und begab sich dann ins Hinterzimmer, um sich endlich wieder Mira und der Destille zu widmen. Dabei ging ihr das Gespräch mit Marie jedoch nicht aus dem Kopf. Sie dachte über den verschwundenen Meister Vetscholder und Maries Befürchtungen nach, es könne ihm ebenfalls etwas zugestoßen sein, und kam dabei zu dem Schluss, dass die junge Frau vielleicht mehr wusste, als sie zugab.

8

«Warum darf ich mein altes Kleid nicht anziehen? Ihr habt gesagt, man kann noch ein Stück Stoff am Saum ansetzen», beklagte sich Griet auf dem Heimweg vom Schneider. Sie trug ein großes Bündel, in dem sich ihre neuen Kleidungsstücke befanden. Neben ihr schleppte Mira ein noch größeres Paket, strahlte jedoch übers ganze Gesicht. «Ich weiß gar nicht, was du hast. Neue Kleider sind doch herrlich! Ich will mein blaues gleich anziehen.»

«Nichts dergleichen wirst du tun», widersprach Adelina streng. «Das blaue Kleid ist für Sonn- und Feiertage gedacht.»

«Aber das braune …»

«Steht dir ebenso gut. Zusammen mit der neuen Schürze wirst du ganz reizend aussehen», fügte Franziska hinzu, die ebenfalls mit einem Kleiderpaket beladen war.

Adelina nickte ihr zu. «Ganz recht.»

«Aber was ist mit meinem schönen alten Kleid?», quengelte Griet erneut.

Adelina, die zwei Körbe mit Beinlingen und Unterwäsche trug, verzog unwillig das Gesicht. «Griet, das Kleid taugt nicht mehr zum Ausgehen. Natürlich können wir noch ein Stück ansetzen, aber selbst dann eignet es sich höchstens noch für die Gartenarbeit. Solange Frau Benedikta bei uns wohnt, will ich es nicht an dir sehen.»

«Ich finde es aber noch so schön!»

«Das neue gelbe ist ebenso schön.»

«Aber ich würde viel lieber …» Plötzlich stockte Griet und blieb wie angewurzelt stehen. Beinahe hätte Franziska sie umgerempelt. Auch Adelina konnte ihr gerade noch ausweichen.

«Mädchen, pass doch auf!» Franziska versuchte vergeblich, ihr Paket festzuhalten, doch es rutschte ihr zwischen den Armen durch. Sie machte noch einige hektische Verrenkungen, doch umsonst. Die Kleider fielen zu Boden. Leise fluchend raffte die Magd alles wieder auf. «Was bleibst du denn mitten auf dem Weg stehen?»

Doch Griet hatte das Missgeschick offenbar gar nicht bemerkt. Noch immer stand sie wie erstarrt da und blickte geradeaus.

«Griet?» Besorgt trat Adelina auf ihre Stieftochter zu. «Griet, geht es dir nicht gut?»

Als das Mädchen noch immer nicht reagierte, stellte sie ihre Körbe ab und fasste das Mädchen am Arm. «Griet!»

«Was?» Endlich hob Griet den Kopf. In ihren Augen stand das pure Entsetzen. «Oh, Frau Adelina! Ich … Da war er wieder!»

Alarmiert sah Adelina sich um. «Wer war da wieder? Wen hast du gesehen? Bruder Thomasius?»

«Nein, nein, den Geist!»

«Geister gibt es doch gar nicht!», mischte Mira sich ein und bedachte Griet mit einem altklugen Blick. «Und wenn doch, kann man sie nicht sehen. Stimmt doch, Meisterin?»

«Natürlich gibt es keine Geister», bestätigte Adelina mit fester Stimme. «Griet, wen hast du gesehen?»

Griet blickte sich ebenfalls noch einmal um und schien

sich dann zu entspannen. «Verzeiht, Frau Adelina. Jetzt ist er weg … der Geist. Vielleicht war er auch gar nicht da. Ihr habt mir ja gesagt, es gibt keine Geister. Bestimmt habe ich mich getäuscht.»

Zweifelnd sah Adelina auf das Mädchen hinab, das sich wieder gefangen zu haben schien. So ganz wollte ihr die Sache nicht gefallen. «Bist du sicher, dass du dich nicht vor Bruder Thomasius erschreckt hast? Wenn ja, musst du es mir sagen.»

Doch Griet schüttelte nur heftig den Kopf, packte ihr Kleiderbündel fester und setzte sich wieder in Bewegung. Mira schob sich an ihre Seite, und Adelina und Franziska folgten den beiden in einigen Schritten Abstand.

«Was hast du denn jetzt schon wieder?», hörten sie Mira wispern. «Du spinnst ja. Geister!»

Was Griet darauf antwortete, war nicht zu verstehen.

Franziska sah Adelina neugierig an. «Geister?»

«Ich weiß auch nicht», antwortete Adelina ratlos. «Sie fing neulich damit an, als wir Thomasius begegneten. Ich fürchte, er hat ihr einmal irgendwo aufgelauert und sie mit seinem Gerede verängstigt.»

«Blöder Pfaffe», brummelte Franziska. «Jetzt hetzt er also schon kleine Kinder auf?»

«Es scheint so.» Adelina seufzte und beschloss, mit Neklas darüber zu sprechen. «Wir sind gleich da. Bring die Kleider nach oben, dann hilf Magda mit dem Abendessen. Es kann sein, dass Frau Benedikta schon heute eintrifft.»

«Ihr wollt, dass dann alles sauber und in Ordnung ist, nicht wahr? Kann ich verstehen. Magda sagt, die meisten Schwiegermütter sind gemeine Drachen.»

«Franziska!»

«Ich mein ja bloß. Magda ist doch schon alt und kennt sich aus. Und ich an Eurer Stelle hätte das Haus auch zweimal putzen lassen und das Zinn poliert und die Bettwäsche gebleicht und …»

«Geh an deine Arbeit, Franziska!»

†

Ganz unrecht hatte die Magd mit ihrer Vermutung nicht. Adelina war tatsächlich darauf bedacht, alles zu Frau Benediktas Zufriedenheit zu richten. Das Haus war blitzblank, Kinder und Gesinde mit neuen Kleidern ausgestattet, alle Schuhe geflickt oder durch neue ersetzt.

Für Colins Wiege hatte sie einen neuen Himmel anfertigen lassen, und Magda hatte sämtliche Federbetten neu gestopft.

Die Vorratskammer war gut gefüllt, alle Messer geschliffen, und sogar Moses hatte sie am Vortag gebadet.

Nun konnte eigentlich nichts mehr schiefgehen.

Während Adelina noch einen Rundgang durch die oberen Wohnräume machte und in der Gästekammer den Krug mit den Sommerblumen ein wenig mehr ins Licht rückte, zogen von der Küche her bereits herrliche Düfte durchs Haus.

Magda bereitete Brathuhn in Honigsoße, streng nach Adelinas Rezept. Liebend gern hätte sie selbst den Kochlöffel geschwungen, doch dafür fehlte ihr heute leider die Zeit. Doch Magda war eine gute Köchin, der die Gemüsepasteten fast ebenso gut gelangen wie ihr. Aber wenigstens das Brot hatte Adelina selbst gebacken, ebenso die Zimtschnecken, die Benedikta die Ankunft in Köln versüßen sollten.

Adelina stellte sich gerade vor, wie ihre Schwiegermutter ihr mit einem huldvollen Lächeln für den herzlichen Empfang danken würde, als von unten ein lautes Krachen und dann ein Scheppern erklangen. Alarmiert hob sie den Kopf. Die Geräusche kamen eindeutig aus der Küche. Nun hörte sie außerdem noch Magdas Zetern und ein lautes Heulen, das nur von Vitus stammen konnte. Dazwischen bellte Moses wie verrückt.

«O nein!» Adelina fasste sich an die Stirn und rannte zur Treppe. «Was ist geschehen?», rief sie, bekam jedoch keine Antwort. Stattdessen wurde Vitus' Geheul von Colins Protestgebrüll übertönt.

Sie eilte die Stufen hinab und prallte beinahe gegen Franziska, die mit tränenüberströmtem Gesicht den Säugling auf dem Arm trug. Colin brüllte wie am Spieß, sein Gesichtchen war bereits ganz rot angelaufen.

«Oh, Herrin, gut, dass Ihr kommt. Es tut mir ja so leid …»

«Dumme Trööt! Ich hab dir doch gleich gesagt, nimm den Jungen nicht mit zu den Rosen», polterte Ludowig hinter ihr.

«Ich war doch nur ganz kurz … Woher soll ich denn wissen, dass da ein Bienenschwarm ist?», jammerte Franziska. «Herrin, eine Biene hat Colin in den Finger gestochen. Er ist schon ganz dick geschwollen, und ich …»

«Gib ihn mir.» Adelina nahm ihren weinenden Sohn auf den Arm und besah sich den Insektenstich. «Schneid eine frische Zwiebel auf, Franziska. Den Saft tun wir dann auf den Stich.»

«Sofort, Herrin!» Franziska flog um ihre eigene Achse und rannte hinaus.

Ludowig sah ihr kopfschüttelnd hinterher. «Duselkopp, die Kleine. Was ist denn in der Küche los?»

Da Vitus noch immer heulte und auch Magdas Schimpfen nicht nachließ, ging Adelina entschlossen auf die Küchentür zu. «Das werden wir gleich sehen.»

Was sie allerdings in der Küche erwartete, hätte sie sich nicht träumen lassen.

Das Küchenregal war umgestürzt, sämtliche Kannen, Teller und Becher lagen am Boden verstreut. Dazwischen lagen wie braune Punkte die Zimtschnecken. Fine hockte zwischen zwei Regalbrettern und hatte sich über eine der Schnecken hergemacht.

Das Regal hatte den Dreifuß über dem Küchenfeuer mitgerissen, und der Inhalt der großen Pfanne, die leckeren Brathühnchen in Honigsoße, lag ebenfalls auf dem Boden.

Magda hatte sich inzwischen vom Zetern und Fluchen aufs Jammern verlegt. Unglücklich versuchte sie, die Reste des Abendessens aufzuklauben. Eines der Hühnchen verteidigte Moses jedoch mit Knurren und Zähnefletschen. Auf der Ofenbank hockte Vitus mit verquollenem Gesicht und heulte vor sich hin.

«Großer Gott!» Vorsichtig bahnte sich Adelina einen Weg durch das Chaos und versuchte gleichzeitig durch Pusten auf Colins Daumen dessen Schmerzen ein wenig zu lindern. Dabei trat sie versehentlich auf Fines Schwanzspitze.

Die Katze kreischte auf und machte einen Satz über das Regal hinweg. Sie landete auf einem Zinnkrug, der unter ihren Pfoten ins Rollen kam. Katze und Krug kollerten in Richtung der Brathühnchen.

Moses bellte empört, schnappte sich die Reste seines

Hühnchens und verzog sich unter die Ofenbank. Dabei verteilte er die Honigsoße in vielen kleinen Tapsen quer durch die Küche.

Fine legte die Ohren an, fauchte und verschwand unter dem Tisch.

«Fine! Du hast Fine wehgetan!», brüllte Vitus.

«Bleib hier, Vitus, der Katze ist doch gar nichts passiert.» Adelina hielt ihren aufgeregten Bruder am Arm fest, doch er riss sich los.

«Du bist auf ihren Schwanz getreten. Das hat ihr doch wehgetan!»

«Junge, die Katze hat sich höchstens erschreckt, mehr nicht», sagte nun auch Magda, die inzwischen mit einem Wischtuch die Bodenritzen bearbeitete.

«Ihr seid so gemein!», brüllte der Junge nun aber noch lauter. «Fine, Fine, komm her!» Er ging in die Knie und krabbelte nun seinerseits unter den Tisch.

In dem Moment kam Franziska mit der aufgeschnittenen Zwiebel herein. «Hier, Herrin, ich hoffe, die hilft. Es tut mir so leid, ich wusste doch nicht, dass da Bienen ... Was ist denn hier passiert?» Erst jetzt bemerkte sie die Unordnung und sah sich mit großen Augen um.

Adelina nahm ihr die Zwiebel ab und behandelte damit umgehend Colins Finger, der schon dick geschwollen war. Aus seinem Schreien war ein wehleidiges Greinen geworden, und sie hätschelte und koste ihn, um ihn von den Schmerzen abzulenken.

«Vitus sollte mir das Blech mit den Zimtschnecken vom Regal holen», erklärte Magda und richtete sich stöhnend auf. Mit beiden Händen rieb sie sich den Rücken. «Ich weiß nicht, wie er es geschafft hat, dabei das Regal umzuwerfen.»

Adelina sah sich seufzend um. «Das tut wohl auch nichts mehr zur Sache. Stellt das Regal wieder auf und macht hier Ordnung. Ich möchte nicht … Vater!»

«Meister Albert, wohin wollt Ihr denn?», kam aus dem Flur Ludowigs Stimme. Im nächsten Augenblick stand Albert Merten, nur mit seinem langen Unterhemd bekleidet und schwer auf seinen Gehstock gestützt, in der Küchentür.

«Vater, was machst du denn hier?» Adelina stieg erneut über das Regal und versuchte, ihren Vater zu stützen, was mit dem Säugling auf dem Arm gar nicht so einfach war.

«Wartet, ich mache das schon», sagte Magda und wollte Albert hinausführen.

Dieser wehrte sich jedoch. «Was is' denn g'sche'en, Sssieglinde? War'n Einbrecher iiim Haus? Was is' denn mit d'Rrreeegal?» Die Worte kamen schwerfällig und undeutlich über seine Lippen. Sein Blick war jedoch wachsam auf die Bescherung gerichtet.

«Nein, Vater, das waren keine Einbrecher. Vitus hat versehentlich das Regal umgestoßen. Komm, geh wieder zu Bett.»

«Viiitus?» Albert schüttelte verwirrt den Kopf. «Kann doch gaaar nich' … Is' viiiel z' klein.» Er deutete auf Colin. «Wiiie sssoll er das denn?»

Adelina verdrehte leicht verzweifelt die Augen. Offenbar hatten sich die Sinne ihres Vaters wieder vernebelt. «Dies ist doch nicht Vitus, Vater, sondern Colin, mein Sohn. Erinnerst du dich nicht? Vitus ist … Wo ist Vitus?» Sie blickte sich um und erkannte dann Vitus' Hinterteil, das unter dem Tisch hervorragte. «Vitus ist dort, Vater.» Sie wies auf ihren Bruder, doch Albert sah sie nur verständnislos an.

«Du has' noch ein' Sssohn, Sssieglinde? Waaarum has' du nich' g'sagt?»

«Herrje, Vater, ich bin nicht Sieglinde! Ich bin Adelina, deine Tochter. Sieglinde ist schon lange tot!» So langsam gingen ihr die Nerven durch. «Und warum stellt nicht endlich jemand dieses verdammte Regal wieder auf?»

«Aber ja doch, mach ich sofort.» Ludowig, der die ganze Zeit im Flur gestanden hatte, drängte sich nun auch noch in die Küche und packte gerade das Regal, um es wieder aufzurichten, als Griet und Mira hereinstürmten.

«Frau Adelina, Frau Adelina!» Griets Wangen waren vor Aufregung gerötet. «Kommt mit, Frau Benedikta ist gekommen!»

«Und Frau Feidgin, das ist ihre Schwester», fügte Mira hinzu.

«Und Donatus», übernahm nun wieder Griet das Wort. «Wollt Ihr sie nicht begrüßen? Uii!!» Erst jetzt fiel den Mädchen das Durcheinander in der Küche auf, und sie sahen sich erschrocken um.

«O nein!» Adelina fasste sich entsetzt an den Kopf.

«Adelina?», ertönte Neklas' Stimme aus dem Flur. «Wo steckt Ludowig? Er soll die Pferde ausspannen und versorgen. Bist du in der Küche?» Schritte wurden laut. «Mutter, komm doch erst einmal herein. Feidgin, die Magd wird sich um das Gepäck kümmern. Bestimmt ist Adelina noch mit dem Abendessen beschäftigt, aber sie wird sich freuen … Oh.» Wie angewurzelt blieb Neklas in der Küchentür stehen, sodass seine Mutter gegen ihn prallte.

«Aber Junge, was ist denn? Bleib doch nicht einfach hier stehen, ich komme ja gar nicht an dir vorbei!», erklang Frau Benediktas Stimme, die von einem starken flämischen Akzent gefärbt war, hinter ihrem Sohn.

Adelina blickte ihn unglücklich an. Langsam trat er zur Seite.

«Na bitte. Also so was! Wo bleiben nur deine Manieren, Junge?» Benedikta trat ein, machte große Augen, blickte von Adelina zu den Mädchen und dann zu Albert, dann schlug sie plötzlich die Hand vor den Mund und gluckste. «Ach herrje!» Um ihre Augen bildeten sich eine Menge Fältchen, und sie versuchte vergeblich, das Lachen zu unterdrücken. «Was für ein Durcheinander! Feidgin, sieh dir das an!»

Hinter ihr schob sich eine weitere Person herein, wie Neklas' Mutter trug sie ein graues Reisekleid. Beide Frauen sahen sich mit ihren schwarzen Locken, die mit feinen Spitzenhauben bedeckt waren, sehr ähnlich.

«Du liebes Bisschen, was ist hier geschehen?»

Einen Moment lang sahen sich alle betreten an. Erst als Ludowig mit einem Ruck das Regal anhob und an seinen Platz zurückstellte, brach Neklas das Schweigen. «Also, Mutter, was auch immer hier geschehen sein mag, ich möchte dir nun endlich meine liebe Adelina vorstellen. Adelina, dies sind meine Mutter und ihre Schwester, Frau Feidgin.»

«Und das ist der kleine Colin?» Benedikta trat auf Adelina zu und beäugte den Säugling, der sich inzwischen beruhigt hatte und vor Erschöpfung eingeschlafen war. «Schau, Feidgin, ist das nicht ein herziger Kleiner?»

Nun trat auch Neklas' Tante näher und betrachtete das schlafende Kind. «Aber ja, was für ein hübscher! Aber was ist denn mit seinem Händchen passiert?»

«Eine Biene hat ihn gestochen», erklärte Adelina.

«Ach, so was aber auch. Schlimm!» Mitleidig streichelte Benedikta Colin über die Wange. «Hast du ihm Kamillensud darauf getan? Das hilft immer.»

«Ich habe den Stich mit Zwiebelsaft behandelt», beeilte sich Adelina zu sagen. Es schien ihr, als müsse sie sich verteidigen, wenn schon ihre Küche im Chaos versank und der von ihr so schön geplante Empfang derart verpatzt worden war.

«Ah ja, Zwiebelsaft ist nicht schlecht. Aber, meine Liebe, nimm trotzdem noch Kamillensud. Ich schwöre darauf!»

«Ich möchte ihn jetzt nicht aufwecken», wehrte Adelina ab. «Später kann ich …»

«Ach, je früher man so einen Stich behandelt, desto besser, nicht wahr, Feidgin?»

«Aber ja!» Feidgin nickte.

«Mutter.» Neklas sah zwischen Adelina und Benedikta hin und her und befand, er müsse seiner Gemahlin beistehen. «Adelina weiß schon, was sie tut. Und schau, Colin schläft doch jetzt so schön. Lasst uns lieber endlich etwas essen. Das heißt, falls noch etwas zu essen übrig ist?» Fragend blickte er Magda an, die sich verlegen über die Schürze strich. «Na ja, Herr Magister, also von der Soße ist kaum was übrig, und Moses hat ein ganzes Hühnchen verdrückt. Für alle wird es nicht mehr reichen.»

«Moses?», fragte Benedikta erstaunt.

«Der Hund», erklärte Magda.

«Dann werden wir wohl noch einmal etwas aus der Garküche holen müssen», beschloss Neklas. «Setzt euch derweil hin und trinkt einen Schluck Wein. Griet, Mira, kommt mit mir!» Er nahm die beiden Mädchen jeweils an einer Hand und zog sie mit sich.

«Sssieglinde, wer is' das? Wills' du unsss nich' vorstell'?» Albert wankte näher, doch sofort war Ludowig neben ihm und stützte ihn.

«Ach, Vater, dies sind Frau Benedikta, Neklas' Mutter, und Frau Feidgin, ihre Schwester. Sie besuchen uns für eine Weile. Frau Benedikta, dies ist mein Vater, Meister Albert Merten.»

«Wer is' Nnneklas?», nuschelte Albert verwundert.

«Wer ist Sieglinde, und warum nennt er dich so?», wollte Benedikta wissen und musterte Albert neugierig.

Adelina verdrehte erneut die Augen. «Setzt Euch erst einmal, Frau Benedikta. Frau Feidgin, Ihr auch. Vitus!» Sie zog ihren Bruder heftig am Wams. «Komm endlich unter dem Tisch heraus!»

«Aber Fine ist hier und hat ganz viel Angst», kam es dumpf unter dem Tisch hervor.

Adelina biss die Zähne zusammen und schloss für einen Moment die Augen. Dann zog sie erneut an Vitus Kleidern. «Komm jetzt, du kannst die Katze ja mitnehmen. Bring sie in deine Kammer.»

«Ja, Vitus, wir bringen sie hinaus, damit sie sich beruhigt», sagte nun auch Franziska und ging neben dem Jungen in die Hocke. «Du kannst doch nicht den ganzen Tag unter dem Tisch sitzen bleiben.»

«Na gut.» Umständlich rutschte Vitus unter dem Tisch hervor und richtete sich auf. In seinen Armen hielt er Fine, der es dort offenbar gut gefiel. Etwas ungehalten blickte sie in die Runde und schloss dann die Augen.

«Komm, wir gehen raus.» Franziska nahm Vitus am Ellenbogen und schob ihn aus der Küche.

Benedikta und Feidgin hatten alles mit Interesse beobachtet, sagten jedoch nichts.

«Die Kleine hat ein Talent mit dem Jungen», brummte Ludowig anerkennend.

Magda schmunzelte. «Kein Wunder. Vitus ist ja auch ganz vernarrt in sie.»

«Was?» Sofort wurde Ludowigs Miene gewittrig. «So ein Blödsinn. Die Kleine soll ihre Arbeit machen und nicht den Mannsbildern den Kopf verdrehen.»

«Pfff, wer redet hier jetzt Blödsinn?» Magda verkniff sich ein Lachen. «Du hast doch selbst gesagt, sie hat ein Talent mit ihm. Und immerhin hat sie es geschafft, ihn rauszubringen.»

«Hätt ich auch geschafft», knurrte Ludowig.

«Ja, aber wie!», kicherte Magda. «Du kennst doch den Jungen. Und du kennst Franziska. Sie ist schon recht.»

«Und bildet sich womöglich noch was drauf ein. Nee, so was vertrag ich nicht. Ich geh wieder an meine Arbeit. Oder braucht Ihr mich noch, Herrin?»

Adelina schüttelte amüsiert den Kopf. «Nein, Ludowig, geh nur. Aber verkneife dir lieber derartige Bemerkungen Franziska gegenüber, sonst reißt sie dir noch den Kopf ab.»

Was der Knecht darauf erwiderte, konnte, wohl zu seinem Glück, niemand verstehen. Grollend verließ er die Küche, und Augenblicke später klappte die Hintertür zu.

Adelina seufzte erleichtert. «Verzeiht, Frau Benedikta, Ludowig ist ein guter Knecht, aber zurzeit recht unausstehlich.»

Benedikta sah Feidgin kurz an, dann meinte sie mit einem Lächeln: «Ist nicht so schlimm, meine Liebe. So was kommt vor.»

«Meister Albert, kommt nun auch mit hinaus», sagte

Magda zu Adelinas Vater, der mittlerweile auf die Ofenbank gesunken war und anscheinend kurz vor dem Einschlafen war.

Er schrak hoch und sah sich verwundert um, ließ sich jedoch ohne Gegenwehr zurück in seine Kammer führen.

«Er schläft schon», berichtete Magda, als sie wenig später in die Küche zurückkehrte. «So eine Aufregung. Ich wusste gar nicht, dass er noch alleine aufstehen kann.»

«Hoffentlich läuft er uns nicht wieder davon», meinte Adelina besorgt. Sie hatte ihrer Schwiegermutter und deren Schwester in kurzen Worten erklärt, wie krank ihr Vater war und dass er meist nicht wusste, was er sagte.

«Das habe ich schon einmal erlebt», sagte Feidgin daraufhin. «Bei der Mutter meines zweiten Mannes, Gott hab ihn selig.» Sie bekreuzigte sich flüchtig. «Sie war ja so verwirrt, und ständig lief sie davon. Einmal haben sie sie in den Kerker gesperrt, weil der Büttel nicht wusste, wohin sie gehört. Ach, es hat kein gutes Ende genommen mit ihr. Schlimm, schlimm.»

«Feidgin, das ist nicht sehr hilfreich», meinte Benedikta tadelnd. «Ein so kranker Mensch braucht alle Fürsorge, nicht wahr, Adelina? Aber nun sind wir ja da und können dir helfen, mein Kind. So ein großer Haushalt ist nicht leicht zu führen, das weiß ich aus Erfahrung. Wir werden dich gerne darin unterstützen, was, Feidgin?»

Feidgin nickte eifrig; Adelina war jedoch skeptisch, ob ihr diese Hilfe wirklich recht war.

Glücklicherweise kehrten Neklas und die Mädchen kurz darauf aus der Garküche zurück. Auch Donatus hatte sie begleitet, und alle waren mit Körben voller Leckereien beladen.

9

«Meine Mutter ist begeistert von dir», beschied Neklas spät am Abend, nachdem er und Adelina sich in ihre Schlafkammer zurückgezogen hatten.

«Das bezweifle ich», meinte Adelina, während sie noch einmal den Bienenstich an Colins Finger mit Kamillensud betupfte. «Nachdem ich sie in einem solchen Durcheinander empfangen habe, muss sie mich doch für absolut unfähig halten.»

«So ein Unsinn!» Neklas grinste von einem Ohr zum anderen. «Ich gebe zwar zu, der Zeitpunkt, das Küchenregal umzuwerfen und Moses das Abendessen zu verfüttern, war denkbar schlecht gewählt, aber ich versichere dir, meine Mutter war viel mehr beeindruckt von deiner Art, die Sache wieder in Ordnung zu bringen, als dass sie der Verlust des Brathühnchens gestört hätte.»

«Pah, Verlust des Brathühnchens!» Adelina blickte zum Betthimmel hinauf. «Stell dir vor, das Regal hätte Feuer gefangen; das ganze Haus hätte in Flammen aufgehen können! Ich darf gar nicht daran denken. Und dann Vater! Was muss er für einen Schrecken ausgestanden haben, dass er es sogar geschafft hat, alleine aufzustehen.»

«Das hat mich allerdings auch sehr gewundert. Offenbar hat er sich in den letzten Wochen besser erholt, als wir zu hoffen gewagt haben», bestätigte Neklas.

«Aber er war wieder so verwirrt und hielt mich für meine Mutter», sagte Adelina bedrückt. «Und als wäre das nicht genug, stellt Vitus sich jetzt wegen seiner Katze so schrecklich an; er ist kaum mehr ansprechbar. Und stell dir vor, Magda glaubt, er sei in Franziska verliebt! Einfach unglaublich! Aber was, wenn sie recht hat?»

«Vitus und Franziska?» Neklas schüttelte belustigt den Kopf. «Das halte ich tatsächlich für unglaublich. Nun ja, nicht, dass er sich in sie verliebt haben könnte, aber Franziska ist doch ein kluges Mädchen. Sie wird ihn schon nicht ermutigen.»

«Wahrscheinlich nicht. Aber es wird das Zusammenleben nicht einfacher machen.» Adelina setzte sich aufrechter hin und lehnte sich gegen das Kopfteil des Bettes. «Ich habe mir noch nie Gedanken darüber gemacht, wie es sein wird, wenn Vitus erwachsen ist. Werden wir dann überhaupt noch mit ihm fertig werden?»

«Kommt Zeit, kommt Rat», meinte Neklas und legte ihr beruhigend eine Hand auf den Arm. «Wenn es nötig werden sollte, stellen wir noch einen weiteren Knecht ein, der sich um ihn kümmert.»

«Einen Knecht?»

«Jemand, der auf ihn achtgibt und zur Not auch mit einem heftigen Wutanfall fertig wird.»

«Vielleicht war es keine gute Idee, deine Mutter hier zu empfangen. Was muss sie für einen Eindruck von meiner Familie bekommen?»

Neklas lächelte. «Vermutlich den gleichen, den ich seinerzeit gewonnen habe. Und der hätte besser nicht sein können.»

Adelina sah ihn zweifelnd an. «Ich weiß nicht, woher du diese Zuversicht nimmst.»

†

Adelina liebte die Ruhe der frühen Morgenstunden, deshalb stand sie meistens vor allen anderen auf, um sich allein in ihrer Küche zu beschäftigen. Als sie heute jedoch die Küchentür aufstieß, kam ihr nicht nur Moses schwanzwedelnd entgegen. Auch Benedikta war bereits auf und dabei, in einem wohlriechenden Brei über der Feuerstelle zu rühren. «Ah, meine Liebe, bist du auch schon aufgestanden! Wie schön!» Sie strahlte Adelina an. «Ist der frühe Morgen nicht einfach herrlich? Ich liebe diese Stille und den Frieden, wenn noch alles schläft. Ich hoffe, du hast nichts dagegen, dass ich bereits den Frühstücksbrei aufgesetzt habe?»

«Aber nein, gar nicht.» Adelina zwang sich zu einem freundlichen Lächeln und legte Colin in seine Wiege. Er gluckste, schlief jedoch sogleich wieder ein.

Benedikta trat neben sie und betrachtete ihren Enkel. «So ein ruhiges Kind! Da hast du wirklich Glück. Neklas hat als Säugling ständig geschrieen, seine Schwestern auch. Nun ja, seine Brüder waren etwas ruhiger, und das lernt man als Mutter sehr schnell zu schätzen, sage ich dir.» Sie lächelte Adelina herzlich zu. «Und eines kann ich dir sagen, als ich hörte, dass du ihn selbst nährst, war ich wirklich erleichtert! Weißt du, ich habe alle meine Kinder selbst genährt, und es ist ihnen bestimmt nicht schlecht bekommen. Die meisten Ammen … du liebe Zeit, entweder sind es dumme Gänse, die nicht einmal die Finger an ihren Händen zu zählen vermögen, oder ganz arme Kreaturen, die ihre eigenen Kinder mit Eselsmilch aufziehen lassen müssen und in Dienst gehen, um selbst nicht zu verhungern. Die wenigsten Ammen, die ich kennengelernt habe, haben in mir je Vertrauen erweckt. Ist es nicht so?»

«Hm.» Adelina nickte. «Ihr habt recht, Frau Benedikta. Es ist mir auch lieber so. Wenngleich es nicht immer einfach ist, auch wegen meiner Apotheke.»

«Das verstehe ich, meine Liebe.» Benedikta tätschelte ihren Arm. «Ich hatte mich damals ausschließlich um meine Kinder und den Haushalt zu kümmern. Dass du außerdem ein eigenes Geschäft hast … Das wäre für mich undenkbar gewesen. Nicht, dass es mir keine Freude bereitet hätte, aber weißt du, in Kortrijk gibt es im Vergleich zu Köln nur wenige Frauen, die ein Geschäft führen oder einer Werkstatt vorstehen. Ein paar Seidweberinnen gibt es und Krämerinnen, mehr nicht. Und natürlich die armen Witwen, die sich mit dem Krempeln von Wolle oder einfachen Spinnarbeiten ihr klägliches Brot verdienen. Ich war gut verheiratet, es gab also keinen Anlass, ein weiteres Einkommen beizubringen. Und als mein Gemahl starb», sie hielt inne und bekreuzigte sich, lächelte dann jedoch sofort wieder, «als mein guter Colin nicht mehr da war, war mein ältester Sohn bereits in seine Fußstapfen getreten, hatte geheiratet und konnte das Geschäft übernehmen.»

Adelina nickte zu Benediktas Erzählung und machte sich daran, die vom Vorabend übriggebliebenen Zimtschnecken auf den Tisch zu stellen und einen Laib Brot in dicke Scheiben zu schneiden.

Benedikta ging zum Herd, rührte den Weizenbrei um und machte sich dann daran, die Reste des Bratens aufzuschneiden. «Weißt du, ich kann mir nicht vorstellen, dass es in Kortrijk derzeit Frauen gibt, die ihr eigenes Siegel führen. Neklas berichtete mir, du habest dein eigenes, das finde ich sehr erstaunlich.»

«Ich habe es noch nicht lange», antwortete Adelina,

nicht ohne Stolz. «Nachdem ich die Apotheke von Vater als Meisterin übernommen hatte, galt das seine nicht mehr. Erst kürzlich habe ich mein Siegel ins Zunftregister eintragen lassen.»

«Ja, ja, Neklas erzählte es mir.» Benedikta stellte die Platte mit dem Braten auf den Tisch und setzte sich dann auf die Ofenbank. Sie schwieg und sah Adelina dabei zu, wie sie den Tisch deckte und dann die Katze hereinließ, die maunzend vor der Küchentür saß. Sowohl Katze als auch Hund bekamen eine Schale Wasser und eine Scheibe Braten, dann öffnete Adelina die Fensterläden und ließ die angenehm kühle Morgenluft herein.

«Es scheint wieder einen sonnigen Tag zu geben», meinte Benedikta. «Auf den Rosen in deinem Garten liegt viel Tau, also wird es auch wieder recht warm werden.» Sie schwieg wieder, aber es schien, als wolle sie noch etwas anderes loswerden. «Adelina», setzte sie an. «Ich hätte niemals gedacht, dass mein Sohn jemals heiraten würde. Und dann noch jemanden wie dich …»

In diesem Moment wurden im Gang Schritte laut. Neklas kam herein und sah sich überrascht um. «Nanu? Ihr seid beide schon auf? Mutter, nach der langen Reise hättest du dich lieber noch ausruhen sollen!»

«Ach was, Junge, du weißt, mir liegt das lange Schlafen nicht. Feidgin hingegen wird das Frühstück mit Sicherheit verpassen, aber es sei ihr gegönnt. Und wir haben eben so nett geplaudert, nicht wahr, Adelina?»

Adelina wurde einer Antwort enthoben, da nun auch Ludowig und Franziska hereinkamen.

«Herrin, soll ich Vitus wecken und ihm beim Ankleiden helfen?», fragte die Magd. «Dann kann ich gleich seine alten Beinlinge mitnehmen und an den Knien flicken.»

«Ja, geh nur, aber pass auf, dass er sich auch ordentlich wäscht!»

«Also Herrin, ich find das nicht gut», brummte Ludowig, als Franziska in Vitus' Kammer verschwunden war. «Sie sollte nicht mit dem Jungen allein in seiner Kammer sein. Wer weiß, womit sie ihm da den Kopf verdreht.»

«Also Ludowig, wirklich!» Tadelnd schüttelte Adelina den Kopf. «Das ist doch Unsinn. Und Vitus braucht nun einmal Hilfe bei allem, was er tut. Das weißt du doch.»

«Aber nicht von der.»

Adelina hob die Brauen. «Was soll das heißen?»

Verlegen blickte der Knecht auf seine Hände und druckste herum. «Na, was ich gesagt habe. Die Kleine ist … sie hat …» Er kaute auf seiner Unterlippe. «Na, sie ist halt ein Weib.»

«Ach?»

«Und sie sollte so was nicht machen. Das ist nicht gut, vielleicht kommt sie auch in Verruf und …»

«Also wirklich, Ludowig!» Nun schüttelte auch Neklas verwundert den Kopf. «Was redest du da für einen Unsinn?»

«Willst du dich vielleicht in Zukunft um Vitus kümmern, ihn waschen und anziehen?», fauchte Adelina, der Ludowigs abfällige Reden mittlerweile auf die Nerven gingen.

Ludowig hob ruckartig den Kopf und sah sie erschrocken an. «Gott bewahre, Herrin, nein. Ich mein, ich hab nichts gegen den Jungen, aber das ist doch keine Arbeit für mich!»

«Und für wen dann, wenn Franziska es nicht tun soll?» Adelina funkelte ihn erbost an. «Ludowig, ich weiß nicht, was zwischen euch vorgefallen ist, dass ihr euch plötzlich nicht mehr ausstehen könnt. Aber du bist ein guter Knecht und Franziska eine ebenso gute Magd. Und ich will, dass ihr beide eure Arbeit tut, und deswegen kein Mucken und Maulen mehr hören.»

Ludowig senkte den Kopf wieder. «Ja, Herrin.»

«Und ich will, dass ihr eure Zwistigkeiten beilegt, hast du mich verstanden? Ich habe dir schon einmal gesagt, ich wünsche in diesem Haus keinen Unfrieden. Und noch einmal werde ich das nicht wiederholen.»

Ludowig nickte betreten, sagte jedoch nichts mehr. Adelina rauschte an ihm vorbei aus der Küche und stieg die Treppe hinauf, um die Mädchen zu wecken. Nur langsam beruhigte sie sich wieder.

Dennoch spürte sie während des gemeinsamen Frühstücks deutlich eine Spannung zwischen Ludowig und Franziska, obwohl beide nicht ein Wort miteinander wechselten.

Adelina nahm sich fest vor, so bald wie möglich noch einmal mit der Magd zu sprechen, um herauszufinden, woher die plötzliche Feindseligkeit rührte.

Doch zunächst einmal machte sie sich daran, neues Konfekt herzustellen. Mira überließ sie es, auf die Apotheke aufzupassen und ihr Bescheid zu geben, wenn ein Kunde nach ihr verlangte.

Sie experimentierte gerade mit einer neuen Mischung aus teurem Zuckerpulver und Rosenwasser, als Mira den Kopf zum Hinterzimmer hereinstreckte. «Meisterin, da war gerade ein Bote vom Rathaus. Ihr sollt noch heute Vormittag zum Gewaltrichter Reese kommen und ihm auch ein Kästchen kandierte Kirschen mitbringen. Das ist dann aber das letzte, oder habt Ihr noch mehr davon?»

Adelina schüttelte seufzend den Kopf. «Nein, denn mir sind auch die Kirschen ausgegangen. Also gut, pass auf. Ich gehe gleich zum Rathaus hinüber, und wenn Magda Griet vom Unterricht abholt, gehst du mit ihr. Kauft einen Korb süße Kirschen, und wenn ihr welche bekommt, auch einen Korb saure. Aber schau genau hin, dass keine aufgeplatzten oder fauligen Früchte dabei sind, hörst du!»

Mira nickte eifrig. «Ich passe schon auf, Meisterin. Sollen wir noch etwas mitbringen?»

Adelina überlegte kurz und nickte dann. «Ingwer. Bringt zehn Wurzeln mit, wenn ihr so viele bekommt. Ich habe nämlich eine Idee, wie man auch Ingwer kandieren und als Konfekt verkaufen könnte.»

«Als Konfekt?», wunderte sich Mira. «Ich dachte, Ingwer benutzt man bei Erkältungen und Husten?»

«Ganz recht, Mira. Aber Ingwer wirkt auch förderlich auf die Verdauung. Und deshalb wäre doch ein Konfekt daraus bestimmt ein guter Abschluss für jedes üppige Mahl, meinst du nicht?»

«Kann schon sein.» Mira grinste. «Eine gute Idee habt Ihr da, Meisterin. Aber ob das auch schmeckt?»

«Wir werden sehen.» Adelina lächelte zurück und deckte dann die Mischung, die sie gerade angesetzt hatte, mit einem Tuch ab.

Mira kam neugierig näher. «Was ist das, Meisterin? Zucker mit Rosenwasser?»

«Lass bloß die Finger davon!», warnte Adelina streng.

«Wird das ein neuer Überzug für Euer Konfekt?»

«Nur, wenn du es nicht anrührst, bis ich wieder hier bin.» Adelina hob warnend den Zeigefinger, lächelte dabei aber leicht. «Es ist ein Experiment, Mira. Wenn es gelingt, darfst du gerne einmal probieren. Aber so, wie es jetzt ist, brennt es wohl noch auf der Zunge.»

«Aber warum denn? Rosenwasser ist doch nicht so scharf.»

«Nein, Rosenwasser nicht.»

«Aber was denn dann?» Mira sah sie neugierig an, bekam jedoch nur einen weiteren strengen Blick als Antwort. «Ach so, das ist bestimmt Euer Geheimnis, was? Schade.»

«Geh an deine Arbeit, Mira.» Adelina löschte das kleine Feuer unter der Destille und stellte die Waage beiseite, dann holte sie das letzte Päckchen kandierte Kirschen und warf noch einen Blick in die Küche. «Magda, ich muss hinüber zum Rathaus, bin aber beizeiten wieder zurück. Lass Franziska nach Colin sehen, während du Griet abholst. Mira wird dich begleiten, ich habe ihr den Auftrag gegeben, Kirschen und Ingwer zu kaufen.»

«Natürlich, Herrin. Und was ist mit Frau Benedikta und Frau Feidgin? Sie sind doch zu einem Spaziergang über den Marktplatz ausgegangen. Soll ich ihnen etwas ausrichten?»

«Ach nein, bis sie zurück sind, sollte ich auch wieder hier sein», entschied Adelina, nickte Magda noch einmal kurz zu und machte sich dann auf die Suche nach Ludowig.

Der Knecht war gerade dabei, unter Donatus' Aufsicht das Zaumzeug und die Zügel der beiden Kutschpferde zu säubern, und als Adelina ihn bat, sie zum Rathaus zu begleiten, legte er die Lederbürste eilig beiseite. Offenbar war er über die Unterbrechung der langweiligen Arbeit erfreut.

Donatus grinste und griff nun selbst nach einem der

Zaumzeuge. «Gute Arbeit, Ludowig. Den Rest kannst du später machen. Ich kümmere mich derweil um die Pferde.» Er nickte auch Adelina mit einem Lächeln zu und verschwand dann in dem kleinen Pferdestall, der für die nunmehr drei Tiere fast schon zu klein war.

«Ein tüchtiger Bursche, oder?», fragte Adelina ihren Knecht, während sie den Marktplatz überquerten und die Judengasse ansteuerten, in der das Rathaus lag.

«Hm, ist er wohl», antwortete Ludowig. «Aber ein bisschen vorwitzig und macht den Weibern schöne Augen.»

«Tut er das?»

«Der Franziska auch.»

Verärgert blieb Adelina stehen. «Geht das schon wieder los?»

«Nee, is' wirklich so, Herrin, ich hab's gesehen.»

Adelina wechselte das Päckchen mit den kandierten Kirschen von der rechten in die linke Hand und strich sich dann eine lose Haarsträhne zurück unter den Schleier. «Und wie hat sie darauf reagiert?»

Ludowig zuckte mit den Schultern, doch um seine Mundwinkel zuckte es. «Genau gehört hab ich's nicht, aber ich glaube, sie hat ihn ‹Blötschkopp› genannt, das freche Biest.»

Adelina gluckste, versuchte sich jedoch zu beherrschen. «Ludowig, ich weiß wirklich nicht, was du hast …»

«Vorsicht, weg da!» Hinter ihnen wurde das Getrampel mehrerer Paar schwerer Stiefel laut. Ein Trupp Stadtsoldaten, ausnahmsweise nicht zu Pferd, passierte im Laufschritt das Rathaus. Adelina wurde unsanft beiseitegestoßen.

«Passt doch auf, wo Ihr herumsteht, Weib!», schimpfte der Anführer.

Adelina sah ihm erbost hinterher und rieb sich den Oberarm.

«Ist alles in Ordnung?», fragte Ludowig besorgt.

«Greverode!», rief sie dem Hauptmann der Soldaten aufgebracht hinterher. «Wie könnt Ihr es wagen …!»

Da Greverode sie jedoch gar nicht mehr hörte, schüttelte sie verdrießlich den Kopf. «Jedes Mal, wenn ich ihm begegne, rennt er mich um oder macht mir Ärger.»

«Gibt es ein Problem, Frau Adelina?» Georg Reese war aus der Tür des Rathauses getreten und kam mit besorgter Miene auf sie zu.

Adelina winkte ab. «Nur ein weiterer unerfreulicher Zusammenstoß mit Hauptmann Greverode. Gibt es einen Grund, dass die Soldaten so eilig die Judengasse hinauflaufen?»

«Nicht, dass ich wüsste», antwortete Reese. «Vielleicht ist es eine Übung. Der Hauptmann hält sehr viel davon, seine Männer auch in ruhigen Zeiten nicht lahm werden zu lassen.» Er zuckte mit den Schultern. «Es ist wohl so ähnlich wie mit den Bogenschützen, die fast jeden Tag auf dem Neumarkt ihre Künste verfeinern.»

«Nun, für Greverode ist es wohl an der Zeit, einmal sein ganzes Gebaren zu verfeinern», meinte Adelina abschätzig.

Reese nickte verständnisvoll. «Er scheint nicht der feinfühligste Mensch zu sein.»

«Er ist ein grober Klotz.»

«Ahhh…» Dem Gewaltrichter schien dazu nichts einzufallen.

Adelina lächelte. «Macht Euch nichts daraus. Es ist ja nicht Euer Problem. Ihr wünschtet, dass ich herkomme, doch bestimmt nicht nur wegen meiner kandierten

Kirschen, nicht wahr? Und wie geht es Eurer verletzten Hand? Seid Ihr mit Meister Jupps Versorgung zufrieden?»

«Es geht schon wieder. Er hat mir die zwei gebrochenen Finger gerichtet und meinte, in zwei, drei Wochen sei die Sache vergessen. Ich hoffe, er behält recht. Nun, zumindest schmerzt die Hand nicht mehr. Zu dumm auch, dieser Unfall. Und, ja, wegen meines Anliegens … Auch wenn ich meiner Gemahlin mit Euren Kirschen sicherlich eine große Freude machen werde, geht es mir, wie Ihr bereits vermutet habt, um etwas anderes. Folgt mir doch in meine Schreibstube, dort können wir in Ruhe reden.»

Reese wies mit seiner verbundenen Hand auf die Rathaustür; Adelina gab Ludowig ein Zeichen, draußen auf sie zu warten, und betrat dann vor Reese das Haus.

«Eine neue Schreibstube?», wunderte sie sich, als Reese sie ins obere Stockwerk führte und eine Tür neben dem großen Sitzungssaal öffnete.

«O ja, und wie Ihr sehen werdet, um einiges kleiner. Dafür muss ich sie mir mit niemandem teilen.» Mit einer leicht spöttischen Geste wies Reese auf das klobige kleine Schreibpult und die beiden Hocker, von denen einer nur noch sehr fadenscheinig gepolstert war. «Nehmt diesen hier.» Reese schob ihr den anderen Hocker hin, auf dem er wohl sonst seine Schreibarbeiten verrichtete. «Der andere wackelt», erklärte er mit einem schiefen Grinsen. «Für den Gewaltrichter ist das Beste gerade gut genug, was?», frotzelte er und schob mit der gesunden Hand die Papiere und Pergamente, die in einem wilden Durcheinander auf dem Pult lagen, zu einem ordentlichen Stapel zusammen. «Wenn die Schreiber etwas suchen, hinterlassen sie jedes Mal eine solche Unordnung. Wie soll man da vernünftig arbeiten, frage ich Euch!»

«Lasst sie nicht mehr herein, wenn Ihr fort seid.»

«Ha, wenn das so einfach wäre! Aber der Rat behauptet, jederzeit Zugang zu meinen Schriftstücken und Registern haben zu müssen.» Er schüttelte in einem Anflug von Verzweiflung den Kopf, schien sich dann jedoch auf den Grund ihres Besuches zu besinnen, denn er wechselte ohne Übergang das Thema. «Avarus ist und bleibt verschwunden. Allerdings haben seine Dienstboten nun Anzeichen gefunden, dass er wohl geplant hatte, die Stadt für längere Zeit zu verlassen. Jedenfalls fehlen Kleidungsstücke für mehr als ein oder zwei Tage.»

Adelina legte bedächtig die Schachtel mit den Süßigkeiten auf das Pult und ließ sich dann auf den Hocker sinken. «Also vermutet Ihr, dass er etwas mit Belas Tod zu tun haben könnte.»

Reese nickte. «Es sieht tatsächlich so aus. Nachdem Euer Gemahl ganz eindeutig festgestellt hat, dass Bela schwanger war, müssen wir vermuten, dass Avarus sie deshalb getötet hat.»

«Aber Marie hat mir erzählt, dass Meister Vetscholder von dem Kind wusste und sie dennoch heiraten wollte.»

«Hm, ja, das hat sie mir auch gesagt, und glaubt mir, nichts wäre mir lieber, als ihn unschuldig zu sehen. Aber es ist auch so: Niemand kann sagen, wie Vetscholder wirklich über Belas Schwangerschaft dachte. Er hat sie geliebt, oder vielmehr liebt sie gewiss noch immer. Aber ein Bastard, zudem noch auf solch schändliche und für Bela schreckliche Weise gezeugt … Das kann selbst einen aufrechten Mann umwerfen. Vielleicht ist er insgeheim nicht damit fertig geworden.»

Adelina dachte über seine Worte nach, dann nickte sie. «Vielleicht war es wirklich so. Aber warum so grausam?»

«Das stimmt mich auch nachdenklich. Aber andererseits deutet auch gerade dies auf eine Tat im höchsten Zorn hin. Warum sonst, wenn nicht wegen des Bastards in ihrem Bauch, hätte er sie aufschlitzen sollen?» Reese schauderte und wischte sich ein paar Schweißtropfen von der Stirn. «Er muss geradezu von Sinnen gewesen sein, anders lässt diese grausame Tat sich kaum erklären.»

«Dann glaubt Ihr …»

«Dass er – Gott bewahre! – den Verstand verloren hat, ja. Zumindest kurzfristig.»

Adelina faltete die Hände im Schoß. «Und dennoch hat er seine Flucht so weit geplant, dass er Kleidung einpackte und sein Pferd gesattelt mitbrachte? Er muss Bela früh am Morgen oder noch in der Nacht zum Gaffelhaus bestellt haben. Das allein erscheint mir schon merkwürdig, ganz zu schweigen davon, dass sie sich ja eigentlich gar nicht in der Stadt aufhalten sollte.»

«Nun ja, gewiss bestehen noch einige Unklarheiten», stimmte Reese zu. «Und wie ich schon sagte, ich sähe Avarus nur zu gerne unschuldig. Doch da er nun einmal geflohen zu sein scheint, müssen wir ihn einfach verdächtigen.»

«Also gut, das verstehe ich ja. Aber nun sagt mir, weshalb Ihr mich in dieser Angelegenheit sprechen wolltet.» Erwartungsvoll sah Adelina den Gewaltrichter an.

«Ah ja, natürlich. Der Vogt hat mit Einverständnis der Schöffen einige Männer ausgesandt, die nach Avarus suchen sollen. Wir hoffen, ihn alsbald zu finden. Bis dahin müssen wir wohl jede weitere Nachforschung in dieser Sache vertagen, denn derzeit beschäftigt uns vielmehr die Tatsache, dass weitere Bestechungsversuche gemacht wurden. Hohe Summen sind offensichtlich geflossen, leider haben diese wohl in einigen Fällen sogar gefruchtet. Zwei Zunftmeister aus der Gaffel Windeck wurden bereits zu Turme gebracht. Weitere stehen unter strenger Beobachtung. Einige der alten Patriziergeschlechter haben sich verbündet und trachten danach, den Gaffelrat gewaltsam zu stürzen. Natürlich brauchen sie dazu Gleichgesinnte innerhalb der Stadtmauern.» Wieder wischte Reese sich den Schweiß von der Stirn. In der kleinen Schreibkammer war es unerträglich heiß und stickig. Auch Adelina spürte, wie ihr der Schweiß das Rückgrat hinunterrann. «Einer der Geldgeber ist eindeutig der Bankier Hermann von Goch. Leider kommen wir ihm nicht bei, da er sich bei einem seiner alten Gönner, dem Herzog von Geldern, verkrochen hat. Euch wollte ich bitten, da Ihr in Eurer Apotheke ja reichlich wohlhabende Kunden, auch Zunftangehörige, bedient, Augen und Ohren offenzuhalten, und falls Ihr etwas erfahrt, es mir oder dem Vogt Scherfgin sofort mitzuteilen.»

Adelina verzog unwillig das Gesicht. «Das kann ich schon tun, Herr Reese, doch ehrlich gesagt widerstrebt es mir, meine Kundschaft auszuhorchen.»

«O nein, nicht aushorchen. Nur darauf achten, was so geredet wird. Vielleicht kommen wir auf diesem Weg an Hinweise, wer die Verbindungsmänner Gochs sind.»

«Also gut.» Adelina gefiel der Gedanke zwar noch immer nicht recht, aber sie konnte dem Gewaltrichter die Bitte auch schlecht abschlagen. «Ich werde sehen, ob ich etwas in Erfahrung bringe. Aber sagt, wenn Ihr doch bereits zwei Männer gefasst habt, müsste es doch in Erfahrung zu bringen sein, wer ihnen das Bestechungsgeld ausgehändigt hat.»

«Eben nicht. Sie sagen, auch unter peinlicher Befragung, einhellig aus, sie hätten nur schriftlich mit den Verbindungsmännern in Kontakt gestanden. Deren Namen sind ihnen nicht einmal bekannt, sie äußerten nur Vermutungen. Und das Geld wurde ihnen des Nachts ins Haus geschmuggelt. Jedenfalls behaupten sie das. Geld und Edelsteine übrigens. Letztere lassen sich wohl einfacher wieder veräußern, da ihre Herkunft, nicht wie bei gewissen Münzen, nur schwer oder gar nicht zurückverfolgt werden kann.»

«Das klingt alles sehr abenteuerlich, Herr Reese.» Adelina sah ihn zweifelnd an.

«Ich weiß, meine Liebe, ich weiß. Umso wichtiger ist es für uns zu erfahren, wer die Fäden hier in der Stadt in den Händen hält, versteht Ihr.» Er zögerte und verzog sein Gesicht zu einem feinen Lächeln. «Und noch eine Bitte hätte ich an Euch.»

«So?» Adelina hob die Brauen. «Soll ich noch jemanden aushorchen?»

«Nein, nein. Es ist mehr ein persönliches Anliegen. Ich wäre Euch sehr dankbar, wenn Ihr Euch ein wenig um Marie kümmern könntet. Sie leidet sehr unter dem Tod ihrer Schwester. Außerdem denke ich, dass es ihr nicht schaden kann, wenn sie ihre Zeit in Gesellschaft einer tugendsamen verheirateten Frau verbringt, die ihr die Vorzüge eines ruhigen und geregelten Haushalts vor Augen führt.»

«Und da dachtet Ihr an mich?» Sie lächelte amüsiert und stand auf. «Von einem ruhigen und geregelten

Haushalt kann man doch in meiner Familie schwerlich sprechen.»

«O doch!», widersprach Reese, verbesserte sich dann jedoch rasch: «Ich meine, nun ja, nicht ruhig, sondern, also … Ihr müsst wissen, Marie war schon als Kind recht schwierig und eigensinnig. Und sie bringt ihren Vater schon seit Jahren zur Verzweiflung, weil sie bisher jeden Freier ausgeschlagen hat. Nun ist sie bereits achtzehn Jahre alt und will noch immer nicht heiraten. Und ich dachte mir, wenn sie vielleicht häufiger einen Hausstand vor Augen sieht, der so von Harmonie und Zuneigung geprägt ist wie der Eure … nun, dass sie dann vielleicht doch Gefallen daran findet.»

Adelina biss sich auf die Zunge, um nicht laut zu lachen. Sie blickte einen Moment zu Boden, und als sie sich gefangen hatte, sah sie Reese wieder ins Gesicht. «Ich weiß zwar nicht, ob Euer Plan funktionieren wird, doch ich würde mich sehr freuen, Marie näher kennenzulernen.»

«Also darf sie Euch öfter einmal besuchen kommen?»

«Aber sicher, Herr Reese, sehr gerne. Aber versprecht Euch nicht zu viel davon. Wie Ihr wisst, war auch ich nie begeistert von dem Gedanken zu heiraten, und man kann mein Naturell gewiss eher als streitbar bezeichnen.»

«Aber nicht doch, Frau Adelina!», widersprach Reese energisch. «Ich würde Euch nicht um diesen Gefallen bitten, wenn ich nicht sicher wäre, dass Marie gerade bei Euch genau richtig aufgehoben ist.»

Der Gewaltrichter bezahlte Adelina noch die mitgebrachten Süßigkeiten, brachte sie dann hinaus und nickte ihr zum Abschied noch einmal zu. «Ich werde

Euch kommende Woche aufsuchen und hören, ob Ihr etwas herausgefunden habt. Wenn sich etwas Wichtiges begeben sollte, wisst Ihr ja, wo Ihr mich findet.»

Ludowig, der neben dem Rathauseingang an der Wand gelehnt hatte, gesellte sich an Adelinas Seite, und schweigend legten sie den kurzen Weg zur Apotheke zurück. Schon beim Öffnen der Tür schlug ihnen das Geschrei der beiden Mädchen entgegen.

«Du blödes Mondkalb, wegen dir hätte ich beinahe alle Kirschen runtergeschmissen! Und sieh dir den Korb an, ganz eingedrückt ist er an der Seite. Was glaubst du, sagt die Meisterin dazu, wenn sie das sieht?»

Das war eindeutig Mira.

«Bist selbst eine blöde Ziege! Kann ich wissen, dass du gleich hinter mir stehst? Ich wollt doch den Korb nicht kaputt machen.» Griets Stimme klang zornig und weinerlich zugleich.

«Jetzt fang bloß nicht an zu knatschen! Heulsuse, ich dachte, du weinst nie? Behauptest du doch immer, oder?»

Ein Haushalt voller Harmonie, dachte Adelina und verdrehte die Augen. Sie stieß die Tür zum Hinterzimmer auf und stemmte die Hände in die Hüften. «Was ist hier los?»

Die beiden Mädchen, die sich eben noch angegiftet hatten, fuhren auseinander. Mira schob mit dem Fuß den Korb mit den Kirschen unauffällig hinter sich.

«Äh, nichts, Meisterin», sagte sie und setzte ein unschuldiges Lächeln auf. «Nur eine kleine Meinungsverschiedenheit, nichts weiter.»

«Ja, Frau Adelina, nichts weiter», bekräftigte Griet rasch und nickte heftig.

«Das klang eben aber anders», sagte Adelina streng und beobachtete mit großem Vergnügen, wie die beiden Mädchen plötzlich wieder zusammenrückten.

«Nein, nein, wir vertragen uns schon wieder», erklärte Mira im Brustton der Überzeugung und legte Griet einen Arm um die Schultern. «Nicht wahr, Griet?»

«O ja!»

«Und was ist mit den Kirschen?», hakte Adelina nach.

«Die habe ich gekauft, wie Ihr es wünschtet», antwortete Mira. «Einen Korb süße, einen Korb saure und sechs Ingwerwurzeln. Mehr hatte Meister Kollhaas nicht. Ich habe sie in der Apotheke in das Fach unter den Tresen gelegt. Soll ich sie holen?»

«Ach nein, das mache ich selbst. Stell mir aber bitte die Kirschen bereit, damit ich gleich mit der Verarbeitung beginnen kann. Ihr werdet mir beide dabei helfen.»

Adelina wandte sich ab und ging in die Apotheke. Während sie den Beutel mit den Ingwerwurzeln unter dem Tresen hervorzog, hörte sie Miras Wispern: «Dafür hab ich was gut bei dir. Los, füll die Kirschen hier in den Eimer und lass den Korb verschwinden!»

Adelina ließ sich mit der Rückkehr ins Hinterzimmer besonders viel Zeit. Sie hörte es knistern und rascheln, und als sie den Raum schließlich wieder betrat, hob Mira gerade den Eimer mit den Kirschen auf den Tisch, und Griet kam mit geröteten Wangen vom Flur aus hereingelaufen.

«Ich … hab nur was … weggebracht», stotterte sie, als sie Adelinas Blick auffing.

«Sollen wir den Sud für die Zuckerlösung ansetzen?», fragte Mira dazwischen. Dabei stieß sie Griet mit dem Ellenbogen in die Seite.

«Ich hole einen großen Topf!», rief Griet daraufhin und stob davon.

Adelina sah ihr kurz nach, dann wandte sie sich wieder Mira zu. «Bevor wir den Sud ansetzen, müssen die Süßkirschen entsteint werden. Lass dir von Magda zwei Messerchen geben. Du und Griet könnt diese Aufgabe übernehmen. In der Zwischenzeit kümmere ich mich um die Rosenwasser-Zuckerlösung. Morgen will ich damit beginnen, eine neue Sorte Konfekt herzustellen.»

†

Als wenig später Benedikta und Feidgin von ihrem Spaziergang zurückkehrten, waren beide mit großen, reichgefüllten Körben beladen.

«Was für eine Auswahl!», schwärmte Feidgin. «Nicht wahr, Schwester, ein solch großes Angebot gibt es bei uns nicht einmal auf dem Jahrmarkt! Und die Bauwerke und Kirchen erst! Der Dom, welch eindrucksvoller Anblick! Aber wie lange wird es wohl dauern, bis er fertig wird? Ich kann mir gar nicht vorstellen, wie das überhaupt von Menschen geschafft werden soll. Das muss ja noch Generationen dauern.»

«Das wird es wohl auch, Feidgin», sagte Benedikta mit einem zustimmenden Nicken. «Es ist jetzt schon ein Wunder, und wenn man diesen riesigen Kran sieht, und jeder Stein muss einzeln hinauftransportiert werden, einfach unglaublich. Ach, Adelina, meine Liebe», sie setzte sich neben die Angesprochene auf die Ofenbank in der Küche. «Wie ich sehe, hat Colin seine Mahlzeit bereits hinter sich.» Sie streichelte ihrem Enkel liebevoll über das gerötete Gesichtchen. Als er daraufhin seine

Mundwinkel zu einem Lächeln verzog, stieß sie einen Begeisterungsschrei aus. «Er lächelt! Schau Feidgin, er hat mich angelächelt! Ganz eindeutig. Ach ja, mein Junge, du hast schon verstanden, dass ich deine liebe Großmutter bin, nicht wahr?» Wieder streichelte sie ihm über die Wange. Dann sah sie wieder Adelina an. «Du wirst doch bestimmt nichts dagegen haben, meine Liebe, wenn ich mich heute um das Abendessen kümmere? Ich habe ganz frische Heringe gekauft und will daraus eine Suppe kochen. Nicht wahr, Feidgin, meine Heringssuppe ist weithin bekannt.»

«O ja, sie schmeckt wunderbar. Ich freue mich schon darauf.»

Adelina seufzte innerlich. Sie hatte Franziska bereits Gemüse für einen Eintopf putzen lassen. Doch der Fisch war leicht verderblich, also konnte sie Benedikta den Wunsch wohl nicht abschlagen. «Gerne», antwortete sie deshalb kurz angebunden. «Wenn du noch andere Zutaten benötigst, sag Magda Bescheid.»

«Natürlich. Karotten und Sellerie wären nicht schlecht, auch Erbsen passen sehr gut.»

Adelina atmete auf. Dann würde wenigstens das geputzte Gemüse Verwendung finden. «Das ist alles da, Frau Benedikta. Nehmt Euch, was Ihr benötigt.»

«Schön, sehr schön. Feidgin, hilfst du mir? Und Adelina, wenn es dir nichts ausmacht, würde ich Colin gerne ein wenig hier in der Küche behalten. Dann kannst du dich in Ruhe weiter um die Kirschen kümmern. Hmm, wie gut dieser Zuckerüberzug riecht! Ich hoffe, du lässt mich bald einmal davon probieren.»

«Ganz sicher, Frau Benedikta.» Adelina legte Colin in seine Wiege und entfloh. Hinter sich hörte sie die beiden Frauen geschäftig mit Töpfen klappern und dabei fröhlich über die Dombaustelle plaudern.

†

«Wie lange habe ich schon nicht mehr diese Heringssuppe gegessen!», schwärmte Neklas, als er sich spät am Abend zu Adelina ins Hinterzimmer gesellte, wo sie gerade dabei war, mit gewürfeltem Ingwer und Zuckerlösung zu experimentieren.

«In meiner Kindheit gab es sie beinahe jeden Freitag. Ich werde Mutter überreden, dir das Rezept zu verraten.»

«Du hättest mir sagen können, dass du diese Suppe so gerne magst», brummte Adelina und füllte konzentriert eine genau bemessene Menge Zuckerlösung in ein kleines Glas-Ei. «Es wäre nicht schwierig gewesen, sie für dich zu kochen. Wenn ich die Zutaten gekannt hätte, hätte ich sie bestimmt hinbekommen.»

Neklas sah sie überrascht an, dann lachte er plötzlich. «Aber natürlich hättest du das. Dass ich daran nicht gedacht habe! Eine so gute Köchin, wie du es bist, schafft das ja leicht. Aber diese Suppe war immer Mutters Spezialität. Sie hält viel darauf, Familienrezepte nicht zu verraten. In diesem Fall jedoch … Aber nett war es, dass sie dir die Arbeit mit dem Abendessen heute abgenommen hat. Diese Süßigkeiten lassen sich ja wirklich nur sehr aufwändig herstellen. Wirst du überhaupt noch heute damit fertig?»

«Das muss ich wohl, wenn ich diese Zuckerlösung nicht hart werden lassen will.» Adelina sah von ihrer Arbeit auf. «Besser wäre es gewesen, mir Bescheid zu sagen, bevor sie Unmengen Fisch kauft, obwohl ich bereits etwas zum Essen vorbereitet hatte. Wir können von Glück sagen, dass das meiste Gemüse, das Franziska bereits geputzt und geschnitten hatte, auch für die Suppe verwendet werden kann.»

«Oh.» Neklas legte überrascht den Kopf auf die Seite. «Ist es dir nicht recht, wenn meine Mutter dir hilft?»

Adelina verzog verärgert die Mundwinkel. «Ich habe nicht gesagt, dass es mir nicht recht ist, sondern dass ich gerne etwas früher darüber Bescheid wüsste. Und nun reich mir bitte den kleinen Schöpflöffel.»

Neklas tat, wie ihm geheißen, und sah ihr dabei zu, wie sie mit dem Löffel eine heiße Flüssigkeit über den gewürfelten Ingwer gab. «Das riecht gut», befand er. «Wird das ein neues Konfekt?»

«Das werden wir morgen sehen, wenn es fertig ist», antwortete Adelina, ohne den Blick von der Mischung zu nehmen. Sie nickte vor sich hin und hantierte dann wieder mit der Flüssigkeit im Glas-Ei.

«Rosenwasser?» Neugierig trat Neklas näher.

Adelina schob ihn jedoch unsanft beiseite. «Du stehst mir im Weg. Wenn du dich nützlich machen willst, bring mir bitte eine Phiole Weingeist aus dem Keller herauf.»

«Aber selbstverständlich, Frau Meisterin! Alles, wie Ihr wünscht», grinste Neklas und verließ den Raum, um wenig später mit der erbetenen Phiole zurückzukehren.

«Ich hörte, du warst heute bei Reese im Rathaus. Gab es etwas Wichtiges?»

«Er bat mich, dem Tratsch meiner Kunden aufmerksam zu lauschen und ihm zu berichten, falls mir etwas zu Ohren kommt, das ihm helfen könnte, die Mittelsmänner der Patrizier zu finden.»

Neklas zog die Stirn in Falten. «Hatten wir uns nicht darauf geeinigt, uns aus dieser Angelegenheit herauszuhalten?»

Adelina nahm das Glas-Ei mit einer Zange vom Feuer und schwenkte es leicht. «Genau genommen wollten wir nur nichts mit der Aufklärung des Mordes zu tun haben.» Sie träufelte noch etwas Rosenwasser in das Glasbehältnis und hängte es wieder über das Feuer. «Diese Sache hat mit dem Mord nichts zu tun. Ich bin zwar auch nicht begeistert, meine Kunden aushorchen zu müssen, aber Reese hat nicht ganz unrecht mit seiner Vermutung, in meiner Apotheke könnte darüber gesprochen werden. Wir haben schon so oft Neuigkeiten erfahren, bevor sie öffentlich verkündet wurden.»

«Wohl wahr», stimmte Neklas zu. «Dennoch sollten wir es dabei belassen. Wir hatten in den vergangenen Monaten genug Aufregung.»

«Mehr als genug.» Adelina nickte. «Die zweite Bitte, die Reese an mich hatte, kann ich ihm wesentlich leichter erfüllen.»

«Noch eine Bitte?» Alarmiert trat Neklas wieder näher.

«Keine Angst, es ist nichts Gefährliches. Obwohl …» Sie lächelte leicht. «Urteile selbst: Reese meinte, ich möge mich ein wenig um Marie kümmern und ihr gestatten, mich des Öfteren zu besuchen.»

«Das wünscht er? Aus welchem Grund?»

«Er meinte, so käme sie leichter über ihre Trauer hinweg. Außerdem hegt er die Hoffnung, dass sie sich uns zum Vorbild nimmt und durch häufige Besuche in unserem Hause Interesse an einem ruhigen, ehrbaren Hausstand bekommt.»

«Wie bitte?»

Adelina lachte. «Er will, dass ich ihr das Heiraten schmackhaft mache.»

Neklas sah sie einen Moment lang mit großen Augen an, dann prustete er los. «Nein wirklich? Nicht möglich! Ausgerechnet du? Ich sollte ihm einmal erzählen, wie sehr du dich der Idee eines ehrbaren Hausstandes damals widersetzt hast.»

«Sehr lustig!» Adelina zog die Stirn in ärgerliche Falten, konnte sich dann jedoch ein Grinsen nicht verkneifen. «Nun ja, mittlerweile sieht die Sache ja etwas anders aus.»

«Findest du?» Neklas schnappte nach Luft und bemühte sich redlich, wieder ein ernstes Gesicht zu machen. Es gelang ihm nur bedingt. «Nun ja, ehrbar lebst du gewiss, aber als ruhig kann man unseren Hausstand wohl nicht bezeichnen.»

«Das habe ich ihm auch gesagt. Er ließ sich jedoch nicht davon abbringen.»

«Und mit wem sollst du Marie verkuppeln?»

Adelina hob überrascht den Kopf. «Mit niemandem. Jedenfalls hat er keinen bestimmten Namen genannt. Ich soll nur ihre Bedenken gegen den Ehestand an sich zerstreuen.»

«Dann wünsche ich dir viel Erfolg … und mir viel Vergnügen, während ich deine Bemühungen beobachten darf.» Er legte ihr den rechten Arm um die Hüfte und zog sie an sich.

Sie stieß ihm heftig den Ellenbogen in die Seite und wollte sich losmachen, doch er ignorierte ihre Abwehrversuche und gab ihr einen langen Kuss.

Überrascht und etwas atemlos sah sie ihn an. «Wofür war das?»

Er zwinkerte ihr zu. «Dafür, dass du dir deine Bedenken von mir hast zerstreuen lassen. Und nun gehe ich zu Bett. Morgen früh soll das vordere Behandlungszimmer fertig werden, und ich will mit Jupp vorher noch einiges besprechen. Er will sehr früh hier sein. Wird das hier noch lange dauern?»

Adelina schüttelte den Kopf. «Nicht mehr allzu lange. Wenn die Essenz fertig ist, muss der Ingwer bis morgen Abend darin ziehen.»

Erstaunt blickte Neklas auf die Schüssel. «Ich dachte, der Ingwer zieht jetzt schon.»

«Dies ist nur die erste Schicht», erklärte Adelina. «Sobald sie beginnt, hart zu werden, überziehe ich ihn mit einer zweiten.» Sie wies auf das Glas-Ei. «Bei den Kirschen hat es sehr gut funktioniert.»

«Bringst du mir eine Kostprobe mit nach oben?»

Adelina lächelte. «Nur, wenn ich sicher bin, dass ich damit niemandem den Magen verderbe. Also lass mich jetzt lieber in Ruhe daran arbeiten.»

10

Es dauerte dann doch noch eine Weile, bis Adelina die Ingwerwürfel und die restlichen Kirschen mit einer weiteren Schicht Zuckerguss überzogen hatte. Dann nahm sie ein Stück aus dem Zucker-Rosenwasserbad und wartete, bis das Konfekt so weit getrocknet war, dass man hineinbeißen konnte.

Das Geschmackserlebnis war überwältigend. Sie ließ eines der Ingwerstücke auf der Zunge zergehen und schloss genießerisch die Augen. Dann öffnete sie sie wieder und lächelte breit. Wie intensiv würde die Süßigkeit erst schmecken, wenn die Ingwerstückchen einen Tag lang ordentlich durchgezogen waren?

Sie runzelte die Stirn und beschloss spontan, dass ein halber Tag ausreichen würde. Mit diesem Gedanken löschte sie das Feuer an der Destille und räumte ihre Utensilien zusammen. Eines der Mädchen würde sie am kommenden Tag reinigen. Gähnend blies sie die Flammen an den beiden Öllampen aus und nahm eine kleinere Lampe mit auf den Weg die Stiege hinauf.

Bevor sie jedoch ihre Schlafkammer betrat, machte sie gewohnheitsmäßig noch einen Gang durch das obere Stockwerk.

Ein Blick in Miras Zimmer zeigte ihr, dass das Lehrmädchen tief und fest schlief. Adelina leuchtete ihr Gesicht an und stellte lächelnd fest, dass die vorlaute und schwierige Mira im Schlaf wie der reinste Engel aussah. Eine lange hellblonde Haarsträhne umspielte ihr Gesicht und ließ es sanfter als sonst wirken. Und in der Armbeuge hielt sie … Adelina trat näher und sah genauer hin. Ein Püppchen! Vorsichtig zog sie einen Zipfel der Decke zur Seite und staunte. Das sah doch aus wie das Püppchen, das Griet vor einiger Zeit zu nähen begonnen hatte. Sie hatte schon eine Weile nicht mehr davon gesprochen, und Adelina nicht mehr daran gedacht. Offenbar hatte sie es Mira geschenkt. Adelina blinzelte gerührt. Scheinbar verstanden sich die zwei Mädchen besser, als sie zugaben.

Leise verließ sie Miras Kammer und schloss die Tür.

Bevor sie nach oben zur Dachkammer stieg, betrat sie noch den neuen Wohnflügel, in dem sich unter anderem die Gäste- und die Gesindekammern befanden.

Aus der Gästekammer drang leises Schnarchen, und sie fragte sich, welche der beiden Frauen wohl einen so lauten Schlaf haben mochte. Schmunzelnd ging sie weiter. Aus Ludowigs Kammer, die er sich zurzeit mit Donatus teilte, drang kein Laut, als sie jedoch an Franziskas Schlafraum vorbeiging, vernahm sie eine leise Stimme. Wie angewurzelt blieb sie stehen, und sofort fiel ihr Ludowigs Andeutung ein, Donatus habe sich an die Magd herangemacht.

Entschlossen, diesem Unwesen sofort ein Ende zu bereiten, griff Adelina nach der Klinke und stieß die Tür auf. Im Zimmer war es dunkel, die Stimme jedoch noch immer zu hören.

Adelina trat an Franziskas Bett und leuchtete mit der Öllampe darüber hinweg.

Die Magd war allein und schlief offenbar fest. Doch ihre Lippen bewegten sich und murmelten unverständliche Worte. Nachdenklich betrachtete Adelina das junge Mädchen, das ihr einst in Lumpen auf dem Laurenzplatz begegnet und zu stolz gewesen war, um zuzugeben, dass es Kamine kehrte, um zu überleben. Franziska musste inzwischen sechzehn, fast siebzehn Jahre alt sein, und sie war recht hübsch. Nachdem sie in Adelinas Haushalt eine Anstellung erhalten hatte, waren ihre Wangen und Hüften durch das gute Essen runder geworden.

Franziskas Geschwister waren nach dem Tod der Mutter verhungert. Ihr Vater hielt sich mehr schlecht als recht mit Gelegenheitsarbeiten am Hafen über Wasser. Franziska besuchte ihn ab und zu und brachte ihm Reste aus der Küche mit. Das Verhältnis der beiden war allerdings problematisch; der Vater glaubte fest, Franziska sei eine Dirne und damit verachtenswert.

Adelina schüttelte den Kopf. Wie konnte ein Vater nur so blind sein? Glücklich sollte er sein, dass seine Tochter so tüchtig war und eine gute Anstellung gefunden hatte. Ganz sicher bedrückte es Franziska, obwohl sie nie darüber sprach.

Als plötzlich das Gemurmel der Magd lauter wurde, beugte Adelina sich unwillkürlich näher und lauschte.

«…dummer blöder Kerl verstehst auch gar nichts! … So was … Knecht, pah. Rutsch mir doch den Buckel …»

Adelina schüttelte den Kopf und zog sich zurück. Sogar im Schlaf schien sich Franziska mit Ludowig zu streiten.

Leise ging Adelina den Weg zurück und stieg dann noch die Stiege zu Griets Kammer hinauf.

Ihre Stieftochter hatte sich fest in ihre Decke gewickelt und atmete ruhig und tief. In der Hand hielt sie wie immer das Püppchen, das Adelina ihr geschenkt hatte.

Adelina wollte sich schon abwenden, als ihr Blick zufällig Griets Handgelenk streifte. Entsetzt starrte sie auf das winzige Rinnsal Blut, das dort getrocknet war. Ihr wurde heiß und kalt zugleich. Zu den alten Narben, die sich das Mädchen während der Zeit zugefügt hatte, als ihr Stiefvater sie an fremde Männer verkaufte, hatten sich neue Zahnabdrücke gesellt.

Schweigend sah Adelina auf Griet hinab und das Herz tat ihr weh, als sie daran dachte, was die Kleine in ihrem kurzen Leben bereits hatte erleiden müssen. Was war geschehen, dass sie sich wieder gebissen hatte? Irgendetwas musste die alte Angst wieder in ihr geweckt haben.

Grimmig knirschte Adelina mit den Zähnen. Wenn Thomasius schuld daran war, würde sie einschreiten, koste es, was es wolle!

Sanft streichelte sie mit einem Finger über Griets Wange. Ängstlich zuckte das Mädchen im Schlaf zusammen.

«Griet, ach Griet», murmelte Adelina bedrückt. Als sie ihre eigene Schlafkammer erreichte, überlegte sie, ob sie Neklas sofort wecken und ihm von den Wunden seiner Tochter erzählen sollte. Da er jedoch bereits fest schlief und auch Colin ruhig und regelmäßig atmete, beschloss sie, bis zum Morgen damit zu warten.

†

Als sie erwachte, schien bereits die Sonne durch die Ritzen der Fensterläden und warf verzerrte Muster auf den Fußboden. Im Haus waren Stimmen und Geräusche zu hören, die darauf schließen ließen, dass der Tag schon länger angebrochen war. Adelina gähnte und blinzelte in das diffuse Licht. Offenbar hatte Neklas sie nach der langwierigen Arbeit am Vorabend etwas länger schlafen lassen. Nun, warum auch nicht? Sie räkelte sich und bewegte müßig ihre Füße, doch dann fuhr sie mit einem Schreckenslaut hoch.

«Colin?»

Etwas stimmte nicht, so lange würde doch kein Säugling ruhig bleiben! Sie schwang die Beine über den Bettrand und wollte aufspringen, trat dabei jedoch Moses, der vor dem Bett lag, auf eine Pfote. Der Hund jaulte erschrocken und sprang auf.

Adelina prallte zurück. «Du liebe Zeit, wo kommst du denn her?» Fahrig strich sie dem Hund über den Kopf und nahm einen erneuten Anlauf aufzustehen. Mit zwei Schritten war sie an der Wiege – sie war leer.

Adelina stieß ein Seufzen aus, das irgendwo zwischen Erleichterung und Verzweiflung lag. Sie hatte nicht einmal mitbekommen, dass Neklas Colin mit hinuntergenommen hatte. Was musste das nur für einen Eindruck auf Benedikta machen? Eine Mutter, die die Bedürfnisse ihres Kindes verschlief!

Sie wandte sich um und wollte zur Kleidertruhe neben dem Fenster eilen, wäre jedoch beinahe erneut über Moses gestolpert, der ihr mittlerweile um die Beine strich.

Er bellte empört und zog sich an die Kammertür zurück. Von dort sah er sie anklagend an.

«O Moses, verzeih.» Sie ging in die Hocke und winkte den Hund zu sich. «Heute scheint nicht ganz mein Tag zu sein, was?» Sie streichelte ihm über den Rücken, und er stupste sie freundlich mit seiner feuchten Nase an. Lachend erhob sie sich wieder und öffnete die Kammertür. «Los, geh schon hinunter.»

Rasch zog sie ein sauberes, rostrotes Kleid aus der Truhe und zog sich an. Sie schlüpfte in die leichten Sommerschuhe, und schon im Gehen streifte sie den dunkelbraunen Surkot über und schloss die drei hübschen silbernen Ziertasseln.

«Franziska?», rief sie von der Treppe aus, bekam jedoch keine Antwort. Als sie die Küche betrat, fand sie dort Magda und Benedikta einträchtig über einen großen Topf gebeugt, aus dem es nach frischgekochtem Beerenmus duftete.

Colin lag frisch gewickelt in seinem Bettchen und gluckste fröhlich, als Adelina ihn auf den Arm nahm.

«Ah, meine Liebe, da bist du ja schon!» Benedikta drehte sich zu ihr um und strahlte sie an. «Ich dachte, du würdest noch etwas länger schlafen wollen. Neklas sagte uns, dass du sehr lange mit diesem neuen Zuckerguss experimentiert hättest. Wir haben uns gut um Colin gekümmert, und er schien auch noch keinen Hunger zu haben, sonst hätten wir dich natürlich geweckt. Du hast gerade das Frühstück verpasst, aber ich habe Magda einen Happen für dich beiseitelegen lassen. Und sieh her, duftet dieses Mus nicht herrlich? Ich werde es heute Abend nach dem Essen servieren. Es passt sehr gut zu süßen Wecken … Ach, ich vergaß Feidgin zu sagen, sie soll welche vom Bäcker mitbringen!»

«Ist sie denn ausgegangen?» Adelina setzte sich auf die Ofenbank, knöpfte ihr Kleid auf und legte Colin an.

«Wie praktisch», lächelte Benedikta. «Diese Tasseln und Ösen, nicht wahr? Neklas' Vater fand immer, das sei überflüssiger Schnickschnack. Es dauerte lange, bis er begriffen hat, wie viel leichter man es damit hat, einem Säugling die Brust zu geben. Und hübsch anzusehen sind sie auch noch!» Sie setzte sich neben Adelina. «Feidgin ist mit Donatus zum Einkaufen gegangen.»

Schon wieder, dachte Adelina, sagte jedoch nichts.

«Sie haben Griet bei den Beginen vorbeigebracht, und Feidgin will sich heute das Spektakel auf dem Neumarkt ansehen.»

«Welches Spektakel?», fragte Adelina erstaunt.

«Ach, das haben wir gestern erfahren. Dort findet heute so etwas wie ein Schützenfest statt. Die Bogenschützen verschiedener Bruderschaften zeigen ihr Können, und dazu soll es Musik und Tanz geben. Für mich ist das nichts, aber meine Schwester liebt solche Lustbarkeiten. Ihr zweiter Mann war auch Bogenschütze, musst du wissen.»

«Ihr zweiter Mann?» Adelina setzte sich etwas aufrechter hin und ließ Colin die Seite wechseln. «Also ist sie zweifache Witwe?»

«Dreifache.» Benedikta lächelte etwas gequält. «Vierfache, wenn man es genau nimmt, doch ihr erster Gemahl zählt wohl nicht so richtig, denn er ist schon wenige Stunden nach der Hochzeit von uns gegangen, Gott hab ihn selig.» Sie bekreuzigte sich. Als sie Adelinas verblüfften Gesichtsausdruck sah, zuckte sie mit den Schultern. «Sie war damals noch sehr jung, gerade vierzehn. Mein Vater verlobte sie mit einem älteren Geschäftsfreund … zugegeben, einem sehr viel älteren. Ihm ist vielleicht das viele Essen und Trinken auf dem Hochzeitsbankett nicht bekommen, denn er erlag einem Herzschlag, noch bevor die Ehe vollzogen war.»

«Oh, wie entsetzlich!», entfuhr es Adelina, und sie schauderte.

Benedikta schmunzelte. «Nun, für Feidgin vielleicht nicht, denn sie ekelte sich furchtbar vor dem ‹alten Mann›, wie sie ihn heimlich nannte. Aber sie hatte natürlich keine Wahl. Nachdem er gestorben war, übernahm unser Vater sein Geschäft, vielleicht hatte er es von Anfang an darauf abgesehen, dass so etwas geschieht, wer weiß. Nach einem Jahr wurde Feidgin erneut verlobt, zwar wieder mit einem Geschäftsfreund unseres Vaters, diesmal jedoch mit einem sehr viel jüngeren. Ihrer zweiten Ehe sah Feidgin viel erwartungsfroher entgegen. Ingolf war noch keine fünfundzwanzig und recht passabel anzusehen. Sie schien ihm ebenfalls zu gefallen, und alles sah vielversprechend aus. Doch Ingolf war ein ziemlicher Heißsporn und sehr übermütig. In seiner Schützenbruderschaft galt er als der mutigste und unerschrockenste Schütze und Reiter. Das war er in der Tat, und es wurde ihm zum Verhängnis. Im siebten Ehejahr stürzte er bei einer Übung vom Pferd und brach sich den Hals.»

«Großer Gott!»

«Nun, Feidgin hatte inzwischen drei kleine Kinder, deshalb heiratete sie sehr rasch wieder, diesmal einen Silberschmied. Er war ein sehr sanftmütiger Mensch und ließ sich bald in allem von ihr lenken. Doch etwas schien ihm immer auf der Seele zu liegen, jedenfalls hat er sich, als sein erster Sohn, Feidgins sechstes Kind, an einem Fieber starb, in seiner Werkstatt aufgehängt.»

«Du meine Güte!» Adelina fehlten die Worte. Entsetzt starrte sie Benedikta an, die jedoch abermals nur mit den Schultern zuckte.

«Feidgin war inzwischen eine recht wohlhabende Witwe, nun sogar mit einer gutgehenden Silberschmiede, auf die es ein Konkurrent abgesehen hatte. Da er Meister war und sie selbst nichts von der Schmiedekunst verstand, heiratete sie ihn. Er starb vor etwa anderthalb Jahren. Sein Sohn aus einer früheren Ehe hat die Schmiede geerbt, Feidgin dagegen erbte eine recht große Summe sowie ein kleines Wohnhaus in Kortrijk. Ihre Söhne sind mittlerweile bis auf zwei, die noch zu jung sind, alle als Lehrlinge und Gesellen gut untergekommen, eine Tochter ist bereits verheiratet …»

«Eine unglaubliche Geschichte!», befand Adelina und drückte Colin etwas fester an sich.

«Ja», bestätigte Benedikta, «das ist es in der Tat. Und Feidgin wollte sich doch tatsächlich gleich wieder auf die Suche nach einem neuen Gemahl machen! Das ist auch der Grund, weshalb ich sie hierher mitgebracht habe. Ich fand, sie habe ein wenig Veränderung dringend nötig. In ihrem Alter und mit ihrem Auskommen sollte sie sich wirklich überlegen, ob sie nicht lieber allein bleibt und ein ruhiges Leben mit ihren zwei Töchtern führt. Ich habe ihr auch angeboten, zu mir zu ziehen, doch das hat sie immer abgelehnt. Sie ist geradezu versessen aufs Heiraten. Ich hoffe, diese Reise bringt sie auf andere Gedanken.» Etwas schwerfällig stand Benedikta auf und rieb sich den Rücken. «Hach, die Knochen, es scheint anderes Wetter zu geben!» Sie lächelte wieder. «Aber ich möchte dich nicht mit meinem Geschwätz aufhalten. Hier drüben hat Magda dir Brot und Käse hingestellt. Du wirst bestimmt gleich in deine Apotheke gehen wollen, nicht wahr? Ich habe Mira schon zum Saubermachen dorthin geschickt, ich hoffe, das war richtig so. Lass Colin nur ruhig hier bei mir, ich kümmere mich gerne um ihn.»

«Also gut, ich muss sowieso nach meinem Konfekt sehen.» Adelina übergab Colin etwas widerwillig ihrer Schwiegermutter, richtete ihr Kleid und verließ eilig die Küche.

Im Hinterzimmer prüfte sie die Kirschen und den Ingwer und rief dann Mira herein. «Nimm diese kleine Zange und leg die Kirschen aus der Schüssel zum Trocknen auf gewachstes Tuch. Aber pass auf, dass sie nicht aneinanderkleben! Ich muss die Apotheke öffnen, es wird langsam Zeit. Hoffentlich mussten nicht schon Kunden unverrichteter Dinge wieder gehen.»

«Bis eben war noch keiner da», berichtete Mira. «Nur dieser Mönch in der weißen Kutte ist vorbeigegangen. Aber als Magister Burka und Meister Jupp von nebenan kamen, ist er schnell verschwunden.»

«Gut, Mira, geh an deine Arbeit.» Adelina zog die Tür zum Hinterzimmer hinter sich zu und öffnete dann die Haustür. Mit einem Holzkeil fixierte sie sie, damit frische Luft in die Apotheke gelangen konnte.

Deshalb bekam sie auch den kleinen Tumult mit, als ein berittener Bote des Vogts über den Alter Markt galoppierte und beinahe einen Stand mit Töpferwaren umgerissen hätte. Die Krämerin schrie auf, mehrere Tonkrüge gingen klirrend zu Bruch, und zwei Frauen keiften erbost hinter dem Mann her, der just vor der Apotheke sein Pferd zügelte und aus dem Sattel sprang.

«Magister Burka?», rief er und stürmte in die Apotheke. «Magister Burka, ist er hier?»

Adelina schüttelte den Kopf. «Er ist nebenan, in seinem neuen Behandlungsraum. Ist etwas geschehen?»

Doch der Bote hatte sich bereits abgewandt und rannte mit wehendem Reitmantel hinaus. Sie hörte ihn heftig an die Tür des Nachbarhauses pochen und ging neugierig hinaus, um mitzubekommen, was vorgefallen war.

Neklas hatte kaum geöffnet, da sprudelte der Bote auch schon hervor: «Magister Burka, der Vogt Scherfgin schickt mich. Ihr müsst sofort mitkommen, umgehend!»

«Was gibt es denn, Mann?»

Hinter Neklas tauchte Meister Jupp auf und lauschte ebenfalls.

«Ihr müsst mitkommen», wiederholte der Bote. «Es gab einen Toten, vor dem Severinstor. Der Vogt will, dass Ihr Euch das anseht.»

«Einen Toten vor der Stadtmauer?», wunderte sich Meister Jupp. «Wohl ein Ermordeter?»

«Das weiß ich nicht. Ich soll nur den Medicus holen. Es eilt!»

«Ist schon gut, ich lasse mein Pferd satteln und komme, so schnell es möglich ist. Gebt Scherfgin derweil schon Bescheid.»

Der Bote nickte, saß auf und preschte erneut in halsbrecherischer Geschwindigkeit über den Markt davon.

Neklas ging zum Hoftor und rief nach Ludowig, der sogleich eines der Pferde sattelte.

Meister Jupp sah zu, wie Neklas wenig später aufsaß und losritt. «Hm», meinte er zu Adelina und strich sich übers Kinn. «Das klingt alles recht interessant. Vielleicht sollte ich auch zum Severinstor reiten. Vielleicht gab es einen Unfall und nicht nur Tote, sondern auch Verletzte, die es zu versorgen gibt. Darf ich mir Euer zweites Pferd ausleihen, Meisterin Burka?»

«Aber natürlich, Meister Jupp, nur zu. Ludowig wird es Euch satteln.» Adelina winkte den Knecht noch einmal heran und gab ihm die entsprechende Anweisung, dann ging sie zurück in die Apotheke.

Während sie einer Mutter mit einem hustenden Kleinkind eine Kräuterarznei mischte, betrat eine der Hebammen aus der Nachbarschaft, Mutter Wiebke, die Apotheke, gefolgt von Marie, die ihr lächelnd zunickte, jedoch bei der Tür stehen blieb und mit Gesten bedeutete, sie wolle warten, bis Adelina ihre Kundinnen versorgt hätte.

Adelina wandte sich der Hebamme zu und begrüßte sie freundlich. «Mutter Wiebke, wie geht es Euch? Ihr seht ein wenig angegriffen aus, will ich meinen.»

«Ein wenig ist gut», seufzte die Hebamme. Sie war eine Frau mittleren Alters mit ausladenden Hüften und einem runden Gesicht mit Apfelbäckchen, die allerdings heute tatsächlich weniger rosig leuchteten als sonst. Dennoch schien sie bester Laune zu sein. «Ich habe die letzten beiden Nächte kaum Schlaf bekommen, müsst Ihr wissen. Gleich vier Geburten musste ich betreuen, und gestern Mittag hat die Leyendecker Elvira Zwillinge bekommen, einen Jungen und ein Mädchen – bildschön anzusehen! Die Leyendeckerin hat sofort nach einer Amme rufen lassen, wie soll sie auch sonst die zwei Schreihälse satt bekommen? Sie hatte ja bei ihren beiden ersten Kindern immer gerade genug Milch für die ersten paar Wochen. Ein Wunder, dass sie die zwei groß gekriegt hat. Und jetzt gleich zwei … Nun ja, deshalb bin ich auch hier. Ich hab ihr versprochen, von Euch dieses Stärkungsmittel zu holen. Ihr wisst schon, dieses Kräuterzeug, das den Milchfluss anregen soll.»

«Da habt Ihr Glück, Mutter Wiebke, ich habe gerade kürzlich neue Kräuter hereinbekommen. Wartet, ich mische Euch alles gleich ganz frisch.» Adelina eilte zur Hintertür und gab Mira Anweisung, einige der getrockneten Kräuter hereinzubringen. Dann wandte sie sich wieder an die Hebamme. «Bei diesem Wetter trocknen die Kräuter schneller als sonst. Aber sagt, was ist mit Euren Händen passiert? Sie sind ja ganz rot und rissig!»

«Ach ja, Meisterin Burka, ich wollt Euch schon fragen, ob Ihr etwas habt, womit ich sie einreiben kann. Wenn ich, so wie die letzten Tage, zu viel mit heißem Wasser hantieren muss, werden sie so schrecklich trocken, und die Haut reißt ein.» Sie hielt Adelina beide Hände zum Begutachten hin.

«Das ist bestimmt sehr unangenehm», stimmte Adelina nach eingehender Betrachtung zu. «Aber es sieht schlimmer aus, als es ist. Ich gebe Euch eine Salbe aus Ringelblumen und Kamille mit. Reibt die Hände, so oft es geht, damit ein, dann wird es bestimmt bald besser. Ah, danke, Mira», nickte sie ihrem Lehrmädchen zu, als dieses mit den gewünschten Kräutern hereinkam. «Nun bring mir noch Mörser und Stößel.» Sie begann, die Kräuter sorgfältig zu vermahlen und mischte sie zu gleichen Teilen in einer kleinen Schüssel. Das Gemisch gab sie in ein Leinenbeutelchen, das sie Mira fest verknoten ließ. «Bringt dies der Leyendeckerin mit meinen besten Wünschen. Zahlen kann sie, wenn sie wieder auf den Beinen ist.»

«Das richte ich ihr gerne aus», antwortete die Hebamme und griff nach ihrer Geldbörse. «Was kostet diese Salbe?»

Adelina nannte ihr einen sehr geringen Betrag, und sie kramte hocherfreut einige abgegriffene Kupferpfennige aus der Börse. «Ich werde die Salbe gleich ausprobieren», strahlte sie. «Und dann will ich endlich versuchen, mich aufs Ohr zu legen. Heute Nachmittag soll ich schon wieder zu einer Wöchnerin, bei der es jede Stunde losgehen kann. Aber die letzte Geburt heute Nacht hat sehr lange gedauert, und ich musste bis vor die Stadttore. Und als ich heim wollte, war das Severinstor verstopft von Soldaten und Fußvolk. Da war kein Durchkommen! Man munkelt, sie hätten an der Straße nach Bonn einen Kölner Bürger ermordet, stellt Euch das vor! Aufgehängt und gevierteilt worden soll er sein. Schrecklich, zum Glück hab ich das nicht gesehen. Aber ich musste natürlich einen Umweg über die Ulrepforte machen, und jetzt bleibt mir kaum noch Zeit zum Schlafen.»

«Ein Kölner Bürger? Ein Kaufmann?», hakte Adelina nach, obwohl sich Mutter Wiebke bereits zum Gehen gewandt hatte.

Die Hebamme drehte sich noch einmal um. «Ich weiß nicht, ob das stimmt. Hab ja nur aufgeschnappt, was die Leute sich erzählen. Ein Kölner Bürger, ja, aber ob Kaufmann, ob Handwerker, das wusste keiner genau. Er muss aber wohl Zunftkleider getragen haben, na ja, was noch in Fetzen an ihm hing. Ich muss aber jetzt wirklich los, Meisterin Burka, verzeiht …»

«Aber natürlich, Mutter Wiebke. Gehabt Euch wohl und schlaft recht gut!»

Die Hebamme nickte noch einmal flüchtig und verließ dann die Apotheke.

Lächelnd wandte sich Adelina an die junge Frau, die noch immer an der Tür wartete. «Nun, Jungfer Marie, es freut mich, dass Ihr mich heute schon wieder besuchen kommt.» Sie legte den Kopf auf die Seite. «Ihr wirkt ein wenig blass. Geht es Euch nicht gut?»

«Wie?» Marie schüttelte den Kopf. «Nein, nein, mir geht es gut. Aber es tut mir leid, ich muss jetzt gehen. Ich … mir … mir fällt gerade ein, dass ich etwas vergessen habe. Ich komme ein andermal wieder her, wenn ich darf.»

«Selbstverständlich, aber wartet doch! Ist etwas geschehen?», rief Adelina ihr hinterher, doch Marie war bereits auf den Marktplatz hinausgeeilt und drehte sich nicht mehr um.

Adelina blickte ihr verwundert nach. «So etwas! Läuft einfach davon.» Sie trat selbst an den Eingang und spürte einen warmen Luftzug. Rasch schob sie mit dem Fuß den Keil beiseite und schloss die Tür, damit die aufkommende Hitze nicht so schnell ins Haus zog.

Was wohl in Marie gefahren war? Ob ihr Mutter Wiebkes Bericht über den ermordeten Kölner einen Schrecken eingejagt hatte? Wahrscheinlich, überlegte Adelina, denn Maries Schwester war ja immerhin ebenfalls auf bestialische Weise getötet worden. Morde geschahen in Köln immer wieder, doch gleich zwei in so kurzer Zeit, das war ungewöhnlich, und für ein junges Mädchen wie Marie gewiss nur schwer zu verkraften.

11

Über Mittag hielt Adelina die Apotheke für eine Weile geschlossen. Die Sommerhitze war mittlerweile fast unerträglich. Auch viele der Buden- und Standbesitzer auf dem Alter Markt machten über Mittag eine Ruhepause. Einige Bauern mit leichtverderblichen Waren brachen ihre Schragentische sogar ganz ab und schoben ihre Karren bereits lange vor Marktende wieder fort.

Den beiden Mädchen erlaubte Adelina, zusammen mit Franziska hinüber zum Mühlenbach zu gehen, um dort zu baden. Vitus bettelte daraufhin, auch mitgehen zu dürfen, doch Adelina wollte es nur erlauben, wenn auch Ludowig mitkäme, der im Notfall besser mit ihrem Bruder fertig werden würde als die Magd.

Weder Franziska noch Ludowig schienen sonderlich begeistert von dieser Idee zu sein, doch Adelinas Ermahnungen trugen Früchte, denn sie fügten sich und gingen gemeinsam los, ohne dass ein zänkisches Wort fiel.

Doch statt zu streiten, schienen sie sich so weit wie möglich aus dem Weg zu gehen und einander zu ignorieren.

Adelina sah ihnen, mit Colin auf dem Arm, kopfschüttelnd hinterher.

«Was sich liebt, das neckt sich», sagte Benedikta hinter ihr.

«Wie bitte?» Überrascht drehte Adelina sich um und sah ihre Schwiegermutter verständnislos an.

Benedikta zuckte mit den Schultern. «Ich müsste mich

schon sehr täuschen, wenn da nicht Liebe in der Luft liegt.»

«Ihr meint, Franziska und Ludowig?» Adelina schüttelte den Kopf. «Ausgeschlossen!»

«Wirklich?»

«Die beiden sind wie Feuer und Wasser.»

Benedikta schmunzelte. «Nun, das eine kann ohne das andere nicht bestehen.»

«Aber sie hacken ständig aufeinander herum.»

«Ach ja, die Liebe geht oft seltsame Wege. Und wenn mich mein Sohn nicht schamlos belogen hat, wart ihr beide auch nicht von Beginn an ein Herz und eine Seele, nicht wahr?»

Adelina sah verlegen zu Boden. «Das war … das hatte andere Gründe.»

«Kann sein.» Benedikta legte ihr mütterlich einen Arm um die Schultern. «Eines Tages wirst du es mir vielleicht erzählen, wenn du möchtest. Und bis dahin habe ich eine Bitte an dich.»

«So?» Adelinas Schultern versteiften sich, obwohl ihr die Berührung nicht unangenehm war. «Welche?»

«Komm erst einmal mit in die Küche, dort ist es etwas kühler. Außerdem hat Magda dir einen Eimer kaltes Wasser für deine Füße bereitgestellt.»

«Ich sollte jetzt aber …»

«Dich ausruhen, wie alle anderen auch. Gleich, was du vorhast, es kann bestimmt warten, bis die Sonne nicht mehr so unerbittlich brennt.»

«Ich muss nach meinem Vater sehen.»

«Er schläft», erwiderte Benedikta. «Ich habe vorhin eine Weile bei ihm gesessen und ihm aus meinem Stundenbuch vorgelesen, bis er zu müde wurde.»

Adelina blickte sie überrascht an. «Ihr habt ihm vorgelesen?»

«Es schien ihm zu gefallen. Auch wenn er vielleicht das meiste bis heute Nachmittag wieder vergessen hat, hörte er mir sehr andächtig zu. Es muss schlimm für ihn sein, immerzu untätig herumzuliegen.»

Sie hatten die Küche betreten. Adelina legte Colin in sein Bettchen und setzte sich an den Tisch. «Er glaubt, er fiele mir nur noch zur Last», sagte sie niedergeschlagen.

«Nun, würdest du dich nicht nutzlos fühlen, wenn du in seiner Lage wärest?»

«Wahrscheinlich.»

Benedikta stellte zwei Becher und einen Krug gewürzten Wein auf den Tisch und setzte sich Adelina gegenüber. «Wenn seine Zeit gekommen ist, musst du ihn gehen lassen.»

Adelina stützte den Kopf in ihre Hände. «Mir kommt es vor, als würde er schon jetzt Stück für Stück von mir gehen. Er erkennt mich ja kaum noch und lebt in seiner eigenen Welt.»

Benedikta verzog mitfühlend die Lippen. «Dennoch liebt er dich und spürt, dass du für ihn da bist. Es macht ihm aber bestimmt zu schaffen, dass er nicht mehr für dich da sein kann.» Sie streichelte über Adelinas Arm, zog die Hand jedoch wieder fort, als diese aufsah.

«Ihr sagtet, Ihr habet eine Bitte an mich.»

«O ja.» Benediktas Mund verzog sich wieder zu einem fröhlicheren Lächeln. «Die habe ich in der Tat, doch sieh mich nicht so wachsam an. Es ist nur eine Kleinigkeit, um die ich dich bitten will.» Sie hielt inne und sah Adelina einen Moment lang prüfend an. «Ich möchte dich bitten, mich in Zukunft ‹Mutter› zu nennen.»

Adelinas Augen weiteten sich verblüfft.

«Seit ich hier bin, fühlst du dich unwohl, nicht wahr?» Benedikta zwinkerte. «Ich weiß zwar nicht, was mein Sohn über mich erzählt hat, aber selbst wenn es nur wohlwollendste Worte waren, die er gebrauchte, dürfte dir ein Besuch deiner Schwiegermutter, vor allem, da du mich nie zuvor gesehen hast, einiges Magendrücken verursacht haben. Und glaube mir, mir ging es nicht anders.»

Adelinas Augen weiteten sich noch mehr, sie sagte jedoch noch immer nichts, und so fuhr Benedikta fort: «Als Neklas mir schrieb, er wolle sich verheiraten, war ich zunächst nicht erfreut. Er ist das jüngste meiner Kinder und ganz anders geartet als die anderen. Ein Gelehrter, ein Arzt und vor allem so streitbar! Vermutlich weiß ich nur die Hälfte dessen, was er auf seinen Reisen erlebt und durchlitten hat. Einiges habe ich natürlich erfahren, manches hat er mir auch selbst erzählt.» Sie neigte den Kopf. «Du weißt, dass er in Italien im Gefängnis saß, beinahe hingerichtet worden ist, nicht wahr? Wahrscheinlich hat er dir mehr erzählt als mir, und das ist auch gut so. Hätte ich es damals nicht erst erfahren, als er bereits wieder frei war, ich wäre vor Gram und Sorge gestorben! Aber eine Mutter muss nicht immer alles wissen, solange sie nur gewiss ist, dass es ihrem Kind gutgeht, dass es lebt, vielleicht sogar glücklich ist.» Sie schwieg kurz, dann sagte sie ernst: «Niemals zeigte er Interesse daran, sich zu verheiraten. Erst recht nicht nach der unglückseligen Geschichte mit Griets Mutter. Nun ja, er war sehr jung, sie ebenfalls, und noch dazu eine Schlupfhure … Wenn auch nicht aus allerschlechtestem Hause. Wenn er sie wirklich gewollt hätte, hätte er sie auch bekommen, da bin ich sicher. Dass sie gestorben ist, ist traurig. Doch welch ein Glück, dass er wenigstens Griet hierhergebracht hat. Als Neklas damals mit ihr in mein Haus kam, war sie ganz mager und scheu, die Kleider abgerissen. Du sorgst gut für sie. Bei ihrem Stiefvater hatte sie gewiss kein schönes Leben.»

«Nein, ganz gewiss nicht», sagte Adelina bitter und dachte an das Bündel Mensch, das Neklas von seiner Reise mitgebracht hatte, und an die Wunden an Griets Handgelenk. Die Wunden! Darüber musste sie mit Neklas reden, so bald es ging.

Benedikta ging nicht darauf ein, sondern sprach ruhig weiter: «Wie ich schon sagte, Neklas machte nie Anstalten, sich eine Braut zu suchen. Als ich dann seinen Brief erhielt, war es wie ein kalter Guss für mich. Er schrieb, er sei in Köln seinem Glück begegnet!» Benedikta lächelte verschmitzt, und um ihre Augen bildeten sich Lachfältchen. «Einem noch recht widerborstigen Glück zwar, doch das schien ihn nicht zu schrecken. Er versicherte mir, er werde dich übers Jahr vor das Kirchenportal von St. Brigiden führen, auch wenn er bis dahin noch einiges an Überredungskunst aufbieten müsse.» Sie lachte erheitert. «War es so? Musste er dich zur Heirat überreden?»

Adelina spürte, wie die Röte in ihre Wangen kroch. Verlegen blickte sie auf die Tischplatte. «Wann hat er das geschrieben?»

«Oh, warte, der Brief kam … ja, kurz vor dem Weihnachtsfest des Jahres 1395.»

Adelina biss sich auf die Lippen und spürte einen merkwürdigen Schauer über ihr Rückgrat kriechen. «Damals also schon …» Sie hob den Kopf. «Ihr habt es nicht gutgeheißen?»

«Du sollst mich doch duzen», berichtigte Benedikta sanft und schüttelte den Kopf. «So kann man das nicht sagen. Ich war überrascht, auch besorgt. Ich fragte mich natürlich, was für eine Art von Frau du wohl sein mochtest. Er schrieb ja insgesamt sehr geheimnisvoll von dir. Und da es bei dieser Verbindung wohl nicht um Geld oder andere praktische Erwägungen ging, fürchtete ich natürlich, du könntest ihn unglücklich machen. Denn wenn eine Hochzeit auch zugleich eine Herzensangelegenheit ist, besteht diese Gefahr natürlich immer. Ich wäre, wenn ich die Möglichkeit gehabt hätte, schon viel früher hierhergereist, das kannst du mir glauben. Aber ich hätte wohl dem Urteil meines Sohnes vertrauen sollen.» Nun legte Benedikta Adelina wieder eine Hand auf den Arm. «Du bist genau die Frau, die er braucht …, die er vielleicht immer gesucht hat, wer weiß? Als ich dich sah, war ich so erleichtert! Feidgin übrigens auch. Sie lag mir die gesamte Reise über ständig mit ihren Vermutungen über dich in den Ohren, dass mir schon ganz elend zumute war. Und wie muss es erst für dich gewesen sein? Abgesehen davon, dass man über Schwiegermütter selten etwas Gutes erzählt, hattest du ja noch weniger eine Ahnung, was auf dich zukommt. Und nicht einmal eine eigene Mutter oder sonstige Verbündete! Wenn ich nicht so besorgt gewesen wäre, hätte ich vermutlich schon deswegen Mitleid mit dir empfunden.» Nun nahm sie Adelinas Hand und drückte sie leicht. «Ich habe natürlich gemerkt, wie zurückhaltend du dich mir gegenüber benimmst. Aber das brauchst du nicht, meine Liebe, ganz gewiss nicht. Ich bin gerne hier, und ich helfe, solange unser Besuch dauert, liebend gern überall aus. Doch wenn dich etwas stört, möchte ich, dass du es mir sagst. Immerhin habe ich kein Recht, mich in dein Leben einzumischen.»

«Du beschämst mich», sagte Adelina leise.

«Das lag nicht in meiner Absicht», antwortete Benedikta leise. «Vielmehr hatte ich gehofft, in dir eine neue Tochter zu finden, und eine Freundin.»

«Ich weiß nicht mehr, wie es ist, eine Tochter zu sein, noch, eine Mutter zu haben.»

«Und Freundinnen gehen hier wohl auch nicht ein und aus», ergänzte Benedikta verständnisvoll. «Du warst zu lange auf dich allein gestellt, Adelina. Nun lass uns ein Glas Wein trinken und uns noch ein wenig ausruhen, bis die ärgste Hitze vorbei ist. Dort drüben neben dem Ausguss steht der Eimer mit dem kalten Wasser für dich. Ich wundere mich, dass Feidgin und Donatus noch nicht zurück sind. Weißt du, wie lange diese Schützenfeiern im Allgemeinen dauern?»

«Meistens bis zum Abend.»

«Na, hoffen wir, sie finden schon früher den Weg nach Hause. Ganz wohl ist mir nicht dabei, dass meine Schwester so lange allein in der Stadt herumläuft.»

†

Benediktas Sorge erwies sich als unbegründet, denn nur wenig später kehrten ihre Schwester und Donatus heim.

Feidgin sprudelte geradezu über vor Begeisterung, sie schien die Vorführungen der Schützenbruderschaften sehr genossen zu haben. Adelina und Benedikta mussten ausufernde Beschreibungen der Vorgänge auf dem Neumarkt über sich ergehen lassen, in deren Verlauf Feidgin immer wieder von einer Bekanntschaft mit einem gewissen Heinrich Reese schwärmte, der ihr freundlicherweise die verschiedenen Farben der Bruderschaften und ihre Abzeichen erklärt hatte.

Adelina horchte bei diesem Namen auf und nahm sich vor, den Gewaltrichter nach diesem Heinrich zu fragen. Womöglich handelte es sich ja um einen Verwandten?

«Diese Kunstfertigkeit!», rief Feidgin gerade und unterstrich ihre Worte mit einer ausholenden Geste. «Wunderbar, sage ich euch! Unglaublich, dieser junge Spund behauptete von sich, er könne mit der Armbrust einem Spatz auf hundert Fuß den Schnabel fortschießen. Und was glaubt ihr wohl … Er tat es!»

«Du liebe Zeit!» Benedikta schauderte. «Wie unappetitlich!»

«O nein, natürlich hat er nicht auf einen Spatzen geschossen», berichtigte Feidgin sich. «Aber auf den Stiel eines Apfels. Ich sage euch …»

Was sie noch sagen wollte, ging in einem lauten Poltern an der Haustür unter. Jemand rief nach Adelina und pochte erneut. Alarmiert sprang sie auf und eilte, dicht gefolgt von Benedikta, in die Apotheke.

Als sie die Tür öffnete, erschrak sie. «Meister Jupp, was ist mit Euch geschehen? Ihr seid ja über und über voll Blut! Kommt herein, damit ich …»

«Nicht mein Blut, Frau Adelina, seid beruhigt. Doch bin ich sehr in Eile; Neklas schickt mich. Er sagte, Ihr wüsstet, wo er sein …» Er senkte die Stimme und blickte sich kurz um. «Wo er sein Sezierbesteck verwahrt.»

«Sein …?» Entsetzt starrte Adelina den Chirurgen an. «Um Himmels willen, was ist geschehen?»

«Eigentlich darf ich Euch nichts … Nun ja, also es

wurde vor dem Severinstor ein Toter gefunden, und die Umstände seiner Ermordung ...»

«Ermordung?» Benedikta wurde blass und bekreuzigte sich.

«Ermordung», bestätigte Meister Jupp mit einem kurzen Blick auf sie. Dann wandte er sich wieder an Adelina. «Die Umstände erfordern eine Sektion.»

«Großer Gott!» Adelina spürte, wie alles Blut aus ihrem Gesicht wich. «Er darf doch nicht sezieren. Wenn der Erzbischof davon erfährt!»

«Er hat schon davon erfahren. Oder vielmehr wird es, wenn der berittene Bote bei ihm eintrifft. Der Gewaltrichter und einige der Schöffen wollen eine Ausnahmeerlaubnis vom Erzbischof erwirken.» Meister Jupp wischte sich mit dem Handrücken über die schweißnasse Stirn und hinterließ dabei einen rotbraunen Streifen. «Würdet Ihr nun dieses Besteck holen?»

«Wer ist der Tote?»

«Es eilt, Frau Adelina.»

«Wer?» Ihre Stimme wurde laut.

Überrascht blickte Meister Jupp in ihr verärgertes Gesicht. «Es ist dieser Zunftmeister, den der Vogt schon seit Tagen sucht. Vetscholder heißt er wohl.»

Adelina biss sich auf die Lippen. Geahnt hatte sie es bereits, doch nun, da sie Gewissheit hatte, wirbelten die Fragen nur so in ihrem Kopf herum. «Ich hole, was Ihr braucht», murmelte sie und wandte sich im Gehen an ihre Schwiegermutter, die erschrocken dem Gespräch gefolgt war. «Bitte sei doch so gut und bring Meister Jupp eine Schüssel mit Wasser, damit er sich das Blut abwaschen kann.»

«A...aber natürlich! Kommt derweil herein, guter

Mann!» Benedikta schloss hinter Meister Jupp die Tür und eilte dann hinaus in die Küche.

Adelina holte sich eine Öllampe und ging damit in den Keller. Dort lagerten nicht nur Wein, Bier und verderbliche Lebensmittel, sondern es gab auch einen Raum, der früher ihrem Vater und heute Neklas als Laboratorium diente. Die Gerätschaften dort ähnelten denen, die Adelina im Hinterzimmer zum Brauen ihrer Arzneien verwendete, doch die Gestelle um und über der Feuerstelle mit dem Blasebalg waren ungleich komplizierter angeordnet. Darüber befand sich eine winzige Fensteröffnung, die als Luftabzug diente, nun aber mit Schweinsleder abgedichtet war. Einer der Lappen war herabgefallen, sodass durch die entstandene Lücke ein winziger matter Lichtstrahl hereindrang.

Mitten im Raum stand ein Tisch, der mit Büchern und Aufzeichnungen auf Papier und Pergament übersät war. Dazwischen stand ein Becher mit angetrockneten Weinrändern und ein Teller mit Bratenresten, auf denen sich bereits bläulichweißer Schimmel ausgebreitet hatte. An den Wänden waren Regalbretter angebracht, auf denen sich weitere Bücher neben unzähligen leeren wie auch mit verschiedenen Flüssigkeiten gefüllten Glasflaschen und -phiolen drängten. Ein Vermögen, wenn man bedachte, wie teuer nur ein einziges dieser Bücher war, ganz zu schweigen von dem Geld, das sie bereits dem Glasbläser in den Rachen geworfen hatten.

Unter den Regalen standen mehrere Holztruhen. Eine davon schob Adelina nun beiseite, klopfte die Steine an der dahinterliegenden Wand ab und zog dann einen von ihnen heraus. In der Hoffnung, außer dem Sezierbesteck in dieser Geheimnische weder Mäuse noch Spinnen vorzufinden, griff sie beherzt in die Öffnung. Ihre Hand stieß gegen etwas Hartes, und sie zuckte kurz zurück. Dann jedoch siegte die Neugier, und sie tastete erneut. Doch als sie begriff, um was es sich handelte, wurde ihr heiß und kalt zugleich, und sie stieß einen gereizten Laut aus.

«Verdammt, du hast die verbotenen Bücher hier versteckt!», rief sie leise. Doch dafür war jetzt keine Zeit. Sie langte noch weiter in die Öffnung und schrammte mit der Handfläche über eine scharfe Kante. Einen Fluch ausstoßend, der weniger dem Schmerz als vielmehr dem Schrecken galt, fand sie jedoch schließlich, wonach sie suchte.

Sie zog den weichen Lederbeutel mit dem Sezierbesteck vorsichtig heraus und blies den Staub weg. Dann schob sie den Stein wieder an seinen Platz zurück und rückte die Truhe davor. Sie wischte ihre Hände an ihrem Rock ab und besah sich kurz die Schramme, die sie sich zugezogen hatte. Dann eilte sie zurück nach oben.

«Hier habt Ihr, was Ihr braucht», sagte sie und überreichte Meister Jupp den Lederbeutel. Er ließ das Leinentuch sinken, mit dem er sich gerade Gesicht und Hände abtrocknete, und nickte ihr zu. «Ihr müsst Euch keine Sorgen machen. Er wird die Erlaubnis des Erzbischofs bekommen.»

«Und wenn nicht?»

«Er wird, glaubt es mir.» Meister Jupp verstaute das Sezierbesteck unter seinem Wams, nickte den Frauen noch einmal zu und verließ dann das Haus. Augenblicke später klapperten die Hufe seines Reitpferdes über den Alter Markt davon.

Adelina und Benedikta begaben sich schweigend zurück in die Küche und setzten sich.

«Er wird wirklich einen Toten aufschneiden?», ergriff Benedikta, bleich vor Sorge, das Wort.

«Was ist denn geschehen, Schwester?», fragte Feidgin erschrocken und drückte Colin, den sie auf dem Arm hielt, ein wenig fester an sich.

«Ich weiß es nicht, Feidgin», antwortete Benedikta tonlos. «Adelina, ist Neklas in Schwierigkeiten?»

Adelina zog den Kopf zwischen die Schultern. «Ich weiß es auch nicht.»

12

Am späten Nachmittag kehrten Ludowig und Franziska mit den Kindern vom Baden zurück. Es schien etwas vorgefallen zu sein, denn der Knecht und die Magd gifteten einander nicht wie üblich an. Während Vitus sogleich in den Hinterhof verschwand, um nach Fine zu suchen, schoben Franziska und Ludowig die Mädchen mit betretenen Gesichtern in die Küche.

Adelina, die die stille Ankunft mit Erstaunen registriert hatte, folgte ihnen. Erst jetzt bemerkte sie, dass Griet in Franziskas Unterhemd gehüllt war, während die Magd Ludowigs Wams übergestreift hatte, das wie ein unförmiger Sack an ihr herunterhing. Ludowigs ärmelloses Hemd war schweißnass und klebte an ihm wie eine zweite Haut.

Fragend blickte Adelina von einem zum anderen und bemerkte nun auch Griets gerötete Augen und die Blässe, die sich trotz beginnender Sonnenbräune um ihre Nase gebildet hatte.

«Herrin, verzeiht, aber …» Franziska biss sich auf die Lippen. «Ich muss Griets Oberkleid waschen.»

«Was ist denn geschehen?» Adelina trat auf Griet zu und hob ihr Kinn mit der Hand leicht an. «Bist du krank, Kind?»

«Sie hat sich übergeben», sagte Mira. «Und dann ist sie in den Bach … gefallen.»

«In den Bach gefallen?» Verständnislos sah Adelina ihr

Lehrmädchen an. «Wart ihr denn nicht sowieso dort, um zu baden?»

«Sie ist aber an der tiefen Stelle gefallen», warf Ludowig nun mit einer Stimme ein, die deutlich sein schlechtes Gewissen verriet. «In der Nähe des Mühlrades. Ich konnte sie gerade noch rausziehen, bevor ... Ihr ist schlecht geworden, und sie konnte sich nicht mehr halten. Herrin, darf ich gehen und mich umziehen?»

Verwirrt nickte Adelina. «Natürlich, Ludowig, geh nur. Und Mira auch. Geh und zieh dir für die Arbeit ein ordentliches Kleid an.»

Mira nickte, warf Griet noch einen mitfühlenden Blick zu und rannte aus der Küche.

Adelina nahm Griet am Arm und zog sie zu sich heran, dann musterte sie Franziska streng. «Also, was ist nun wirklich vorgefallen?»

Franziska hob verzagt die Schultern. «Ja, Herrin, wenn ich das so genau wüsste. Wir waren am Ufer des Mühlbaches, Griet und Mira spielten im seichten Wasser ...»

«Adelina? Schau einmal bitte ...», ertönte Benediktas Stimme von der Stiege, die ins Obergeschoss führte. Im nächsten Moment betrat sie die Küche, über dem Arm ein Bündel Bettlaken. «Ich habe hier ... oh, Griet!» Sie verstummte und sah zwischen ihrer Schwiegertochter und ihrer Enkelin hin und her. «Adelina, ich muss etwas mit dir besprechen. Es ist sehr wichtig.»

Adelina zögerte; sie wollte unbedingt erfahren, was am Mühlbach geschehen war, doch Benediktas Miene war so besorgt, dass sie Griets Arm seufzend losließ. «Ihr wartet hier, ich komme sofort wieder», wies sie Griet und Franziska an. Dann folgte sie Benedikta hinaus.

«Ich habe mir erlaubt, Magda beim Bettenmachen zu helfen», begann Benedikta mit leiser Stimme. «Ich weiß nicht, ob du davon weißt, aber in Griets Kammer fand ich das hier.» Sie zog eines der Laken auseinander, auf dem ein gelblicher Fleck prangte.

«O nein, auch das noch!», entfuhr es Adelina. Sie rieb sich betroffen die Stirn.

«Du weißt also, dass sie ins Bett macht?»

Adelina nickte unglücklich. «Als sie hier ankam, ist das ein paar Mal passiert, doch seither nicht mehr. Ich dachte, sie sei darüber hinweg.»

«Worüber hinweg?»

Adelina fühlte sich mit einem Mal sehr elend. Zwar hatte sie sich vorgenommen, niemals mit jemandem außer Neklas über Griets Vergangenheit zu sprechen, doch das Wissen darum war zu erdrückend. Zögernd verschränkte sie die Hände ineinander. «Sie hatte ein furchtbares Leben bei ihrem Stiefvater. Wir haben es erst nach und nach herausgefunden, und auch nur, weil … Hast du je auf ihre Handgelenke geschaut?»

Benedikta schüttelte den Kopf.

Adelina schluckte und fuhr leise fort: «Sie sind voller Narben, die sie sich selbst zugefügt hat. Mit ihren Zähnen.»

«Sie hat sich gebissen?», fuhr Benedikta entsetzt auf, senkte ihre Stimme jedoch sogleich wieder. «Warum bloß?»

Adelina presste die Lippen zusammen und blinzelte entschlossen die Tränen weg, die ihr mit Macht in die Augen stiegen. «Niemand darf jemals davon erfahren!» Sie blickte kurz hinüber zur Küchentür. «Ihr Stiefvater verkaufte sie als Kindhure.»

«Oh mein Gott!»

«Sie hat entsetzlich gelitten. Ich hatte gehofft, sie würde es mit der Zeit … nun ja, nicht unbedingt vergessen, aber zumindest verarbeiten können.»

Benedikta schwieg betroffen und schien zu versuchen, das Gehörte zu begreifen. «Das arme Kind!», presste sie schließlich voll Zorn heraus. «Dieser Widerling. Habt ihr etwas gegen ihn unternommen?»

Adelina schüttelte den Kopf. «Was hätten wir denn tun können? Er lebt weit entfernt, und wir waren nur froh, sie hier in Sicherheit zu wissen.»

Benedikta nickte bedächtig. «Das verstehe ich. Aber was nun? Willst du sie darauf ansprechen?»

«Ich weiß nicht», gab Adelina zu. «Zunächst muss ich herausfinden, was heute am Mühlbach geschehen ist. Angeblich hat Griet sich übergeben und ist dabei in das Auffangbecken beim Mühlrad gefallen. Das glaube ich aber nicht. Ich fürchte vielmehr … Benedikta, kennt Ihr … kennst du einen Dominikanermönch namens Thomasius?»

«Thomasius? Nein. Müsste ich ihn kennen?»

«Du wirst ihn kennenlernen, da bin ich mir sicher. Er macht Neklas schon seit Jahren das Leben schwer. Er war es auch, der ihn in Italien ins Verlies brachte.»

«Und dieser Thomasius ist hier in Köln?»

Adelina nickte grimmig. «Seit einem guten Jahr treibt er sich hier herum, ein wirklich scheußlicher Mensch. Sogar seine eigene Schwester wollte er auf den Richtplatz bringen … Das erzähle ich dir aber ein andermal. Er hat es auf Neklas abgesehen, denn er ist nachtragend wie der Gottseibeiuns. Nun fürchte ich, er versucht seit einiger Zeit, Griet Angst zu machen.»

«Weiß er denn von ihrer Vergangenheit?», fragte Benedikta.

«Ich glaube nicht», antwortete Adelina. «Aber sicher kann man da nie sein. Er hat seine Nase einfach überall.»

«Was für eine schlimme Situation.» Sorgfältig schlug Benedikta Griets Laken in die andere Bettwäsche ein. «Ich gebe das Magda zum Waschen. Kümmere dich derweil um das Kind. Wenn es so ist, wie du vermutest, müsst ihr etwas unternehmen.»

«Ich weiß.» Verzagt ließ Adelina den Kopf hängen. «Aber bedenke, Neklas ist gerade dabei, einen Toten aufzuschneiden. Und genau deswegen hat Thomasius ihn schon einmal beinahe auf den Scheiterhaufen gebracht.»

Die beiden Frauen sahen sich einen Augenblick lang vielsagend an, dann öffnete Benedikta die Hintertür und trat hinaus in den Garten, wo Magda einen großen Zuber für die Wäsche aufgestellt hatte.

Adelina holte tief Luft, straffte die Schultern und ging zurück in die Küche.

†

Obwohl die Sommerabende lang waren und es gerade erst zu dämmern begann, hatten sich der Knecht und die Mägde bereits zu Bett begeben. Auch Feidgin und Benedikta waren bereits hinauf in ihre Kammer gegangen, und Adelina hatte erst ihrem Bruder und dann den beiden Mädchen gute Nacht gesagt. An Griets Bett hatte sie gesessen, bis das Mädchen eingeschlafen war, denn es klagte noch immer über Übelkeit.

Erst als Griets Atemzüge tief und gleichmäßig gingen, stand Adelina von der Bettkante auf, zupfte die Decke gerade und verließ leise den Raum. Am unteren Absatz der Stiege saß Moses und sah ihr erwartungsvoll entgegen. Sie strich ihm flüchtig über den Kopf und ging dann zur Hintertür hinaus in ihren Garten.

Zwischen den Gemüsebeeten hatte sie Trittsteine verlegt, auf denen sich mittags die Eidechsen sonnten. Nun hatte sich eine große Kröte auf einem der Steine niedergelassen.

Adelina setzte sich unter das Vordach des Stalls und atmete tief die würzige, noch von der Sonne aufgeheizte Abendluft ein.

Moses quetschte sich durch einen Spalt in der Hintertür und machte einen schnellen Rundgang an den Kohlköpfen und den Pastinaken vorbei. Als er jedoch die Kröte erblickte, blieb er wie angewurzelt stehen und beäugte sie misstrauisch. Sie starrte zurück und wich nicht von ihrem Platz, auch dann nicht, als der Hund sie vorsichtig mit einer Pfote anstupste.

Moses knurrte empört, kümmerte sich jedoch nicht weiter um den Eindringling und ließ sich stattdessen zu Adelinas Füßen nieder. Mit einem Schnaufen legte er den Kopf auf die Vorderpfoten und schloss die Augen.

Erst jetzt bewegte sich die Kröte; langsam kroch sie zur Seite und machte dabei ein unglaublich beleidigtes Gesicht. Adelina verfolgte sie mit den Augen, bis sie zwischen den Kohlköpfen verschwunden war.

Aus dem Hühnerstall drang ein leises Scharren und Gackern, im Pferdestall dagegen war es still. Neklas und Meister Jupp waren mit den Pferden noch nicht zurück, und die beiden Kutschtiere stießen nur ab und zu ein leises Schnauben aus.

Adelina genoss die Ruhe und entspannte sich, auch wenn sie immer mit einem Ohr Richtung Küche lauschte, wo Colin in seinem Bettchen schlummerte.

Langsam brach die Nacht an, und die Nachtwächter begannen mit ihren Rundgängen.

Über Adelina raschelte es im Knöterich, der das Stalldach bewucherte, und Augenblicke später schob sich ein Schatten zwischen den dichten weißen Blüten hervor. Fine schüttelte sich und sprang dann auf Adelinas Schoß, wo sie sich gemütlich zusammenrollte.

Adelina streichelte ihr sanft über die weißen Flecken im schwarzen Fell; zum Dank begann die Katze tief und sonor zu schnurren.

Wo Neklas nur blieb? Adelina schloss für einen Moment die Augen und lauschte angestrengt, konnte jedoch kein Hufgetrappel hören. Warum wohl die Sektion so lange dauerte? Was hatte die Schöffen dazu bewogen, ein so gewagtes Unterfangen zu genehmigen?

Zwar hatte sie am Nachmittag noch das eine oder andere Gerücht über den Toten aufgeschnappt – der Mord war bereits zum Stadtgespräch geworden –, doch Genaues wusste niemand, und inzwischen trieben die Mutmaßungen recht absurde Blüten.

Außerdem musste sie dringend mit Neklas über Griet und Thomasius sprechen. Der Vorfall von heute trieb ihr selbst jetzt noch die Zornesröte ins Gesicht.

Wieder schloss sie die Augen und lehnte den Kopf an die Stallwand. Griet war sicher nicht versehentlich ins Wasser gefallen, auch wenn sie das behauptete. Adelina war überzeugt, dass sie absichtlich gesprungen war. Sie hatte Mira noch einmal zu dem Vorfall befragt, dann Ludowig und zum Schluss noch einmal mit Griet selbst gesprochen.

Abermals schien dieser vermaledeite Mönch hinter allem zu stecken. Er war am Mühlbach gewesen, und ganz sicher war er der Grund für Griets neuerwachte Angst. Eine Angst, die das Mädchen so weit trieb, dass es ins Wasser sprang.

Adelina knirschte mit den Zähnen. Als sie sich dessen bewusst wurde, richtete sie sich wieder auf und bemühte sich um Ruhe. Mehrmals atmete sie tief ein und aus, was Moses veranlasste, prüfend zu ihr aufzusehen. Da sie jedoch keinerlei Anstalten machte, aufzustehen, ließ er den Kopf wieder auf seine Pfoten sinken.

Die Dämmerung legte sich langsam über die Stadt, der Hinterhof und Adelinas Garten wurden in immer längere Schatten getaucht. Just blinkten die ersten Sterne am Himmel auf.

Adelina betrachtete sie und überlegte dabei angestrengt, wie sie Griets Probleme lösen könnten. Sie mussten verhindern, dass Thomasius dem Mädchen weiterhin so nahe kam, sonst würde sich ihre Furcht niemals legen.

Aber auch der ermordete Avarus Vetscholder tauchte immer wieder in ihren Gedanken auf. Was auch immer ihm geschehen war, es musste ein grauenvoller Anblick gewesen sein, so viel hatte sie der Gerüchteküche bereits entnehmen können.

Doch wenn Vetscholder nun ebenfalls ermordet worden war, bedeutete dies, dass er nichts mit Belas Tod zu tun hatte? Hatte Belas Mörder nun auch ihren Verlobten auf dem Gewissen? Adelina schauderte, als sie daran dachte, dass möglicherweise gerade in diesem Augenblick ein brutaler Mörder in den Gassen Kölns umherlief und nach einem weiteren Opfer suchte.

Aber auch die Möglichkeit, dass doch Vetscholder seine Verlobte ermordet hatte, und nun aus Vergeltung für diesen Mord selbst sterben musste, schied nicht vollkommen aus.

Adelina nickte vor sich hin. So herum klang die Sache wesentlich einleuchtender. Denn dass Vetscholder vom Vogt gesucht wurde, war inzwischen wohl überall bekannt.

Doch wer – Adelina schauderte erneut – wer hatte so grausam Rache geübt? Belas Vater, der Patrizier? Das wäre möglich. Der leibliche Vater von Belas Kind? Weniger wahrscheinlich. Wenn er überhaupt von dem Kind wusste, würde er mit Sicherheit nichts damit zu tun haben wollen, schon allein deshalb, weil Bela ihn wegen Vergewaltigung hätte anzeigen können.

Wolfram Elfge, Belas Stiefvater? Nein, das war noch unwahrscheinlicher. Obwohl … Adelina runzelte die Stirn. Man wusste nicht, was nach Belas Tod in ihm vorgegangen war, als er erfuhr, dass man seinen zukünftigen Schwiegersohn des Mordes verdächtigte. Schließlich hatte Elfge die Ehe zwischen Bela und Avarus aus geschäftlichen Gründen begrüßt. Er hatte seinen Weinhandel mit Vetscholders verbinden wollen. Vielleicht hatten Schuldgefühle ihn getrieben, den Mord an Bela, die zwar nicht seine leibliche Tochter war, die er aber als die seine anerkannt hatte, zu rächen?

Gerne hätte Adelina Reese gefragt, ob man den Schöffen Elfge dazu befragen würde.

Wer kam sonst in Frage? Vagabundierende Söldner

oder Straßenräuber? Würden sie eines ihrer Opfer so auffällig vor einem der großen Stadttore zur Schau stellen? Und falls ja, aus welchem Grund?

«Aus welchem Grund …?», murmelte Adelina vor sich hin.

Fine und Moses blickten sie erwartungsvoll an.

Sie nahm die Katze auf den Arm und begann, immer dicht gefolgt von Moses, im Hof auf und ab zu gehen.

War Avarus an den Aufständen der Zünfte im vergangenen Jahr beteiligt gewesen? Sie wusste es nicht.

Hatten die vertriebenen Patrizier ihre Söldner auf ihn losgelassen, um der Stadt zu zeigen, wie gefährlich es war, sich mit ihnen anzulegen? Vielleicht wollten sie demonstrieren, dass sie zu allem bereit waren, um ihren alten Status wiederzuerlangen?

Doch wie passte Belas Mord zu alldem? Hingen die beiden Todesfälle etwa gar nicht zusammen? Gab es zwei ganz verschiedene Mörder? Oder hatte Vetscholder Bela aus Eifersucht und verletzter Ehre getötet und war dann selbst den Häschern der Patrizier in die Hände gefallen? Hatte Walter von der Weiden etwas damit zu tun? Schließlich war er Patrizier. Hatte man da zwei Fliegen mit einer Klappe erschlagen?

In Adelinas Kopf begannen sich die Gedanken im Kreis zu drehen. Sie blieb stehen und warf einen Blick zum Himmel, der inzwischen nachtschwarz geworden war. Unzählige Sterne glitzerten am Firmament.

Sie seufzte leise. Eine Antwort fand sie auf diese Weise nicht.

Fine leckte ihr mit ihrer rauen Zunge über den Handrücken und sprang zu Boden. Dort umkreiste sie Moses zweimal und stupste ihn an, als wolle sie ihm noch einen schönen Abend wünschen, dann machte sie sich auf ihren nächtlichen Rundgang.

Der Hund sah ihr kurz nach und legte sich dann vor den Hintereingang, wo er offenbar warten wollte, bis es Adelina gefiel, wieder ins Haus zu gehen.

Der Abend war jedoch so angenehm und die Luft um diese Zeit endlich nicht mehr so sengend heiß, dass sie keinerlei Lust verspürte hineinzugehen.

Sie setzte sich wieder unter das Stalldach und ließ ihre Gedanken schweifen. Dabei merkte sie gar nicht, wie ihr Kopf nach hinten gegen die Stallwand sank und ihr die Augen zufielen.

Erst als das große Tor quietschte, schrak sie auf.

Pferde schnaubten, und eine brennende Fackel tanzte durch die Dunkelheit. Noch im Halbschlaf hörte Adelina leise Stimmen vor dem Stalleingang, dann fiel das Tor zu, und die Stalltür wurde aufgestoßen. Moses sprang auf, bellte kurz und rannte auf die Ankömmlinge zu.

Nun erkannte Adelina Neklas' Stimme, die den Hund beruhigte. Sie rieb sich die Augen und sah sich um. Der Mond war inzwischen aufgegangen und warf mit seinem nur zur Hälfte sichtbaren Antlitz ein schwaches Licht auf den Hof.

Adelina stand auf, trat an die Stalltür und beobachtete Neklas einen Augenblick lang still beim Versorgen der beiden Reitpferde.

«Du siehst aus wie ein Fleischhauer», bemerkte sie.

Neklas schrak zusammen und fuhr um seine eigene Achse. Überrascht starrte er sie an. «Was tust du hier?»

Sie zuckte mit den Schultern und trat näher. «Ich habe noch ein wenig die Abendluft genossen und bin wohl eingeschlafen.» Sie musterte ihn genauer. Sein Wams und der Gelehrtenmantel waren von dunklen Flecken verunziert, seine Hände und die Fingernägel rotbraun verfärbt. «Gibt es beim Vogt kein Wasser zum Waschen?»

Neklas wandte sich wieder dem Pferd zu, dem er gerade den Sattel abgeschnallt hatte. Er nahm ihn ab und hängte ihn über die Halterung an der Wand. «Wir waren nicht beim Vogt, sondern mit Reese und zwei Schöffen im Turm des Severinstores.» Er nahm eine Handvoll Stroh und rieb dem Pferd über den Rücken. Doch offenbar war er nicht sehr schnell geritten, das Pferd schien kaum geschwitzt zu haben. Er ging zu dem anderen Tier, sattelte auch dieses ab und warf dann beiden Pferden etwas Heu hin.

Adelina ging in den Hof und zog einen Eimer Wasser aus dem Brunnen herauf. Gerade als sie ihn über den Brunnenrand hob, trat Neklas hinter sie. Kurz legte er ihr die Hände von hinten um die Taille, dann griff er nach dem Eimer und wusch sich gründlich. Als er fertig war, nahm Adelina den Eimer und schüttete das schmutzige Wasser in die Abortgrube. Moses lief neben ihr her und schnüffelte aufgeregt, sie schob ihn jedoch energisch zur Seite. Dennoch umkreiste er sie und versuchte, an den nun leeren Eimer zu gelangen.

Neklas pfiff ihn zu sich, und gemeinsam betraten sie das Haus.

In dem Moment, als Adelina den Riegel vor die Tür schob, begann Colin in der Küche zu weinen. Rasch ging sie zu ihm und stellte fest, dass er eine neue Windel benötigte. Während sie ihren Sohn wickelte, ging Neklas im Dunklen die Stiege hinauf zu ihrer Schlafkammer.

Als Adelina mit Colin nachkam, lagen der Mantel und

das Wams auf dem Boden und Neklas bereits mit geschlossenen Augen auf dem Bett.

Seufzend ließ sie diesmal Ordnung Ordnung sein, legte Colin in die Wiege und zog die Decke unter Neklas hervor. Sorgsam breitete sie sie über ihm aus, entkleidete sich und kroch ebenfalls ins Bett.

Kaum hatte sie das Licht gelöscht, als Neklas sich zu ihr drehte, einen Arm um sie legte und sie fest an sich zog.

Sie stieß einen überraschten Laut aus. «Ich dachte, du schläfst schon!»

Als Antwort zog er sie noch fester an sich. «Sie haben ihn aufgeschnitten wie ein Tier.»

«Wie bitte?» Sie drehte den Kopf ein wenig.

«Sie haben ihn aufgeschnitten von der Kehle bis zum …» Er schwieg kurz. «Und dann haben sie ihn aufgehängt.»

«Großer Gott!», Adelina umfasste schaudernd seinen Arm, suchte nach seiner Hand und drückte sie fest. Vor ihrem inneren Auge sah sie wieder Bela, wie sie in einem Meer aus Blut im Weinkeller des Zunfthauses gelegen hatte. «Wer tut so etwas?»

Sie spürte, wie Neklas mit den Schultern zuckte. «Wir mussten seine Därme vom Boden aufsammeln. Er kann noch nicht lange dort gehangen haben, denn sonst hätten die Tiere sie sicher gefressen.»

«Warum dann die Sektion? Woran Vetscholder gestorben ist, ist doch wohl keine Frage, oder?» Sie starrte auf die Ritzen des Fensterladens, durch die ein dünner Strahl Mondlicht drang, und versuchte verzweifelt, sich etwas anderes als tote, aufgeschnittene Leiber vorzustellen.

«Vetscholder ist am Abend von Belas Tod und am darauffolgenden Tag von Kaufleuten in Siegburg gesehen worden. Es ist also mehr als unwahrscheinlich, dass er etwas mit ihrem Tod zu tun hatte. Es heißt, er habe nach ihr gefragt. Also schien er zu glauben, sie sei dort.»

«Und nun sind beide tot.»

«Und beiden wurde der Leib aufgeschnitten», ergänzte er. «Reese hat auf der Sektion bestanden und konnte die Schöffen sehr schnell davon überzeugen.»

«Also war es nicht deine Idee?»

Einen Moment lang blieb es still, bevor er antwortete: «Ich habe nur laut darüber nachgedacht, welchen Sinn es haben könnte, dass beiden der Bauch aufgeschnitten wurde. Wenn es sich bei Bela nicht um eine Eifersuchtstat handelte, hat der Mörder vielleicht etwas gesucht?»

«Was soll er denn in Belas Magen gesucht haben?», fragte Adelina erstaunt.

«Das, was wir in Vetscholders Magen gefunden haben», antwortete Neklas ruhig. «Edelsteine.»

13

Noch einmal, damit ich das richtig verstehe.» Adelina saß am folgenden Morgen sehr früh mit Neklas in Georg Reeses beengter Schreibstube. «Ihr vermutet, dass Meister Vetscholder Edelsteine von Siegburg nach Köln geschmuggelt hat, und zwar indem er sie hinunterschluckte?»

Reese nickte und tippte gedankenverloren mit der Spitze seiner Schreibfeder auf die Tischplatte. «Ein sehr gutes Versteck, nicht wahr? Und warum sonst hätte Magister Burka einen der Steine zwischen Avarus' Gedärmen finden sollen? Er war rot – ein roter Karfunkelstein –, deshalb haben ihn die Mörder vermutlich übersehen.»

Adelina schauderte. «Und diese Edelsteine waren, so glaubt Ihr, als Bestechungsgeld für Mitglieder der Gaffeln bestimmt, die mit den Patriziern sympathisieren?»

«Es scheint so. Offenbar war dies ein sichrerer Weg als der über die inzwischen bekannten Münzen.»

«Gehörte Vetscholder nicht zu den Männern, die während des Aufstandes das Stadtbanner an sich gebracht haben?», fragte Neklas nach.

«Soweit ich weiß, war er dabei», bestätigte Reese. «Aber das will nichts heißen. Er kann auch später seine Meinung geändert haben. Ich fürchte fast, Bela war der Grund dafür.»

«Weil auch ihr der Leib aufgeschnitten wurde?» Adelina runzelte die Stirn. «Hat sie ebenfalls Edelsteine geschmuggelt? Eine Frau?»

«Warum nicht? Bei ihr hätte das jedenfalls niemand vermutet. Wir ja auch nicht», sagte Reese, und seine Stimme klang resigniert. «Marie hat Euch erzählt, wer Belas Vater ist, nicht wahr?»

Adelina nickte. «Walter von der Weiden.»

«Offenbar war sie ihm und seinen Plänen und Zielen mehr zugetan, als wir alle uns vorstellen konnten. Und nur sie kann es gewesen sein, die Avarus dazu überredet hat, da bin ich sicher. Er war zuvor immer ein loyales Gaffelmitglied.»

«Tja, eine Frau kann das Leben eines Mannes von Grund auf verändern», bemerkte Neklas mit einem leicht spöttischen Unterton, der ihm einen finsteren Seitenblick von Adelina einbrachte. Er zwinkerte ihr zu. «Das klärt jedoch nicht, wer die beiden umgebracht hat.»

«Gaffelbrüder», schlug Adelina vor. «Wenn einer oder mehrere von ihnen hinter Belas und Vetscholders Geheimnis gekommen sind, haben sie vielleicht Rache geübt.»

«Möglich», antwortete Reese, schüttelte dabei jedoch bedächtig den Kopf. «Aber unwahrscheinlich. Eher hätten sie die beiden vor dem Schöffengericht angeklagt und ihnen den Prozess gemacht. Eine öffentliche Hinrichtung wegen Hochverrats hätte die Bürger weit mehr beeindruckt.»

«Es muss aber jemand gewesen sein, den beide kannten», warf Adelina ein. «Oder zumindest Bela, denn warum wäre sie sonst noch vor Sonnenaufgang in den Keller des Gaffelhauses gegangen? Jemand, den sie kannte, jemand, dem sie vertraute, muss sie dorthin bestellt haben.»

«Das würde auch bedeuten, dass ihr Tod eiskalt geplant war», fügte Neklas an. Reese schwieg.

«Wen?», fragte Adelina. «Wen habt Ihr in Verdacht?»

Der Gewaltrichter legte den Federkiel beiseite, stand auf und trat an das kleine Fensterchen. Er starrte einige Augenblicke hinaus, bevor er sich wieder umdrehte. «Es gibt zwei Möglichkeiten. Jemand könnte die beiden aus Habgier ermordet haben. Die Edelsteine sind, wenn sie alle ungefähr die Größe und Beschaffenheit wie der rote Karfunkelstein haben, den wir fanden, sehr wertvoll. Habgier war schon immer eine starke Triebkraft. Wenn jemand erfahren hat, welch wertvolles Gut die beiden mit sich führten, mag er das Risiko zweier Morde eingegangen sein. Vielleicht beruhigte er sein Gewissen sogar damit, dass er zwei Verräter tötete.»

«Und die andere Möglichkeit?» Neklas blickte ihn aufmerksam an.

Reese zog die Schultern hoch. «Die Feme.»

Neklas nickte, Adelina stieß jedoch einen überraschten Laut aus. «Ich dachte, seit der Einführung des Verbundbriefes gäbe es in Köln keine Freischöffen mehr?»

«Warum nicht?», fragte Reese. «So leicht lassen sich die Freischöffen nicht das Privileg nehmen, über Recht und Unrecht zu entscheiden.»

Neklas stand nun ebenfalls auf und ging in dem Zimmerchen auf und ab. «Wenn die Feme für die beiden Morde verantwortlich wäre, würden sich die Freischöffen damit nicht zu weit aus dem Fenster lehnen? Sie würden damit schließlich das gerade erst neueingesetzte Hochgericht in Frage stellen.»

«Und die Feme untersteht dem Erzbischof. Würde er nicht in diesem Fall auf einem öffentlichen Prozess bestehen?», hakte nun auch Adelina nach. «Immerhin hat er den Verbundbrief offiziell anerkannt. Wenn nun jemand versucht, ihn zu untergraben, müsste er doch offen Stellung beziehen und es nicht einem geheimen Femegericht überlassen, das Urteil zu fällen und zu vollstrecken, oder?»

«Deshalb haben wir die Sektion veranlasst», erklärte Reese und nickte Neklas kurz zu. «Verzeiht, Magister Burka, dass ich Euch bis jetzt darüber im Unklaren gelassen habe. Es ist für Erzbischof Friedrich von Saarwerden von äußerster Wichtigkeit, diese Angelegenheit aufzuklären. Offiziell untersteht ihm zwar die Feme, aber in der Praxis ist es ihm kaum möglich, alle Handlungen und Urteile der Freigerichte zu kontrollieren. Vor allem, da die Freischöffen eifersüchtig über ihre Privilegien wachen und auf ihre Unabhängigkeit pochen. Wenn sich nun herausstellt, dass die Feme ohne sein Wissen gehandelt hat …»

«… könnte ihn das in eine äußerst unangenehme Lage bringen», schloss Neklas. «Ein schöner Schlamassel.»

«Und möglicherweise stände uns dann ein erneuter Machtkampf bevor», bestätigte Reese. «Vermutlich wird es daher nötig werden, dass Ihr mit einigen Schöffen zum Erzbischof nach Bonn reist, um ihm Eure Erkenntnisse der Sektion persönlich zu unterbreiten. Ich gebe Euch aber rechtzeitig Bescheid, sollte es dazu kommen.»

Adelina und Neklas verabschiedeten sich, und Reese begleitete sie noch zum Ausgang. Dort wandte er sich noch einmal an Adelina: «Was ich Euch noch fragen wollte, wisst Ihr etwas von Marie? Sie wollte mich gestern besuchen, ist aber nicht gekommen. War sie vielleicht bei Euch?»

Adelina sah ihn überrascht an. «Ja, sie war gestern Mittag in meiner Apotheke. Ich bat sie zu warten, weil noch Kunden da waren, doch so lange hatte sie wohl nicht Zeit, denn sie ging sehr plötzlich wieder.» Sie zögerte. «Das war allerdings gerade, als uns die Nachricht erreichte, man habe einen Kölner Bürger ermordet vor dem Severinstor gefunden. Auf einmal hatte sie es sehr eilig. Glaubt Ihr, sie ist in Schwierigkeiten? Hat sie ebenfalls etwas mit den Edelsteinen zu tun?»

«Auf keinen Fall, das ist nicht möglich!», rief Reese erschrocken. «Niemals würde sie so etwas tun. Ihr Vater ist gerade in das Schöffenamt gewählt worden. Sie würde sich nicht gegen den Gaffelrat wenden, das ist ausgeschlossen.»

«So ausgeschlossen wie im Falle von Meister Vetscholder?», gab Neklas zu bedenken. «Bela war ihre Schwester. Gewiss hatte sie großen Einfluss auf Marie.»

«Nein.» Reese schüttelte heftig den Kopf. «Nein, nicht Marie. Sie hat Bela geliebt, das weiß ich. Aber die beiden waren sehr verschieden. Marie würde so etwas nicht tun.»

«Und wenn doch?», fragte Adelina und spürte ein tiefes Unbehagen in sich aufsteigen. Sie mochte Marie; hatte insgeheim gehofft, in ihr eine Freundin zu finden. Doch sie hatte sich schon zweimal in einem äußerlich freundlichen und liebenswürdigen Menschen geirrt. War ihr das nun womöglich schon wieder passiert?

«Ich muss so bald wie möglich zu ihr gehen und mit ihr sprechen.» Reese war sehr blass geworden. «Ich suche sie noch heute auf. Ihr müsst mich nun entschuldigen.» Er ging mit steifen Bewegungen zurück ins Rathaus.

Neklas nahm Adelinas Arm und führte sie aus der Judengasse hinaus zum Alter Markt. «Wenn Marie in Verdacht gerät, werden sie sie zu Turme bringen, bis Gewissheit besteht», sagte er.

Adelina nickte stumm. Erinnerungen an eine winzige kalte Zelle mit einer alten Decke als Schlafstatt und einem stinkenden Fäkalieneimer kamen in ihr hoch.

Neklas sah sie prüfend von der Seite an. «Es ist nicht sicher, dass sie etwas mit der Sache zu tun hat.»

«Aber wahrscheinlich, nicht wahr?», antwortete Adelina und blickte finster zu Boden. Ein Windstoß fegte über den Marktplatz und wirbelte Staub und Abfall auf.

Adelina fasste nach dem Gebende ihrer Haube. «Wir haben noch ein anderes Problem», sagte sie und sah Neklas an. «Griet hat sich wieder am Handgelenk verletzt. Und gestern …» Sie stockte und spürte erneut den Zorn in sich aufsteigen. «Gestern ist sie ins Wasser gesprungen.»

«Bitte was?» Entsetzt starrte Neklas sie an.

«Sie ist ins Wasser gesprungen, am Mühlbach, dort wo das Auffangbecken des Mühlrades …»

«Sie wollte sich ertränken?» Neklas war bleich geworden und mitten auf dem Alter Markt stehen geblieben. Ein Bauer, der eine Ziege am Strick mit sich führte, rempelte ihn an, entschuldigte sich jedoch sogleich wortreich.

Adelina nahm Neklas' Hand und zog ihn mit sich bis vor die Apotheke. «Ich glaube nicht. Ich denke … ich fürchte … Sie wollte sich verstecken.»

«Im Wasser?» Neklas blickte sie an, als habe sie den Verstand verloren.

Doch Adelina nickte nachdrücklich. «Sie hatte Angst. Ich ... also ich war ja nicht dabei, aber Franziska und Ludowig. Und was sie mir erzählt haben ... Neklas, ich denke, Bruder Thomasius hat ihr Angst gemacht, und das nicht zum ersten Mal. Neulich ist sie mir sogar davongelaufen, als er auf uns zu kam. Wahrscheinlich wollte sie gestern vor ihm fliehen und sah keinen anderen Ausweg, als ins Wasser zu springen. Gottlob konnte Ludowig sie herausziehen. Er sagt aber, Thomasius habe ihm dabei geholfen.»

«Das ist doch verrückt!»

«Und sie hat wieder ihr Bettlaken eingenässt, Neklas. Wir müssen etwas tun, verstehst du?»

«Und wie ich das verstehe. Dieser Mistkerl macht sich jetzt also an Griet heran? Reicht es nicht, dass er mir das Leben schwer macht?» Er ballte die Hände zu Fäusten. «Ich gehe zu ihm. Ich hole ihn aus seinem verdammten Kloster heraus und stelle ihn zur Rede!» Seine Stimme wurde immer lauter. Adelina sah sich um und bemerkte die ersten neugierigen Blicke der Kaufleute, die in der Nähe ihre Stände hatten. Eilig öffnete sie die Haustür und zog Neklas am Ärmel mit hinein. «Ich wollte dich auch bitten, zu ihm zu gehen», sagte sie, nachdem die Tür hinter ihnen zugefallen war. «Können wir denn nichts tun, um ihn loszuwerden?»

«Doch», knurrte Neklas. «Eine Möglichkeit gibt es.»

«Hast du etwas gegen ihn in der Hand?»

«Und wie ich das habe.» Neklas blickte sie mit finsterer Miene an. «Und wie ich das habe! Entschuldige mich, ich muss zu Jupp. Warte nicht auf mich.» Er machte auf dem Absatz kehrt und verließ die Apotheke. Adelina sah ihm mit gemischten Gefühlen durch das Fenster nach, wie er nach nebenan ging. Was mochte er vorhaben? Doch bevor sie sich weitere Gedanken darüber machen konnte, hörte sie hinter sich Schritte.

«Meisterin?» Mira war gerade dabei, sich eine Schürze umzubinden. «Gut, dass Ihr kommt. Da war ein Bote und hat ein Päckchen gebracht. Aber es war niemand da, deshalb habe ich es angenommen.»

«Ein Päckchen?»

«Es liegt oben im Regal. Vitus wollte es schon aufmachen, da habe ich es hinter dem Tiegel mit der Gänseschmalzsalbe versteckt.»

«Gut, gib es mir.»

«Es ist aber …»

In diesem Moment schepperte etwas, und Moses begann zu bellen.

Alarmiert schob Adelina ihr Lehrmädchen beiseite und eilte in den Flur.

«O Herrin, Herrin!» Magda kniete neben Adelinas Vater, der vor der Küchentür lag und ächzend versuchte aufzustehen. «Er ist wieder alleine aufgestanden, ich hab's gar nicht bemerkt. Aber ich hatte doch den Eimer hier stehen, und er ist darüber gestürzt!»

«Du liebe Zeit, Vater!» Gemeinsam mit der Magd brachte Adelina Albert wieder auf die Beine. «Tut dir etwas weh? Soll ich Meister Jupp holen?»

«Wen?» Albert sah sie irritiert an.

«Meister Jupp, den Chirurgen.»

«Nein, nein, Mädchen. Ist nur das Knie. Und meine Hand.» Er rieb sich über den linken Handballen, der aufgeschrammt war.

Adelina besah sich die Verletzung und führte Albert dann zur Ofenbank in der Küche. «Setz dich hierher,

Vater. Magda macht dir einen kühlenden Umschlag.» Sie sah ihn streng an. «Du sollst doch nach jemandem rufen, wenn du aufstehen willst. Du bist noch immer sehr schwach auf den Beinen, Vater.»

«Schwach und unnütz wie ein Paar zerschlissener Schuhe bin ich.»

«Ach, Vater.» Betroffen ließ Adelina die Schultern hängen.

«Lass mich ein Weilchen hier sitzen, mein Kind. Was ist das dort für eine Wiege?»

Sie sah zu Colins Bettchen hin. Ihr Sohn war wach und sah sie aus seinen großen blauen Augen neugierig an, als sie ihn hochhob. «Das ist Colins Wiege, Vater. Weißt du nicht mehr? Colin ist mein Sohn.»

«Du hast einen Sohn?» Albert kniff kurz die Augen zusammen und betrachtete dann den Säugling. «Davon hast du mir gar nichts erzählt. Oder ...» Er kratzte sich am Kopf und fuhr sich dann mit den Fingern durch den grauen Bart. «Wahrscheinlich hast du mir doch von ihm erzählt. Aber ich kann mich nicht erinnern. Wie ist sein Name? Colin? Sehr ungewöhnlich.»

«Eine andere Form von Nikolaus», erklärte Adelina. «Genau wie Neklas, verstehst du? So haben Vater und Sohn den gleichen Namenspatron.»

«Ah, der barmherzige Nikolaus. Ein guter Name. Lass mich ihn einmal halten.»

Adelina warf Magda, die gerade mit dem nassen Umschlag zu ihnen trat, einen bedeutungsvollen Blick zu.

«Ich pass schon auf», flüsterte die Magd.

Adelina legte ihrem Vater den Säugling in die Armbeuge und machte einen Schritt in Richtung Tür. Dort warf sie noch einen kurzen Blick zurück und ging dann in die Apotheke.

«Also, Mira, dieses Päckchen …»

«Da war noch Besuch für Euch», begann Mira gleichzeitig.

«Besuch?»

«Diese Marie Elfge hat nach Euch gefragt. Ich hab gesagt, Ihr wäret im Rathaus und bald wieder da. Aber sie wollte nicht warten. Sie meinte, sie würde zur Beerdigung gehen und dann vielleicht noch einmal wiederkommen.»

«Meister Vetscholders Beerdigung?»

«Weiß ich nicht.» Mira zuckte mit den Schultern.

«Ist die Beerdigung etwa schon heute? Warum hat mir niemand Bescheid gesagt?» Adelina verzog das Gesicht. «Mira, geh hinauf und zieh dein bestes Kleid an. Wir müssen in die Kirche.»

«Und die Apotheke?»

«Bleibt heute geschlossen.»

†

Es war bereits früher Nachmittag, als Adelina, Mira und Franziska von der Beerdigung des Zunftmeisters zurückkehrten. Zu Hause empfing sie ein empört schreiender Colin. Adelina nahm ihn wortlos mit hinauf in ihre Kammer, ohne auf die fragenden Blicke ihrer Schwiegermutter und deren Schwester einzugehen.

Hinter ihren Schläfen pochte es, und kaum war sie den Blicken der anderen entschwunden, riss sie sich die verschwitzte Haube vom Kopf. Aufatmend ließ sie sich aufs Bett sinken und legte ihren Sohn an. Ihr schlechtes

Gewissen ihm gegenüber hatte ihr mindestens ebenso zu schaffen gemacht wie die schwüle Hitze.

Genau diese Hitze war auch der Grund für die übereilte Beerdigung gewesen. Die Zunft hatte nicht das Risiko eingehen wollen, einen stinkenden, von Maden zerfressenen Leichnam zu Grabe tragen zu müssen. Einem Zunftmeister musste das letzte Geleit in angemessener Form zuteil werden, ganz gleich, ob er im Verdacht des Hochverrats stand oder nicht.

Adelina hatte gehofft, ein paar Worte mit Marie wechseln zu können, doch diese war ständig von ihrer eigenen oder der Familie des Verstorbenen umringt gewesen und hatte sie vermutlich gar nicht bemerkt.

Zärtlich streichelte Adelina Colin über die Wange, die von der Anstrengung des Schreiens noch leicht gerötet war. «Ich sollte mich aus dieser Sache heraushalten», murmelte sie. «Es nimmt bestimmt kein gutes Ende. Denn wenn Marie in diese Geschichte verwickelt ist, droht ihr die Hinrichtung. Doch falls nicht ...» Sie blickte zum Fenster, durch das grelles Sonnenlicht in die Kammer fiel. «Falls nicht, könnte sie dennoch in Gefahr schweben! Sie könnte ...»

«Nanu? Hältst du unserem Sohn schon in diesem frühen Alter Vorträge?» Neklas war unbemerkt hereingekommen und ließ sich neben Adelina nieder. «Wie war die Beerdigung?»

«Scheußlich. Was hast du wegen Thomasius unternommen?»

«Nichts, leider. Im Kloster der Dominikaner war er nicht, angeblich zieht er durch die Stadt, um zu predigen. Ich konnte ihn aber nicht finden.» Neklas' Ton verriet, wie unzufrieden er damit war. Er rutschte ein Stück zur

Seite, sodass er die Füße hochlegen konnte, und lehnte seinen Kopf gegen das Kopfteil des Bettes. «Dafür bin ich Reese noch einmal begegnet. Er ist schon recht früh von der Beerdigung fort, weil er eine Nachricht vom Erzbischof erhalten hat.»

«Du musst nach Bonn?» Sie sah ihn unbehaglich von der Seite an.

Neklas nickte. «Ich reite noch heute Nachmittag, aber es wird nicht lange dauern. Vielleicht ein oder zwei Tage.» Er fuhr Colin sanft mit der Fingerspitze über die Stirn. «Bislang steht Marie noch nicht unter Verdacht. Reese konnte kurz mit ihr sprechen und besteht weiter auf ihrer Unschuld. Dennoch … Adelina?»

«Hm?»

«Wenn sie hier auftaucht, solltest du versuchen, sie zum Reden zu bringen.»

«Ich soll mich also doch einmischen?»

«Zu dir scheint sie Vertrauen zu haben. Immerhin war sie, wie ich hörte, heute früh noch einmal hier.»

«Herrin?» Franziska kam auf ihren Holzpantinen die Stiege heraufgepoltert und blieb vor der halboffenen Kammertür stehen. «Jungfer Marie ist unten und wünscht Euch zu sprechen.»

Neklas sah Adelina bedeutungsvoll an.

«Ich komme gleich», sagte Adelina zu Franziska und winkte ihr, Colin mit hinunter zu nehmen.

Als die Magd mit dem Kind hinaus war, richtete sie ihr Kleid und wollte aufstehen. Neklas hielt sie jedoch am Arm zurück. «Ich lasse Ludowig gleich mein Pferd satteln und werde Jupp bitten, ein Auge auf das Haus zu haben. Wenn du Hilfe benötigst, kannst du dich jederzeit an ihn wenden.»

«Sei vorsichtig beim Erzbischof, Neklas. Immerhin kennt er deine Geschichte.»

«Ich werde nicht länger dort bleiben als unbedingt notwendig.» Er zog sie noch näher zu sich heran und küsste sie. «Und ich habe immerhin keine verbotenen Schriften im Gepäck.»

Adelina zog die Augenbrauen zusammen. «Nein, weil du sie in unserer Kellerwand versteckt hast. Du wolltest sie doch an einen sicheren Ort bringen!»

«Das werde ich schon noch.»

«Wann?»

Er grinste. «Nicht, solange du ein solch finsteres Gesicht machst, geliebtes Eheweib.» Mit einem Ruck zog er sie wieder an sich, machte eine Drehung, und ehe sie sich versah, lag sie rücklings auf dem Bett. Sie wehrte sich empört, doch er hielt ihre Arme fest und küsste sie so lange, bis ihr Widerstand erlosch.

Etwas außer Atem sahen sie einander in die Augen. Neklas strich ihr zärtlich eine Haarsträhne hinters Ohr. «Bevor du Jungfer Marie empfängst, solltest du dein Haar richten.» Er lächelte. «Nicht, dass du mir so ohne Haube nicht auch gefallen würdest …» Er küsste sie erneut, diesmal jedoch wesentlich sanfter. «Sollte Thomasius auftauchen, geh zu Jupp. Wir haben das besprochen. In ein paar Tagen bin ich wieder da.» Er stand auf, ging zur Kleidertruhe und entnahm ihr ein sauberes Wams, Beinlinge und den neuen grauen Arztmantel, den er nur zu besonderen Anlässen trug. Während Adelina ihr Haar richtete und mit einer weißen, mit Rosenranken bestickten Haube bedeckte, wickelte er die Kleidungsstücke zu einem Bündel, drückte Adelina noch einmal kurz an sich und eilte dann die Stiege hinunter.

Adelina zupfte ihr Kleid glatt und betrachtete sich kurz in dem kleinen Spiegel an der Wand. Ihre Wangen waren leicht gerötet, was sie auf den heftigen Kuss schob. Sie lächelte in sich hinein. Die Farbe stand ihr gut und gab ihr trotz der beinahe unerträglichen Hitze ein frisches Aussehen. Sie zupfte noch einmal an der Haube, dann ging sie hinunter in die Apotheke, wo Marie auf sie wartete.

Kaum hatte sie die junge Frau begrüßt, ihr ihr Beileid ausgesprochen und eine Sitzgelegenheit angeboten, als Magda leise klopfte und einen Krug kühlen verdünnten Wein und zwei Becher brachte.

«Hier, Herrin. Bei dem Wetter müsst Ihr Euch ein wenig abkühlen. Ich habe mehr Wasser als sonst in den Wein getan, damit er nicht zu stark ist.»

«Danke, Magda.» Adelina nickte der Magd dankbar zu, goss sich und ihrem Gast Wein ein und sah dann Marie aufmerksam an. «Ihr seht blass aus, Jungfer Marie. Schlaft Ihr nicht gut?»

«Wie sollte ich wohl? Ich habe das Gefühl, gar nicht mehr zu schlafen!» Marie griff nach dem Weinbecher, führte ihn jedoch nicht an die Lippen. Ihre Finger zitterten. «Meine Schwester ist tot und nun auch noch Avarus. Es ist so schrecklich, was man ihnen angetan hat. Ich begreife es einfach nicht!»

«Wirklich nicht?»

Adelinas knappe Frage ließ Marie aufmerken. Überrascht sah sie von dem Becher hoch, und im nächsten Moment verdunkelte sich ihr Blick. «Was wollt Ihr damit andeuten? Glaubt Ihr, ich hätte etwas mit den beiden Morden zu tun?»

Adelina hielt ihrem Blick stand und antwortete bedächtig: «Ich denke, Ihr wisst, warum man Eure Schwester und ihren Verlobten umgebracht hat.»

Maries Finger verkrampften sich um den Becher. «Mein Onkel hat mich aufgesucht und mir von dem roten Karfunkelstein erzählt. Aber das ist nicht möglich! Bela hätte das nicht getan. Sie war ihrem Vater zwar sehr zugetan, aber sie hätte doch niemals einen solchen Verrat begangen. Und ich kann mir auch nicht vorstellen, dass Walter von der Weiden das von ihr verlangt hätte.»

«Und wie erklärt Ihr Euch den Fund dieses Edelsteins?» Abwartend sah Adelina Marie an, die nun doch einen winzigen Schluck Wein trank und eine lange Weile schwieg.

«Ich weiß es nicht. Vielleicht hatte Avarus ja etwas damit zu tun. Aber nicht Bela.»

«Aber sie wurde zuerst ermordet», kam plötzlich eine Stimme von der Tür her.

Die beiden Frauen fuhren herum und sahen sich Meister Jupp gegenüber, der das Glöckchen, das sonst Besucher ankündigte, in der Hand hielt. Er lächelte Adelina und Marie freundlich zu. «Ich habe sie repariert.» Er hielt die Glocke hoch und befestigte sie dann wieder an der Tür.

Adelina hob verwundert die Brauen. «Ich wusste nicht, dass sie kaputt war.»

«Euer Bruder hat sie heute Morgen heruntergeworfen. Dabei ist der Klöppel abgebrochen. Ich war so frei, ihn wieder zu befestigen.» Er schloss die Tür und trat an den Tresen, neben dem die beiden Frauen saßen. Sein Blick ruhte nun sehr intensiv auf Marie. «Wie ich schon sagte, Eure Schwester wurde zuerst ermordet. Verzeiht, wenn ich mich in Euer Gespräch einmische, aber ich finde, dieser Umstand ist sehr wichtig. Wenn nur Avarus diese Steine geschmuggelt hätte, wäre auf Bela kein Verdacht gefallen, und es hätte keinen Grund gegeben, sie zuerst zu töten und ihr, ebenfalls zuerst, den Leib aufzuschlitzen. Aber soweit ich es verstanden habe, wurde sie schon vor ein paar Tagen gefunden und noch dazu an einem Ort, zu dem man sie sicherlich mit voller Absicht bestellt hatte. Oder ging sie oft des Nachts ins Gaffelhaus?» Seine Stimme klang sanft, doch verbarg sich darunter eine unterschwellige Schärfe, die Adelina aufhorchen ließ.

Marie hatte den Blick wieder auf den Becher gesenkt und antwortete zunächst nicht. Erst als Adelina sagte: «Er hat recht, Jungfer Marie!», sah sie wieder hoch.

«Mag sein … mag sein, wenn Ihr es so seht. Aber ich kann es mir einfach nicht vorstellen, versteht Ihr? Bela eine Verräterin?»

«Hatte sie großen Einfluss auf Meister Vetscholder?», hakte Adelina nun nach.

Wieder schwieg Marie lange, dann ließ sie plötzlich die Schultern sinken. «Ja, sie hatte großen Einfluss auf ihn. Sie war schon immer sehr bestimmend, schon als Kind hat sie es geliebt, über uns jüngere Geschwister zu verfügen, als seien wir ihre Dienstboten. Aber sie meinte es nie böse.»

«Das tat sie auch dieses Mal vermutlich nicht», gab Meister Jupp zu bedenken. «Wenn sie mit Walter von der Weiden sympathisierte, hielt sie ihr Handeln wahrscheinlich schlicht und ergreifend für das einzig richtige – ganz im Dienste der Stadt Köln.»

Adelina sah verblüfft zu ihm auf.

Er lächelte. «Neklas hat mir gestern von der Sache berichtet.»

«Ihr wisst also alles?» Maries Miene zeigte deutlich, dass ihr diese Tatsache gar nicht recht war. «Und wie kommt Ihr dazu, Euch einzumischen?»

«Ich fürchte, dass Ihr in Gefahr seid.»

Marie klappte die Kinnlade herunter, und auch Adelina machte große Augen.

Meister Jupp verschränkte die Arme vor der Brust. «Ihr seid Belas Schwester. Wenn ihr Einfluss auf ihren Verlobten schon so groß war, wie immens muss er dann erst auf Euch gewesen sein?»

«Aber ...»

«Denkt einmal darüber nach, Jungfer Marie. Und dann tut Euch selbst einen Gefallen und sagt es, wenn Ihr etwas wisst.»

«Ich ...»

«Ihr seid gewiss nicht so einfältig, wie Ihr den Anschein zu geben versucht.»

«Meister Jupp!», protestierte Adelina. Doch er schüttelte nur den Kopf und fixierte Marie.

«Es ist gut möglich, dass Eure Schwester und ihr Verlobter die Opfer eines Femegerichts geworden sind.»

«Das wisst Ihr auch schon?», entfuhr es Adelina.

Meister Jupp sah sie jedoch nur kurz an und redete weiter auf Marie ein: «Wenn sie Euch ebenfalls verdächtigen, könnte Euch das gleiche Schicksal widerfahren.»

«Nein!» Marie wurde blass und starrte ihn entsetzt an. «Nicht die Feme. Das kann nicht sein!»

«Warum nicht?»

«Ihr seid verrückt geworden! Niemals hat die Feme meine Schwester umgebracht. Niemals, hört Ihr?» Sie stand abrupt auf, stellte den Becher so heftig auf dem Tresen ab, dass der Wein über den Rand schwappte, und eilte zur Tür. Dort drehte sie sich noch einmal um. «Ihr … Ihr seid verrückt!»

«Wenn Ihr etwas wisst und es verschweigt …»

Doch sie riss bereits die Tür auf und rannte beinahe davon.

Adelina blickte ihr einen Moment lang sprachlos hinterher. Dann stand sie ebenfalls auf. «Meister Jupp, was sollte das? Warum habt Ihr Jungfer Marie eine solche Angst eingejagt?»

Er sah sie ruhig an. «Ich habe nur ausgesprochen, was sie vermutlich längst selbst befürchtet hat.»

«Sie wollte mir etwas erzählen, deshalb war sie hier.»

«Sie hätte sich vielleicht bei Euch ausgeweint, aber etwas Brauchbares hättet Ihr nicht erfahren.»

«Woher wollt Ihr das wissen?», fragte Adelina.

Meister Jupp legte den Kopf auf die Seite. «Sie hat Angst. Immerhin ist ihre Schwester von einem Unbekannten auf grausamste Weise getötet worden. Sie hat sich vermutlich die Wahrheit so zurechtgelegt, dass sie sich in trügerischer Sicherheit wähnt. Doch Ihr müsst zugeben, sie ist die Nächste, die in Gefahr schweben könnte.»

Adelina trat hinter den Tresen, nahm ein Tuch und wischte den Weinfleck fort. «Mir scheint es fast, als würdet Ihr sie gut kennen.»

Meister Jupp schüttelte jedoch den Kopf. «Ich kenne sie nicht. Aber ich kenne die Menschen. Und ich bin sicher, dass Ihr früher oder später auf den gleichen Gedanken gekommen wäret. Mit einem Femegericht ist nicht zu spaßen. Vielleicht hat der Gedanke daran Jungfer Marie ein wenig aufgerüttelt.»

«Glaubt Ihr?»

«Ich glaube, sie kommt wieder.»

«Wenn sie Eure Worte verdaut hat? Ihr geht hart mit den Menschen ins Gericht», stellte Adelina fest.

«Ich sage nur, was ich denke. Und ich denke, sie könnte in Gefahr sein.»

«Und wenn sie doch in den Verrat verwickelt ist?»

Er zog unerwartet den Kopf zwischen die Schultern. «Ich bete darum, dass sie es nicht ist», sagte er tonlos und verließ ohne ein weiteres Wort die Apotheke.

14

Adelina wies Mira und Griet an, die Regale in der Apotheke abzustauben und auf einer Wachstafel eine Liste der Arzneien zu erstellen, die zur Neige gingen. Sie selbst hatte beschlossen, noch einmal den Gewaltrichter aufzusuchen, und wollte Franziska als Begleitung mitnehmen.

«Willst du bei dieser Hitze wirklich hinausgehen?», fragte Benedikta sie besorgt, als Adelina in der Küche nach ihrem Sohn sah und Magda Anweisungen für das Abendessen gab. «Ich habe Feidgin schon nicht abhalten können.»

«Feidgin? Wo ist sie denn schon wieder hingegangen?», wunderte Adelina sich.

Benedikta verdrehte die Augen. «Sie ist mit Donatus hinüber zum Neumarkt gegangen, wohl in der Hoffnung, dort noch einmal diesen freundlichen Kaufmann zu treffen, den sie auf dem Schützenfest kennengelernt hat.»

«Sie will ihn dort treffen?»

«Rein zufällig natürlich.» Benedikta verzog missbilligend die Mundwinkel, Adelina hatte jedoch das Gefühl, dass sie sich ein Schmunzeln nur schwerlich verkneifen konnte. «Sie führt sich auf wie ein junges Mädchen. Und dabei hatte ich gehofft, der Umgebungswechsel würde sich mildernd auf ihr Gemüt auswirken. Nun hat sie diesen Kaufmann getroffen und ist sogleich in ihre übliche Schwärmerei verfallen.»

«Schwärmerei?»

«Sie ist besessen von dem Gedanken, wieder zu heiraten, das sagte ich dir ja schon. Und dieser Kaufmann – und ich hoffe wirklich, dass er Kaufmann ist! – scheint ebenfalls Witwer zu sein, oder jedenfalls alleinstehend. Sag, sein Name ist doch Reese, ob er mit diesem Gewaltrichter verwandt ist?»

«Das werde ich in Erfahrung bringen», versprach Adelina. «Aber ist es für eine Frau in ihrem Alter nicht ein wenig seltsam, einem Mann derart nachzulaufen?»

«Seltsam nennst du das?» Benedikta schüttelte sich. «Ich sage, es ist sogar außerordentlich ungehörig. Aber sie ist älter als ich und lässt sich in diesen Dingen nichts sagen. Vielleicht hätte ich sie doch nicht mit hierhernehmen dürfen. Seit gestern schon ist sie sehr aufgewühlt, denn offenbar hat dieser Mann versprochen, ihr eine Botschaft zukommen zu lassen.»

«Und das hat er nicht getan.»

«Natürlich nicht.» Seufzend nahm Benedikta den krähenden Colin aus dem Bettchen und trug ihn in der Küche auf und ab. «Ich bin nur froh, dass Donatus bei ihr ist. So geht sie wenigstens in sicherer Begleitung. Und du willst wirklich noch einmal fort?»

«Ich muss», bestätigte Adelina. «Franziska wird mitkommen. Wenn wir Reese nicht im Rathaus antreffen, werde ich ihn in seinem Haus aufsuchen.»

«Geht es um diese Vorfälle im Gaffelhaus und die zwei Toten?» Die Sorge war deutlich aus Benediktas Stimme herauszuhören.

Adelina nickte. «Es scheint, als seien sie in ein Komplott der aus Köln vertriebenen Patrizierfamilien verwickelt gewesen. Reese, der Vogt und die Schöffen bemühen sich, die Hintermänner zu finden, damit sie die Umsturzpläne der Patrizier vereiteln können.»

«Aber was hast du damit zu tun?»

«Reese hat mich gebeten, Augen und Ohren offen zu halten und ihm Bescheid zu geben, falls ich etwas erfahre.»

«Und du hast etwas erfahren?» Benedikta blieb vor Adelina stehen und sah sie neugierig an.

«Es ist eher eine Vermutung, aber wenn sie zutrifft …»

«Was dann?»

Adelina ließ die Schultern hängen. «Dann habe ich mich erneut sehr in einem Menschen getäuscht.»

†

«Als ich zum ersten Mal hierherkam, wart Ihr dort unten im Keller eingesperrt», meinte Franziska, als sie neben Adelina vor Georg Reeses Haus stand und auf Einlass wartete. «Damals hätten wir nicht gedacht, dass er ein anständiger Mensch ist, was?»

«Nein, wohl kaum», antwortete Adelina versonnen und betätigte den schweren Klopfer an der Haustür. Während sie wartete, wischte sie sich unauffällig den Schweiß aus dem Ausschnitt ihres Kleides, das wie eine zweite, feuchte Haut an ihr klebte.

Eine untersetzte Frau mit ebenmäßigen Gesichtszügen und lachenden hellbraunen Augen öffnete ihnen. Adelina vermutete, dass dies Georg Reeses neue Gemahlin Rosa sein musste. Adelina stellte sich vor und fragte nach dem Gewaltrichter, und die Frau nickte freundlich.

«Aber ja, kommt herein, Meisterin Burka. Mein Gemahl sitzt in der Stube und kühlt sich mit einem Bier ab. Möchtet Ihr auch etwas trinken? Unglaublich, wie heiß es heute ist, nicht wahr? Kaum auszuhalten.» Sie führte Adelina und Franziska in die Wohnstube, in der nur ein mattes Dämmerlicht herrschte, da die Fenster gegen die Sonne mit Tüchern verhängt waren. Adelina blinzelte ein paar Mal, um sich an die Dunkelheit zu gewöhnen, dann blickte sie sich erstaunt um.

«Hier hat sich einiges verändert, nicht wahr? Das wolltet Ihr doch sagen?», kam Reeses Stimme von einem großen Eichentisch her, der von mehreren mit teuren Stoffpolstern bezogenen Stühlen umringt war. Er winkte sie zu sich. «Seit ich Rosa geheiratet habe, ist sie ständig dabei, das Haus umzugestalten. Die Farben der Möbel, die Stoffe der Wandteppiche, das Bettzeug, alles war ihr zu finster und trist.»

«Nun …» Adelina lächelte und betrachtete bewundernd die geblümten Überwürfe über den Sitzbänken am Fenster und die hellen, buntbemalten Truhen an der Wand. «Sie besitzt offenbar einen ausgezeichneten Geschmack.»

«Der mir abgeht?» Reese hob spöttisch die Brauen.

Adelina schüttelte, noch immer lächelnd, den Kopf. «Euer Heim entsprach Eurer doch zuweilen recht düsteren Stimmung. Wie es scheint, hat Eure Gemahlin das Licht zurückgebracht – in Euer Leben und in Eure Wohnung gleichermaßen.»

«O ja, das hat sie wohl.» Aus Reeses Stimme war der Spott verschwunden, doch er verstummte, als die Hausherrin hereinkam und Adelina einen Zinnbecher brachte. Sie goss Bier aus dem Krug auf dem Tisch ein und stellte Franziska noch einen geschnitzten Becher mit

Wasser hin. Dann zog sie sich still wieder zurück. «Sie ist ein Engel», sagte Reese. «Aber nun zu Euch. Was führt Euch zu mir? Ihr könnt von Glück sagen, dass Ihr mich überhaupt antrefft.»

«Ihr wart schon sehr früh von der Beerdigung fort.»

«Ich hasse Beerdigungen. Und mein Amt geht vor. Ich musste einigen Hinweisen nachgehen, die jedoch ins Nichts geführt haben. Sehr ärgerlich.» Er hüstelte. «Verzeiht, dass ich Euch nichts von der Beerdigung erzählt habe. Ich habe selbst erst kurz vorher erfahren, dass sie so rasch stattfinden soll. Aber bei diesem Wetter … Nicht auszudenken, wenn wir den geschändeten Leichnam noch ein oder zwei Tage länger hätten verwahren müssen.»

«Es war so schon recht unangenehm», gab Adelina zu und nippte an ihrem Bier.

«Worum geht es also?»

«Ich bin wegen Jungfer Marie hier.»

«Marie? Was ist mit ihr?» Alarmiert hob Reese die Brauen.

Adelina suchte nach Worten. «Herr Reese, sie war vorhin bei mir und … Sie hat sich … Ich fürchte, sie hat etwas mit dem Edelsteinschmuggel zu tun.»

«Niemals!», fuhr Reese empört auf.

«Oder aber sie weiß etwas darüber und will es nicht sagen.»

«Sie hat nichts damit zu tun!» Reese wurde zornig.

Adelina sah ihn jedoch weiterhin ruhig an. «Ob nun das eine oder das andere zutrifft: Sie ist in Gefahr.»

«Sie ist keine Verräterin! Sie ist doch fast noch ein Kind!»

Adelina stellte den Becher auf die Tischplatte und

verschränkte die Hände ineinander. «Ich sage ja nicht, dass sie selbst Steine geschmuggelt haben muss. Aber sie wusste etwas und hat es verschwiegen. Das würde sie zur Mittäterin machen. Wenn die Feme dies genauso sieht, wird sie Marie auch richten wollen.»

«Sie hat mir versichert, nichts von den Steinen gewusst zu haben», beharrte Reese mit eherner Miene.

«Dennoch scheint es mir, als würde sie etwas verschweigen. Ihr müsst sie zum Sprechen bringen! Wenn Bela sich ihr nicht anvertraut haben sollte, so hat Marie vielleicht dennoch das ein oder andere mitbekommen. Vielleicht weiß sie auch gar nicht, dass sie etwas weiß. Oder hat sie Angst, ihr Wissen preiszugeben, weil sie begriffen hat, in welch prekärer Situation sie sich befindet.»

«Ihr glaubt also, dass sie etwas weiß, das uns helfen könnte, die Pläne der Patrizier zu durchkreuzen?» Reese sank kurz in sich zusammen, doch ebenso schnell richtete er sich wieder auf und straffte die Schultern.

Adelina blickte ihn forschend an. «Was gedenkt Ihr zu tun?»

Reese erwiderte ihren Blick mit grimmiger Miene. «Ich? Nichts. Ihr werdet mit Ihr reden.»

«Ich?»

«Wenn ich etwas tue, muss ich den Vogt darüber informieren. Er würde Marie festsetzen und foltern lassen.»

«O Gott!»

«Tut nicht so, als wäre Euch das nicht bewusst, Frau Adelina», brummte Reese. «Der Vogt steht noch mehr unter Druck als ich. Die Schöffen machen ihm die Hölle heiß, weil er nicht vorankommt. Ich habe bereits einige Männer zu seiner Unterstützung losgeschickt. Sie sollen sich bei Bonn und Siegburg umhören, ob Neuigkeiten über die Umsturzpläne durchsickern.» Er stützte sich mit beiden Händen auf dem Tisch ab und erhob sich. «Geht zu Marie und sprecht noch einmal mit ihr. Wir müssen verhindern, dass Hermann von Goch, Walter von der Weiden und Hilger Quattermart sich gegen Köln verbünden und ihre Streitkräfte zusammenziehen. Und wir müssen wissen, wer hier in der Stadt ihre Mittelsmänner sind. Wenn Marie wirklich etwas weiß, muss sie es uns sagen, und zwar schnell.»

Ganz wohl war Adelina nicht bei dem Gedanken, Marie aufzusuchen, um sie noch einmal zu befragen. Ohne es zu wollen, schien sie schon wieder mitten in einen Kriminalfall geraten zu sein, und sie erinnerte sich nur zu gut an die Schwierigkeiten, die ihr ähnliche Begebenheiten schon mehrfach beschert hatten.

Außerdem sorgte sie sich um Feidgin. Von Georg Reese hatte sie beim Abschied erfahren, dass es sich bei Feidgins Zufallsbekanntschaft, Heinrich Reese, zwar um einen Cousin des Gewaltrichters handelte, dieser aber nicht zu den angenehmsten Zeitgenossen zählte. Seit dem frühen Tod seiner Gemahlin lebte er mit seinen beiden Söhnen und einer alten Haushälterin zusammen und vertrieb sich die Zeit mit unzähligen oberflächlichen Liebschaften. Wiewohl er ein angesehenes Mitglied der Zunft Windeck war und gutes Geld mit dem Verkauf von Roheisen an Waffenschmiede verdiente, schien er einer jener Männer zu sein, die auf Ehe und einen Hausstand keinen Wert legten. Auch hatte er sich schon zweimal geweigert, sich zur Wahl in den Rat zu stellen, weil ihm dies, wie Georg Reese missbilligend erklärt hatte, mit zu viel Arbeit und Aufwand verbunden gewesen sei.

«Ein Bruder Leichtfuß also», hatte Adelina festgestellt und beschlossen, auf dem Heimweg einen Bogen über den Neumarkt zu machen und zu schauen, ob sie Feidgin dort noch antreffen würde.

Adelina und Franziska gingen schweigend nebeneinander her und bemühten sich, so weit wie möglich im Schatten der Häuser zu bleiben.

«Herrin?», begann Franziska schließlich nach einer langen Weile. «Ich hab gerade überlegt: Die Jungfer Marie ist doch die Tochter eines Ratsherrn, oder?»

«Eines Schöffen», berichtigte Adelina und sah ihre Magd aufmerksam an.

«Und sie ist Herrn Reeses Base, und ihre Schwester Bela ist – war – die leibliche Tochter dieses Patriziers.»

Adelina blieb stehen. «Du weißt aber eine Menge.»

Franziska zuckte mit den Schultern. «Ist ja nicht weiter schwierig. In Euerm Haus wird doch dauernd darüber gesprochen.»

«Ach?»

«Und ich hab mich gefragt …» Die Magd war ebenfalls stehen geblieben und wischte sich mit dem Ärmel den Schweiß von der Stirn. «Ich hab mich gefragt, wie es kommt, dass ein Mitglied des Gaffelrates die Bastardtochter eines Patriziers als sein eigenes Kind anerkennt und aufzieht.»

Adelina setzte sich wieder in Bewegung. «Das mag persönliche Gründe gehabt haben. Schau, er hat Bela ja vermutlich bei ihrer Geburt anerkannt, und das ist schon mindestens zwanzig Jahre her. Damals war das Verhältnis zwischen Zünften und Patriziern noch nicht so zerworfen. Vermutlich waren Wolfram Elfge und Walter von der Weiden einmal befreundet.»

«Aber wenn die beiden bei Belas Geburt befreundet gewesen sind, Herrin, könnte es dann nicht sein, dass sie auch heute in Verbindung stehen und vielleicht sogar gemeinsame Sache machen?» Franziska senkte die Stimme, als zwei Küfergesellen mit einem halbfertigen Weinfass zwischen sich aus dem Hoftor traten, das die beiden Frauen gerade passierten. «Ich hab ja gehört, was Ihr mit Herrn Reese gesprochen habt. Vielleicht will die Jungfer Marie deshalb nichts sagen.»

Adelina dachte über die Worte ihrer Magd nach und nickte dann mit einem mulmigen Gefühl. «Das wäre möglich. Obwohl ich nicht glaube, dass Wolfram Elfge es dann geschafft hätte, in das Schöffenamt gewählt zu werden.»

«Aber wenn niemand davon weiß», warf Franziska ein. «Wenn er alle Welt glauben macht, er sei gegen die Patrizier, aber in Wirklichkeit hat er sie die ganze Zeit unterstützt?»

Adelina blieb erneut stehen und blickte Franziska fassungslos an. «Dann hätten wir den Mittelsmann hier in der Stadt!»

Franziska nickte heftig. «Und vielleicht hilft seine Tochter ihm und will Euch aushorchen, um herauszufinden, ob Ihr ihrem Vater auf der Spur seid.»

«Franziska, du könntest tatsächlich recht haben!» Erschüttert über diese Einsicht machte Adelina kehrt und ging langsam, dann immer entschlossener, den Weg zurück, den sie gekommen waren.

«Wohin wollt Ihr denn jetzt, Herrin?», rief Franziska und eilte hinter ihr her.

Adelina bog in eine schmale Seitengasse ein, in der die überragenden Obergeschosse der Häuser keinerlei Sonne durchließen. Es roch streng nach Schwein, gekochtem Kohl und Seifenlauge. In den Hauseingängen hockten schmutzige Kinder und spielten mit kleinen Holzstöckchen und Steinen. Eine alte, verhärmte Frau hatte eine Schüssel mit Erbsen auf dem Schoß, die sie ohne hinzusehen aus den Schoten pulte. Sie starrte Adelina neugierig an, wurde jedoch von jemandem im Inneren ihres Hauses abgelenkt. Mit schriller Stimme keifte sie eine Antwort über die Schulter. Adelina machte einen Bogen um das Schwein, das mit seinen vier Ferkeln für den Gestank verantwortlich war und sich mitten auf der Straße zu einem Nickerchen niedergelegt hatte. Die vier Kleinen hingen quiekend an den schlaffen Zitzen.

Nachdem sie die Gasse passiert hatten, gelangten sie auf die Schildergasse, die von der Kirche St. Aposteln bis zum Heumarkt eine direkte Verbindung bildete. Hier fuhren unzählige Ochsenkarren und Pferdefuhrwerke zum Hahnentor oder hinunter zum Rhein. Kaufleute, Bauern, Dienstboten und Handwerker kreuzten Adelinas und Franziskas Weg.

Adelina ging schnurstracks in Richtung Heumarkt. Franziska bemühte sich schnaufend, mit Adelina Schritt zu halten, deren grimmig-entschlossene Miene keinerlei Einspruch zuließ.

Erst als sie beim Augustinerkloster wieder in das Gewirr kleinerer Gassen abbog, die ins Kirchspiel Groß St. Martin führten, schnaufte Franziska: «Wollt Ihr wieder nach Hause, Herrin? So geht doch langsamer! Bei dieser Hitze fallt Ihr sonst noch um. Ihr seid schon ganz rot im Gesicht.»

Adelina verlangsamte ihren Schritt ein wenig. Der Schweiß lief ihr in Strömen übers Gesicht. «Wir haben keine Zeit, Franziska. Wir müssen heute noch Jungfer Marie aufsuchen. Wenn du mit deinen Vermutungen recht hast …»

Plötzlich blieb sie wie angewurzelt stehen, sodass die Magd beinahe gegen sie geprallt wäre. «Was ist, Herrin? Geht es Euch nicht gut? Ihr seid ja so blass geworden!» Franziska legte ihr eine Hand auf den Arm und musterte sie mit höchster Besorgnis. «Ich hab ja gesagt, dass das Rennen bei dieser Hitze nicht gut ist. Soll ich …»

«Da ist dieser verfl… Thomasius!», rief Adelina mit so schneidender Stimme, dass Franziska zurückzuckte.

Der Mönch schrak ebenfalls zusammen und blieb stehen. Er war gerade aus dem Seidmacherinnengässchen getreten, wohl um über den kleinen Eisenmarkt weiterzugehen, und starrte ihnen nun verwundert entgegen. Adelina war mit wenigen ausholenden Schritten bei ihm und baute sich mit wütendem Gesicht vor ihm auf. «Ihr!»

«Verzeiht, meine Tochter, was gibt es? Ihr seht gar zu aufgebracht aus», sprach er mit seinem üblichen salbungsvollen Ton.

Adelina fixierte ihn. Seine Kutte erstrahlte wie immer in einem blendenden Weiß, das sogar den Schmutz in den Straßen Kölns abzuschrecken schien. Lediglich am Saum erkannte man einen leichten grauen Staubrand. Und unter den Achseln hatten sich feuchte Ränder gebildet.

«Habe ich Euch nicht gesagt, Ihr sollt Euch von meiner Familie fernhalten?» Adelinas Stimme zitterte vor Wut, doch es kümmerte sie nicht. Sie trat noch einen Schritt auf den Mönch zu.

«Mäßigt Euch, gute Frau», antwortete er nun deutlich kühler und wich etwas zurück. «Euch bekommt wohl das Wetter nicht.»

«Hört sofort auf, meiner Tochter aufzulauern!»

«Ihr seid wohl nicht ganz bei Trost, Weib!», empörte Thomasius sich. Kopfschüttelnd blickte er auf sie herab. «Ich lauere niemandem auf.»

«Herrin …», versuchte Franziska sich einzumischen, Adelina ignorierte sie jedoch.

«Ihr habt Griet schon mehr als einmal Angst eingejagt. Beim letzten Mal ist sie vor lauter Furcht sogar ins Wasser gesprungen.»

«Aber Herrin …»

«Wer hat das behauptet?», fuhr Thomasius auf.

«Wenn ich Euch noch ein einziges Mal in ihrer Nähe sehe …»

«Herrin!» Franziska zupfte an Adelinas Ärmel.

«Verdammt, sie ist ein unschuldiges Kind! Wie hartherzig und nachtragend könnt Ihr nur sein, sie für den Hass, den Ihr gegen meinen Gemahl hegt, auch noch leiden zu lassen? Ein Kind, keine zehn Jahre alt, das in seinem Leben schon mehr Leid erfahren hat, als Ihr es Euch in Eurer beschränkten Welt vorstellen könnt!» Adelina hatte sich dermaßen in Rage geredet, dass sie Franziskas Hand unwirsch fortstieß. «Wolltet Ihr sie etwa dazu treiben, sich in dem Mühlbach zu ertränken? Wäre das in Eurem Sinne vielleicht eine gerechte Strafe für Neklas? Und dann habt Ihr, scheinheilig wie Ihr seid, auch noch so getan, als wolltet Ihr sie retten!»

«Ihr seid nicht bei Sinnen, Weib!» Thomasius verschränkte die Arme vor dem Leib und starrte sie zornig an. «Wenn ich nicht gewesen wäre, hättet Ihr das Kind vielleicht heute zu Grabe getragen! Besessen ist sie, jawohl! In das tiefe Wasser zu springen! Ich weiß nicht, welche Dämonen von ihr Besitz ergriffen haben, aber ganz offensichtlich seid auch Ihr davon befallen … Meisterin Burka», setzte er grimmig hinzu. «Mir liegt weiß Gott», hier bekreuzigte er sich, «nichts daran, irgendeinem unehelichen Balg zuzusetzen. Das Kind ist schon durch seine Herkunft gestraft genug. So sehr, dass es das übelste Gesindel anzieht.»

Adelina stutzte und blickte ihn verwirrt an. «Was meint Ihr damit?»

«Herrin, bitte!» Franziska fasste wieder nach ihrem Arm. «Als Ludowig Euch von dem Vorfall am Mühlbach berichtet hat, hat er nicht die ganze Wahrheit erzählt. Er wollte Euch nicht aufregen. Ich hab ihm aber gleich gesagt, das geht nicht gut.»

«Franziska, was soll das heißen?» Adelina kniff die Augen zusammen.

Die junge Magd wurde rot. «Es war so, wie Bruder Thomasius eben gesagt hat. Griet ist ins Wasser gesprungen … aber ich glaube nicht, weil sie ihn gesehen hat. Sonst hätten wir ihn wohl auch sehen müssen. Erst als Griet schon gesprungen ist, kam er und … also … er hat sie aus dem Wasser gezogen. Erst als sie wieder halb am Ufer war, ist Ludowig dazugekommen.»

Adelina starrte ihre Magd fassungslos an. «Ist das wahr, Franziska?»

Das Mädchen nickte, zog jedoch schuldbewusst den Kopf zwischen die Schultern. «Ich hab Ludowig gesagt, er soll bei der Wahrheit bleiben. Na ja … er hat sich auch irgendwie daran gehalten, aber so ganz richtig hat er es nicht erzählt.»

«Ein schönes Gesinde habt Ihr da, das Euch so schamlos anlügt», sagte Thomasius gehässig, verstummte jedoch, als ihn Adelinas giftiger Blick traf.

«Wir sprechen uns noch!», sagte sie so beherrscht wie möglich zu Franziska, die daraufhin nickte und den Kopf noch weiter senkte. Dann wandte sich Adelina wieder an den Mönch. «Und Ihr erzählt mir nun genau, was am Mühlbach vorgefallen ist.»

«Ihr vergreift Euch im Ton, Weib!», tadelte der Mönch, nun wieder mit seiner salbungsvollen Stimme.

«Wohl kaum», fuhr Adelina ihn an. «Wenn es um meine Tochter geht …»

«Stieftochter.»

«So redet endlich, oder soll ich jemanden holen lassen, der Euch dazu zwingt?» Adelinas Stimme kippte beinahe über. Sie atmete mehrmals tief ein, um sich zu beruhigen. Mit Thomasius konnte man nur fertig werden, wenn man ruhig blieb.

Er musterte sie eingehend. Sein Blick war sowohl spöttisch als auch neugierig. «Ihr habt dieses Balg tatsächlich in Euer Herz geschlossen, wie?» Er schüttelte den Kopf, als sei dies ein Umstand von größter Merkwürdigkeit. «Es muss wohl so sein, wie die Gelehrten sagen. Frauen versteigen sich in ihrer Gefühlsduselei zu den erstaunlichsten Dingen. Nun gut, es sei Euch gewährt, immerhin wird dadurch das Leben dieses armen Erdenwurms erleichtert und der Makel ihrer unehelichen Geburt, wenn auch nicht getilgt, so doch wenigstens gemildert. Der Herr», wieder bekreuzigte er sich, «wird es Euch vergelten. Vermutlich war es auch damals Eure Herzensgüte, die Euch veranlasste, einem Ketzer Unterschlupf und Heim zu gewähren.»

«Meine Herzensgüte?» Adelina sah ihn überrascht an.

Zum ersten Mal, seit sie Thomasius kannte, sah sie ihn freimütig lächeln. «Meine Tochter, glaubt nicht, dass ich nicht genau wüsste, welch löbliche und hehre Beweggründe Euer Herz und Eure Taten führen. Wenn auch Euer Urteilsvermögen darüber, wem Ihr Eure Zuneigung und Hilfe zugesteht, meiner Meinung nach sehr zu wünschen übrig lässt. Doch will mir scheinen, Euer guter Einfluss färbt sogar auf die übelsten Charaktere ab. Und dem Herrn ist ein bekehrter Sünder, der fortan ein gottgefälliges Leben führt, allemal lieber als ein toter.»

Adelina klappte die Kinnlade herab. Sie wollte etwas sagen, musste sich aber erst räuspern, um ihre Stimme wiederzufinden. «Wollt Ihr mir etwa sagen, Ihr habet Neklas verziehen?»

«Nun, sagen wir, ich behalte ihn im Auge.» Thomasius faltete die Hände vor dem Bauch. «Doch es scheint mir, als habe er bei Euch einen Ort gefunden, an dem er auf den rechten Weg zurückfindet.»

Adelina dachte daran, dass Neklas vielleicht gerade in diesem Moment vor den Erzbischof trat und ihm über die Ergebnisse der Leichenöffnung und seine Schlüsse daraus Bericht erstattete. Offenbar war diese Tatsache noch nicht bis zu Thomasius vorgedrungen, oder aber er beugte sich dem Willen des Erzbischofs, der schließlich seine Einwilligung zu der Sektion gegeben hatte. Ihm würde Thomasius vermutlich nicht widersprechen.

«Was ist nun am Mühlbach geschehen?», brachte Adelina den Mönch wieder auf ihre ursprüngliche Frage.

Thomasius' Miene wurde sofort wieder ernst. «Ihr solltet auf das Kind besser Acht geben. Es hat ein hübsches Gesichtchen. Ich kam zufällig an der Mühle vorbei, als ich einer Gestalt in einem schmutzigen grauen Umhang gewahr wurde, die in der Nähe des Baches herumlungerte. Da ich die beiden Mädchen erkannte, behielt ich den Mann im Auge, aber er schien nur zu ihnen hinzustarren. Als Eure Griet ihn zufällig sah, erschrak sie, das konnte ich genau erkennen. Sie wurde ganz weiß, und plötzlich sprang sie einfach in das Staubecken.» Thomasius schüttelte bei der Erinnerung den Kopf. «Wenn ich nicht zur Stelle gewesen wäre, hätte Euer Knecht sie vielleicht nicht rechtzeitig herausziehen können. Leider war der Fremde danach verschwunden.»

«Ein Fremder also?» Adelina blickte ihn skeptisch an. «Sie hat mir nichts von einem Mann mit grauem Umhang erzählt.»

Doch dann erinnerte sie sich an Griets Frage: «Gibt es eigentlich Geister?» Erschrocken schlug Adelina eine Hand vor den Mund.

«Gebt auf sie acht», wiederholte Thomasius ernst, jedoch weiterhin freundlich. «Es gibt Männer, die so einem kleinen Lockenschopf mehr abgewinnen, als Euch lieb sein kann.»

Damit nickte er ihr noch einmal huldvoll zu und ging seines Weges.

«Herrin?», fragte Franziska ängstlich.

Adelina blickte dem Mönch hinterher und ging dann ebenfalls weiter. «Komm mit, Franziska, ich muss nach Hause und nach Colin sehen, bevor ich Marie Elfge aufsuche.»

15

Vor der Apotheke wurde Adelina bereits erwartet. Eine Sänfte stand vor der Tür, und als sie daran vorbei zur Haustür gehen wollte, stiegen zwei dunkelgekleidete Männer aus und sprachen sie an. Einen von ihnen erkannte Adelina an seinen dünnen, im Nacken zusammengebundenen Haaren; es war Caspar, ein Schreiber, den sie vor längerer Zeit einmal im Rathaus gesehen hatte. Der andere, ein schmaler Mann mit schütterem braunem Haar und einem saubergestutzten Kinnbart, stellte sich als Eginhard Laufer, Gehilfe des Vogts, vor.

Als Adelina nach ihrem Begehr fragte, antwortete Caspar ihr: «Wir sind hier, um Euch im Auftrag des Vogtes einige Fragen zu stellen, Frau Meisterin. Wie wir erfuhren, hat sich der Gewaltrichter Reese an Euch gewandt, wohl weil Ihr Bela Elfge gefunden habt und die Gemahlin des Medicus seid, der die beiden Todesfälle der vergangenen Tage untersucht hat. Man sagt, Ihr hättet bereits einiges dazu herausgefunden …»

«Man?»

«… und diese Informationen solltet Ihr uns keineswegs vorenthalten. Auch wenn der Gewaltrichter meint, ihm gebühre es, diese Mordtaten aufzuklären. Der Vogt ist zuständig.» Caspar räusperte sich, und Eginhard Laufer übernahm das Wort.

«Ihr wollt diese Angelegenheit sicherlich nicht mitten auf dem Marktplatz erörtern, Meisterin Burka?»

Adelina sah ihn irritiert an. Seine Stimme hatte einen eigentümlich drohenden Unterton. Sie öffnete die Tür und bat die beiden Männer in die Apotheke. Franziska schickte sie los, Colin zu holen und Bescheid zu geben, dass sie wieder da sei.

«Was genau wollt Ihr wissen?», wandte sie sich dann wieder an Laufer, der sich mit unverhohlener Neugier umsah.

Er lächelte ölig: «Wie wir erfahren haben, zieht Ihr aus dem Fund des Edelsteins in Meister Vetscholder … Leichnam den gleichen Schluss wie der Vogt. Nämlich, dass der Mann die Seiten gewechselt und für die Patrizier Bestechungsgelder transportiert hat.»

«Das ist sicherlich kein Geheimnis.»

«Nein. Aber man hat Euch mehrfach mit der Schwester der ermordeten Bela Elfge gesehen, und Ihr wart auch auf der Beerdigung des Zunftmeisters Vetscholder …»

«Er war Meister meiner Zunft!», unterbrach Adelina ihn ungehalten. «Warum findet Ihr es ungewöhnlich, wenn ich ihm die letzte Ehre erweise?»

«Jedenfalls besteht die begründete Vermutung, dass Ihr bereits einiges in Erfahrung gebracht habt, das dem Vogt dienlich sein könnte», fuhr Laufer fort, ohne auf ihren Einwand einzugehen. «Die Familie des Schöffen Elfge steht natürlich außerhalb jeden Verdachts, doch könnte es ja durchaus sein, dass seine Tochter, die Jungfer Marie, etwas über ihre Schwester weiß und sich Euch anvertraut hat?»

Adelina fühlte eine Gänsehaut über ihren Rücken kriechen. Sollte sie den beiden Männern von ihrem Verdacht gegen Marie erzählen?

«Ihr seid blass geworden. Geht es Euch nicht gut?»,

fragte Caspar mit gespielter Besorgnis. Er war durch die Apotheke gestrichen und hatte seine Nase in die Regale und einige Kistchen und Tiegel gesteckt. Nun trat er wieder neben sie und musterte sie lauernd.

«Die … die Hitze», presste Adelina heraus und überlegte fieberhaft, was sie auf Laufers Frage antworten sollte. Seine Worte hatten sie zudem stutzig gemacht. Warum hatte er so überdeutlich betont, dass Wolfram Elfge nicht verdächtigt wurde? Was, wenn das genaue Gegenteil zutraf? Wenn sie gerade versuchten, weitere Beweise gegen ihn zu sammeln? Musste sie ihnen dann nicht von ihren Vermutungen gegen Marie erzählen? Doch in ihr sträubte sich alles dagegen.

Sie bemühte sich um einen ruhigen Ton, als sie erklärte: «Ich fürchte, ich kann Euch nicht weiterhelfen. Jungfer Marie hat mit mir nicht weiter über den Mord an ihrer Schwester gesprochen. Sie interessierte sich für meine Apotheke, deshalb ließ sie sich mir durch Herrn Reese vorstellen und besuchte mich kurz darauf. Das war alles. Was die beiden Morde angeht, so geht der Gewaltrichter von einer Tat des Femegerichts aus. Aber darüber sollte der Vogt doch eigentlich informiert sein.»

Die beiden Männer sahen einander kurz an, dann sprach Caspar wieder: «Gewiss, Meisterin Burka, gewiss. Doch selbst wenn es so war, habt Ihr vielleicht einen Hinweis darauf entdeckt, wer die Mittelsmänner sind, die den Schmuggel der Edelsteine in die Stadt unterstützen. Euch ist sicherlich bewusst, welch große Gefahr von den Patriziern auf die neue Stadtordnung ausgeht.»

Adelina dachte an das Gespräch mit Franziska und deren Verdacht gegenüber dem Schöffen Elfge, doch sie schüttelte schweigend den Kopf.

«Seid Ihr sicher, dass Euch keine Andeutungen zu Ohren kamen, es könne jemand aus der neuen Stadtregierung sein?»

Adelina rang mit sich, schüttelte dann aber erneut den Kopf. «Es tut mir leid, ich kann Euch nicht helfen.»

«Nun gut, dann nicht.» Laufer zuckte mit den Schultern. «Ich will aber doch hoffen, Ihr werdet es nicht verschweigen, wenn Euch doch etwas zugetragen wird?»

Adelina rang sich ein unverbindliches Lächeln ab. «Natürlich nicht. Ich stehe ja mit dem Gewaltrichter in Verbindung.»

«Natürlich.» Die Verachtung für Reeses Amt schwang deutlich in seiner Stimme mit. Er warf Caspar einen auffordernden Blick zu, und die beiden verabschiedeten sich.

Als die Tür hinter ihnen zugefallen war, kam Franziska mit Colin auf dem Arm zur Hintertür herein. «Warum habt Ihr ihnen nichts von dem Verdacht gegen Marie Elfges Vater gesagt?»

Adelina nahm ihr Colin ab und drückte ihn an sich. «Ich weiß es nicht, Franziska. Ich weiß es wirklich nicht.»

†

Noch während Adelina sich um ihren Sohn kümmerte, klopfte es erneut an der Haustür, und wenig später führte Magda Marie Elfge in die Küche.

Adelina blickte ihr überrascht entgegen, übergab Colin an Benedikta, die ihn eilig hinaustrug, und richtete ihr Kleid.

«Verzeiht, Meisterin Burka, wenn ich Euch schon wieder störe», setzte Marie an, doch Adelina winkte ab.

«Ist schon gut, ich wollte heute sowieso noch zu Euch.» Sie wies auf die Bank vor dem großen Tisch. «Nehmt Platz.»

«Ihr müsst mich für verrückt halten», begann Marie erneut und schrak zusammen, als hinter ihr die Küchentür aufgerissen wurde.

«In der Tat. Verrückt ist gar kein Ausdruck», knurrte Meister Jupp und setzte sich unaufgefordert neben Adelina auf die Ofenbank. «Ich sah Euch über den Marktplatz kommen. Ihr seid ohne Eure Magd unterwegs.»

«Ich habe sie fortgeschickt», erklärte Marie und warf ihm einen abschätzenden Blick zu. «Sie muss nicht wissen, wo ich bin.»

«Marie?» Adelina stand auf und setzte sich neben sie. «Was ist geschehen?»

«Ihr ist klar geworden, dass sie endlich mit der Wahrheit herausrücken muss.»

«Meister Jupp, ich bitte Euch!» Adelina blickte den Chirurgen streng an.

«Nein, ist schon gut, Meisterin Burka. Er hat ja recht.» Maries Gesichtsfarbe wechselte von blass zu rot. Nervös nestelte sie an ihrer Gürteltasche. «Ich wollte es nicht wahrhaben, aber nun …» Sie blickte auf, und in ihren Augen standen Tränen. «Ich habe Angst, Meisterin Burka!»

Meister Jupp stieß einen undefinierbaren Laut aus. Adelina blickte ihm prüfend ins Gesicht und stellte verwundert fest, dass sie dort weder Unmut noch Verachtung fand, wie sie gedacht hatte. Nein, in seinen Augen spiegelte sich tiefes Mitgefühl und noch etwas, von dem sie nicht glauben konnte, dass sie es recht erkannte. Sie blickte auf Marie, die jedoch ihre Augen gesenkt hatte und die Gürteltasche zwischen den Fingern knetete. Verwirrt sah Adelina wieder zu Meister Jupp, der die junge Frau noch immer beobachtete.

Sie schüttelte leicht den Kopf und versuchte, sich auf das zu besinnen, was im Augenblick viel wichtiger war. «Jungfer Marie, was wollt Ihr uns berichten?»

«Es ist alles so schrecklich», sagte Marie tonlos. «Erst dachte ich, er sei schuld … und nun …» Sie blickte Adelina verzweifelt in die Augen. «Meisterin Burka, ich glaube, mein Vater ist in großer Gefahr.»

«Euer Vater?»

«Wisst Ihr, ich hatte Angst, weil … Er ist doch jetzt Schöffe.»

«Und?»

«Und das Femegericht besteht doch aus Schöffen.»

«Freischöffen, die im Geheimen gewählt oder ernannt werden», bestätigte Meister Jupp, dann sprang er plötzlich in einer heftigen Bewegung auf. «Lieber Gott, jetzt verstehe ich erst!» Er fuhr sich erregt durch die Haare, als er sah, dass Adelina ihnen nicht folgen konnte. «Überlegt doch! Niemand weiß, wer von den Schöffen dem Femegericht angehört. Aus gutem Grund. Maries Vater …»

«O Gott!» Entsetzt schlug Adelina eine Hand vor den Mund. Mit der anderen ergriff sie Maries verkrampfte Finger. «Ihr glaubt, Euer Vater ist einer von ihnen?»

Marie schluchzte auf.

«Ihr fürchtet, er habe das Femeurteil über Eure Schwester und Meister Vetscholder mitgefällt, nicht wahr?» Der Chirurg trat auf Marie zu, und als sie unglücklich nickte, ging er vor ihr in die Hocke und berührte sanft ihren Arm.

Adelina bemerkte, wie Marie leicht zusammenzuckte, ihm dann jedoch in die Augen sah.

Einen langen Moment lang hielten die beiden einander mit Blicken gefangen. Adelina hätte sich gerne ein wenig zurückgezogen, doch da sie noch immer Maries Hand hielt, war dies nicht möglich.

Als es ihr jedoch langsam unbehaglich wurde, räusperte sie sich entschlossen. «Ihr fürchtet also, Euer Vater hat den Tod Eurer Schwester mitzuverantworten?»

Marie riss sich von Meister Jupps Blick los und atmete tief durch. «Ich weiß es nicht, Meisterin Burka. Er hat Bela geliebt. Wie kann er dann das Todesurteil über sie fällen? Ich habe Angst, mit ihm in einem Haus zu bleiben. Denn wenn es wirklich so war … Er ist mein Vater!»

«Aber warum glaubt Ihr, er sei in Gefahr?», fragte Meister Jupp. Er erhob sich und setzte sich an das äußere Ende der Ofenbank. Adelina kam es vor, als wolle er möglichst viel Raum zwischen sich und Marie bringen.

«Ich war auf dem Heimweg von Euch», begann sie stockend zu erzählen. «Ihr», sie blickte unsicher zu Meister Jupp hinüber, «habt mich mit Euren Worten sehr erschreckt, denn Ihr habt ausgesprochen, was ich nicht wahrhaben wollte.» Die letzten Worte sprach sie dann an Adelina gerichtet. «Und dann traf ich auf Eginhard Laufer. Kennt Ihr ihn? Er ist der erste Gehilfe des Vogts. Er war mit einem der Ratsschreiber unterwegs und stellte mir ganz merkwürdige Fragen.»

«Was für Fragen?», hakte Adelina sofort nach.

«Sie wollten alles Mögliche über meinen Vater wissen, und wo er sich in der letzten Zeit aufgehalten habe. Ob er mir Geschenke gemacht habe, und wie er zu Walter von der Weiden stehe.»

«Und wie steht er zu ihm?», warf Meister Jupp scharf ein.

Marie zuckte zusammen, straffte dann jedoch ihre Schultern und blickte ihm freimütig ins Gesicht. «Er ist nicht mehr mit ihm befreundet, wenn Ihr das meint. Er war es vor vielen Jahren, deshalb war er auch bereit, Bela als sein Kind anzuerkennen. Walter und meine Mutter haben einander geliebt, doch er konnte sie nicht heiraten, da er bereits mit einer anderen Frau, einer Patriziertochter, verlobt war. Seine Familie hätte einer Verbindung mit meiner Mutter niemals zugestimmt.

Mein Vater kannte meine Mutter schon von Kindesbeinen an. Ich glaube auch, dass er sie schon damals geliebt hat. Als er erfuhr, dass sie schwanger war, Walter sie jedoch nicht heiraten würde, machte er ihr einen Antrag … mit Walters Einverständnis.»

«So war am Ende allen geholfen», schloss Meister Jupp.

Marie nickte. «Glaubt nicht, dass es ein Kuhhandel war. Meine Eltern kommen sehr gut miteinander aus. Sie führen eine gute Ehe, besser als die meisten. Aber nun …»

«Nun habt Ihr Angst, dass das alles nur Schein war?», wollte Adelina wissen.

Marie schüttelte heftig den Kopf. «Ich kann es einfach nicht glauben. Vater hat sich vor einigen Jahren von Walter losgesagt. Er war mittlerweile ein erfolgreicher Weinhändler und vertrat die Ansicht, den Zünften und Gaffeln gehöre mehr Einfluss in der Stadtregierung. Walter hingegen ist natürlich aufseiten der Patrizier. In seinen Augen sind nur sie dazu bestimmt, über Köln zu herrschen.»

«Kam es zu einem Streit?»

«Ich kann mich erinnern, dass sie mehrfach heftige Auseinandersetzungen hatten. Damals war ich noch ein Kind. Irgendwann wurde klar, dass die Freundschaft zwischen Walter und meinem Vater vorbei war. Dennoch erlaubte Vater Bela, ihren leiblichen Vater zu besuchen, wann immer sie es wollte.»

«Ein Fehler», stellte Meister Jupp trocken fest.

«Das konnte er aber doch nicht wissen!», fuhr Marie auf. «Wer hätte denn ahnen sollen, dass Bela sich von Walters Ansichten derart beeinflussen lassen würde, dass sie ihm sogar half, die neue Stadtregierung zu untergraben? Ich fasse es noch immer nicht. Und sie hat sogar Avarus, der immer fest hinter den Grundsätzen der Gaffeln gestanden hat, überreden können, ihr und Walter zu helfen.»

«Sie muss sehr willensstark gewesen sein», sagte Adelina.

Marie schluckte und blinzelte die erneut aufsteigenden Tränen fort. «Das war sie wohl. Mehr, als ich mir je vorstellen konnte. Und nun ist sie tot.» Sie schluchzte. «Und ich weiß nicht, ob mein Vater dafür verantwortlich ist!»

«Wir drehen uns im Kreis», bemerkte Meister Jupp mit sanfter Stimme. «Was war nun mit diesem …»

«Laufer?» Maries Tränen versiegten. «Nachdem er mich derart befragt hatte, wurde ich misstrauisch. Ich bin ihm mit meiner Magd heimlich bis zum Rathaus gefolgt. Dort hat er sich nicht mit dem Vogt, sondern mit dem Stadtschreiber Gerlach vom Hauwe getroffen.»

«Gerlach vom Hauwe?», rief Adelina überrascht. «Ist er denn schon wieder in der Stadt? Ich dachte, er sei bei König Wenzel, um den Verbundbrief anerkennen zu lassen.»

«Den er selbst verfasst hat», ergänzte Marie. «Ja, er ist schon eine Weile zurück, war aber zwischenzeitlich wieder auf Reisen nach Frankfurt und ins Rheinland. Vater meinte noch vor kurzem zu mir, er fände es unmöglich, einem Stadtschreiber solche Aufgaben zu überantworten. Ganz davon abgesehen, dass niemand so recht weiß, wo genau vom Hauwe sich in den letzten Wochen und Monaten überall aufgehalten hat. Man munkelt, er sei in Bonn und Siegburg gesichtet worden.»

«Das wäre in der Tat merkwürdig», befand Adelina.

«Nicht ganz so merkwürdig, wenn man bedenkt, dass Hilger Quattermart sich seit seiner Verbannung in Siegburg aufhält», sagte Marie. «Ich habe vorhin darüber nachgedacht, als mir langsam klar wurde, was Laufers Fragen bedeutet haben könnten. Sie scheinen meinen Vater zu verdächtigen, gemeinsame Sache mit Quattermart und den anderen Patriziern zu machen. Vielleicht war vom Hauwe deshalb in Siegburg: um nach Beweisen gegen meinen Vater zu suchen.»

Meister Jupp stand wieder auf und ging im Raum auf und ab. «Habt Ihr denn mitbekommen, was zwischen Laufer und vom Hauwe gesprochen wurde?»

«Nur Bruchstücke. Ich konnte mich ihnen ja nicht allzu weit nähern. Sie sprachen aber auf jeden Fall über meinen Vater und Bela.»

Adelina rieb sich mit beiden Händen übers Gesicht und stand ebenfalls auf. «Eginhard Laufer und einer der Schreiber aus dem Rathaus, Caspar heißt er, waren vorhin hier und haben mich ebenfalls über Euren Vater befragt. Auch mir scheint es, als suchten sie nach Beweisen gegen ihn.»

Marie nickte und wurde ganz grau im Gesicht. «Versteht Ihr nun, warum ich Angst habe? Was soll ich denn jetzt tun?»

Meister Jupp blieb vor ihr stehen und legte ihr die Hände auf die Schultern. «Zunächst einmal solltet Ihr heimgehen, denn wenn man erst nach Euch sucht, macht Ihr damit die Sache noch schlimmer.»

«Nein!», schrie Marie auf. «Niemals gehe ich nach Hause. Das kann ich einfach nicht. Ich weiß nicht mehr, was ich glauben soll. Wenn mein Vater tatsächlich noch mit Walter in Verbindung steht und zusammen mit Bela und Avarus den Edelsteinschmuggel und die Bestechungen organisiert hat, wäre das schlimm, denn dann wäre er in großer Gefahr. Aber wenn er damit nichts zu tun hat, sondern als Freischöffe das Todesurteil gegen Bela und Avarus mitgefällt hat, wäre das noch viel schrecklicher. Ich könnte ihm nie wieder gegenübertreten.»

«Aber Ihr glaubt doch gar nicht wirklich, dass er etwas mit Belas Tod zu tun hat. Und auch nicht mit dem Edelsteinschmuggel.»

«Nein, ich kann es einfach nicht glauben.»

«Dann geht jetzt heim.» Meister Jupp brachte sie dazu aufzustehen. «Wenn Ihr wollt, begleite ich Euch.»

«Nein, nein, ich …»

«Ihr geht nicht allein durch die Stadt!», erklärte Meister Jupp, und seine Stimme ließ keinen Widerspruch zu. «Ich schicke einen meiner Gesellen mit Euch. Und nun geht.» Er schob sie in Richtung Küchentür. «Geht!»

«Was habt Ihr vor?»

«Wir werden versuchen, die Wahrheit herauszufinden», sagte er in wesentlich sanfterem Ton. «Bleibt einstweilen daheim. Sobald wir mehr wissen, werdet Ihr es erfahren.»

«Aber mein Vater …»

«Macht Euch keine Sorgen, Jungfer Marie. Tut mir nur den Gefallen und geht jetzt.»

«Aber …»

«Bitte!» Er umfasste ihre Schultern erneut und zog sie mit einem Mal heftig zu sich heran. Sie blickte ihm erschrocken und atemlos in die Augen. «Bitte, geht jetzt. Und was geschehen muss, wird geschehen. Ihr braucht keine Angst zu haben, ich verspreche es Euch.» Abrupt ließ er sie los.

Marie blickte von ihm zu Adelina, die überrascht, aber schweigend zugesehen hatte. «Danke, Meisterin Burka.»

«Wofür?», fragte Adelina erstaunt.

«Ihr seid eine gute Freundin. Aber nehmt Euch vor diesem Caspar in Acht. Er ist einer von Gerlachs Leuten.» Sie nickte Meister Jupp steif zu. «Ich vermute, ich finde Euren Gesellen nebenan?» Jupp nickte, und Marie wandte sich ab und verließ die Küche.

Meister Jupp ging zur Ofenbank zurück und ließ sich schwer atmend darauf nieder.

Adelina nahm einen Krug Wein und einen Becher aus dem Regal und drückte ihm beides in die Hände. «Ihr wisst, dass sie als nun älteste Tochter eine bessere Partie als einen Chirurgen machen müsste.»

Meister Jupp füllte den Becher und trank ihn in einem Zug aus. «Wenn diese Sache vorüber ist, kann die Familie froh sein, wenn sich überhaupt noch ein Mann für Marie begeistern kann.»

Adelina stieß einen amüsierten Laut aus. Sie nahm sich

ebenfalls einen Becher und ließ sich von ihm eingießen. «Glaubt Ihr, dass Maries Vater tatsächlich mit Walter von der Weiden gemeinsame Sache gemacht hat?»

«Oder dass er seine Stieftochter grausam ermorden ließ?» Der Chirurg stürzte einen zweiten Becher Wein hinunter. «Ich glaube gar nichts. Aber ich fürchte, dass eines von beiden die bittere Wahrheit ist.»

«Nur welches?», fragte Adelina.

16

Nachdem die Kinder und das Gesinde sich schlafen gelegt hatten, saß Adelina noch lange in ihrer Kammer auf dem Bett und dachte nach. Sie hatte die Schuhe von den Füßen gestreift, Fine lag auf ihrem Schoß und ließ sich den Bauch kraulen; Moses hatte sich am Fußende des Bettes zusammengerollt und schlief. Colin stieß im Schlaf leise Laute aus, und sie fragte sich, was er wohl träumen mochte.

Bei ihrem Rundgang durchs Haus hatte sie hinter der Tür der Gästekammer verhaltene Stimmen gehört. Benedikta hatte auf ihre Schwester eingeredet, die kurz vor dem Abendessen völlig aufgelöst zurückgekehrt war und laut über das unstete Leben von Junggesellen gejammert hatte. Donatus, der sich ihre Tiraden beinahe den ganzen Tag hatte anhören müssen, war sofort hinaus zu Ludowig geflüchtet und selbst zum Essen nicht wieder hereingekommen. Adelina konnte es ihm nicht verdenken. Feidgin hatte gejammert und gezetert, als ginge es um ein gebrochenes Eheversprechen und nicht nur darum, dass Heinrich Reese seit dem Schützenfest noch nicht bei ihr vorgesprochen hatte.

Über ihr Gebaren konnte Adelina nur den Kopf schütteln. Bei einem jungen Mädchen wäre sie wohl nachsichtig gewesen, doch Feidgin zählte bereits mehr als vierzig Jahre. Von ihr hätte sie kein solches Betragen erwartet.

Benedikta hatte sich sofort um ihre Schwester gekümmert und war allem Anschein nach noch immer damit beschäftigt, sie wieder zu besänftigen. Adelina fand, dass Feidgin keinesfalls ein gutes Vorbild für die Mädchen war. Nicht auszudenken, wenn sich Mira oder gar Griet derart aufführen würden!

Mira war gerade dabei, ihre Allüren abzulegen und sich zu einem brauchbaren Lehrmädchen zu mausern.

Griet, das gab Adelina zu, war natürlich noch viel zu jung, um überhaupt an etwas wie Liebeskummer zu denken. Zuerst einmal musste sie ihre schlimme Vergangenheit verarbeiten.

Adelina lehnte sich mit geschlossenen Augen gegen das Kopfende des Bettes. Fine maunzte leise und legte sich so zurecht, dass Adelina sie weiterkraulen konnte.

Sie machte sich Sorgen um Griet. War sie etwa wirklich wegen eines Fremden ins Wasser gesprungen? Kannte sie diesen Fremden womöglich? War er der Geist, von dem sie immer gesprochen hatte? Und wenn er das war, was wollte dieser Mann von ihr?

Adelina hatte es am Abend nicht mehr geschafft, Griet darauf anzusprechen, da sie zunächst Franziska und Ludowig eine ordentliche Standpauke gehalten hatte, als die beiden wieder einmal in Streit geraten waren. Dabei hatte sie auch noch einmal den Vorfall am Mühlteich angesprochen und betont, dass sie keinerlei Lügen oder verschwiegene Wahrheiten duldete. Als Vitus jedoch davon Wind bekam, war er sehr wütend geworden und hatte Franziska verteidigen wollen. Das wiederum hatte ihren Vater auf den Plan gerufen, der, schwer auf seinen Stock gestützt, versuchte dazwischenzugehen. Zu guter Letzt war eine der vom Abendessen übriggebliebenen

Gemüseschüsseln heruntergefallen, und Adelina hatte das Chaos beendet, indem sie die ganze Sippschaft in die Betten verwiesen hatte, damit endlich Ruhe herrschte.

Sie seufzte. Ausgerechnet bei solchen Gelegenheiten war Neklas meist nicht anwesend. Seine Hilfe hätte sie heute gut brauchen können. Andererseits ... Sie lächelte leicht. Andererseits hätte sie es vermutlich auch nicht gutgeheißen, wenn er sich eingemischt hätte. Sie stand schließlich als Ehefrau dem Haushalt vor und hatte mit solchen Unwägbarkeiten fertigzuwerden.

Nur die Sache mit Griet, die wollte und konnte sie nicht allein in den Griff bekommen. Sobald Neklas aus Bonn zurück war, musste er diesen Fremden ausfindig machen und zur Rede stellen. Bis dahin, beschloss sie, musste erst einmal alles so weiterlaufen wie bisher. Ab morgen allerdings sollte Ludowig Griet zum Unterricht begleiten. Auch Mira durfte man in nächster Zeit möglichst nicht aus den Augen lassen, denn wer wusste schon, was es mit diesem Mann auf sich hatte, und ob er es nicht auch auf das Lehrmädchen abgesehen hatte.

Adelina gähnte und schlug die Augen wieder auf. Durch die geöffneten Fensterläden wehte ein warmer Wind herein. Draußen wurde es langsam dunkel; um die Kerze neben dem Bett tanzten zwei Schnaken, immer in Gefahr, in der offenen Flamme ihr Leben zu verlieren.

Unten auf dem Marktplatz knirschten Schritte; wahrscheinlich die Stadtwache, die auf der Suche nach nächtlichen Zechbrüdern ihre Runden drehte.

Irgendwo bellte ein Hund. Moses schlug erst ein Auge auf, und als das Bellen nicht nachließ, hob er lauschend den Kopf.

Er schien jedoch nichts Auffälliges wahrzunehmen, da

er wenig später seinen Kopf wieder auf die Pfoten bettete und schnaufend die Augen zuklappte.

Der vergangene Tag hatte Adelina eine weitere Überraschung beschert, mit der sie ganz und gar nicht gerechnet hatte. Dass Meister Jupp so offensichtlich Gefühle für Marie Elfge entwickelt hatte, noch dazu nach so kurzer Bekanntschaft, machte ihr etwas Sorgen. Denn noch konnten sie nicht sicher sein, ob Marie nicht ebenfalls in die Bestechungsgeschichte verwickelt war.

Adelina hoffte inständig, dass sie es nicht sei. Marie schien ihr in vielem sehr ähnlich zu sein, und sie wünschte sich insgeheim, dass sie Freundinnen werden würden. Doch wenn Marie tatsächlich am Hochverrat beteiligt war oder gar an den beiden Morden, drohte ihr der Strick oder das Beil des Henkers.

Als Adelina versuchte, sich die Hinrichtung vorzustellen, bekam sie eine Gänsehaut. Rasch schüttelte sie den Kopf, um auf andere Gedanken zu kommen. Womöglich hatte Marie ja tatsächlich nichts mit alldem zu tun. Sie hatte schließlich keinen Grund, Walter von der Weiden zu unterstützen, außer, dass sie ihrer Schwester damit einen Gefallen getan hätte.

Wesentlich wahrscheinlicher war doch, dass Wolfram Elfge seinem alten Freund beigestanden hatte … Oder aber die gegenteilige Annahme traf zu, und er hatte sich doch endgültig von Walter von der Weiden losgesagt und versuchte nun umso heftiger, dessen Umsturzpläne zu verhindern, und war selbst vor dem Mord an seiner Stieftochter nicht zurückgeschreckt. Immerhin wäre es, wenn es sich tatsächlich um ein Urteil des Femegerichts gehandelt hätte, in den Augen der Freischöffen kein Mord, sondern eine Hinrichtung gewesen. Dagegen sprach jedoch das Vorgehen des oder der Täter. Freischöffen schnitten ihren Opfern im Allgemeinen nicht den Leib auf.

«Die dritte Möglichkeit haben wir noch gar nicht bedacht», sagte Adelina laut. Moses hob den Kopf und blickte sie aufmerksam an. Sie stupste ihn sacht mit dem Fuß an. Daraufhin stand er auf, tapste über das Bett und ließ sich dicht neben ihr wieder nieder.

«Es kann nämlich auch sein, dass Maries Vater weder etwas mit dem Femeurteil noch mit dem Edelsteinschmuggel zu tun hat. Wir wissen ja nicht, ob er wirklich einer der Freischöffen ist. Und dass es sich um ein Femeurteil handelt, können wir im Grunde auch nur vermuten. Vielleicht hat jemand ganz anderer von dem Edelsteinschmuggel erfahren und war ganz besessen davon, die Steine in seinen Besitz zu bringen.» Sie gähnte erneut. «Nein, kein Räuber hätte Bela in den Keller des Gaffelhauses locken können. Es muss jemand gewesen sein, der an der Sache in irgendeiner Form beteiligt ist.» Sie hob Fine von ihrem Bauch und legte sie neben Moses, wo sich die Katze schnurrend zusammenrollte.

Leise stand Adelina auf, warf einen prüfenden Blick in die Wiege und zog sich dann aus, kuschelte sich unter die Bettdecke und löschte das Licht.

Von draußen drangen entfernte Stimmen und Gejohle in die Kammer. Offenbar hatten die Nachtwächter tatsächlich noch einen späten Tavernengast aufgelesen.

Adelina schloss die Augen und wünschte sich, Neklas läge neben ihr, denn an seiner Seite, das gestand sie sich mittlerweile, wenn auch ungern, ein, fühlte sie sich sicherer.

†

Nachdem Adelina am folgenden Morgen Griet unter Ludowigs Aufsicht zu den Beginen geschickt hatte, zog sie sich in das Hinterzimmer der Apotheke zurück, um neue Arzneien herzustellen. Mira gab indessen auf die Apotheke acht. Adelina holte gerade ihre Utensilien heraus, als Benedikta und Feidgin das Hinterzimmer betraten und ankündigten, sie wollten heute gemeinsam zum Dom gehen und das zwar unvollendete, jedoch bereits imposante Bauwerk besichtigen.

Adelina nickte erleichtert. Während des Frühstücks hatte Feidgin mit verquollenen Augen vor sich hingeschluchzt und dem Gesinde damit Anlass für jede Menge Tratsch gegeben.

Wieder war es Donatus, der die beiden Frauen ergeben begleitete. Langsam tat der junge Mann Adelina leid.

Sie stellte sich ihre Waage, Mörser und Stößel im Hinterzimmer zurecht und begann mit ihrer Arbeit. Das Rattengift war ihr fast ausgegangen. Vorsichtig gab sie etwas von dem Arsenik, das sie immer fest unter Verschluss aufbewahrte, in die Waagschale und mischte dann eine genau bemessene Menge zerstoßener Getreidekörner hinzu.

Irgendwo im Haus klappte eine Tür, dann hörte sie Ludowigs und Franziskas Stimmen. Stirnrunzelnd lauschte sie, doch es wurde schnell wieder still. Kein Streit heute.

Kurz darauf klingelte das Glöckchen an der Apothekentür, und Meister Jupp streckte seinen Kopf ins Hinterzimmer.

«Verzeiht, meine Liebe, aber würdet Ihr mir wohl noch einmal erlauben, Euren Knecht mitzunehmen? Ich habe ein Haus in der Salzgasse gekauft und gedenke, es noch in dieser Woche mit meiner Familie zu beziehen. Meine beiden Gesellen sind schon dabei, dort Ordnung zu schaffen, doch ich benötige noch einen weiteren Mann, der mir hilft, eines der Betten dort abzuschlagen, damit wir mehr Platz haben.»

«Aber natürlich, Meister Jupp. Ludowig wird Euch gerne helfen. Geht nur durch, er ist vermutlich draußen im Stall.» Sie wischte sich die Hände an ihrer Schürze ab. «Zu Mittag muss er allerdings Griet von ihrem Unterricht abholen.»

«Der Knecht?» Meister Jupp sah sie überrascht an. «Schickt Ihr nicht sonst eine der Mägde?»

Adelina rückte die Waage mit der Arsenikmischung beiseite und stützte sich auf den Tisch. Vielleicht war es vernünftig, Meister Jupp wenigstens teilweise in ihre Probleme einzuweihen. Er war ein kluger Mann und wusste vielleicht Rat. Sie erzählte ihm, unter welchen Umständen Griet im vergangenen Jahr zu ihnen gekommen war, vermied es jedoch, von ihrer Vergangenheit als Kindhure zu sprechen. Sie berichtete nur von Griets anfänglichen Albträumen und dass diese nun wiedergekehrt seien. Auch von der Sache am Mühlbach und dem Fremden, den Thomasius gesehen hatte, erzählte sie.

Als sie geendet hatte, verfinsterte sich Meister Jupps Miene sorgenvoll. «Eine schlimme Sache, Frau Adelina. Ich begreife, dass Ihr das Kind unter diesen Umständen beschützen müsst. Thomasius hat sie aus dem Wasser gezogen, sagt Ihr? Erstaunlich. Andererseits … vielleicht auch nicht erstaunlich, denn was auch immer man ihm vorwerfen kann, Untätigkeit gehört nicht dazu. Nein, natürlich hätte er das Mädchen nicht ertrinken lassen.»

«Er sagte mir, ich habe ein gutes Herz und das würde auf Neklas abfärben.»

«Wie bitte?» Verblüfft starrte er sie an.

«Ich hatte den Eindruck, er hat die Lust verloren, Neklas zu verfolgen.»

«Niemals!»

«Er meinte, er würde ihn zwar im Auge behalten, sonst aber nichts mehr unternehmen.»

«Hatte er getrunken?»

«Bestimmt nicht.»

Meister Jupp schüttelte den Kopf und strich sich durch den Bart. «Mein Onkel ist kein Mensch der Barmherzigkeit. Vergebung liegt ihm nicht. Womöglich …» Sein Gesicht verzog sich grimmig. «War Neklas bei ihm, bevor er zum Erzbischof aufbrach?»

«Nicht, dass ich wüsste.»

«Er muss bei ihm gewesen sein, der Bastard! Er hat es wieder einmal selbst in die Hand genommen, dieser Verrückte.»

«Was hat er in die Hand genommen?», hakte Adelina beunruhigt nach.

Meister Jupp fuhr sich erneut durch den Bart. «Hat er Euch von meinen Mädchen erzählt? Und von ihrer Mutter? Natürlich hat er.» Er nickte ihr zu. «Dann wisst Ihr auch, welche Rolle Thomasius in dieser Sache gespielt hat? Dass er Ruths Taufe verhindert hat? Eine schwere Sünde für einen Mönch. Er predigt das Wort Gottes, will die Menschen zum rechten Glauben bekehren und dann das: Er verhindert die Taufe einer Jüdin.»

«Könnte er dafür bestraft werden?»

«Für die Art und Weise, wie er es tat, ja.»

«Aber das lässt sich nicht beweisen», wandte Adelina ein.

«Doch.» Meister Jupp lehnte sich gegen den Türrahmen. «Es gibt da ein Schriftstück, das Thomasius aufgesetzt hat, und welches er den entsprechenden Instanzen zukommen ließ.» Er schloss kurz die Augen, die Erinnerung schien ihn zu schmerzen.

«Und dieses Schriftstück ist in Eurem Besitz?», fragte Adelina.

Er nickte und seufzte. «Ich bin kein rachsüchtiger Mensch, Frau Adelina. Was geschehen ist, lässt sich nicht mehr ändern. Doch nachdem ich hörte, dass Thomasius Neklas bis hierher verfolgt hat und nun Eurer Familie zusetzt, sprachen wir darüber, das Schreiben doch noch zu verwenden.»

«Und Ihr glaubt nun, Neklas sei ohne Euer Wissen zu Thomasius gegangen?»

Meister Jupp zuckte mit den Schultern. «Wenn er es getan hat – und Thomasius' seltsames Verhalten lässt sich nicht anders deuten –, dann nur, um Euch und die Kinder zu beschützen. Ich kann es ihm nicht verübeln. Wenn es um meine Mädchen ginge, würde ich auch nicht zögern.»

«Hm.» Adelina blickte auf die Tischplatte.

«Ihr solltet Euch nicht zu viele Sorgen machen. Neklas weiß, was er tut, auch wenn es nicht immer den Anschein hat.» Er grinste. «Dennoch beruhigt es mich, dass es nun Euch gibt. Schaut ihm ruhig immer mal wieder auf die Finger. Ich denke, Ihr seid wirklich dazu in der Lage, seine Flausen in Grenzen zu halten.» Er stieß sich vom Türrahmen ab. «Ludowig ist im Stall, sagtet Ihr? Bis zum Mittag werden wir auf jeden Fall fertig sein.» Er hob die Hand zum Gruß und verließ sie.

Adelina stellte das Rattengift fertig und machte sich danach an die Zubereitung diverser Salben und Arzneien. Mira maulte, weil sie ihr diesmal nicht helfen durfte, doch Adelina hatte an diesem Tag nicht die Geduld, dem Lehrmädchen jeden ihrer Arbeitsschritte zu erklären.

Am späten Vormittag fiel ihr ein, dass Griets neue Schuhe noch beim Schuster abgeholt werden mussten. Ein Blick auf die über den Arbeitstisch verstreuten Tiegel, Säckchen und Phiolen ließ sie jedoch nach Magda rufen.

«Du musst zum Schuhmacher gehen und Griets neue Schuhe abholen.» Sie zählte der Magd einige Münzen in die Hand. «Und nimm Vitus mit. Wenn er allein im Haus herumläuft, stellt er nur wieder etwas an.»

Magda nickte. «Natürlich, Herrin. Aber bis zum Schuhmacher ist es ein weiter Weg. Ich habe Gemüsesuppe auf dem Feuer und Colin …»

«Das ist schon in Ordnung. Wir lassen die Türen offen, dann kann ich Colin hören», sagte Adelina. «Und nach der Suppe sehe ich auch.» Sie lächelte. «Sie riecht sehr gut.»

«Ich habe Meister Albert das Frühstück in seine Kammer gebracht. Jetzt ruht er.»

«Wie immer.»

«Ja, wie immer.» Magda zog mitfühlend die Mundwinkel nach unten. «Ich hole mal den Jungen. Braucht Ihr noch etwas vom Markt?»

«Nein, Magda, nichts.» Adelina wandte sich wieder ihren Arzneien zu. Sie war froh, dass es im Haus so ruhig war. Während sie Brandsalbe mischte, schweiften ihre Gedanken wieder zu den beiden Morden.

Man müsste noch einmal mit Marie sprechen, überlegte sie. Wenn die Feme Bela und Avarus verurteilt hatte, musste es dann nicht schon in der Vergangenheit eine

Vorladung gegeben haben? Die Freischöffen brachten doch nicht einfach jemanden um. Es gab auch beim Femegericht Regeln, und eine davon besagte, dass die Angeklagten vorgeladen werden mussten. Wenn sie die Vorladung nicht annahmen, konnte das Femegericht sie freilich auch in Abwesenheit verurteilen.

War Bela vorgeladen worden? Und Avarus? Hatten sie die Vorladung ignoriert?

Adelina ließ sich auf einen Hocker sinken. Wurde eine solche Vorladung überhaupt schriftlich überbracht oder nur mündlich? Sie nahm sich vor, Reese danach zu fragen.

Im selben Moment pochte es heftig an die Apothekentür. Kurz darauf stürmte Mira ins Hinterzimmer «Meisterin, da sind Männer vor der Tür, von der Stadtwache!»

17

Adelina stellte Mörser und Stößel ab und ging hinüber in die Apotheke. Warum traten die Männer nicht einfach ein?

Sie öffnete die Tür und stand einem vierschrötigen Soldaten gegenüber, der sie streng musterte.

«Meisterin Adelina Burka?», fragte er und entblößte dabei eine lückenhafte Reihe schwarzer Zähne.

Adelina nickte. «Was kann ich für Euch tun?»

Hinter dem Mann standen weitere Soldaten und einer der Büttel. Adelina wurde mulmig zumute. Was hatte der Büttel hier zu suchen? In Begleitung der Soldaten konnte das eigentlich nur eines bedeuten …

«Ihr werdet beschuldigt, Bestechungsgelder der aus Köln verbannten Patrizier Hilger Quattermart und Walter von der Weiden angenommen zu haben», raunzte der vierschrötige Soldat.

«Wer beschuldigt mich?»

«Wir haben den Auftrag, Euch festzusetzen und Euer Wohnhaus nach Beweisstücken abzusuchen. Das zuerst. Lasst uns ein.»

Benommen trat Adelina beiseite und ließ die Männer ins Haus. Nur der Büttel blieb draußen stehen und scheuchte die Schaulustigen, die zusammengelaufen waren, auseinander.

«Wer ist Euer Hauptmann?», fragte Adelina und hoffte, dass ihre Stimme nicht schwankte.

«Tilmann Greverode», gab einer der Männer Auskunft. Er war fast zwei Köpfe größer als Adelina, und sein Wams spannte über den kräftigen, breiten Schultern. Er schielte etwas, und zusammen mit dem feixenden Grinsen verlieh ihm das einen verschlagenen Ausdruck.

Adelina wandte sich wieder an den Vierschrötigen: «Wo ist Greverode?»

«Auf dem Weg», brummte der Mann gereizt. «Hat uns vorgeschickt; macht nicht mehr gern die Drecksarbeit.» Er sah sich um. «Worauf wartet ihr, Männer? Durchsucht das Haus! Ich will die Beweise gefunden haben, bis der Hauptmann kommt.»

Die vier Männer nickten und begannen sogleich, die Regale der Apotheke zu durchwühlen.

«Halt, das geht doch nicht!», protestierte Adelina.

«Meisterin, was machen die da?», fragte Mira erschrocken.

«Geh hinauf zu Franziska», wies Adelina sie grob an, und Mira verschwand mit einem ängstlichen Blick auf die Soldaten.

Adelina wurde von einem der Männer angerempelt. «Is' da noch jemand im Haus?», wollte er wissen.

«Geh nachsehen, Gustav», wies der Vierschrötige ihn an. «Keiner verlässt das Haus, nicht mal 'ne Maus entwischt uns, verstanden?»

Der Angesprochene grinste. «Soll ich se fesseln?»

«Mach meinetwegen, was du willst», gab der Vierschrötige zurück. «Die soll bloß nicht abhauen. Meisterin», wandte er sich gedehnt an Adelina. «Sind da noch mehr Leute im Haus?»

«Nicht!», schrie Adelina empört auf, als einer der Soldaten eine der Glasflaschen zu Boden stieß. Es klirrte, und scharfer Essiggeruch durchzog die Apotheke. «Was? Nein, mein Gemahl ist …»

«Los, rauf», nickte der Vierschrötige seinem Kumpan zu. «Nein, Verehrteste, Ihr bleibt hier.» Er hielt Adelina am Arm fest. «Wenn Ihr nicht wollt, dass wir in diesem Haus jeden Stein einzeln umdrehen, sagt uns lieber gleich, wo Ihr es habt.»

«Wo ich was habe?»

«Stellt Euch bloß nicht dumm. Greverode hat uns schon gesagt, dass Ihr nicht auf den Kopf gefallen seid. Also, wo ist es?»

«Was, um Himmels willen?»

Wieder klirrte es. Der Essig mischte sich mit einem Einreibemittel aus Kräutern und Aqua Ardens.

«Das Bestechungsgeld, elendes Weib!», brüllte der Vierschrötige. «Goldmünzen, Edelsteine, all das!»

«Ich habe keine …»

«Wo, Weib?»

Adelina riss sich wütend los. «Ich habe keine Bestechungsgelder angenommen», sagte sie so ruhig wie möglich. Doch das Herz pochte ihr bis zum Hals und hart gegen die Rippen. «Wer behauptet das?»

«Der Vogt.»

Adelina starrte ihn verblüfft an. Warum sollte Bartold Scherfgin sie des Verrats beschuldigen? Ihr fielen Laufer und der Stadtschreiber Caspar ein, und langsam dämmerte es ihr.

«Das ist eine Lüge!»

«Werden wir ja gleich sehen. Was hast du da, Mattes?», fragte er den kleinen schmalen Soldaten, der unter ihrem Verkaufstresen herumschnüffelte und bereits die Geldkassette zutage gefördert hatte.

«Was Nettes, Achim. Fühlt sich nach ’ner Menge Geld an.»

«Aufmachen», wies Achim Adelina harsch an.

Sie zog den Schlüssel aus dem Bund an ihrem Gürtel hervor und schloss die Geldkassette auf.

Achim klappte den Deckel auf und gab ein enttäuschtes Schnauben von sich. «Ist das alles?» Er fasste hinein und ließ die Silber- und Kupfermünzen auf den Tresen fallen.

Adelina nickte heftig. «Ich sagte doch, ich habe hier kein …»

«Und was ist das hier?» Mattes war inzwischen halb in eines der Regalfächer gekrochen und zog nun eine weitere, jedoch wesentlich kleinere Geldkatze hervor.

Adelina sah sie überrascht an. «Die gehört nicht mir.»

«Oh, nicht?», höhnte Achim. «Na so etwas. Dann gehört sie vielleicht Eurem Herrn Gemahl, wie?»

Adelina schluckte erschrocken.

«Was haben wir denn da?» Er schob die Riegel aus den Ösen und klappte den Deckel auf. «Oh, wie schön. Und das hier gehört ganz sicher nicht Euch, Meisterin Burka?» Er hielt ihr das Kästchen unter die Nase. Darin lagen einige Goldmünzen und zuoberst fünf glänzend rote Karfunkelsteine.

Adelina starrte sie an und versuchte zu begreifen. Wie kamen die nur hierher? Und plötzlich fiel ihr siedend heiß das Päckchen wieder ein, das Mira vor einigen Tagen angenommen und vor Vitus im Regal versteckt hatte. Hatte man ihr tatsächlich Münzen und Edelsteine geschickt? Wollte Walter von der Weiden sie ebenfalls bestechen? Sie war immerhin ein Mitglied der Gaffel Himmelreich, wenn auch kein sonderlich einflussreiches.

Achim grinste zufrieden, klappte das Kästchen zu und packte sie erneut am Arm, sodass es schmerzte.

Irgendwo im Haus polterte es, ein Kreischen und lautes Hundegebell folgte.

«Was ist da los?» Adelina wollte zur Hintertür, doch Achim hielt sie eisern fest.

«Hiergeblieben, Verräterin! Ich nehme Euch …»

Wieder das Kreischen. Das war Franziska! Erneut polterte es, eine Männerstimme, wohl die von Gustav, brüllte etwas, und dann folgte ein hässliches Lachen.

Adelina standen die Haare zu Berge. «Was tut er da oben?», fragte sie mit zitternder Stimme.

«Keine Ahnung.» Achim grinste verschlagen. «Vielleicht hat er was Schönes gefunden.» Auf der Stiege wurden Schritte laut. Achim öffnete die Tür zum Flur und konnte gerade noch Franziska abfangen, die hinausrennen wollte.

«Nein!», kreischte sie und trat ihm gegen das Schienbein.

Er ließ Adelina los und packte die Magd. «Hiergeblieben, Mädchen!» Er gab ihr eine schallende Ohrfeige. «Hör auf, mich zu treten!»

In dem Moment tauchte auch Gustav wieder auf. Als er Franziska sah, stürzte er sich sofort auf sie. «Ist nichts mit Weglaufen, Kleine. Komm schon.»

«Lasst sofort meine Magd los!», schrie Adelina, als er Franziska wieder mit sich zerrte. Sie sah, dass Franziskas Kleid an der Seite bereits zerrissen war, und ihr wurde eiskalt vor Angst. «Lasst sie sofort los!»

Sie wollte sich an Achim vorbeischieben, um Franziska zu helfen, die schrie und wild um sich schlug, jedoch gegen den kräftigen Gustav keine Chance hatte.

«Nee, Meisterin, so nicht.» Achim packte sie wieder. «Oder wollt Ihr etwa, dass Gustav Euch auch mit raufnimmt? Vergiss nicht, sie anzubinden!», rief er Gustav hinterher.

Adelina versuchte sich loszureißen. «Nein! Franziska!»

Franziska gelang es nun doch, sich von Gustav zu befreien, und sie versuchte, an Achim vorbei zur Hinterhoftür zu rennen. Doch wieder hielt er sie auf, diesmal, indem er ihr ein Bein stellte. Sie schlug der Länge nach hin, und sofort war Gustav wieder über ihr und zerrte sie hoch.

Plötzlich öffnete sich die Tür zu Alberts Kammer. Mit seinem Gehstock bewaffnet, ging er ungelenk auf Achim und Gustav zu. «Loslassen!», rief er mit aufgeregter Stimme. «Lasst sofort meine Tochter und das Mädchen los, sage ich!» Er schwang erstaunlich heftig seinen Gehstock und ließ ihn auf Gustavs Schulter niedersausen. Der Soldat heulte vor Schmerz auf. «Lasst sie los, ihr Mistkerle!» Wieder hob Albert den Stock, doch diesmal war Gustav schneller: Er packte den Gehstock und schleuderte ihn beiseite.

Seiner einzigen Waffe beraubt, stürzte sich Albert auf ihn, doch Gustav verpasste dem alten Mann einen gezielten Hieb in den Magen. Adelinas Vater war von seiner Krankheit so ausgezehrt, dass ihn der Schlag von den Füßen riss. Er flog rücklings gegen die Wand und krachte mit dem Schädel gegen den Türrahmen. Albert sackte in sich zusammen und rührte sich nicht mehr.

«O Gott, Vater!», schrie Adelina entsetzt auf.

Gustav hatte Franziska wieder gepackt und zerrte sie unbarmherzig die Stiege hinauf. Adelina kniete sich neben ihrem Vater nieder.

Sie tastete ihm sanft übers Gesicht, doch er rührte sich nicht. Vorsichtig schüttelte sie ihn. «Vater? Vater!» Sie schüttelte ihn heftiger. «VATER! Nein!» Sie richtete sich auf und ging auf Achim los. «Ihr habt ihn umgebracht!»

Achim fuhr zurück. «Nichts dergleichen habe ich, Weib!» Er schob sie grob zur Seite und beugte sich nun selbst über Albert. Dann stieß er einen gotteslästerlichen Fluch aus.

Achim wandte sich wieder zu Adelina. «Los, Ihr kommt mit!»

«Nein!» Sie blickte auf ihren Vater. Im Obergeschoss heulte und kreischte Franziska. In der Küche schrie Colin, der von all dem Lärm natürlich aufgewacht war.

Warum hörte das denn draußen niemand und half ihnen?

Mit einem Mal wurde es oben still. Adelina erstarrte vor Entsetzen. Hatte Gustav ihre Magd nun ebenfalls getötet?

Achim zerrte sie grob mit sich in die Apotheke, wo die anderen Männer an der Tür auf sie warteten.

«Holt den Büttel herein», befahl er.

Hinter ihnen kam polternd Gustav die Stiege herunter; sein Gesicht wies blutige Kratzer auf.

«He, was sollte das denn?», fuhr Achim ihn an. «Du hast dem alten Mann das Genick gebrochen, verdammt!»

«Er hätt sich halt nicht gegen uns auflehnen sollen», brummte Gustav unbeeindruckt. «Die Kleine bleibt erst mal oben. Soll sie auch abgeholt werden?»

«Was habt Ihr mit ihr gemacht?», fuhr Adelina dazwischen, doch die Männer beachteten sie gar nicht.

«Nein.» Achim schüttelte den Kopf. «Die Familie steht unter Beobachtung. Die hier nehmen wir mit.» Er wies auf Adelina, der vom Büttel gerade Eisenschellen um die Handgelenke gelegt wurden.

«Wo bleibt der Hauptmann?», wollte Mattes wissen.

«Der wird schon gleich kommen», meinte Achim und nickte dem Büttel zu. «Nimm sie mit und sperr sie in den Bayenturm. Aber nicht zu den anderen Verrätern. Am Ende sprechen sich die noch ab.»

Adelina wurde hinaus auf den Marktplatz gestoßen, wo sie großes Aufsehen erregten. Adelina war in der Stadt bekannt, und die Menschen, die bislang vom Büttel zurückgehalten worden waren, liefen erneut zusammen.

Stimmen wurden laut, die nach dem Grund für die Verhaftung fragten. Hausfrauen mit großen Körben am Arm drängten sich vor und riefen Adelina ermunternde Worte zu. Ein paar benachbarte Handwerker, der Bäckermeister von gegenüber und Meister Winkler, ein weiterer Apotheker, kamen herbeigeeilt und verlangten Adelinas sofortige Freilassung.

Zur gleichen Zeit preschte ein Reiter auf einem fuchsroten Hengst heran: Tilmann Greverode, der Hauptmann der Stadtsoldaten. Er sprang vom Rücken des Pferdes und drängte sich an den Schaulustigen vorbei.

«Was ist hier los?», blaffte er Achim an. «Sagte ich nicht, es soll kein Aufsehen erregt werden?»

«Mein Vater!», schrie Adelina ihn an. «Eure Leute haben ihn umgebracht! Und meine Magd …»

Ihre Stimme ging im erneut aufbrandenden Protestgeschrei der versammelten Menschen unter. Die Menge wurde zusehends unruhig. Wütende Stimmen wurden laut, die eine sofortige Aufklärung forderten.

Greverode sah Adelina aus schmalen Augen an, dann drehte er sich um und betrat das Haus. Sie hörte ihn mit den anderen Soldaten reden, dann war es eine Weile still. Der Büttel hätte sie gerne abgeführt, doch Adelina wehrte sich mit aller Kraft.

Wieder hörte man die Stimmen der Soldaten, dann fluchte Greverode laut. Als er zurück auf den Platz kam, starrte er Achim so zornig an, dass dieser den Kopf einzog. «Festnehmen, hatte ich gesagt, du dämlicher Hund! Nicht umbringen!» Das letzte Wort wurde von einem Kinnhaken begleitet, der Achim von den Füßen riss. Ein heftiger Fußtritt folgte, unter dem sich der Soldat wimmernd krümmte. «Nicht einen Moment kann man euch aus den Augen lassen, verdammich!» Greverode trat erneut zu.

Ein Raunen ging durch die Reihen der Schaulustigen.

Die Haustür öffnete sich, und die Soldaten zerrten Gustav mit sich heraus. Er war fast bewusstlos, offenbar hatte ihn Greverodes Zorn zuerst getroffen.

Mattes kam als Letzter, er zog ein wimmerndes Bündel mit sich – Franziska. Adelina starrte entgeistert auf das Mädchen, das halbnackt hinter dem Soldaten herstolperte.

«Sie haben sie geschändet!», schrie eine Frau, die weit vorne stand. Die Menschenmenge schloss einen immer engeren Kreis um die Soldaten, Adelina und Franziska. Den Soldaten wurde die aufgeheizte Stimmung unheimlich, sie drängten die wütenden Menschen mit Säbelrasseln zurück.

Greverode starrte Franziska an, dann Achim und Gustav. Der Hauptmann wurde weiß wie Kalk. «Was ist mit ihr geschehen?», knirschte er zwischen zusammengebissenen Zähnen. Doch er wartete nicht auf eine Antwort. Stattdessen packte er Gustav am Kragen und verpasste ihm einen erneuten Kinnhaken. Er prügelte auf den Soldaten ein, bis dieser sich wimmernd und jaulend in seinem eigenen Blut krümmte.

Aus der Menge der Schaulustigen wurden Anfeuerungsrufe laut.

Greverode spuckte neben Gustav auf den Boden. «Schafft ihn mir aus den Augen. Und du», er trat Achim noch einmal in die Rippen. «Steh auf! Du kannst dich noch auf was gefasst machen.» Er wandte sich an den Büttel. «Bring die Frau in den Bayenturm.»

Der Büttel nickte und zog an den Ketten von Adelinas Handfesseln.

Sie wehrte sich. «Nein, nein, ich muss … mein Vater, mein Sohn …»

«Ihr steht unter dem Verdacht auf Hochverrat», sagte Greverode, doch zum ersten Mal, seit sie ihn kannte, lag nichts Verächtliches oder Bösartiges in seiner Stimme. Er schien ernsthaft zu bedauern, was geschehen war, und dass er seine Männer nicht besser im Griff gehabt hatte. «Ihr werdet bis zum Prozess festgesetzt», sagte er ruhig und wandte sich von ihr ab, um die Ordnung unter seinen Soldaten wiederherzustellen.

Der Büttel schubste Adelina heftig, um sie zum Gehen zu bewegen. Hinter sich hörten sie Franziskas leise Stimme: «Herrin! Bitte, lasst meine Herrin frei!»

Doch irgendjemand sagte etwas und schien die Magd zurück ins Haus zu drängen.

†

Die Zelle im Bayenturm, in die sie der Büttel gesperrt hatte, maß nicht viel mehr als drei Schritt in der Länge und vier in der Breite. Unter einer schießschartenartigen Fensteröffnung lagen eine zerschlissene Strohmatratze und eine nach Schweiß stinkende alte Wolldecke. In der rechten Ecke stand ein zwar leerer, jedoch nicht gereinigter Fäkalieneimer. Die Wände waren aus kaltem rauem Stein, der Fußboden bestand dagegen aus dicken dunklen Holzbohlen. Nur die Decke des Erdgeschosses war aus Stein gemauert worden. Die weiteren Stockwerke hatten hölzerne Zwischendecken und Innenwände. Für die Gefangenen wenigstens eine kleine Wohltat, denn das Holz war nicht ganz so kalt wie das Gemäuer ringsum.

Die Sonne stand bereits tief, ihre Strahlen vermochten kaum noch durch das mehrere Fuß dicke Außenmauerwerk zu dringen.

Adelina stand vor der schmalen Öffnung und starrte hinaus. Mehr als ein winziges Stück Himmel war von hier aus nicht zu sehen, doch sie nahm weder ihn noch den vom Rhein heranwehenden Geruch nach Fisch und Abfall wahr. Ihr gesamter Körper fühlte sich an wie gelähmt, die Trauer machte sie fast wahnsinnig.

Ihr Vater war tot. Unwiderruflich tot. Zwar hatte er in den letzten Wochen das Bett kaum verlassen können und war zumeist so verwirrt gewesen, dass er sie oft nicht einmal mehr erkannt hatte, aber jetzt war er tot. Adelina würde ihm nie wieder sein Essen ans Bett bringen, es würde keine kurzen, aber umso wertvolleren Momente geben, in denen ihr Vater wieder ganz der Alte war und freudig seinen Enkel begrüßte. Adelina ahnte, dass dieser Verlust sich noch oft schmerzhaft bemerkbar machen würde. Und was war mit Franziska geschehen? Der Himmel mochte wissen, was dieser Gustav ihr angetan hatte.

Auch Moses kam ihr in den Sinn. Nachdem er lauthals gebellt hatte – vermutlich, um Franziska zu verteidigen –, hatte sie ihn plötzlich nicht mehr gehört. Hatte Gustav ihn erschlagen? Und wo war Mira abgeblieben, nachdem sie sie hinaufgeschickt hatte? War dieser Mistkerl auch über sie hergefallen?

In Adelina machten sich die verschiedensten Gefühle breit. Hass, Wut, auch Angst. Gerne hätte sie geschrien, gegen die Tür ihrer Zelle gehämmert, nach einer Erklärung für all die furchtbaren Ereignisse der letzten Stunden verlangt. Doch sie stand nur wie festgewachsen vor dem Fenster und starrte auf den grauen Wolkenstreifen. Wind war aufgekommen und hatte von der Eifel her erneut schwere Gewitterwolken nach Köln getrieben. In der Ferne grollte der erste dumpfe Donner.

Irgendwann kurz vor dem Vesperläuten hatte sie aufgebrachte Stimmen im Gang vor ihrer Zelle gehört. Sie hatte die von Meister Jupp erkannt, der wohl versucht hatte, zu ihr hineingelassen zu werden. Doch Besuche waren verboten. Auch die zweite Stimme – Reeses – hatte daran nichts ändern können. Seither war es totenstill im Bayenturm.

Sie hatte angenommen, dass der Vogt sie noch am gleichen Tage befragen würde, doch sie blieb allein in ihrer Zelle. Lediglich einer der Wachsoldaten brachte ihr einen Krug mit Wasser und eine Schale Hirsebrei. Beides stand nun neben der abgenutzten Matratze.

Der Himmel verdunkelte sich zusehends, das Donnergrollen wurde lauter. Adelina konnte von Glück sagen, dass es Sommer war, ein außergewöhnlich heißer noch dazu. Im Winter wären die Mauern der Gefängniszelle kalt wie Eis gewesen.

Wie hatte sie nur dieses Päckchen vergessen können? Wenn sie es rechtzeitig geöffnet hätte, wäre sie doch sofort damit zu Reese gegangen. Nun gab es für sie keine Möglichkeit mehr, den Fund zu rechtfertigen.

Und was hatte Laufer damit zu tun? Hatten er oder dieser Caspar sie angezeigt? Woher hätten sie wissen sollen, dass sie ein Päckchen mit solch kompromittierendem Inhalt erhalten hatte? Woher, wenn nicht …

Caspar ist einer von Hauwes Leuten, erinnerte sie sich. Hatte das etwas zu bedeuten?

Die lähmende Angst in ihrem Inneren wurde immer größer. Langsam wurde es dunkel, und die Gewitterfront kam immer näher. Grelle Blitze durchzuckten gespenstisch die Dunkelheit, gefolgt von heftigem Donnerschlag.

Ihr Vater war tot. Sie sah ihn noch immer vor sich am Boden liegen, die Augen geschlossen, das Gesicht friedlich. Die Wut und Entrüstung über den Angriff auf seine Tochter schien im Augenblick seines Todes verflogen.

Der Wind war zu einem hohlen Pfeifen angeschwollen und peitschte den Regen um die Turmmauern. Adelina begann zu frösteln, verließ ihren Platz an dem winzigen Fenster jedoch nicht.

Albert hatte ihr nur helfen wollen. Ein alter, siecher Mann, der einem kräftigen Soldaten wie Gustav rein gar nichts entgegenzusetzen hatte. Dennoch hatte er sie verteidigt, denn sie war seine Tochter. Ja, heute schien er sich daran erinnert zu haben. Warum gerade heute? Würde er noch leben, wenn sich seine Sinne im rechten Augenblick wieder vernebelt hätten?

Was würde nun mit ihr geschehen? Würde man sie offiziell anklagen? Vermutlich ja, der Gaffelrat zeigte keine

Gnade gegenüber seinen Gegnern. Nur, dass sie gar keine Gegnerin war. Niemals hätte sie das Bestechungsgeld angenommen. Reese wusste das. Würde er ihr helfen können? Hatte er dazu überhaupt genügend Einfluss? Das Amt des Gewaltrichters war nicht sehr hoch angesehen und nicht mit dem des Vogtes zu vergleichen.

Wann würde Bartold Scherfgin sie verhören? Würde er auch gleich den zweiten Grad der Befragung anwenden? Vermutlich, denn die Daumenschrauben wurden schon für weit geringere Vergehen als Hochverrat hervorgeholt.

Vor Adelinas Augen schob sich das Bild der alten Ludmilla, der man zur Wahrheitsfindung die Nägel von den Fingern gezogen hatte. Würde sie auch so enden? Mit blutigen, blauviolett verfärbten und geschwollenen Fingerspitzen?

Adelina hörte Schritte auf dem Gang vor der Zelle näher kommen und erwartete, dass jeden Moment der Riegel an der Tür zurückgeschoben wurde.

Jetzt kamen sie sie holen. Die Angst schnürte ihr beinahe die Luft ab.

Doch die Schritte blieben nicht stehen. Der Wächter hatte wohl anderes vor, denn er ging an ihrer Zelle vorbei. Langsam verhallte das Geräusch seiner Stiefel.

Adelina stieß heftig die Luft aus. Im selben Moment dröhnte ein weiterer Donnerschlag und ließ den Turm erzittern.

Sie streckte die Arme nach der kalten Mauer aus, stützte sich schwer atmend ab und ließ sich dann mit zitternden Knien auf das Strohlager sinken.

18

Als das Morgenlicht die Finsternis der Zelle in ein mattes Zwielicht verwandelte, saß Adelina noch immer auf der zerschlissenen Strohmatte. Sie hatte nicht geschlafen; zumindest erinnerte sie sich nicht daran, eingenickt zu sein. Ihre Glieder waren steif vor Kälte, die die Steinwand über Nacht abgestrahlt hatte. Das Gewitter hatte sich verzogen, doch schon seit Stunden regnete es. Die Hitzewelle schien vorüber zu sein.

Adelina nahm die Schale mit dem Hirsebrei, roch daran und rümpfte die Nase. Dennoch zwang sie sich, ihn zu essen und spülte den geschmacklosen Brei mit einigen Schlucken Wasser hinunter.

Sich mit gefesselten Händen auf dem Fäkalieneimer zu erleichtern, war gar nicht einfach, und sie ekelte sich entsetzlich vor den verkrusteten Flecken im Inneren.

Zurück auf der Matratze zupfte sie vorsichtig an ihrem Kleid herum. Ihre Brüste spannten unter dem Stoff. Sie hätte Colin längst die Brust geben müssen. Wie es ihm wohl erging? Ob er sich vor Hunger und Sehnsucht nach ihr seine kleine Seele aus dem Leib schrie? Das Herz zog sich schmerzhaft in ihrer Brust zusammen. Wie konnten sie einfach eine Mutter von ihrem Säugling trennen? Das war grausam und unmenschlich.

Würde man auf die Schnelle eine Amme für ihn finden? Kümmerte sich Benedikta darum?

Adelina barg den Kopf in ihren Händen. Sie wollte zu

ihrem Sohn! War der Vogt so herzlos, dass er ihn verhungern lassen würde? Sie versuchte zu beten, wollte Gott und die Jungfrau Maria bitten, Colin beizustehen; bitten, dass Benedikta schnell eine Frau fand, die bereit war, ihn zu nähren. Doch ihr fielen nicht die rechten Worte ein.

Die Zeit verrann. Irgendwo läutete eine Kirchenglocke zur Terz. War das St. Severin? Die Glockenschläge wurden untermalt vom gleichförmigen Rauschen des Regens, dann verklangen sie.

Schritte hallten auf dem Gang. Diesmal hielten sie vor der Zellentür. Der Riegel ratschte über das schwere Eichenholz, und ein Wachmann trat ein. Er war noch sehr jung, das Gesicht glich noch eher dem eines Knaben. Er trug eine Fackel in der linken Hand und winkte ihr mit der rechten aufzustehen.

«Kommt», sagte er nicht unfreundlich. «Ich bringe Euch zum Verhör.»

«Was ist mit meinem Sohn?», fragte Adelina.

Er sah sie irritiert an.

«Mein Sohn. Er ist erst drei Monate alt. Wenn ich ihm keine Milch gebe, wird er verhungern.»

Der Wachmann war wirklich noch sehr jung. Er schluckte betroffen, und sein Adamsapfel hüpfte dabei auf und ab.

«Ich weiß nichts von Eurem Sohn. Ich habe nur den Auftrag, Euch hinunter zum Verhör zu bringen.»

Hinunter? Dorthin, wo man die Folterwerkzeuge aufbewahrte? Adelina fuhr ein kalter Schauer übers Rückgrat.

«Ich will zu meinem Sohn!»

Der Wachmann schüttelte bedauernd den Kopf, kam näher und fasste nach der Kette an den Handfesseln.

«Ich kann Euch nicht helfen. Aber bestimmt kümmert sich jemand um ihn», versuchte er sie zu beruhigen. Ihm war ganz offensichtlich nicht wohl in seiner Haut. Doch er hatte einen Auftrag und zog nun auffordernd an der Kette.

Adelina stand auf und folgte ihm steif.

Er führte sie den schmalen Gang entlang zur Treppe, die sie am vergangenen Vormittag heraufgestiegen war. Es ging zwei Stockwerke hinab und dann in einen kleinen Raum, in dem nur ein dreibeiniger Hocker und ein altes Stehpult standen.

«Ihr müsst hier warten», sagte der Wachmann und schlug hinter Adelina die Tür zu.

Sie trat an das vergitterte Fenster, das zum Rhein hinausging. Sie sah Soldaten und Schiffer unten am Ufer. Offenbar war gerade einer der Treidelkähne angehalten worden.

Adelina zählte acht Pferde, die das Wassergefährt an Seilen bis hierher gezogen hatten und nun darauf warteten, dass es weiterging.

Es dauerte nicht lange, bis der Vogt mit einem Büttel und einem seiner Schreiber erschien. Er schnaufte ein wenig, offenbar war er die Stufen hier herauf nicht gewöhnt.

Adelina drehte sich vom Fenster weg und wollte etwas sagen, doch er schnitt ihr mit einer heftigen Handbewegung das Wort ab.

«Setzen!», sagte er.

Sie blickte ihn überrascht an, doch schon im nächsten Moment hatte der Büttel sie an der Schulter gepackt und zu dem Hocker hingeschoben. Unsanft drückte er sie darauf und blieb neben ihr stehen.

«Meisterin Adelina Burka», sagte Scherfgin gedehnt und musterte sie mit seinen Schweinsäuglein neugierig. «Ich muss schon sagen, ein Ausbund an Dreistigkeit, wie Ihr es seid, ist mir noch nicht untergekommen.»

Erneut setzte sie zu einer Erwiderung an, doch wieder hob er die Hand. «Ihr redet erst, wenn ich es erlaube.» Er winkte seinem Schreiber, sich am Pult aufzustellen, und wies ihn an, die Antworten der Delinquentin sorgfältig mitzuschreiben.

«Es ist schon bemerkenswert», begann er, nun wieder an Adelina gerichtet. «Ihr schmeichelt Euch bei einem unserer Gewaltrichter ein, tut so, als wolltet Ihr ihm behilflich sein, den Mord an Bela Elfge aufzuklären, und seid dabei selbst darin verwickelt!» Seine Stimme war unmerklich lauter geworden. «Habt Ihr für die Edelsteine und Goldgulden Euer Wissen über die Ermittlungen an Walter von der Weiden verkauft? Kein gutes Geschäft, das sage ich Euch.»

Abwartend blickte er auf sie herab.

«Ich habe nichts dergleichen getan», entgegnete Adelina. Sie hatte einen Funken Hoffnung, der Vogt wäre zugänglich für vernünftige Argumente. «Diese Geldkassette, die die Soldaten gefunden haben, gehört nicht mir. Ich habe sie vorher noch nie gesehen.»

«Und wie erklärt Ihr Euch ihr Vorhandensein?»

«Ich weiß nicht …» Nein, das war kein guter Anfang. Scherfgins Augenbrauen hoben sich verächtlich. Adelina biss sich auf die Lippen und bemühte sich, ihre Gedanken zu ordnen. «Vor einigen Tagen brachte ein Bote ein Päckchen in meine Apotheke. Mein Lehrmädchen nahm es an, da ich nicht im Haus war. Doch dann war ich sehr beschäftigt und vergaß es einfach.»

«So, Ihr habt es vergessen.» Er verschränkte die Arme vor der Brust. «Man sagte mir, es sei ganz hinten in einem der Regale versteckt gewesen. Auf diese Weise kann es natürlich sehr leicht in Vergessenheit geraten. Allerdings weniger Euch denn Eurem Gesinde und der Familie. Sagt, wer wusste noch davon?»

«Niemand, oder ...» Adelina versuchte sich zu erinnern, ob noch jemand anwesend gewesen war, als Mira ihr von dem Päckchen berichtet hatte. «Ich bin mir nicht sicher. Aber versteckt habe ich es nicht.»

«Dann ist es wohl von allein in den hintersten Winkel des Regals gekrochen, was?»

Adelina schüttelte den Kopf. «Mira hat es versteckt ...»

«Aha!»

«Vor meinem Bruder.»

«Der Euch ansonsten dem Rat gemeldet hätte.»

Adelina kniff ungehalten die Augen zusammen. «Mein Bruder ist fünfzehn Jahre alt, doch seine geistigen Fähigkeiten gleichen denen eines Dreijährigen. Man muss ihn ständig im Auge behalten, damit er nichts kaputt macht. Mira hatte befürchtet, er würde das Päckchen öffnen und etwas mit dem Inhalt anstellen. Deshalb hat sie es versteckt.» Sie faltete ihre Hände; die Eisenschellen klirrten leise. «Und deshalb habe ich es wohl auch vergessen.»

Der Vogt blickte sie nachdenklich an. Man sah, dass es in ihm arbeitete. Ihre Erklärung klang plausibel. «Kann jemand Eure Geschichte bezeugen?»

Adelina hob die Schultern. «Mira.»

«Sie ist noch ein Kind?»

«Sie ist zwölf Jahre alt.»

«Dann hat ihre Aussage kein Gewicht.»

«Aber …»

«Gewaltrichter Reese hat einen Narren an Euch gefressen», wechselte der Vogt unversehens das Thema. «Soweit ich gehört habe, habt Ihr ihm schon ein- oder zweimal bei der Aufklärung ungewöhnlicher Vorkommnisse geholfen. Auch im Fall der ermordeten Bela Elfge und Avarus Vetscholder hat er Euch um Mithilfe gebeten?»

Adelina nickte.

«Man sagt, Ihr habet Euch mit der Schwester der Toten, Marie Elfge, angefreundet. Sie ist mehrfach in Eurer Apotheke gesehen worden. Worüber habt Ihr mit ihr gesprochen, und konntet Ihr etwas herausfinden, das uns bei der Aufklärung nützen könnte?»

Adelina bewegte sich leicht; der Hocker war unbequem. Sofort spürte sie wieder die Hand des Büttels auf ihrer Schulter.

Sie warf ihm einen ungehaltenen Blick zu. «Wie ich schon Eurem Gehilfen sagte, konnte ich nichts herausfinden. Auch nicht, wer die Mittelsmänner der Patrizier sein könnten. Ich habe …»

«Einen Augenblick!» Scherfgin hob sichtlich verwirrt die Hand. «Was soll das heißen, Ihr habt meinem Gehilfen davon berichtet? Wann soll das gewesen sein?»

Erstaunt sah sie ihn an. «Er war gestern bei mir, zusammen mit einem der städtischen Schreiber.»

Scherfgin drehte sich in einer heftigen Bewegung zur Seite und trat ans Fenster, dann wandte er sich wieder um und kam erneut auf sie zu. «Dass ich das recht verstehe: Ihr behauptet, Eginhard Laufer sei gestern bei Euch gewesen?»

«Das sagte ich doch.»

Plötzlich schien es der Vogt sehr eilig zu haben. Er war mit wenigen Schritten an der Tür, wo er sich nur kurz umdrehte und knurrte: «Ihr wartet hier!» Dann knallte die Tür hinter ihm zu, und seine Schritte entfernten sich. Adelina hörte, wie er nach einem der Soldaten brüllte und ihm befahl, seinen Gehilfen herzuholen.

Der Soldat antwortete etwas, woraufhin Scherfgin wieder brüllte. Es war deutlich das Wort «Hundsfott» herauszuhören. Ob er damit den Soldaten oder Laufer meinte, blieb ungewiss. Eine Tür knallte, dann war es still.

Adelina wand sich auf dem unbequemen Hocker und bat, aufstehen zu dürfen, doch der Büttel schüttelte nur grimmig den Kopf. Sie wünschte sich inständig, er möge wenigstens etwas von ihr abrücken, denn sein Atem stank faulig und ihm krabbelten Läuse über den Hals in den Kragen.

Zu allem Überfluss begannen ihre Brüste zu schmerzen, was sie wieder an Colin denken ließ. Wohin war der Vogt gegangen, und wie lange würde er sie hier warten lassen? Sie hatte ihn um ihres Sohnes willen bitten wollen, dass er ihr wenigstens Besucher gewährte. Nur Magda und Colin, mehr verlangte sie ja gar nicht.

Doch der Vogt blieb fort. Es verging eine Stunde, dann eine zweite. Adelina rieb sich immer öfter den schmerzenden Rücken und zupfte an ihrem Kleid, das sich rau über ihrem Busen spannte. Der Büttel sah ihr interessiert dabei zu und trat ungeduldig von einem Fuß auf den anderen. Der Schreiber hingegen hatte sich ans Fenster gestellt und beobachtete das Treiben unten am Ufer.

Dann endlich, die Kirchenglocken hatten schon zur Sext geläutet, kehrte der Vogt zurück. Auf seinem Gesicht zeichnete sich blanker Zorn ab. Er riss die Tür auf und scheuchte den Schreiber an sein Pult. «Schreib, dass das Verhör vertagt wird», schnauzte er ihn an. Dann packte er Adelina am Arm und zerrte sie vom Hocker. «Bring sie zurück in die Zelle», befahl er dem Büttel. «Wir können hier nicht weitermachen, bevor wir Laufer nicht gefunden haben.»

Der Büttel führte Adelina zur Tür, doch Scherfgin hielt sie noch einmal zurück. «Der Schreiber, der mit Laufer bei Euch war, wie heißt er?»

Adelina rieb sich ihren schmerzenden Arm. «Caspar.»

«Verdammich!» Er wedelte mit der Hand. «Rauf mit ihr in die Zelle!» Während der Büttel sie zur Treppe führte, hörten sie Scherfgin weiterfluchen. Er schien seine Wut – worüber nur? – an dem Schreiber auszulassen.

Adelina wurde unsanft die Treppe hinaufgeschubst, und wenig später fand sie sich in ihrer Zelle wieder. Die Tür schlug zu, der Riegel schleifte über das Holz, sie war allein. Und sie blieb es auch für den Rest des Tages und die Hälfte des nächsten.

Wieder hatte ihr ein Wächter gegen Abend eine Schale, diesmal mit Haferbrei, und einen Krug Wasser gebracht. Mehrmals hörte sie Schritte auf den Holzbohlen der Gänge und laute Stimmen, die vermutlich vom Eingangsbereich heraufschallten. Einmal hatte sie sich eingebildet, Neklas' Stimme zu erkennen. War er schon aus Bonn zurück? Doch noch immer ließ man niemanden zu ihr.

Gegen Mittag des zweiten Tages fühlte Adelina sich noch elender als zuvor. Ihre Brüste schmerzten so sehr, dass sie mehrmals erwogen hatte, ihr Kleid auszuziehen. Doch sie hatte es dann doch angelassen, denn wer konnte wissen, ob nicht bald wieder jemand kam, um sie zu einer weiteren Befragung abzuholen. Inzwischen meinte sie, leichtes Fieber zu haben.

Immer wieder hatte sie darüber nachgedacht, was den Vogt wohl veranlasst haben mochte, die Befragung so abrupt abzubrechen. Es musste mit seinem Gehilfen zu tun haben. Er schien verschwunden zu sein. Doch was hatte das zu bedeuten? Hatte er etwas mit der Geldkassette zu tun? Oder war er vielleicht ebenfalls ermordet worden?

Adelina befeuchtete ihren Ärmel mit dem Wasser aus dem Krug und tupfte sich über das heiße Gesicht. Ja, sie hatte ganz eindeutig Fieber. Ob sie sich bemerkbar machen sollte? Der Vogt hatte dafür zu sorgen, dass die Gefangenen, solange sie befragt wurden, bei guter Gesundheit blieben.

Sie überlegte, ob sie nach dem städtischen Medicus verlangen sollte. Würde man Neklas zu ihr lassen, wenn man bei ihr eine ernste Krankheit befürchtete?

Vorsichtig stand sie auf und ging zur Tür. Ihr war schwindelig, und sie musste sich abstützen, bevor sie leicht gegen das schwere Eichenholz klopfte. «Wachen?», rief sie zaghaft. Nein, das würde niemand hören. Sie klopfte fester, doch es schien noch immer nicht laut genug zu sein. Wieder rief sie, aber es kam ihr vor, als würde der trutzige Bayenturm den Schall ihrer Stimme verschlucken.

Adelina atmete mehrmals tief durch. Ihr war der Schweiß ausgebrochen. Langsam argwöhnte sie, dass sie wirklich krank wurde, denn auch der Schwindel kam zurück, als sie sich etwas zu schnell zur Seite drehte. Sie tastete sich an der Wand entlang zurück zur Matratze.

Als sie sich daraufsinken ließ, stieß sie mit den Knien gegen ihre rechte Brust und schrie auf. Der Schmerz fuhr ihr durch Mark und Bein und trieb ihr die Tränen in die Augen. Sie rollte sich auf dem Strohlager zusammen und atmete heftig, bis der Schmerz langsam nachließ. Danach konnte sie sich nicht aufraffen, noch einmal aufzustehen. Sie kniff die Augen zusammen und flehte in Gedanken die Jungfrau Maria an, ihr beizustehen.

†

«Sie hat Krach gemacht, da bin ich rauf und hab sie so gefunden», sagte eine Stimme über ihr. «Da, sie macht die Augen auf!»

Die Stimme gehörte zu dem jungen Wachmann vom Vortag. Adelina blinzelte zu ihm hinauf. Sein Gesicht ließ Besorgnis erkennen. Neben ihm stand der Vogt, wieder mit verschränkten Armen, und starrte missmutig auf sie herab.

«Meisterin Burka, was ist mit Euch? Seid Ihr etwa krank?»

Adelina öffnete den Mund, brachte jedoch keinen Ton heraus. War sie eingeschlafen oder bewusstlos geworden?

«Nun, was denn?», fragte der Vogt barsch.

Der Wachmann hüstelte. «Verzeiht, Herr Vogt, ich glaube, sie kann nicht antworten. Ich hab sie eben drehen wollen, da hat sie aufgeschrien. Ich … sie … ihre …», stotterte er und wurde plötzlich tödlich verlegen. «Ich bin da vorne … Ich glaube, es tut ihr da vorne weh.» Er deutete vage auf Adelinas Oberkörper.

Der Vogt grunzte genervt. «Wo habt Ihr Schmerzen?» Er fasste nach ihrem Arm und rüttelte sie leicht. Dabei knuffte er sie unbeabsichtigt seitlich gegen die Brust.

Adelina zuckte zusammen und stieß unwillkürlich einen schrillen Laut aus.

«Nicht!» Sie wehrte ihn ab.

«Ach, dann könnt Ihr also doch noch sprechen, ja?» Scherfgins Worte klangen verächtlich, jedoch gleichzeitig auch ein wenig verunsichert. «Euch tut es da oben weh? Die Brust, ja? Warum?»

Adelina versuchte sich aufzurichten und spürte, wie ihr die Hitze in den Kopf stieg.

«Ich glaube, sie hat auch Fieber», kam es von dem Wachmann.

«Seh ich selbst», blaffte der Vogt. «Also, Frau Meisterin, was für eine Krankheit habt Ihr uns eingeschleppt?»

«Keine Krankheit», ächzte sie. «Mein Kind … Wenn ich ihm nicht die Brust gebe …» Sie wischte sich unbeholfen den Schweiß von der Stirn und blickte zu den beiden Männern auf. Dabei verschwammen deren Gesichter für einen Moment zu einem.

«Was soll das heißen?», fragte der Vogt verständnislos. «Seid Ihr schwanger?»

«Herr Vogt, ich glaube, sie hat zu Hause einen Säugling», meldete sich der Wachmann erneut zu Wort. «Sie hat mich gestern schon gefragt, was aus ihm werden soll. Ich hab mir nicht so viel dabei gedacht, aber vielleicht werden Frauen krank, wenn sie ihre Kinder nicht nähren?»

«Mistdreck», fluchte der Vogt. «Warum sagt mir niemand, dass die Frau einen Säugling hat? Wie alt ist das Kind?», wollte er von Adelina wissen.

«Drei …»

«Hä?»

«Drei Monate und einen halben», stöhnte sie.

«Verflucht noch eins!» Der Vogt wandte sich an den Wachmann. «Geh und hol den städtischen Medicus! Halt, nein, mit dem ist sie ja verheiratet. Das geht nicht. Was gibt es noch für Ärzte?»

Der Wachmann zuckte mit den Schultern.

«Doctore Bertini», sagte Adelina und stützte sich mit dem Ellenbogen auf der Matratze ab.

Scherfgin nickte. «Los, frag dich zu ihm durch. Und dann sieh zu, dass du jemanden mit dem Kind hierherschaffst. Fehlt uns noch, dass uns das Kind verhungert und eine wertvolle Zeugin wegstirbt.» Er machte auf dem Absatz kehrt und verließ die Zelle.

Der Wachmann folgte ihm eilig und verschloss die Tür hinter sich.

Adelina ließ sich wieder auf das Lager sinken und stöhnte leise. Doch ein Wort wirbelte ihr durch den Kopf. Zeugin? War sie keine Angeklagte mehr? Warum ließ man sie dann nicht nach Hause?

19

«Meisterin Burka, wacht auf!»

Adelina versuchte, ihre Augenlider zu heben, doch die schienen mit Blei ausgegossen zu sein. Jemand hielt ihr etwas scharf Riechendes vors Gesicht. Sie rümpfte die Nase.

«Aha, sie kommt zu sich.»

Adelina überlegte, wo sie die Stimme schon einmal gehört hatte. Es war nicht Doctore Bertini, denn der sprach mit italienischem Akzent.

«Nun kommt schon, ich sehe doch, dass Ihr wach seid.»

Mit aller Kraft bemühte sie sich, die Augen zu öffnen, klappte sie jedoch sofort wieder geblendet zu. Der Mann, wer auch immer es war, leuchtete ihr mit einer Öllampe ins Gesicht.

«Verzeihung, Meisterin Burka. Jetzt noch einmal.»

Das Licht wurde schwächer, und sie öffnete die Augen erneut. Vor ihr kniete ein Mann im Arztmantel. Ein Ziegenbärtchen zierte sein spitzes Kinn, und seine Augen blickten wie die einer Eule auf sie herab.

«Magister van Stijn.» Adelina blinzelte mehrfach, dann versuchte sie sich aufzurichten.

«Nein, nein, bleibt liegen. Ihr habt noch immer Fieber.»

«Mein Sohn, wo ist er?» Hatten sie ihn ihr nicht bringen wollen? Wie spät war es überhaupt? Die Zelle war bis auf das Licht der Öllampe finster.

«Man hat ihn, soweit ich weiß, zu einer Amme gebracht. Ich bin hier, um zu sehen, ob Ihr transportfähig seid.»

«Warum?»

In diesem Moment näherten sich vom Gang her Schritte, im nächsten Augenblick tauchte Georg Reese neben dem Arzt auf.

«Frau Adelina, geht es Euch gut? Nein, ich sehe schon.» Besorgt beugte er sich über sie. «Scherfgin ist ein dämlicher Ochse. Wir bringen Euch jetzt heim. Ihr braucht Ruhe, Pflege und …»

«Meinen Sohn!»

«Natürlich», nickte er. «Ihn zuallererst.» Er ließ sich auf die Knie nieder und tastete über ihre Stirn. «Hohes Fieber, was?», fragte er van Stijn.

Dieser nickte. «Das kommt davon, wenn die Milch vorzeitig versiegt.»

«Nein!», protestierte Adelina schwach.

«Sie braucht jetzt viel Pflege», fuhr der Arzt fort. «Ich denke, wir können es riskieren, sie in einer Sänfte nach Hause zu bringen.»

«Gut, ich werde mich sofort darum kümmern.» Reese wollte aufstehen, doch Adelina hielt ihn am Ärmel fest.

«Warum lassen sie mich frei? Ich dachte …»

«Ich berichte Euch später davon», sagte er und lächelte aufmunternd. «Erst einmal will ich, dass Ihr hier herauskommt.»

†

«Wo ist Colin?», fragte Adelina zum wiederholten Male und kam sich langsam vor wie eine Verrückte. Man hatte sie in ihre Schlafkammer geführt, Benedikta und Magda hatten kaltes Wasser und Tücher herbeigeholt und Magister van Stijn bemühte sich, ihr eine metallisch riechende Flüssigkeit einzuflößen.

Genervt schob sie seine Hand mit dem Becher beiseite. «Ich will ihn sofort hier haben!»

«Ach, meine Liebe, das geht doch nicht so schnell», sagte Benedikta und tätschelte ihre Hand. «Neklas ist ja schon losgefahren, um ihn zu holen, aber ein bisschen wird es noch dauern.»

«Wo ist er?»

Benedikta setzte sich zu ihr auf die Bettkante. «Wir wussten zuerst nicht, was wir tun sollten. Aber dann hat uns die Jungfer Marie liebenswürdigerweise geholfen ...»

«Marie?»

«Sie hat eine Cousine, die gerade mit einer Tochter niedergekommen ist. Sie lebt in der Nähe des Eigelsteintores. Als Marie ihr die Umstände geschildert hat, war sie sofort bereit, uns zu helfen.»

«Marie also.» Adelina bemühte sich um einen klaren Kopf, doch ihre Wangen glühten noch immer vom Fieber. «Wann ist Neklas wieder hier?»

«Bald, mein Kind, bald. Ruh dich erst einmal aus.»

Magister van Stijn war an die Tür getreten und winkte Benedikta zu sich. Die beiden sprachen leise miteinander und machten sehr besorgte Gesichter. Danach verabschiedete sich der Arzt, und Adelinas Schwiegermutter trat erneut an ihr Bett. «Er sagt, du musst schlafen. Ich denke, es ist das Beste, wenn wir dich jetzt allein lassen, bis Neklas kommt.»

«Wie geht es Franziska?» Adelina schämte sich, dass ihr die junge Magd erst jetzt wieder einfiel.

Benedikta und Magda sahen einander kurz an. «Wie gesagt, du brauchst jetzt Ruhe …»

«Was ist mit ihr?»

«Herrin, ich höre eine Kutsche!», sagte Magda und eilte ans Fenster. «Magister Burka ist gekommen, Gottlob!»

«Er soll heraufkommen!», verlangte Adelina.

Magda nickte. «Wird er, Herrin. Er redet gerade mit dem anderen Arzt.»

Trotz Benediktas Protest setzte Adelina sich auf und wartete angespannt, bis sie Neklas' Schritte auf der Stiege hörte.

Die Tür wurde aufgestoßen. «Adelina!» Er kam mit großen Schritten auf sie zu und ging vor dem Bett in die Hocke. «Ist alles in Ordnung mit dir?»

«Gib ihn mir!» Adelina riss ihm Colin beinahe aus den Armen und knöpfte mit der anderen Hand ihr Kleid auf. Der Stoff rieb unangenehm über die gespannte Haut.

Sie versuchte, Colin anzulegen, doch die kleinste Berührung seiner Lippen bereitete ihr Schmerzen. Sie versuchte es erneut und biss die Zähne zusammen.

Benedikta trat näher und betrachtete sie eingehend. «Die Haut ist ganz rot und heiß», sagte sie, nachdem sie ungeniert mit den Fingerspitzen über Adelinas Brust getastet hatte.

Neklas erhob sich und ging erregt auf und ab. «Magister van Stijn meinte, deine Milch würde versiegen.»

«Nein, das wird sie nicht!», rief Adelina erschrocken und bemühte sich erneut, Colin die Brust zu geben. Es tat zu sehr weh. Tränen traten ihr in die Augen. «Nein, das wird sie nicht!», wiederholte sie verzweifelt.

«Komm, das bringt doch nichts.» Begütigend streichelte Benedikta ihr über die schweißnasse Stirn und nahm ihr Colin dann vorsichtig aus den Armen.

«Nein, lass ihn mir!»

«Ich lege ihn nur hier in sein Bettchen, siehst du?» Ihre Schwiegermutter rückte die Wiege so ans Bett, dass Adelina ihren Sohn sehen konnte, der ein wenig ungehalten vor sich hin krähte.

«Adelina, das wird schon wieder. Wir werden ...», setzte Neklas an.

«Bring mir Ludmilla!», unterbrach Adelina ihn entschieden. «Sie kann mir helfen, bestimmt. Hol sie mir, bitte!»

Neklas setzte sich auf die Bettkante und legte ihr sanft eine Hand auf die heiße Wange. Seine Augen waren dunkel gerändert; er wirkte elend und müde. «Bis zu ihrer Hütte ist es ein weiter Weg. Und die Stadttore sind nachts geschlossen. Es wird eine Weile dauern.»

«Bitte, hol sie her, Neklas!»

Er nickte, nahm ihre Hand und drückte einen Kuss darauf. Dann stand er auf und eilte aus dem Zimmer.

«Wer ist Ludmilla?», wollte Benedikta wissen.

Adelina ließ sich unglücklich in ihre Kissen zurücksinken. «Sie ist ... eine Weise Frau ... und eine Freundin.» Wieder traten ihr die Tränen in die Augen und kullerten über ihre Wangen. Benedikta setzte sich zu ihr und nahm sie vorsichtig in die Arme. «Na, na, Kindchen. Ist ja schon gut, ist ja gut.»

Doch nichts war gut. Die Tränen ließen sich einfach nicht mehr aufhalten. Adelina schluchzte und schniefte an Benediktas Schulter.

Magda zog sich mit betroffener Miene zurück.

«Komm, mein Liebchen, wein dich ruhig aus.» Benedikta streichelte ihr sanft übers Haar und den Rücken.

Die Tür knarrte leise, und Feidgin streckte ihren Kopf herein; sie schien etwas Wichtiges auf dem Herzen zu haben, doch Benedikta winkte sie mit einer Handbewegung wieder hinaus.

Als die Weinkrämpfe langsam nachließen, begann Benedikta, Adelina wie ein Kind leise summend in ihren Armen zu wiegen.

Schließlich war Adelina so ermattet, dass ihre Schwiegermutter sie sanft zurück in die Kissen bettete und ihr die Decke bis zum Hals hochzog. «Schlaf nun. Du musst morgen stark sein.»

Stark sein wofür, fragte Adelina sich, glitt jedoch bereits in einen tiefen Erschöpfungsschlaf.

†

Als sie wieder erwachte, war es noch mitten in der Nacht. Vom Fenster her war heftiger Regen zu vernehmen, neben ihr war Magda auf einem Hocker eingenickt. Adelina drehte den Kopf ein wenig und vergewisserte sich, dass Colin ruhig in seiner Wiege schlief.

Kurz darauf hörte sie leises Rumoren im Hause. Von unten drangen Stimmen zu ihr herauf.

Schliefen die anderen denn noch nicht? Sie sah nach der Stundenkerze, die ihre Schwiegermutter in eine Schale mit Wasser gestellt hatte. Es musste bereits weit nach Mitternacht sein. Vielleicht sogar schon kurz vor Sonnenaufgang.

Adelina tastete über ihr Gesicht und spürte einen feuchten Lappen auf ihrer Stirn. Das schlimmste Fieber schien nachgelassen zu haben, doch sie fühlte sich noch immer sehr schwach. Da sie Magda nicht wecken wollte, schloss sie die Augen wieder und schlief alsbald erneut ein.

Das nächste Mal erwachte sie von einer Bewegung über ihr und Stimmen im Zimmer. Sie nahm den Geruch von Kräutern wahr: Knoblauch, Salbei, Melisse und einige andere, die sie nur zu gut kannte. Ihre Erleichterung war so groß, dass sie die Augen entspannt geschlossen hielt und den Geruch tief in sich einsog. Ludmilla war hier!

«Magister van Stijn meinte, ihre Milch würde versiegen, deshalb habe sie Fieber bekommen», hörte sie Benedikta sagen. «Nicht wahr, Herr Magister?»

«Ah, ah, ah, so schnell versiegt die Milch einer Frau nicht.» Ja, diese dunkle, etwas brüchige Stimme gehörte eindeutig Ludmilla. «Seht doch, wie geschwollen und hart ihre Brüste sind.»

Jemand hüstelte verlegen. Der Arzt?

Ludmilla kicherte. «Die Milch hat sich lediglich gestaut, sonst nichts. Hat sie sich in den letzten Tagen besonders aufgeregt? Zu wenig Ruhe gegönnt? Ach, was frage ich, das tut sie ja immer, nicht wahr? Wie? O ja, ich vergaß, das Gefängnis. Kein Wunder also. Schaut her, Herr Magister, das Fieber ist schon gesunken. Jetzt muss sie nur noch aufwachen und diesen Trunk hier zu sich nehmen.»

«Bier?» Das war van Stijns Stimme.

«Nicht nur einfach Bier, Herr Magister. Ich habe Kümmel und noch ein paar andere Kräuter hineingetan.»

«Nun ja, wenn Ihr meint.» Er klang skeptisch.

Ludmilla ließ sich davon jedoch nicht beirren, sie wandte sich an Benedikta. «Gute Frau, würdet Ihr mir helfen, sie hiermit einzureiben? Die Paste ist jetzt so weit abgekühlt, dass man sie auftragen kann.»

«Und Ihr seid sicher, dass ich sie nicht zur Ader lassen soll?», fragte der Arzt in etwas beleidigtem Ton. «Ein Chirurg wäre schnell aufgetrieben.»

«O nein, bleibt mir mit Euren Nadeln vom Leib!», fuhr Adelina auf. Sie öffnete die Augen und suchte nach dem Arzt, der neben der Tür stand und nicht recht zu wissen schien, ob er zu ihr hinsehen sollte oder nicht.

Ludmilla lachte keckernd. «Na was, du bist ja doch schon wach! Wie schön. Trink das!» Sie hielt ihr einen Becher vor die Nase.

Adelina nahm ihn ohne zu zögern und leerte ihn in einem Zug. Das Gebräu schmeckte bitter, jedoch nicht unangenehm. «Mehr?», fragte sie und bedachte die großgewachsene alte Frau mit der langen gebogenen Nase mit einem dankbaren Lächeln.

Ludmilla nickte. «Noch einen Becher, aber nicht mehr. Danach nur noch Wasser.»

Benedikta beugte sich über Adelina und tastete ihr über die Wange. «Das Fieber ist weiter gesunken, dem Himmel sei Dank!» Sie lächelte erleichtert. «Wie geht es dir?»

Adelina lächelte schwach zurück. «Besser», sagte sie. «Wäre es wohl möglich, etwas zu essen zu bekommen?»

«Aber ja doch, ich rufe Magda, dass sie dir ein Frühstück macht.» Benedikta eilte zur Tür und rief nach der Magd, die wenig später mit Brot, Käse und einem Stück gebratenem Speck ins Zimmer kam.

Adelina aß mit Appetit und fühlte sich danach sogar so gut, dass sie aufstehen wollte.

«Nein, meine Liebe, Ihr solltet Euch noch Ruhe gönnen», wehrte der Arzt ab.

Ludmilla hingegen schnalzte und blickte ihn verständnislos an. «Was denn, soll sie tatenlos im Bett herumliegen und warten, dass die Zeit vergeht? Wenn sie sich danach fühlt, muss sie sogar aufstehen. Freilich darfst du es nicht übertreiben», wandte sie sich an Adelina. «Nichts heben und keine unnötige Aufregung, verstanden? Aber ein wenig Bewegung dürfte nach zwei Tagen im Bayenturm nicht schaden. Ich sehe derweil nach dem Mädchen, wenn es erlaubt ist.» Ludmilla nahm den Korb, den sie neben der Tür abgestellt hatte und verließ den Raum.

Adelina blickte ihr verständnislos nach. «Nach wem will sie sehen?»

Benedikta hüstelte und warf dem Arzt einen kurzen Blick zu. Der nickte und verließ mit einer gemurmelten Entschuldigung die Kammer.

Alarmiert sah Adelina ihre Schwiegermutter an. «Was ist geschehen? Ist etwas mit Mira oder Griet oder … Franziska?», fiel es ihr plötzlich siedendheiß ein.

Benedikta trat zu ihr und nahm ihre Hand. «Langsam, meine Liebe. Eins nach dem anderen. Neklas hat die alte Frau gebeten, nach Franziska zu sehen. Sie ist seit … seit der Sache … Sie liegt in ihrer Kammer und redet nicht mit uns.»

«Er hat ihr Gewalt angetan, nicht wahr? Dieser Bastard!» Adelina Miene verfinsterte sich, und sie schluckte heftig an dem Kloß, der sich in ihrem Hals gebildet hatte. «Ist sie verletzt?»

«Nicht sehr, jedenfalls nicht körperlich. Man kann auch nicht genau sagen, was er mit ihr angestellt hat, denn sie redet ja nicht.» Benedikta verzog mitleidig die Mundwinkel. «Das arme Mädchen. Wie ich hörte, hat der Hauptmann den Soldaten auspeitschen lassen.»

«Greverode hat das veranlasst?»

«Er soll die ersten zehn Hiebe mit eigener Hand geführt haben.»

«Ich möchte aufstehen und nach Franziska sehen.» Adelina machte Anstalten, die Füße über den Bettrand zu schwingen, doch Benedikta hielt sie auf. «Warte bitte noch. Ich ... ich weiß nicht, ob es noch zu früh ist, aber ich denke, du solltest es wissen.»

«Was sollte ich wissen?» Erschrocken hob Adelina den Kopf und sah zu ihrer Schwiegermutter auf, die unruhig von einem Fuß auf den anderen trat.

«Mach dir bitte keine zu großen Sorgen ... Neklas und sein Freund, dieser Chirurg, sind ja bereits auf der Suche ...» Sie atmete tief durch und blickte Adelina fest in die Augen. «Mein Liebes, Griet ist seit vorgestern verschwunden.»

«Was ... Wie bitte?» Adelina starrte sie schockiert an. «Wieso verschwunden? Ludowig hätte sie doch von den Beginen abholen sollen.»

«Das wollte er auch, aber er wurde niedergeschlagen, als er auf dem Weg dorthin war. Und seither ist Griet nicht mehr aufgetaucht.»

«Die Beginen, haben sie denn nicht gesehen, ob sie mit jemandem mitgegangen ist?»

Benedikta schüttelte bedauernd den Kopf. «Leider nicht. Sie haben Griet zusammen mit den anderen Mädchen hinausgehen lassen und ... Es ist schrecklich, Adelina. Wir haben inzwischen natürlich durch Ludowig von der Sache am Mühlbach erfahren. Daraufhin hat Meister Jupp seinen Onkel, diesen griesgrämigen Mönch, hierhergebracht. Und seither sind sie auf der Suche nach Griet.»

«Thomasius hilft ihnen?» Verwundert rieb sich Adelina die Stirn und versuchte, ihre Gedanken zu ordnen. Vor Angst um ihre Stieftochter zogen sich ihr die Eingeweide zusammen. «Warum habt ihr mir nicht gleich davon erzählt? O Gott, und ich dachte, sie phantasiere, als sie mir von dem Geist erzählt hat!» Nun schwang sie doch die Beine über den Bettrand und griff nach Neklas' Hausmantel, der über dem Fußende hing.

«Von was für einem Geist redest du denn?», wollte Benedikta wissen.

Adelina ging zu ihrer Kleidertruhe und zog ein Kleid und frische Wäsche heraus. Eilig begann sie, sich anzuziehen. «Das ist eine lange Geschichte. Benedikta, ich fürchte, man hat Griet entführt, um mich … um uns unter Druck zu setzen.»

Diese Erkenntnis war ihr mit einem Schlag gekommen. Plötzlich passte alles zusammen. Eginhard Laufer war vor drei Tagen in ihrer Apotheke gewesen und hatte behauptet, im Auftrag des Vogts Erkundigungen einzuholen. Am nächsten Tag war sie verhaftet worden … und Griet entführt. Als der Vogt Adelina befragt hatte, war herausgekommen, dass Laufer gar nicht in seinem Namen unterwegs gewesen war, und man hatte ihn seither nicht mehr auffinden können.

†

«Er hat Griet entführt, da bin ich ganz sicher.» Adelina hatte nach dem Gewaltrichter schicken lassen und saß nun mit ihm und Benedikta zusammen am Küchentisch.

Zu Adelinas Füßen lag Moses und schnaufte leise im Schlaf. Er hatte eine Wunde am Kopf und einen Verband um die linke Vorderpfote. Gustav hatte ihm offensichtlich einen ordentlichen Tritt verpasst, aber zumindest war der Hund am Leben geblieben. Adelina fuhr ihm sanft mit der Fußspitze über das Fell und fuhr fort: «Laufer wollte mich offensichtlich aus dem Weg haben. Er fürchtete wohl, ich würde zu viel herausfinden. Ihm muss aber bewusst gewesen sein, dass man die Anklage gegen mich nicht lange würde aufrechterhalten können. Deshalb hat er sich Griet geschnappt. Ein besseres Druckmittel konnte er nicht finden.»

«Hm», brummte Reese und rieb sich das Kinn. «Ihr könntet recht haben. Andererseits, so ganz abgeschlossen ist die Sache wegen der Geldkassette noch nicht. Wenn wir wenigstens den Überbringer ausfindig machen könnten …»

«Aber Mira hat ihn doch gesehen. Konnte sie ihn denn nicht beschreiben?»

«Nun ja, so gut es ein Kind eben vermag», meinte Reese. «Aber ihre Beschreibung könnte auf hundert Männer zutreffen.»

Enttäuscht verzog Adelina die Mundwinkel. «Es war jedenfalls vernünftig, sie und Vitus in Meister Jupps Haus unterzubringen», sagte sie zu Benedikta. «Nicht auszudenken, wenn ihnen auch noch etwas zustieße.»

«Wir müssen also davon ausgehen, dass der Gehilfe des Vogtes und dieser Schreiber …»

«Caspar.»

«… dass die beiden die Seiten gewechselt haben», schloss Reese.

Adelina nickte. «Ich hatte den Eindruck, sie versuchen, Maries Vater in Verdacht zu bringen, mit den Bestechungsgeldern in Verbindung zu stehen …»

«… um von sich selbst abzulenken», fügte Benedikta an. «Wie schändlich.»

«Alles an dieser Sache ist schändlich», sagte Reese und bewegte vorsichtig seine bandagierte Hand.

«Marie sagte mir, Caspar sei ein Vertrauter Gerlach vom Hauwes. Kann das etwas zu bedeuten haben?» Adelina sah Reese aufmerksam an.

Er ließ sich mit der Antwort Zeit. «Gerlach ist seit Jahren oberer Stadtschreiber», begann er schließlich und blickte finster drein. «Er kennt die Vorgänge im Rat wie kein Zweiter. Er war es auch, der die neue Stadtverfassung im Verbundbrief niederschrieb, und er war auch dabei, als die Gaffeln ihre Siegel daruntersetzten. Schwer vorzustellen, dass er etwas mit den Patriziern zu schaffen haben soll.»

«Und wenn nun einer seiner Vertrauten, Caspar zum Beispiel, die Nähe zu ihm ausgenutzt hat, um für die Patrizier nützliche Informationen zu sammeln?», schlug Adelina vor. «Caspar ist auch verschwunden, nicht wahr?»

«Ihr habt einen scharfen Verstand.» Reese erhob sich. «Ich muss nun zurück ins Rathaus, aber ich werde Euren Hinweisen nachgehen.» Er blickte sie freundlich an. «Verzeiht, Frau Adelina, ich hatte noch gar keine Gelegenheit, Euch mein Beileid auszusprechen. Es tut mir wirklich leid, was da passiert ist. Greverode hätte den Soldaten, der dafür verantwortlich ist, am liebsten eigenhändig gehenkt.»

«Das hätte meinen Vater auch nicht wieder lebendig gemacht», sagte Adelina bitter und kämpfte gegen den plötzlichen Schmerz in ihrem Herzen an. Es war jetzt nicht die Zeit zu weinen.

«Aber zumindest wird es einen Prozess geben», antwortete Reese und blickte sie verständnisvoll an. «Greverode ist kein schlechter Hauptmann. Er hat Rückgrat.»

«Aber er war nicht da, als seine Männer sich in meinem Haus benahmen wie die Berserker.»

Reese wandte sich bedauernd in Richtung Küchentür. «Nichts wird ungestraft bleiben, glaubt mir, Frau Adelina. Wisst Ihr bereits, wann die Beerdigung stattfinden wird?»

Adelina sah fragend zu Benedikta.

«Übermorgen», antwortete diese. «Er ist im Zunfthaus aufgebahrt, da wir hier im Haus … Nun ja …»

«Eine weise Entscheidung», sagte Reese und verabschiedete sich endgültig.

Adelina seufzte erneut. Nicht einmal um ihres Vaters Beerdigung hatte sie sich kümmern können, dabei wäre es doch ihre Pflicht als Tochter gewesen.

«Gräm dich nicht, meine Liebe.» Tröstend legte Benedikta eine Hand über die ihre. «Er hätte nicht gewollt, dass du dich seinetwegen verrückt machst.»

«Aber wie soll ich an sein offenes Grab treten, wo ich es doch bin, derentwegen …»

«Nein, Adelina, so darfst du nicht reden! Er war dein Vater, er hat dich geliebt. Selbstverständlich wollte er dich gegen die Soldaten verteidigen. Er hat wie ein Ehrenmann gehandelt. Niemals würde er dir die Schuld an seinem Tode geben.»

Wenig überzeugt senkte Adelina den Kopf.

Im Flur klapperten Schritte, dann streckte Feidgin den Kopf durch die Tür. «Verzeih, Adelina, die alte Frau, Ludmilla, bat mich, dich zu holen. Sie ist oben bei Franziska.»

«Geht es ihr nicht gut?»

Feidgin hob die Schultern.

«Ich komme.» Adelina stand auf. Sie fühlte sich noch etwas wackelig, doch Ludmillas Trank und die Paste, mit der sie sie eingerieben hatte, schienen langsam ihre Wirkung zu tun. Die Schmerzen waren erträglich geworden, und es fühlte sich an, als käme der Milchfluss schon wieder in Gang. Vielleicht konnte sie ihren Sohn schon bald wieder anlegen.

«Geh nur, ich sehe so lange nach Colin», sagte Benedikta.

Feidgin blieb ebenfalls in der Küche, sodass Adelina allein zur Stiege ging. Auf der untersten Stufe saß Ludowig, den Kopf in die Hände gestützt. Er schien gerade erst hereingekommen zu sein, denn an seinen Stiefeln klebte feuchter Lehm. Als er Adelinas gewahr wurde, hob er den Kopf und sah sie aus rotgeränderten Augen an.

«Herrin, ich … Sie wird doch wieder gesund? Franziska, meine ich?» In seinen Augen stand so viel Schmerz und Sorge, dass Adelina nun nicht mehr anders konnte, als Benedikta recht zu geben. Ludowig war tatsächlich in Franziska verliebt.

Sie legte ihm eine Hand auf die Schulter. «Sie hat Schlimmes durchgemacht, Ludowig. Frau Benedikta sagt, körperlich sei sie zwar nicht schwer verletzt, aber wir können nicht wissen, wie sehr ihre Seele Schaden genommen hat.»

Sein entsetzter Blick schnitt ihr ins Herz. Sie drückte seine Schulter. «Ihr habt einander gern?», fragte sie ihn.

Ludowig sackte in sich zusammen. «Sie ist ein Biest»,

sagte er aus tiefstem Herzen. «Geht mir auf die Nerven, sobald sie den Mund aufmacht. Sie hat mich einen sturen Bock genannt.»

«Und du sie eine Tranjule.»

Ludowig hob den Kopf und sah ihr in die Augen. «Sie ist ja auch eine. Aber, Herrin, trotzdem hab ich sie so lieb, wie man nur kann.» Er wurde puterrot. «Und sie … ich weiß nicht. Sie …»

«Weißt du was, komm mit mir hinauf», sagte Adelina und winkte ihm, ihr Platz zu machen.

Unsicher stand er auf.

«Nun komm schon. Oder willst du ewig hier sitzen bleiben?»

«Aber ich kann doch nicht zu ihr in die Kammer!»

«Willst du es nun wissen oder nicht?» Adelina ging entschlossen voran und ärgerte sich ein bisschen, dass die Stiege sie außer Atem brachte. Doch sie hörte, dass Ludowig ihr folgte.

Ludmilla zog erstaunt die Augenbrauen hoch, als sie den Knecht hinter Adelina die Stiege hinaufkommen sah. Doch nachdem Adelina ihr schnell zugeflüstert hatte, warum sie den Knecht mitbrachte, erhob Ludmilla keine Einwände und ließ die beiden in Franziskas Kammer. Ludowig blieb unsicher an der Tür stehen und schaute zu Franziska, die, mit dem Gesicht zur Wand, auf ihrem schmalen Bett lag. Magda musste das Stroh in der Matratze ausgetauscht haben, denn es duftete noch frisch und würzig.

«Wie geht es ihr?», fragte Adelina laut und trat an das Bettgestell heran.

Ludmilla schnalzte mit der Zunge. «Ist nicht so schlimm, wie ich dachte. Das Mädchen hat Verstand, das muss ich schon sagen. Hat sich anscheinend ganz schlaff gemacht, als dieser Bastard über sie hergefallen ist. Wenn sie sich gewehrt hätte, wäre sie viel schlimmer verletzt worden.» Sie blickte mitleidig auf Franziska. «Haben sie den Kerl wenigstens festgenommen?»

Adelina nickte.

«Gut. Wir müssen aber noch aufpassen, ob sie schwanger wird. Wenn ja, kann sie ihn nicht mehr anklagen, den Bellrämmel.»

Bei diesem unflätigen Ausdruck regte sich Franziska zum ersten Mal. Sie drehte den Kopf und blickte Ludmilla verwundert an.

«Ei, Kindchen, wusstest du das nicht?» Die alte Frau tätschelte ihr die Schulter. «Wenn du schwanger bist, sagen sie, du hättest es gewollt. Ich weiß genau, wie so was geht. Die behaupten einfach, eine Frau kann nur empfangen, wenn sie Freude daran hatte. Also werden sie den Mann nicht bestrafen, wenn sie schwanger ist.»

Adelina zog empört die Stirn kraus. «Aber es gibt Zeugen. Ich meine ... Hauptmann Greverode hat diesen Gustav schon auspeitschen lassen.»

«Hm, hm, mag ja stimmen. Vielleicht hat sie ja Glück. Ich hab ihr trotzdem vorsichtshalber von dem Misteltrank gegeben. Man weiß ja nie.» Die letzten Worte hatte Ludmilla mit scheelem Blick auf den Knecht geflüstert. «Du musst sie beobachten und ihr dreimal am Tag davon geben, zwei Tage lang. Danach nur noch einmal am Tag, bis das Pulver aufgebraucht ist. Ich habe ihr auch noch etwas für eine Paste zusammengestellt.» Sie wies auf ein Beutelchen neben dem Bett. «Damit kann sie sich einreiben. Wird ein paar Tage dauern, aber dann ist wieder alles verheilt.»

«Und das andere?», flüsterte Adelina zurück. «Meine Schwiegermutter sagt, Franziska redet nicht. Was hat das zu bedeuten?»

Ludmilla lächelte. «Muss sich noch von dem Schreck erholen, die Kleine. Aber reden kann sie, ich hab's gehört, als sie schlief. Wenn ich es recht bedenke, war es vielleicht wirklich eine gute Idee, den da mitzubringen. Seinen Namen hat sie im Schlaf immer wieder genannt.» Sie wies mit dem Kinn auf den Knecht, der sich noch immer am Türrahmen herumdrückte. «Wahrscheinlich ist er die beste Medizin. Sorg nur dafür, dass sie ihn nicht rausschmeißt.» Ludmilla grinste verschmitzt. «Ich geh jetzt nach unten.»

«Ja gut, aber warte noch auf mich.» Adelina nickte der alten Frau zu und setzte sich dann neben Franziska, die ihr Gesicht wieder der Wand zugedreht hatte.

«Franziska?» Adelina berührte sie leicht am Arm. «Franziska, hier ist jemand, der dich sehen will.»

Die Magd versteifte sich, und Adelina nahm ein leichtes Kopfschütteln wahr.

«Franziska, eigentlich schickt es sich nicht, dass er sich in deiner Kammer aufhält, aber ich denke, es ist Ludowig sehr wichtig, dir etwas zu sagen.»

«Ludowig?» Franziskas Kopf flog herum, und sie starrte mit vor Entsetzen weitaufgerissenen Augen auf den Knecht, der erschrocken zurückwich und mit dem Rücken gegen die Tür stieß.

«Er soll gehen! Ich … will … ihn nicht hier haben!», presste Franziska verzweifelt hervor und starrte wieder gegen die Wand.

Adelina verstärkte den Druck auf ihren Arm. «Hör zu, er … Nein, bleib hier!», rief sie Ludowig zu, der sich davonstehlen wollte. Rasch stand sie auf und ging zu ihm. «Geh zu ihr, sprich mit ihr!»

«Ich kann das nicht, Herrin. Sie will doch, dass ich geh.»

Adelina stemmte die Hände in die Seiten und blickte ihm streng in die Augen, was gar nicht so einfach war, da er sie um fast zwei Haupteslängen überragte. «Was sie ganz sicher nicht will, ist ein Feigling, Ludowig. Gerade eben hast du mir noch gesagt, du hast sie lieb.» Bei diesen Worten drehte sich Franziska abermals auf ihrer Matratze um, und Ludowig wurde leuchtend rot vor Verlegenheit.

«Das stimmt doch, Ludowig? Oder hast du es dir anders überlegt?»

«Ja, Herrin, ich meine nein, äh …», stammelte der Knecht verzweifelt.

Sie lächelte und drehte sich zu Franziska um, die mit großen Augen zu ihnen herüberblickte. «Dann geh jetzt zu ihr und sag es ihr. Und du», Adelina fixierte Franziska, die bereits Luft geholt hatte, um zu protestieren. «Du lässt den Mann ausreden, ist das klar? Ich kann eure Zankerei nämlich nicht einen Tag länger ertragen.» Adelina trat beiseite und schob Ludowig Richtung Bett. Dann verließ sie die Kammer, blieb jedoch, der Schicklichkeit halber, vor der Tür stehen.

Was die beiden miteinander sprachen, konnte Adelina nicht verstehen, doch nach einer Weile hörte sie Franziska herzzereißend schluchzen. Besorgt spähte sie durch den Türspalt, zog sich jedoch beruhigt wieder zurück, als sie sah, dass der bullige Knecht Franziska an sich gezogen hatte und ihr, die an seiner Schulter weinte, sanft übers Haar strich. Franziska klammerte sich an ihn, und ihre zierliche Gestalt verschwand beinahe in seiner Umarmung. Adelina war froh, dass die beiden sich endlich aussprachen und dass Franziska bei Ludowig den Trost zu finden schien, den sie im Augenblick so dringend brauchte. Doch gleichzeitig überlegte sie, welche neuen Probleme ihr damit nun wohl ins Haus stehen würden.

20

Und nun erzähle mir, was dir auf dem Herzen liegt», forderte Ludmilla Adelina auf, die zusammen mit Ludowig wieder in die Küche zurückgekehrt war. Franziska war, nachdem sie sich bei Ludowig ausgeweint hatte, erschöpft eingeschlafen. Der Knecht nahm sich nur einen Apfel und ging hinaus an seine Arbeit. Feidgin und Benedikta saßen mit Colin auf der Ofenbank; sie hatten Ludmilla offenbar noch nichts von Griets Verschwinden erzählt.

Adelina setzte sich zu Ludmilla an den Tisch und berichtete ihr von den Vorfällen der letzten Tage.

«Das ist eine schlimme Sache», sagte Ludmilla, als Adelina geendet hatte. «Unglaublich, dass sie ein kleines Mädchen entführen, um dich unter Druck zu setzen. Hoffen wir, dass es ihr besser ergeht als deiner Magd.»

Erschrocken blickte Adelina sie an. Daran hatte sie noch gar nicht gedacht! Und wenn sie bedachte, wie sehr das Kind in der Vergangenheit bereits gelitten hatte, wurde ihr ganz schlecht. Doch sie riss sich zusammen. Es konnte den Patriziern nicht daran gelegen sein, dem Kind Schaden zuzufügen.

Sie hörte das Glöckchen an der Haustür und Moses' aufgeregtes Bellen. Eilig stand sie auf, doch im selben Moment wurde bereits die Küchentür aufgestoßen.

Neklas, Meister Jupp und Thomasius drängten in die

Küche. Adelina und Benedikta halfen ihnen aus ihren triefend nassen Umhängen und hängten sie zum Trocknen am Ofen auf.

«Gut, dass wir dich getroffen haben», sagte Meister Jupp gerade zu Neklas. «Wir haben uns überlegt, ob wir nicht gemeinsam mit diesem Gewaltrichter …»

«Jupp?» Ludmilla war aufgesprungen und auf den Chirurgen zugegangen. «Josef Kornbläser?»

Überrascht starrte Meister Jupp die weise Frau an. «Tante Ludmilla? Das ist nicht möglich! Was tust du hier? Du bist doch … Ich dachte, du lebst im Kloster?»

Thomasius stieß einen zischenden Laut aus, auf den Ludmilla mit einem verächtlichen Stirnrunzeln reagierte. «Halt dich da heraus, Thomas. Ich habe meinen Neffen seit einer Ewigkeit nicht mehr gesehen. Lass dich anschauen, Junge!» Sie umrundete Meister Jupp und kniff ihm in den Arm. «Kräftig wie dein Vater. Und dennoch aus anderem Holz geschnitzt. Ich sehe keine Gelehrtentonsur, dein Mantel ist nicht der eines Arztes. Was ist also aus dir geworden?»

Meister Jupp lächelte. «Mein Studium habe ich in Salerno abgeschlossen, gemeinsam mit diesem Tunichtgut.» Er wies mit dem Kinn auf Neklas. «Doch anders als ihn zog es mich mehr zu den praktischen Arbeiten. Und nachdem ich mich nicht nur aufs Starstechen konzentrieren wollte, habe ich mich in der hohen Kunst der Chirurgie weitergebildet. Die alten Griechen haben hierzu eine Menge Interessantes geschrieben. Auf die Zahnheilkunde verstehe ich mich auch.»

«Nein, wirklich?» Ludmilla lachte heiser und klatschte in die Hände. «Ist ja nicht möglich! Mein Neffe, ein Chirurg! Dein Vater muss außer sich gewesen sein vor

Zorn.» Sie wischte sich die Lachtränen aus den Augenwinkeln. «Du musst mir davon berichten, unbedingt.»

«Das werde ich gerne tun, doch zuerst möchte ich wirklich gerne wissen, warum du nicht mehr im Kloster bist, Tante Ludmilla.»

«O je, eine lange Geschichte», antwortete sie.

«Nicht lang, nur verwerflich», grollte Thomasius und zupfte an seiner feuchten Kutte herum. «Sie ist aus dem Kloster fortgelaufen und verdingt sich lieber als Quacksalberin und Hebamme, die den Frauen schändliches …»

«Halt den Mund, Thomas!», fuhr Ludmilla ihn unwirsch an. «Du weißt gar nichts, willst es auch nicht wissen. Ich habe mir mein Leben selbst erwählt, und es ist um Längen besser als alles, was mich im Kloster je erwartet hätte. Sei du still und bete meinetwegen für mich zu unserem Herrgott. Aber vergiss nicht, ihn auch um Vergebung für deine eigenen Sünden zu bitten.»

«Setzt euch doch», unterbrach Adelina und hoffte, damit einen offenen Streit zu vermeiden. Eilig nahm sie Holzbrettchen, Messer und Löffel aus dem Geschirrregal und deckte den Tisch.

Feidgin stellte Becher und Wein dazu, Benedikta schnitt einen Laib Brot in Scheiben. «Das ist leider der letzte, und bei der ganzen Aufregung haben wir gar nicht daran gedacht, zu kochen», meinte sie bedauernd.

Adelina zog einen Korb unter der Ofenbank hervor. «Ich sehe nach, ob noch Eier da sind.»

«Das brauchst du nicht», sagte Neklas und nahm ihr den Korb aus der Hand. «Du ruhst dich aus.»

«Also, irgendetwas müsst ihr doch essen. Ich kann ganz schnell ein paar Rühreier machen.»

«Nicht nötig!», erklang eine Frauenstimme aus dem

Flur. Marie Elfge trat ein, in jeder Hand einen großen, mit Tüchern abgedeckten Korb. Bratenduft erfüllte die Luft. «Die Tür war offen.» Sie lächelte. «Ich habe mir erlaubt, etwas aus der Garküche zu holen. Nachdem ich gehört habe, dass Meisterin Burka wieder da ist, dachte ich, ich schaue mal rein und sehe, ob ich helfen kann. Wie geht es Euch?»

Adelina zuckte mit den Schultern und wollte ihr einen der Körbe abnehmen, doch Meister Jupp kam ihr zuvor. Er war von seinem Platz aufgesprungen und hob nun ohne Umstände beide Körbe auf den Tisch.

«Danke, Jungfer Marie, das war sehr aufmerksam von Euch», sagte er und zog eines der Tücher zur Seite. «Wir sollten wirklich was in den Magen bekommen. Aber allein seid Ihr doch gewiss nicht hier, oder? Holt Eure Magd herein, bei diesem Wetter sollte niemand vor der Tür warten müssen.»

«Ich habe sie nach Hause geschickt», antwortete Marie. «Sie muss nicht alles wissen.»

Er nickte zustimmend. «Also gut, dann sorgen wir später dafür, dass Ihr sicher nach Hause kommt. Nun denn, setzt Euch zu uns!» Er rückte zur Seite und ließ Marie neben sich Platz nehmen. Adelina rief Magda und Ludowig zum Essen. Noch mehr Becher und Brettchen wurden herbeigeholt und dann die Brathähnchen, Fleischpasteten und das gebratene Gemüse ausgepackt.

Selbst Thomasius, der vorab auf einem Gebet beharrt hatte, griff nun doch hungrig zu.

Als die Küchentür aufging, hielten alle inne.

Franziska trat zögernd ein und blickte unsicher auf den Fußboden. «Herrin, darf ich hier unten bleiben? Da oben in meiner Kammer fühle ich mich so allein.»

«Bist du denn schon kräftig genug?», fragte Adelina und musterte Franziska. Sie war blass, schien jedoch gefasst und warf einen zögernden Blick in Richtung Ludowigs, der sie voll Wärme in den Augen anblickte.

Adelina nickte und lächelte ihr aufmunternd zu. «Also gut, setz dich zu uns. Dort neben Ludowig ist noch ein Platz auf der Bank frei.»

Als Franziska neben dem Knecht Platz nehm, legte er einen Arm um sie, und es schien, als wolle er sie für den Rest der Mahlzeit auch nicht wieder loslassen.

«Adelina? Was hat das zu bedeuten?», flüsterte Neklas mit hochgezogenen Brauen.

«Später», antwortete sie ihm genauso leise und nahm sich eine Fleischpastete.

†

Nachdem die hungrigen Mägen fürs Erste gefüllt waren, berichtete Adelina den anderen von ihrem Verdacht hinsichtlich Griets Verschwinden.

Neklas nahm ihre Hand und nickte zu allem, was sie sagte. «Ich fürchte, du könntest recht haben. Männer wie Walter von der Weiden oder Hilger Quattermart schrecken nicht vor einer Entführung zurück. Immerhin geht es darum, wer zukünftig in Köln die Macht haben wird. Und Macht ist alles, was diese Männer interessiert.»

«Wir können nicht ausschließen, dass Laufer, wenn er denn der Entführer ist, Griet aus der Stadt gebracht hat», sagte Meister Jupp. «Das macht unsere Suche nicht einfacher.»

«Aber wenn er noch weitere Helfer in der Stadt hat, wie diesen Caspar, von dem Ihr gesprochen habt, kann er sie ebenso gut irgendwo innerhalb der Stadtmauern versteckt haben», warf Marie ein. Meister Jupp blickte sie interessiert von der Seite an. «Habt Ihr inzwischen herausfinden können, ob und wie weit Euer Vater in diese Angelegenheit verstrickt ist?»

Marie senkte den Kopf. «Ich habe ihn gefragt.»

Um den Tisch wurde es still.

«Und?» Meister Jupp legte eine seiner Pranken über ihre schmalen Hände, die sie auf dem Tisch so fest gefaltet hatte, dass ihre Fingerknöchel weiß hervortraten.

Wieder zog Neklas die Brauen hoch, enthielt sich jedoch diesmal eines Kommentars.

Marie hob ihren Kopf vorsichtig wieder. «Er hat geweint.» Sie biss sich auf die Lippen. «Nachdem er das Haus verlassen hat, habe ich dann seine Sachen durchsucht, aber keinen Hinweis darauf gefunden, dass er etwas mit der Feme oder Belas Tod zu tun hat.»

«Keine Briefe, keine Einladung zum Gerichtstag?»

Sie schüttelte den Kopf.

Meister Jupp nickte. «Vermutlich alles verbrannt. Wenn es denn etwas zu verbrennen gab.»

«Ich kann das noch immer nicht glauben», sagte Marie nun mit festerer Stimme. «Mein Vater ist ein Kaufmann, kein Mörder.»

«Als Freischöffe ist er ja auch kein Mörder», berichtigte Meister Jupp sie sanft. «Wenn er der Feme angehört, hat er nur seine Pflicht getan. Auf Hochverrat steht auch vor dem Kölner Hochgericht die Todesstrafe.» Er lächelte aufmunternd, doch Marie konnte sich zu keinem Lächeln durchringen.

†

Nachdem sie noch einmal gemeinsam überlegt hatten, wie die Suche nach Griet weitergehen sollte, hatte Neklas darauf bestanden, dass Adelina sich etwas Ruhe gönnte. Bevor sie sich hinlegte, versuchte sie aber noch einmal, Colin die Brust zu geben. Zwar schmerzte es nach wie vor, doch ihre Milch schien nicht versiegt zu sein, und Colin wurde wenigstens einigermaßen satt. Erleichtert rieb sie sich noch einmal mit Ludmillas Paste ein und schlief dann fast zwei Stunden.

Als sie aufwachte, lag Neklas schlafend neben ihr im Bett. Sie wollte ihn nicht wecken, da er vermutlich in den letzten Tagen kaum Schlaf gefunden hatte, doch als sie vorsichtig aufstehen wollte, schlug er die Augen auf.

Wegen der tiefhängenden Regenwolken war es ungewöhnlich dunkel in der Kammer. Er blickte sich prüfend um. «Wie spät ist es?»

Adelina wurde die Antwort abgenommen, da die Glocken von Groß St. Martin in diesem Augenblick zur Vesper läuteten.

«Ich habe so schreckliche Angst um Griet», sagte Adelina. «Sie wusste etwas, Neklas. Seit Tagen habe ich ihre Furcht gespürt, aber sie wollte nicht darüber sprechen. Was, wenn der Entführer sie schon die ganze Zeit beobachtet hat? Ich dachte, es sei Thomasius, der ihr Angst macht, aber diesmal lag es nicht an ihm. Wäre mir das nur schon früher klar gewesen, vielleicht hätte ich etwas unternehmen können.»

Neklas schüttelte den Kopf. «Aber, bei allen Heiligen, wie hätten wir ahnen sollen, dass man sie entführen will?»

«Nein, das konnte niemand ahnen», bestätigte Adelina bedrückt. «Wie sollen wir sie nur finden?»

«Wir gehen noch einmal zu Reese», sagte Neklas und

stand auf. Er strich sich sein Wams glatt und ging ans Fenster. Es regnete noch immer, und der Alter Markt hatte sich in ein Schlammfeld mit tiefen Pfützen verwandelt. Nur wenige überdachte Verkaufsstände waren geöffnet, die meisten Bauern und Händler hatten sich bereits auf den Heimweg gemacht, wenn sie denn bei diesem Wetter überhaupt da gewesen waren.

Neklas drehte sich zu Adelina um. «Thomasius hat über den Abt des Dominikanerklosters vom Erzbischof erfahren, dass ich die Erlaubnis für die Leichenöffnung hatte. Er hat natürlich getobt und mich einen dreisten Ketzer genannt.»

«Wie immer», meinte Adelina seufzend.

«Eines muss ich ihm allerdings lassen», fuhr er fort. «Er gibt zu, dass die Entführung eines unschuldigen Kindes das größere Verbrechen ist. Er scheint dich übrigens wirklich zu mögen, denn er bestand darauf, dir zuliebe bei der Suche zu helfen.»

«Ein merkwürdiger Mann», sagte Adelina. «Meister Jupp meint, du hättest Thomasius unter Druck gesetzt. Ist das wahr?»

Neklas lächelte. «Ich habe ihm nur nahegelegt, über seine vergangenen Sünden nachzudenken. Zur besseren Erinnerung gab ich ihm eine Zusammenfassung des Schreibens, mit dem er Ruths Taufe verhindert hat. Wenn er gekonnt hätte, hätte er mir vermutlich gerne den Hals umgedreht.»

«Glaubst du, er wird uns nun endlich in Frieden lassen?»

«Nein. Oder … eines Tages vielleicht. Nein», korrigierte er sich. «Er ist lästig wie eine Horde Schmeißfliegen, und das wird sich wohl auch nicht mehr ändern.»

«Müssen wir Angst vor ihm haben?» Adelina trat zu Neklas ans Fenster.

Er ließ sich mit seiner Antwort Zeit, doch dann schüttelte er den Kopf und zog sie an sich. «Nein, müssen wir nicht.» Er drückte seine Lippen auf ihr Haar. «Nicht, solange ich unter deinem läuternden Einfluss stehe.»

Neklas grinste.

«Du meinst wohl, solange du ihm ein schlechtes Gewissen machen kannst. Das ist Erpressung, Neklas.»

«Nur ein wenig.» Er gab ihr einen Kuss. «Fühlst du dich wohl genug, um mit mir zum Rathaus zu gehen und Reese aufzusuchen?»

†

Sie hatten den Gewaltrichter nicht angetroffen, ihm nur eine Nachricht hinterlassen können, und waren dann durch den nicht nachlassen wollenden Regen wieder zurück zur Apotheke geeilt.

Adelina hatte sich vorgenommen, den Verkaufsraum aufzuräumen. Zwar hatten Feidgin, Benedikta und vermutlich auch Mira versucht, das Chaos zu beseitigen, doch nun standen die Arzneien und Ingredienzien in einem heillosen Durcheinander in den Regalen. Es würde bis zum Abend dauern, alles wieder an seinen angestammten Platz zu stellen. Adelina hoffte, durch die Arbeit die Sorge um Griet wenigstens für eine Weile verscheuchen zu können.

Neklas, der indes rastlos im Haus herumgestreift war, machte sich schließlich zu Meister Jupps Wohnhaus auf, um Vitus und Mira abzuholen.

«Sie sind hier genauso sicher wie dort», meinte er achselzuckend und verließ die Apotheke.

Adelina räumte die unteren beiden Regalfächer aus und stellte alle Gläser, Dosen und Phiolen auf den Verkaufstresen. Moses kam hereingehumpelt und legte sich schnaufend neben sie, sodass sie bei jedem Handgriff über ihn steigen musste. Auch Fine war wieder aufgetaucht. Nach den Vorfällen der vergangenen Tage hatte sie sich vermutlich draußen im Stall versteckt. Nun war sie in eines der leeren Regalfächer gesprungen und putzte sich ausgiebig.

«Hat Magda dir eine Schale Milch gegeben?», fragte Adelina und strich der Katze sanft über das Fell.

Fine schnurrte und leckte sich geziert über die rechte Vorderpfote.

«Du vermisst Vitus, was?» Adelina räumte nun auch das zweitoberste Regalfach aus und wischte mit einem Lappen über das Holz. «Er ist bald wieder hier.» Ihre Miene verfinsterte sich. «Und wenn er zurück ist, müssen wir ins Gaffelhaus, wo Vater aufgebahrt ist.» Ihr graute davor, denn sie wusste nicht, wie sie ihrem Bruder klarmachen sollte, dass ihr Vater gestorben war und nicht mehr zu ihnen zurückkehren würde. Sie hatte es ja selbst noch nicht ganz begriffen.

Fine kauerte sich im Regal zusammen und sah ihr mit zuckender Schwanzspitze bei der Arbeit zu.

Um an das oberste Regalbrett zu gelangen, musste Adelina auf einen Hocker klettern. Auf einigen der Kisten und Kästen, die sie dort lagerte, hatte sich bereits eine dünne Schicht Staub abgesetzt. Sie fuhr mit ihrem Lappen darüber und hob zuletzt zwei bauchige Krüge herunter, um zu prüfen, ob deren Inhalt noch genießbar war. Dabei fiel ihr Blick auf eine mit gewirkter Goldschnur umwickelte Holzschachtel, kaum größer als ihr Handteller, die ganz hinten an die Wand gerutscht war.

Stirnrunzelnd nahm sie die Schachtel aus dem Regal.

†

«Du liebe Zeit, wie unanständig», sagte Benedikta kopfschüttelnd. Sie saß am Küchentisch, vor sich die geöffnete Schachtel, und hielt in der linken Hand den Brief, der darin gelegen hatte, und in der rechten Hand eine Pfeilspitze aus geschliffenem Glas. «Dieses Schreiben werde ich Feidgin auf keinen Fall aushändigen. So was, er will ihr sein Haus zeigen. Seine Schlafkammer wohl eher, wie? Aber wenigstens wissen wir nun, warum Feidgin ihn nicht mehr getroffen und er nie hier vorgesprochen hat.»

Adelina nahm ihr das gefaltete Pergament ab und überflog es selbst noch einmal. «Ins Bergische ist er gereist. Das lässt sich ja leicht überprüfen. Herr Reese müsste doch wissen, wo sich sein Cousin aufhält.» Sie blickte auf und sah Mira, die still vor dem Tisch stand, streng in die Augen. Das Mädchen war mit Vitus und Neklas gerade erst zurückgekehrt, und Adelina hatte sie nach ihrem Fund sofort zu sich gerufen. «Du bist also ganz sicher, dass dies das Päckchen ist, welches dir der Bote übergeben hat?»

«Ja doch.» Mira nickte eifrig. «Ich erkenne genau das Goldband da.» Sie deutete auf die gewirkte Schnur. «Und ich habe ja auch gesagt, dass ich es vor Vitus oben auf dem Regal versteckt habe. Wenn er so was findet, macht er es kaputt.» Sie senkte verlegen den Kopf.

«Ich mache dir ja keine Vorwürfe», beruhigte Adelina sie. «Es ist nur ärgerlich, dass wir es danach alle vergessen haben.» Adelina dachte daran, was sie dem Vogt erzählt hatte. Sie musste unbedingt mit Reese über ihren Fund sprechen.

Neklas war sofort noch einmal losgegangen, um den Gewaltrichter zu suchen, doch er war schon seit einer geraumen Weile fort, und Adelina wunderte sich, wo er blieb.

Kurz darauf trat Neklas jedoch zusammen mit Reese in die Küche. Die beiden Männer wirkten besorgt. Neklas schüttelte seine nassen schwarzen Locken wie ein Hund, und Adelina beeilte sich, ihnen die tropfnassen Umhänge abzunehmen. Erschöpft setzten sich die beiden an den Tisch. Neklas griff nach dem Bierkrug. Er goss sich und dem Gewaltrichter ein und sagte dann: «Er ist tot.»

«Wer ist tot?», fragte Adelina erstaunt.

«Caspar.» Neklas trank das Bier in einem Zug aus und goss sich gleich noch einmal nach.

Reese nickte grimmig. «Er wurde niedergestochen in einer Gasse am Hafen gefunden. Der Büttel brachte ihn ins Hospital und informierte dann mich, da der Vogt anderweitig beschäftigt ist. Magister Burka war gerade bei mir, also machten wir uns sofort auf den Weg, doch Caspar war so schwer verletzt, dass auch Euer Gemahl nichts mehr für ihn …»

«Und?», unterbrach Adelina ungeduldig. «Hat er etwas über Griet gesagt?»

Neklas schüttelte den Kopf. «Nein, aber zumindest hat er uns noch gesagt, wo sich Eginhard Laufer aufhält. Der Büttel hat schon seine Männer ausgeschickt, und auf dem Weg hierher sind uns Stadtsoldaten zu

Pferde begegnet. Hauptmann Greverode wird Laufer festsetzen.»

Adelina atmete erleichtert auf, doch dann erschrak sie. «Neklas, es wird Griet doch nichts geschehen, oder? Diese Soldaten …»

«Nein. Sobald Laufer in der Stadt ist, werden wir es erfahren. Und gewiss hat er Griet nicht bei sich. Caspar behauptete, er würde sich derzeit in Siegburg aufhalten.»

«Bei Hilger?»

Er zuckte mit den Schultern.

«Aber wenn sie nun doch bei ihm ist. Und wenn ich mir vorstelle, einer der Soldaten fasst sie an.» Adelina sprang von der Bank auf und lief in der Küche auf und ab.

Neklas stellte seinen Becher ab und ging zu ihr. «Ich weiß, ich mache mir auch Sorgen.»

Sie konnte die Angst um Griet in seinen Augen sehen. Sie war seine leibliche Tochter. Wenn sie auch erst seit einem Jahr bei ihnen war, so gehörte sie doch inzwischen uneingeschränkt zu ihrer Familie. Wie schlimm musste es für ihn sein, abzuwarten und nicht selbst loszureiten, um ihr zu helfen? Er hatte sich seit mindestens zwei Tagen nicht mehr rasiert, und die dunklen Schatten auf Kinn und Wangen ließen ihn noch müder wirken.

Er zog sie in seine Arme. «Wir finden sie, und es wird ihr nichts geschehen. Ich verspreche es. Sobald wir wissen, wo sie ist, gehe ich selbst dorthin und hole sie.»

«Und ich komme mit», seufzte sie an seiner Schulter.

Reese hüstelte verlegen. «Verzeiht, Frau Adelina, aber wegen der Soldaten braucht Ihr Euch, denke ich, keine Sorgen zu machen. Nach dem Vorfall hier im Hause hat der Hauptmann drakonische Strafen verhängt. Greverode ist kein schlechter Mann, das sagte ich ja. Ich vermute übrigens, dass Eure Magd den Soldaten, diesen Gustav, wohl nicht anzuzeigen braucht.» Auf Adelinas wütenden Blick hob er beschwichtigend die Hand und erklärte: «Greverode ließ ihn auspeitschen, vielleicht habt Ihr davon gehört. Die Wunden haben sich böse entzündet, er wird wohl nicht mehr lange leben. Vielleicht seine gerechte Strafe, doch wird es mit ziemlicher Wahrscheinlichkeit nicht mehr zu einem Prozess kommen.»

«Vielleicht ist es besser so», warf Benedikta ein, die still am Tischende saß und Colin in ihren Armen wiegte. «Franziska braucht noch Zeit, bis sie darüber hinwegkommt. Wahrscheinlich ist es besser, wenn sie nicht noch vor Gericht eine Aussage machen muss. Und man weiß auch nicht, wie viel das bringen würde. Wenn der Bastard an seinen Wunden stirbt, ist er aus der Welt.»

Überrascht über diese harten Worte sah Adelina zu ihrer Schwiegermutter hinüber.

Reese nickte. «Da mögt Ihr nicht ganz unrecht haben.» Er wandte sich Adelina zu. «Aber Magister Burka sagte mir, Ihr möchtet noch über etwas anderes mit mir sprechen? Ein Päckchen meines werten Cousins?»

Adelina reichte ihm den Brief und die Pfeilspitze.

«Ah ja, eindeutig die Handschrift meines Cousins. Und ganz seine Art, dieses Geschenk.» Entschuldigend lächelte er Benedikta an. «Wie Ihr gewiss schon vermutet habt, ist dies nicht die erste Liebesgabe Heinrichs.»

«Ihr könnt ja nichts für das Verhalten Eures Cousins, lieber Herr Reese», erwiderte Benedikta. «Aber sagt, stimmt es denn zumindest, dass er ins Bergische gefahren ist?»

«Ja, das mag stimmen. Soweit ich weiß, hat Heinrich

dort Kundschaft.» Reese schüttelte resigniert den Kopf. «Er wird wohl niemals gescheit. Hat Eure Schwester den Brief gelesen?»

Benedikta verneinte.

«Gut, dann wäre es wohl auch für alle Beteiligten besser, wenn sie niemals davon erfährt.»

«Da sind wir einer Meinung, Herr Reese», sagte Benedikta. Reese nickte ihr zu und wandte sich noch einmal an Adelina. «Es stellt sich nun aber natürlich die Frage, woher die Geldkatze mit den Münzen und den Karfunkelsteinen stammt, die die Soldaten in Eurem Haus gefunden haben. Ganz offensichtlich gelangte sie ja nicht mit diesem Päckchen zu Euch.»

Adelina schüttelte nachdenklich den Kopf. «Kann es vielleicht sein, dass Caspar oder Laufer die Geldkatze bei mir versteckt haben, um den Verdacht auf mich zu lenken? Aus dem gleichen Grund, aus dem sie Griet entführt haben – um mich auszuschalten?»

«Ein guter Gedanke, Meisterin Burka. Aber nun muss ich mich entschuldigen. Ich sollte zurück ins Rathaus und sehen, was es Neues gibt. Sobald ich etwas erfahre, lasse ich Euch Bescheid geben», versprach Reese und verabschiedete sich.

21

Nach einer durchwachten Nacht machte sich die gesamte Familie am nächsten Morgen übermüdet auf den Weg zum Gaffelhaus. Nur Mira und Vitus waren einigermaßen ausgeschlafen, die anderen hatten vergeblich auf Nachricht von Reese gewartet. Dabei war es unwahrscheinlich, dass man Laufer bereits gefasst hatte. Wenn er sich tatsächlich in Siegburg aufhielt, würden die Soldaten frühestens im Laufe des heutigen Tages wieder in Köln sein, und auch das nur, wenn sie Hin- wie Rückweg in gestrecktem Galopp zurücklegen würden.

Adelina fürchtete sich davor, ihren aufgebahrten Vater zu sehen. In den vergangenen Tagen hatte sie seinen Tod und ihre Schuldgefühle weitestgehend verdrängt. Doch nun würde sie sich ihnen stellen müssen und außerdem der Familie und dem Gesinde zum Vorbild ihre Haltung wahren müssen.

Sie schämte sich, dass Alberts Totenwache nicht zu Hause abgehalten wurde. Natürlich hatte die Zunft diese Aufgabe gerne übernommen, nachdem bekannt geworden war, dass man Adelina zu Turme gebracht hatte. Welches Licht dies auf ihren guten Ruf als Apothekerin geworfen hatte und ob sich dies auf ihr Geschäft auswirken würde, mochte sie sich lieber nicht ausmalen.

Meister Leuer begrüßte sie an der Pforte des Gaffelhauses und führte sie in einen kleinen Raum, eine der

Schreibstuben, die man zum Zweck der Totenwache ausgeräumt hatte.

Eine hölzerne, mit Leinentüchern bespannte Bahre stand in der Mitte des Raumes. Am Kopfende und zu beiden Seiten waren Kerzen aufgestellt worden, deren Licht beim Öffnen der Tür ins Flackern geriet. Einer der Mönche aus dem Benediktinerkloster Groß St. Martin stand mit gefalteten Händen neben der Bahre, zog sich jedoch leise zurück, als er die Besucher sah.

«Ich lasse Euch allein», sagte der Zunftmeister und nickte Adelina aufmunternd zu.

Sie sah kurz zu Neklas und trat dann zunächst allein zu ihrem Vater. Still betrachtete sie Alberts friedliches Gesicht mit den eingefallenen Wangen.

«Es tut mir so leid, Vater», flüsterte sie. «Du hast immer gesagt, ich soll mich aus anderer Leute Angelegenheiten heraushalten. Ich wollte nicht, dass das passiert.» Tränen brannten in ihren Augen. Zaghaft berührte sie mit den Fingerspitzen seine gefalteten Hände, in denen ein Kruzifix steckte. «So einen Tod hast du nicht verdient», sagte sie erstickt.

«Er ist jetzt bei deiner Mutter», sagte Neklas hinter ihr.

Er legte ihr seine Hände auf die Schultern, und sie nickte leicht. «Ja, er ist bei ihr. Er hat meine Mutter zeit seines Lebens vermisst.» Sie seufzte. «Ich konnte die Lücke nie wirklich ausfüllen.»

«Er hat dich geliebt und er war stolz auf dich.» Neklas drehte sie zu sich herum. «Du darfst dir keine Vorwürfe machen. Er hat gehandelt, wie jeder Vater gehandelt hätte.»

«Du auch, nicht wahr?»

Er nickte. «Ich auch, ja.»

Sie lehnte sich an ihn. «Lass uns die anderen hereinholen.»

†

Es war nicht leicht, Vitus begreiflich zu machen, was mit seinem Vater geschehen war und dass er am nächsten Tag beerdigt werden würde. Als Vitus seinen Vater auf der Bahre liegen sah, glaubte er, er würde schlafen.

Neklas hatte den erschrockenen Mönch beruhigen müssen, als Vitus seinen Vater an den Schultern rüttelte und lautstark forderte, er möge aufwachen. Erst als sie wieder daheim waren und Magda ihnen eine Mahlzeit aus gebratenen Eiern, Brot und mit Honig gesüßtem Hirsebrei vorsetzte, beruhigte sich der Junge wieder. Und als er Fine entdeckte, die durch das Küchenfenster hereinkam, schien er Albert vergessen zu haben. Adelina beneidete ihn fast darum. In Vitus' Welt gab es weder lange Trauer noch Schuldgefühle.

Sie überlegte, ob sie die Apotheke öffnen sollte, entschied sich jedoch dagegen. Sie hatte einfach noch nicht die Kraft dazu, ihren Kunden, sollten überhaupt welche kommen, entgegenzutreten. Außerdem hatte sie von Meister Leuer erfahren, dass die Zunft beabsichtigte, die Trauergäste nach der Beerdigung in das Gasthaus *Zum Bären* einzuladen. Sie beschloss, nachdem sie sich ein wenig ausgeruht hatte, mit Franziska und Ludowig dorthin zu gehen und sich wenigstens um die Vorbereitungen für den Leichenschmaus zu kümmern. Sie wollte, dass der dortige Koch auf jeden Fall Alberts Leibspeise, Grützwürste, auf den Tisch brachte. Vor allem musste sie dafür sorgen, dass von allem genug da war. Albert war in der Zunft und bei seinen Nachbarn stets angesehen und beliebt gewesen, und es stand zu erwarten, dass die Trauergemeinde recht groß werden würde.

Es fiel ihr schwer, alle Entscheidungen ruhig und besonnen zu treffen, denn ihre Gedanken kreisten unentwegt um Griet. Sie betete darum, dass es ihrer Stieftochter wohl erging, wusste jedoch, dass das Kind mit Sicherheit krank vor Angst war. Ihr selbst erging es ebenso. Untätigkeit machte jedoch alles nur noch schlimmer, deshalb begann sie, nach ihrer Rückkehr aus dem Gasthaus die Kammer ihres Vaters auszuräumen.

Benedikta und Feidgin schlossen sich ihr an, deshalb hatten sie Alberts Habseligkeiten recht schnell geordnet und sortiert.

«Vaters Kleider werde ich dem Schellenknecht von Melaten mitgeben», beschloss Adelina. «Das Leprosenhospital kann immer Spenden gebrauchen.»

«Eine gute Entscheidung», sagte Benedikta, und auch Feidgin nickte.

«Ja, so habe ich es mit den Kleidern meiner verstorbenen Gemahle auch immer gehalten. Man kann den Armen und Kranken niemals genug Fürsorge zuteil werden lassen.» Sie seufzte. «Es schmerzt mich, daran zu denken, bald wieder in mein einsames Haus zurückkehren zu müssen.»

Adelina legte ein Bündel Strümpfe aufs Bett. «Ihr wollt wieder nach Hause fahren?»

«Ja», bestätigte Benedikta. «Ich denke, es ist besser, wenn wir nach der Beerdigung abreisen. Es ist so viel geschehen, und ich glaube, Neklas und du, ihr braucht erst einmal Zeit und Ruhe, um euch davon zu erholen.

Zwei Dauergäste sind ja nicht gerade dazu angetan, dir die Arbeit einfacher zu machen.»

«Aber ihr stört doch nicht», protestierte Adelina. «Wir würden uns freuen, wenn ihr noch eine Weile bei uns bleibt.»

«Ich mache dir einen anderen Vorschlag», meinte Benedikta und legte ihr eine Hand auf den Arm. «Wir kommen einfach im nächsten Frühling, sobald der Schnee geschmolzen und die Straßen passierbar sind, wieder hierher. Vielleicht möchte ja auch eine von Neklas' Schwestern oder sein Bruder uns dann begleiten.»

«Bis zum nächsten Frühjahr ist es noch lang.»

«Ach, mein Kind, die Zeit vergeht schneller, als du denkst. Wenn du erst in meinem Alter bist, wirst du begreifen, was ich meine.» Benedikta lächelte sanft und strich ihr flüchtig über die Wange. «Neklas ist jedenfalls gut bei dir aufgehoben. Ich habe unsere Sachen bereits weitestgehend gepackt und Donatus Bescheid gegeben. Am Freitag reisen wir ab.» Sie hielt inne. «Selbstverständlich nur, wenn Griet bis dahin wieder hier und wohlauf ist.»

†

Am Nachmittag kam Ludmilla noch einmal vorbei, um nach Franziska zu sehen und auch Adelina zu fragen, wie es ihr ging. Sie hatte bei Meister Jupp und seinen beiden Töchtern übernachtet und berichtete nun, dass ihr Neffe und Neklas noch einmal zum Rathaus gegangen seien. «Dieses Mädchen, die Tochter des Schöffen Elfge, ist mit ihnen gegangen», erzählte sie und legte den Kopf auf die Seite. «Mir scheint, sie versteht sich recht gut mit

Jupp. Ein netter Einfall von dir, sie mit ihm bekannt zu machen.»

Adelina, die gerade in einem Topf Suppe rührte, drehte sich verblüfft zu Ludmilla um. «Ich habe nichts dergleichen getan. Sie sind sich hier zufällig begegnet.»

«Ah, ah, Zufälle gibt es nicht», widersprach die alte Frau und lächelte. «Und in diesem Haus scheint Amor eine ganze Menge seiner Pfeile verschossen zu haben.»

Adelina blinzelte. «Amor?»

«Ja doch, dieser römische Gott, der dafür sorgt, dass sich die Menschen verlieben.»

«Ludmilla!» Amüsiert hängte Adelina die Schöpfkelle, mit der sie die Suppe rührte, am Topfrand ein und setzte sich zu ihr auf die Ofenbank. «Du glaubst an römische Götter? Kein Wunder, dass dein Bruder dich nicht leiden kann.»

Ludmilla kicherte. «Ich denke, die einen Götter schließen die anderen nicht aus. Thomasius konnte noch nie über den Rand seiner begrenzten Welt hinausblicken. Wie willst du nun mit Franziska und deinem Knecht verfahren?»

Adelina hob die Schultern. Darüber hatte sie noch nicht nachgedacht.

«Wirst du sie in deinem Haushalt behalten?»

«Franziska ist eine tüchtige Magd, Ludowig ein guter Knecht. Ich möchte ungern auf einen der beiden verzichten. Heiraten können sie ja leider nicht. Wie sollten sie auch einen eigenen Hausstand gründen?»

«Nun, du könntest ihnen eine gemeinsame Kammer geben, falls sie das wünschen», schlug Ludmilla vor. «Wenn sie sich gut verstehen, werden sie auch ohne den Segen der Kirche beieinander bleiben. Bliebe die Frage nach den Kindern. Wärest du bereit, Franziskas Kinder in deinem Haushalt aufwachsen zu lassen?»

Wieder hob Adelina die Schultern. «Das kann ich wohl kaum allein entscheiden.»

«Du solltest mit deinem Gemahl darüber sprechen.» Ludmilla stand auf und trat an Colins Wiege. «Es gibt auch Kräutertränke, die dafür sorgen, dass eine Frau nicht empfängt», sagte sie leise und bedächtig. «Die Hübschlerinnen benutzen sie häufig. Man muss sie jeden Tag einnehmen, aber ganz sicher wirken sie auch dann nicht immer.»

«Und du würdest diese Kräuter beschaffen?»

«Ah, glaubst du, ich schaufele mir mein eigenes Grab? Die Kirche verbietet es uns Frauen, zu bestimmen, ob und wann wir ein Kind haben wollen. Ich werde mich ganz sicher nicht der Gefahr aussetzen, als Ketzerin auf dem Scheiterhaufen zu enden.»

«Also?» Adelina blickte sie aufmerksam an.

Ludmilla grinste spitzbübisch. «Mag sein, mir entfallen versehentlich ein paar Hinweise, wo man gelegentlich einen Spaziergang machen sollte und welche Kräuter sich besonders schön trocknen lassen. Wenn man diese dann zu gleichen Teilen zusammengibt, erhält man eine gutriechende Mischung für die Schlafkammer.» Sie zwinkerte und strich Colin über die Wange. «Einen hübschen Sohn hast du da. Gewiss wird er einmal die Herzen aller Jungfern der Stadt brechen.»

«Gott bewahre!», lachte Adelina und zwinkerte zurück. «Ich werde Neklas fragen und mit Franziska darüber sprechen, ob sie …» Sie hielt kurz inne. «Ob sie in ihrer Schlafkammer eine gutriechende Kräutermischung haben möchte.»

Ludmilla nickte ihr zu, dann hob sie lauschend den Kopf. «Dein Gemahl scheint zurück zu sein, und in Gesellschaft.»

Tatsächlich ging in diesem Moment die Haustür; mehrere Stimmen redeten in heftigem Ton durcheinander.

Augenblicke später flog die Küchentür auf, und Neklas stürzte mit aufgebrachter Miene herein. Ihm folgten Georg Reese und Meister Jupp und zuletzt noch Marie, die wieder einen Korb am Arm hatte. Diesmal enthielt er kleine runde und geflochtene Gebäckstücke.

«Er lügt, es kann gar nicht anders sein!», grollte Neklas und warf seinen Mantel auf den Tisch. Adelina nahm ihn jedoch wieder auf und schüttelte ihn sorgfältig aus, bevor sie ihn an den Ofen hängte.

Reese schüttelte den Kopf. «Das glaube ich nicht. Er wurde unverzüglich zu Turme gebracht, und der Vogt hat nicht gezögert, nach dem ersten Grad der Befragung gleich den zweiten anzuwenden. Immerhin hat er sein Gesicht zu wahren.»

«Er muss lügen. Oder er hat sie umgebracht.»

Adelina starrte Neklas an, der ganz weiß um die Nase geworden war. «Was um Himmels willen ist geschehen?», fragte sie.

Die Männer verstummten. Meister Jupp hüstelte und warf Neklas einen auffordernden Blick zu. Dieser wiederum blickte zu Reese, der jedoch schwieg.

«Adelina.» Neklas trat zu ihr und fasste sie bei den Händen. Seine Stimme zitterte, und es fiel ihm sichtlich schwer, ruhig zu bleiben. «Sie haben Laufer gefunden. Er war nicht in Siegburg, aber auf dem Weg dorthin.»

«Und weiter?» An seinem Gesicht konnte sie erkennen,

dass er schlimme Nachrichten hatte. Ihr Herz pochte unangenehm heftig gegen ihre Rippen.

«Er … er wurde befragt», stieß Neklas hervor.

«Hat er gesagt, wo Griet ist?»

«Adelina …» Neklas atmete heftig ein. «Er behauptet, er wisse nichts von ihrem Verschwinden. Er hat gestanden, dass er dir das Kästchen mit den Edelsteinen untergeschoben hat. Er hat aber nicht ausgesagt, in wessen Auftrag er gehandelt hat und wer die Mittelsmänner in der Stadt sind.»

«Noch nicht», brummte Reese grimmig.

«Aber er schwört Stein und Bein, Griet nicht einmal zu kennen.»

«Das kann nicht sein.» Adelina schüttelte den Kopf. «Wer sonst, wenn nicht er, sollte sie entführt haben?»

«Habt Ihr sonst irgendwelche Feinde in der Stadt?», wollte Meister Jupp wissen. Er rieb sich bedächtig den Bart. «Irgendjemand, mit dem Ihr noch eine Rechnung offen habt?»

«Nein.» Adelina schüttelte den Kopf.

«Doch», sagte Neklas. «Hilger Quattermart. Du hast seine Pläne mit dem Beginenhospital durchkreuzt.»

«Aber er ist nicht in der Stadt», warf Reese ein. «Und wenn er sie betritt, wird er festgenommen und wegen Hochverrats gerichtet.» Er setzte sich an den Tisch. «Andererseits könntet Ihr ihm schon ein Dorn im Auge sein, Frau Adelina. Immerhin mischt Ihr Euch nun schon zum zweiten Male in seine Angelegenheiten ein.»

«Doch nur auf Euer Bitten!», fuhr Adelina ihn an. Sie wandte sich von Neklas ab und ging erregt in der Küche auf und ab. «Kann er Laufer beauftragt haben?»

«Sicher kann er das», sagte Reese. «Ich vermute es

sogar. Aber wir können es nicht beweisen, und solange Laufer schweigt, haben wir rein gar nichts in der Hand.»

«Aber wo ist Griet? Was ist mit ihr geschehen?» Adelina schlug verzweifelt die Hände vors Gesicht. Sie hatte fest daran geglaubt, dass der Gehilfe des Vogts, wenn er einmal festgesetzt war, den Aufenthaltsort ihrer Stieftochter preisgeben würde. Konnte es wirklich sein, dass er gar nichts mit der Entführung zu tun hatte?

«Nein, nein, er muss wissen, wo sie ist!», rief sie. Tränen des Zorns und der Enttäuschung brannten in ihren Augen. «Er muss es uns sagen!»

«Kommt, Meisterin Burka. Setzt Euch.» Marie stellte ihren Korb ab und fasste Adelina sanft an den Schultern. «Ihr dürft Euch jetzt nicht aufregen. Ihr müsst einen klaren Kopf bewahren. Wir müssen überlegen, wer noch ein Interesse an Griet haben könnte.»

«Jungfer Marie hat recht», sagte Meister Jupp und bedachte Marie mit einem anerkennenden Lächeln. «Wir müssen die Möglichkeit in Erwägung ziehen, dass Laufer tatsächlich nichts mit Griets Verschwinden zu tun hat. Natürlich wird er aber weiter befragt.»

«Ich gehe dorthin», sagte Adelina und wollte aufspringen, doch Marie drückte sie auf die Bank zurück.

«Nein, Meisterin Burka, das geht doch nicht. Sie würden Euch doch gar nicht zu ihm lassen. Ihr müsst warten, bis die Befragung beendet ist. Dann kann mein Onkel zum Vogt gehen und fragen, was dabei herausgekommen ist.»

Adelina funkelte sie wild an. «Ihr versteht das wohl nicht, Jungfer Marie. Es geht hier um unsere Tochter! Seit Tagen ist sie in der Gewalt von … Gott weiß wem.

Ich werde da nicht mehr tatenlos zusehen. Ich will, dass dieser Mistkerl damit herausrückt, wo er Griet versteckt hält.» Ihre Stimme war immer lauter geworden und kippte fast über.

Abrupt ließ Marie ihre Schultern los. «Ich kann das also nicht verstehen? Glaubt Ihr, es fällt mir leicht, hier zu stehen und nur darauf zu warten, dass Laufer aussagt, mein Vater sei in diesen Edelsteinschmuggel verwickelt? Vielleicht zu erkennen, dass alles, was ich je von meinem Vater und meiner ganzen Familie gedacht habe, ein Märchen gewesen ist? Bela habe ich bereits verloren, weil sie sich Leuten angeschlossen hat, die aus reiner Machtgier handeln. Ich dachte immer, mein Vater wäre ein aufrechter Mann und Befürworter einer gerechteren Stadtregierung, die den Kaufleuten und Handwerkern das Recht auf Selbstbestimmung einräumt. Was glaubt Ihr, geschieht mit mir und meiner Mutter, ja mit meiner gesamten Familie, wenn sich herausstellt, dass Vater die Seiten gewechselt hat?» Marie liefen inzwischen Tränen über die Wangen. Meister Jupp berührte sie am Arm, um sie zu beruhigen, doch sie schüttelte seine Hand unwirsch ab. «Und wenn er nichts mit den Patriziern zu schaffen hat, sondern sie im Gegenteil mit aller Macht bekämpft, was bleibt mir dann? Ein Vater, der vielleicht seine eigene geliebte Tochter zum Tode durch einen Meuchelmörder verurteilt hat. Die Entführung Eurer Stieftochter ist schlimm, ohne Frage. Aber glaubt nur ja nicht, Ihr seid die Einzige, die befürchten muss, jemanden zu verlieren. Bei Euch ist es die Tochter, bei mir der Vater. Sagt mir, wo ist da der Unterschied?» Sie fuhr sich mit dem Handrücken über die Augen und starrte Adelina feindselig an.

Die anderen standen betreten um sie herum. In diesem Moment fing Colin, wohl wegen der lauten Stimmen, an zu weinen.

Reese räusperte sich. «Ich denke, wir sollten einander nicht …»

«Nein», unterbrach ihn Adelina, die Maries Ausbruch überrascht gelauscht hatte, ging zu ihrem Sohn und hob ihn aus der Wiege. «Nein, sie hat ja recht.» Zärtlich streichelte sie Colin über den Kopf, was ihn zu beruhigen schien. «Wir sitzen alle wie die Kaninchen in der Falle und warten darauf, dass die Keule auf uns niedersaust.»

Bevor sie weiterreden konnte, betrat Benedikta die Küche. «Adelina? Verzeih, aber da ist ein Bote an der Tür, der ausrichten lässt, der Gewaltrichter werde beim Vogt erwartet.»

«Ich mache mich sofort auf den Weg.» Reese eilte zur Tür, wo er sich noch einmal umdrehte. «Ich lasse Nachricht schicken, wenn ich etwas erfahre.» Er hob die Hand zum Gruß und verließ die Küche. Adelina argwöhnte, dass er erleichtert war, der gedrückten und zugleich aufgeladenen Stimmung in ihrem Haus entkommen zu können. Sie begann wieder, auf und ab zu gehen und wiegte Colin dabei in ihren Armen.

«Wenn dieser Laufer die Wahrheit sagt und nichts mit Griets Entführung zu tun hat, wer kommt dann in Frage?», kam es von Ludmilla. Sie hatte die gesamte Auseinandersetzung augenscheinlich mit der ihr eigenen wachen Aufmerksamkeit verfolgt. «Das ist die einzige Frage, die zu stellen Sinn macht. Und die Jungfer Marie hat es ganz richtig gesagt: Jemand muss ein Interesse an dem Mädchen haben. Wenn es nicht darum geht, Druck auf Adelina und ihren Gemahl auszuüben», sie nickte

Neklas kurz zu, «dann muss es etwas anderes sein. Und ich glaube nicht, dass ein Ritter wie Hilger Quattermart hingeht und ein Mädchen entführt, um sich wegen des Beginenhospitals zu rächen. Außerdem liegt diese Sache nun schon viel zu lange zurück. Selbst wenn er sich daran erinnert, dass Adelina es war, die ihm damals in die Quere kam, hätte er sie viel leichter aus dem Weg schaffen können. Bei einem Gang zum Hafen oder zum Schuhmacher oder gar zur Kirche hätte ihr der nächstbeste Mordbube auflauern können.»

Adelina blieb stehen und sah sie erschrocken und mit offenem Mund an.

Ludmilla kicherte rau. «Ja nun, Mädchen, sieh den Tatsachen ins Auge! Ein Mann wie Hilger würde nicht lange fackeln. Die Sache mit den Edelsteinen hingegen …»

«Du meinst, das passt eher zu ihm?», fragte Adelina.

Ludmilla legte nachdenklich den Kopf auf die Seite. «Ich bin mir nicht sicher, ob er gewitzt genug wäre, so etwas einzufädeln. Aber wir müssen bedenken, dass er ja nicht allein dasteht. Jungfer Marie, Ihr kennt Walter von der Weiden besser als wir. Könnte diese Bestechungsgeschichte seine Idee gewesen sein?»

Marie überlegte. «Ich weiß nicht recht. Nein, das heißt, es würde ihm vielleicht gefallen. Er liebt es, Menschen gegeneinander auszuspielen. Aber ich bin nicht sicher, ob er selbst auf die Idee gekommen wäre.»

«Das muss er ja auch nicht.» Meister Jupp lehnte sich gegen das Küchenregal. «Denn auch er steht nicht allein da. Wir dürfen nicht vergessen, dass es einen Mittelsmann hier in der Stadt geben muss.» Bevor Marie etwas sagen konnte, hob er die Hand. «Ich sage nicht, dass es Euer Vater sein muss. Es gibt viele Möglichkeiten. Und der Mann oder die Männer, falls es mehrere sind, müssen sich hier recht gut auskennen.»

«Das ist nicht schwierig», sagte Neklas. «Ich bin städtischer Medicus. Jeder Ratsherr, jeder Schreiber oder Gehilfe kennt mich oder weiß zumindest, wer ich bin. Es dürfte niemandem schwerfallen, etwas über meine Familie herauszufinden.»

«Aber dieser Jemand muss auch verschlagen genug sein, um etwas aus diesem Wissen zu machen», setzte Meister Jupp hinzu.

22

Ein hagerer, hohlwangiger Pater aus dem Benediktinerkloster hielt in der kleinen Gemeindekirche St. Brigiden die Trauermesse für Albert Merten. Er predigte recht erbaulich über die Vergänglichkeit des Lebens, doch Adelina konnte sich nicht auf seine Worte konzentrieren. Unablässig kreisten ihre Gedanken um Griet. Doch so sehr sie sich auch anstrengte, ihr fiel niemand ein, der für das Verschwinden des Mädchens verantwortlich sein könnte. Dabei hatte sie ständig das Gefühl, etwas übersehen zu haben. Eine Kleinigkeit, einen Anhaltspunkt, der ihr helfen würde, Griet zu finden.

Sie stand mit der gesamten Familie und dem Gesinde in der ersten Reihe. Hinter ihnen waren die Mitglieder der Zunft sowie die angeschlossenen Gaffelmitglieder versammelt. Es summte wie in einem Bienenstock, und Adelina wusste, worüber man sich das Maul zerriss: Sie standen hier zur letzten Ehre ihres Vaters, während Griets Leiche womöglich längst den Rhein hinuntertrieb und der Entführer irgendwo frei herumlief.

Viele der Trauergäste hatten Adelina ihr Mitgefühl ausgedrückt, noch bevor man die Kirche betreten hatte. Doch natürlich gab eine solche Geschichte Stoff für den Klatsch der nächsten Wochen.

Nach der Messe zogen sie hinüber zum Kirchhof. Albert würde seine letzte Ruhestätte neben seiner Frau erhalten. Der Regen hatte endlich nachgelassen. Während Albert in seinem schlichten Holzsarg in die Grube hinabgelassen wurde, kam zum ersten Mal seit Tagen die Sonne heraus und ließ die Pfützen, das nasse Gras und die tropfenden Büsche glitzern.

Adelina hatte das Gefühl, neben sich zu stehen, als der Pater noch einmal das Weihrauchgefäß schwenkte, das letzte Gebet gesprochen wurde und danach die Trauergäste an ihr und der Familie vorbeizogen. Zwei Klageweiber erhoben ihre Stimmen zu einem jammervollen Singsang.

Die Beileidsbekundungen rauschten an Adelina vorbei. Wieder und wieder dankte sie, antwortete auf mitfühlende Fragen ausweichend und lud zum Leichenschmaus in den *Bären* ein.

Als der letzte Gast den Kirchhof in Richtung Gasthaus verlassen hatte, legte Neklas ihr seinen Arm um die Schultern. «Geschafft», sagte er leise. «Das Schlimmste haben wir hinter uns.»

«Ich möchte gerne noch ein bisschen hierbleiben», antwortete sie. «Nur so lange, bis die Totengräber kommen.»

«Allein?» Er sah sie prüfend von der Seite an.

Benedikta kam zu ihnen herüber. Sie trug Colin auf dem Arm, der die Messe und die Beerdigung verschlafen hatte. «Du möchtest dich sicher noch einmal in Ruhe von deinem Vater verabschieden, nicht wahr? Komm, Neklas, wir gehen schon mal voran. Bis zum *Bären* sind es doch nur ein paar Schritte, die kann sie auch ohne uns gehen.»

Neklas löste sich von Adelina und strich ihr eine Haarsträhne, die sich unter ihrer Haube gelöst hatte, aus dem Gesicht. «Und du bist sicher, dass ich nicht bei dir bleiben soll?»

«Einer von uns sollte den Leichenschmaus eröffnen», erwiderte sie. «Ich muss mich erst ein wenig fangen. Geht nur, ich komme gleich nach. Wenn die Totengräber mit ihrer Arbeit beginnen, kann ich sowieso nicht hierbleiben.»

Benedikta wandte sich um und rief Mira, Feidgin und das Gesinde zusammen und ging dann mit Neklas voran zur Kirchhofspforte.

Adelina sah ihnen nach, wie sie hinüber zum Alter Markt liefen, und drehte sich dann wieder zu dem offenen Grab. Der bunte Blumenschmuck, den die Zunft gebracht hatte, leuchtete in der Sonne. Das hölzerne Kreuz, welches man provisorisch aufgestellt hatte, würde in wenigen Tagen durch einen gemeißelten Leichenstein ersetzt werden.

Hinter ihr raschelte etwas, und als sie sich umwandte, erkannte sie in einiger Entfernung hinter der Friedhofsmauer den schwarzen Umhang eines der Totengräber. Sicher wollten die Männer bald anfangen, das Grab zuzuschaufeln, und warteten darauf, dass sie endlich ging.

«Es tut mir so leid, Vater», sagte sie und blickte hinunter auf den Sarg, auf dem Blumen verstreut lagen. «Ich wünschte, ich hätte noch einmal mit dir reden können. Wenn du nicht so krank gewesen wärest …» Sie rieb sich über die Augen. «Sei so gut und grüße Mutter von mir.» Sie starrte noch eine Weile auf das Holzkreuz, doch es verschwamm vor ihren tränennassen Augen. Langsam ging sie Richtung Pforte und versuchte sich zu sammeln, um den Gästen im *Bären* gefasst gegenüberzutreten. Das knirschende Geräusch von Schritten auf dem steinigen Weg hinter sich nahm sie kaum wahr. Sicher waren die Totengräber froh, dass sie endlich den Kirchhof verließ.

Als sie plötzlich von hinten gepackt wurde, erschrak sie dermaßen, dass ihr der Schrei, den sie ausstoßen wollte, in der Kehle stecken blieb. Im nächsten Moment wurden ihre Arme schmerzhaft nach hinten gedreht, und eine Hand legte sich auf ihren Mund.

Sie keuchte entsetzt. Der Angreifer schob sie hinter einen blühenden Wildrosenbusch, sodass sie von Kirche und Marktplatz aus nicht mehr zu sehen waren.

«Kein Laut!», drohte der Mann mit so starkem flämischem Akzent, dass sie ihn beinahe nicht verstanden hätte. Sie versuchte, den Kopf zu drehen, und erhaschte einen Blick auf ein bärtiges Gesicht, das teilweise von der Kapuze seines schwarzen Umhangs verhüllt war. Sein Atem stank nach Wein, doch seinen Kräften nach schien er nicht betrunken zu sein. «Bist ganz schön blöd», fuhr er fort. «So ganz allein auf dem Friedhof zu bleiben. Hast es mir richtig einfach gemacht, dich endlich zu erwischen.» Er ruckte an ihren Armen, die er hinter ihrem Rücken verschränkt hatte. «Wenn du auch nur einen Ton von dir gibst, brech ich sie dir», kündigte er an. «Verstanden?»

Sie nickte, und er nahm die Hand von ihrem Mund. Er kramte etwas aus seinem Umhang hervor, und als er es ihr vor die Nase hielt, sah sie voller Entsetzen eine lange schwarze Haarlocke in seiner Hand. «Die kennst du doch, oder? Hab ich der Kleinen vorsorglich abgeschnitten, damit du mir auch glaubst.»

«Wer …» Sie schluckte und spürte, dass ihr Mund ganz trocken geworden war. «Wer seid Ihr?» Doch noch ehe er ihr antworten konnte, wusste sie es bereits. Der flämische Akzent … Er musste Griets Stiefvater sein. Der Hurenwirt. Neklas hatte das Kind im vergangenen Jahr von ihm weggeholt, hatte ihm sogar Geld gegeben. Und nun? Warum war er hier?

«Hast schon kapiert, wer ich bin, was?» Der Mann lachte heiser. «Habt ihr wirklich geglaubt, ich lass euch das Mädchen für die paar lumpigen Gulden?»

Adelina schnappte nach Luft. Neklas hatte ihm einen recht großen Betrag überlassen. Doch sie traute sich nicht zu widersprechen.

«Wenn ich das Mädchen weiterverkaufen kann, verdien ich viel mehr», fuhr er fort. «Sie ist ja schon im Geschäft gewesen, also brauch ich sie nicht mehr anzulernen. Und Kunden habe ich genug für sie.»

Adelina wurde eiskalt vor Angst um Griet. «Wo ist sie?», stieß sie hervor, doch er lachte nur gehässig.

«Ihr kriegt sie wieder, du und dein Furz von Medicus. Aber vorher will ich Geld sehen», sagte er und ruckte erneut an ihren Armen, sodass Adelina vor Schmerz die Augen verdrehte. «So viel, wie mir entgeht, wenn ich sie nicht für mich arbeiten lasse.»

Er wedelte mit der Haarlocke vor ihrem Gesicht herum und brachte seine Lippen ganz nah an ihr Ohr. Adelina spürte einen Ekelschauer über ihr Rückgrat rieseln.

Der Mann flüsterte ihr eine Summe ins Ohr, die sie entsetzt die Augen schließen ließ. Er kicherte. «Das ist doch nicht zu viel, oder? Ihr habt das Geld, das weiß ich. In deine Apotheke kommen nur reiche Leute, und dein sauberer Herr Gemahl kriegt als Arzt bestimmt auch einen schönen Batzen Geld.» Er warf die Locke achtlos zu Boden. «Ich sag dir, was wir machen. Wir gehen jetzt schön in deine Apotheke, und du gibst mir schon mal, was du dort hast. Und danach …»

Plötzlich ruckte es hinter Adelina, und der Griff des

Mannes löste sich. Sie fuhr herum und sah noch, wie der Hurenwirt bewusstlos zu Boden ging. Hinter ihm stand Bruder Thomasius, in der Hand einen Stein, den er wohl vom Boden aufgeklaubt hatte.

«Und danach fährst du zur Hölle», brummte er und warf den Stein beiseite. «Geht es Euch gut, Meisterin Burka? Hat er Euch verletzt?»

Noch immer stumm vor Überraschung schüttelte sie den Kopf.

«Ah, ah, was haben wir denn da?» Durch die Pforte kam Ludmilla heran und blickte von Adelina zu Thomasius und dann auf den bewusstlosen Mann. «Da wollte ich nur mal sehen, wo du bleibst, und finde einen missglückten Überfall, wie?»

«Er hat mich angegriffen», sagte Adelina und rieb sich die Arme. «Er hat Griet.»

«Ich habe alles mitangehört», bestätigte Thomasius und schob die Hände in die Ärmel seiner Kutte, als hätten sie nie im Leben einen Stein berührt. «Er will Geld für die Freilassung des Mädchens. Was ist er? Ein Verwandter?»

Adelina schüttelte den Kopf. «Griets Stiefvater. Er war mit ihrer Mutter verheiratet, und Griet lebte nach deren Tod bei ihm.»

Thomasius starrte zornig auf den Bewusstlosen. «Und hat sie an Männer verkauft?» Plötzlich hob er den Kopf und sah Adelina neugierig an. «Was seid Ihr, eine Heilige?»

Verblüfft starrte sie zurück. Er schüttelte den Kopf. «Nehmt Euch eines gefallenen Mädchens an, dessen Vater ein Ketzer ist … Wen wollt Ihr als Nächstes aus dem Fegefeuer retten?»

«Halt den Mund, Thomas», zischte Ludmilla. «Lasst uns

lieber den anderen Bescheid geben und den hier», sie tippte den Mann am Boden mit der Fußspitze an, «zum Vogt schaffen. Der bringt ihn schon zum Reden, falls der Herr Magister es nicht vorher schon tut.» Sie blickte über die Schulter und deutete auf Neklas, der vom Alter Markt her auf den Kirchhof zusteuerte. «Zum Glück hattest du Verstand genug, ihn erst niederzuschlagen, nachdem er seine Forderungen gestellt hat», grinste sie plötzlich. «So haben wir jetzt wenigstens genug Zeugen.»

Als Neklas die drei beieinanderstehen sah, kam er im Laufschritt zu ihnen.

«Was ist hier geschehen?», wollte er wissen, beugte sich über den Bewusstlosen und stieß, als er ihn erkannte, einen gotteslästerlichen Fluch aus. «Wulfhart! Was sucht er hier?» Er richtete sich auf und sah Adelina alarmiert an. «Wollte er etwas von dir?»

«Er hat sie überfallen», kam Ludmilla Adelina zuvor. «Wollte Geld für das Mädchen. Thomas hat ihn niedergeschlagen. Die erste gute Tat seit langem, will mir scheinen.»

«Das ist wohl auch der Mann, den ich beim Mühlweiher gesehen habe», meinte Thomasius. «Der, vor dem das Kind solche Angst hatte. Jetzt, da wir wissen, wer er ist, überrascht mich das nicht mehr.»

«Was soll das heißen?» Neklas konnte den beiden nicht gleich folgen. Er blickte vom einen zum anderen, bis er plötzlich begriff. «Er hat Griet entführt?»

«Er will Geld von uns, Neklas.» Adelina rieb sich erneut die Arme, auf denen sich mit Sicherheit blaue Flecken bilden würden. «Wir waren die ganze Zeit auf der falschen Spur.»

Neklas starrte auf den Mann, der gerade begann, sich

wieder zu regen. Sein Gesicht wurde aschfahl vor Zorn. Er packte ihn, zerrte ihn auf die Füße und schüttelte ihn mit einer Kraft, die Adelina ihm niemals zugetraut hätte. «Wo ist sie, Mann?»

Wulfhart blinzelte und riss dann erschrocken die Augen auf, als er sein Gegenüber erkannte. Doch dann fing er sich auch schon wieder und grinste abfällig. «Ach, der Herr Arzt. Hast du mich eben geschlagen?» Er fasste sich an den Kopf und verzog das Gesicht. «Wenn du deine Tochter wiederhaben willst, kostet dich das was. Hab ich deinem Weib auch schon … ah!»

Adelina war an die beiden herangetreten und hatte Wulfhart, dessen Kapuze heruntergerutscht war, heftig an den Haaren gepackt und riss seinen Kopf zu sich herum. «Wo ist sie, du Schwein?»

Als er nicht gleich antwortete, zerrte sie noch heftiger an seinen Haaren. «Du bringst uns jetzt zu ihr. Und der Allmächtige gnade dir, wenn sie nicht wohlauf ist.»

«Wohlauf, hä? Die kleine Ziege», spuckte er. «Ist ganz schön verwöhnt und widerspenstig gewor… Au! Verdammtes Weib!»

Sie hatte seine Haare losgelassen und ihm mit aller Kraft ins Gesicht geschlagen.

Auch Neklas' Griff verstärkte sich. «Entweder du sagst uns, wo du sie versteckt hast, oder wir bringen dich zum Vogt. Der findet bestimmt Mittel und Wege, deine Zunge zu lösen.»

«Ihr könnt mich …» Wulfhart brach ab und sackte mit einem gurgelnden Laut in die Knie. Neklas blickte über seinen Kopf hinweg verblüfft auf Thomasius. Der hatte von irgendwoher eine Schaufel geholt und deren Stiel Wulfhart mit aller Kraft in die Seite gestoßen.

Ludmilla kicherte. «Kein schlechter Hieb, lieber Bruder. Aber wir sollten ihn am Leben lassen, bis er uns verraten hat, wo das Kind ist.»

Wulfhart röchelte und drehte den Kopf, um seinen Peiniger zu erkennen. «Ein Pfaffe?» Er hustete.

Neklas brachte ihn wieder auf die Füße und schubste ihn Richtung Kirchhofspforte. «Los jetzt, bring uns zu ihr, verdammter Bastard!» Es folgte noch ein Schwall flämischer Worte, die die anderen zwar nicht verstanden, von denen sie sich jedoch denken konnten, was sie bedeuteten.

Langsam schien Wulfhart aufzugehen, dass er sein Spiel verloren hatte. Während sie über den Alter Markt liefen, versuchte er sich wortreich aus der Angelegenheit herauszuwinden, erhielt jedoch nur weitere Püffe und Schläge von Thomasius als Antwort, der die Schaufel noch immer bei sich trug. Die Menschen auf dem Markt gafften neugierig, und die Kunde, dass der Medicus und die Apothekerin, statt auf dem Leichenschmaus ihres Vaters zu sein, einen abgerissenen Kerl vor sich her durch die Stadt trieben, verbreitete sich wie ein Lauffeuer. Erst waren es nur zwei, drei Gassenjungen, doch dann folgten ihnen immer mehr Menschen.

Adelina war es gleich. Sie wollte nur noch zu Griet und das Mädchen in Sicherheit bringen. Wulfhart führte sie an der Dombaustelle vorbei und immer weiter bis hinter das Kloster St. Machabäern. Dort bogen sie in eine schmale, namenlose Gasse ein, in der sich baufällige Hütten aneinanderdrängten. Erst ganz am Ende der Gasse blieb Wulfhart vor einer Hütte stehen. Sie war nicht ganz so verfallen wie die anderen. Es sah aus, als habe der Besitzer sie erst kürzlich wieder in Schuss gebracht. Das Dach war erneuert worden, und die Tür mit einem neuen Eisenriegel versehen. Adelina drehte sich der Magen um, wenn sie daran dachte, dass Griets Stiefvater diese Entführung womöglich schon seit Monaten geplant hatte. Neklas schob den Riegel an der Hüttentür zurück und stieß sie auf.

Im Inneren war es finster, da alle Fenster mit Brettern vernagelt waren. Es gab nur einen einzigen Raum, in dem in der Mitte eine runde Feuerstelle angelegt war. Daneben lag ein Strohsack mit einer Decke, und an der Wand stand eine Kiste mit schmutzigem Kochgeschirr.

«Wo ist sie?», fuhr Neklas Wulfhart scharf an.

Adelina drängte sich an den beiden vorbei in die Hütte. An der Rückwand hatte sie ein weiteres Türchen entdeckt, das zu etwas wie einem alten Schweinekoben führte.

Adelina schob den Balken, der als Riegel diente, beiseite und zog die Tür auf. Dahinter lag Griet, an Händen und Füßen gefesselt, einen Knebel im Mund, und rührte sich nicht.

«O mein Gott!» Adelina kniete sich neben das Mädchen und zog es an sich. Hastig versuchte sie, den Knebel zu lösen. Ludmilla trat neben sie. «Warte, ich helfe dir.»

«Was hast du mit ihr gemacht?», schrie Adelina Wulfhart an und streichelte über Griets Gesicht. Die Haut war warm – gottlob!

Ludmilla hatte indes einen Holzbecher im schmutzigen Stroh gefunden, sie roch an dem Rest Flüssigkeit. «Sieht mir nach Schlafmohn aus», sagte sie. «Hat ihr wohl zu viel davon gegeben; sie ist fast bewusstlos. Bring sie am besten nach Hause.»

Thomasius starrte mit offenem Mund auf das Mädchen, dem Wulfhart bis auf das Unterhemd alle Kleider ausgezogen hatte. «Ich gehe und hole den Vogt», sagte er und blickte plötzlich auf die Schaufel in seiner Hand, als sehe er sie zum ersten Mal. «Und dann bringe ich das hier zurück.» Er drehte sich um und eilte los.

Adelina wickelte Griet in die Decke.

Neklas hatte Wulfhart noch immer fest im Griff. Seine Miene verriet, dass er dem Mann am liebsten eigenhändig den Hals umgedreht hätte, doch er beherrschte sich.

Vor der Hütte drängten sich mittlerweile mehrere Dutzend Menschen und versuchten, einen Blick auf das Geschehen zu erhaschen. Sofort verbreiteten sich die wildesten Gerüchte, und die ersten Stimmen forderten, den Unhold am nächstbesten Baum aufzuknüpfen.

Es dauerte lange, bis Thomasius mit dem Vogt und einem der Büttel zurückkehrte. Der Mönch hatte Scherfgin bereits alles Wissenswerte berichtet, und nach einem Blick auf Wulfhart und Griet ließ dieser den Mann in Ketten legen und zum nächstgelegenen Gefängnisturm bringen.

Neklas nahm seine schlafende Tochter auf den Arm und brachte sie, gefolgt von Adelina, Ludmilla und Thomasius, nach Hause.

Die Menschenmenge hatte sich indes gespalten. Einige waren dem Vogt gefolgt und bewarfen Wulfhart mit allem, was der Regen der vergangenen Tage aus den Rinnsteinen auf die Gassen gespült hatte, die anderen zogen in einer Art stiller Prozession hinter Adelina und Neklas her zum Alter Markt.

23

«Heilige Muttergottes, wenn man bedenkt, was alles hätte passieren können!», rief Benedikta ein ums andere Mal und lief vor Adelina auf und ab, die auf der Ofenbank saß und Colin die Brust gab. «Erst kommst du nicht ins Gasthaus, dann verschwindet Neklas, um nach dir zu sehen, und dann wird auch noch der Gewaltrichter fortgerufen. Ein sehr feiner Mensch übrigens. Hätte eigentlich gar keine Zeit gehabt, zur Beerdigung zu kommen. Und er musste ja auch alsbald zu seinen Pflichten zurück. Aber als ich noch einmal zum Friedhof ging, wart ihr fort, und auf dem Markt erzählte man von einem merkwürdigen Durcheinander auf dem Friedhof...»

«Wir konnten euch einfach nicht mehr Bescheid geben», sagte Adelina, und zum ersten Mal seit Tagen entspannte sie sich. Die lähmende Angst war verschwunden. Griet war gerettet, und nur das zählte im Moment.

«Es ist gut, dass das Kind endlich wieder zu Hause ist», sagte Benedikta. «Ich mache mir dennoch Sorgen. Sie schläft schon seit Stunden so tief und bewegt sich nicht einmal.»

«Das kommt vom Schlafmohn. Ludmilla kümmert sich um Griet. Sie ist bei ihr in guten Händen.» Adelina öffnete die Augen wieder. «Sie hat sie auch schon untersucht, weil man ja befürchten musste, dass er ...»

«O ja, wie entsetzlich!»

«Er muss sie mehrmals geschlagen haben», sagte Adelina. «Aber sonst ist sie … nun ja … nicht verletzt.»

«Allen Heiligen sei Dank!» Benedikta bekreuzigte sich.

«Sie muss sich gewehrt haben. Wulfhart hatte Kratzspuren neben den Augen und an der Nase», erzählte Adelina nicht ohne Stolz. «Morgen früh gehen wir noch einmal zum Vogt, um offiziell Anklage gegen Wulfhart zu erheben.»

«Ihn erwartet der Richtblock», sagte Benedikta und setzte sich nun neben sie. «Ein schändlicher Tod, aber gerecht. Und ihr braucht dann keine Angst mehr vor ihm zu haben.»

Adelina nickte nur.

†

Griet erwachte erst am folgenden Morgen, während Adelina und Neklas beim Vogt vorsprachen. Als sie zurückkehrten, saß Mira auf Griets Bett; Benedikta hatte sich auf einem Hocker daneben niedergelassen.

«Sie hat gedacht, sie träumt», erzählte Mira lachend. «Weil sie nicht geglaubt hat, dass sie wieder zu Hause ist.»

Adelina nahm Griet in die Arme und drückte sie fest an sich.

«Es geht ihr gut», sagte Benedikta. «Sie hat etwas getrunken und sogar eine Schüssel Hafergrütze mit Honig gegessen.»

Griet drückte ihre Nase an Adelinas Schultern und schniefte. «Ich hab gedacht, er nimmt mich wieder mit. Aber ich wollte das nicht. Ich habe ihn gekratzt und angespuckt. Da hat er mir eine Ohrfeige gegeben, wie früher.»

Adelina schob Griet ein Stückchen von sich und musterte ihr Gesicht. Spuren der Misshandlung waren zumindest dort nicht zu sehen. Wieder zog sie das Kind an sich. «Hier kann dir nichts mehr geschehen», murmelte sie in ihre Locken. Auch Neklas streichelte seiner Tochter unbeholfen über den Rücken, woraufhin sie ihn mit großen Augen ansah.

«Nun nimm das Kind schon in den Arm», forderte Benedikta ihn lachend auf. «Himmel, was sind Männer manchmal tollpatschig.»

Neklas warf seiner Mutter einen missbilligenden Blick zu, setzte sich auf den Bettrand und zog Griet an sich.

Adelina machte den beiden Platz und scheuchte Mira nach unten an ihre Arbeit. Dann blickte sie ihre Stieftochter, die sich an ihren Vater schmiegte, ernst an. «Du hast schon länger gewusst, dass Wulfhart in der Stadt ist. Warum hast du uns nichts davon erzählt?»

«Ich dachte doch erst, er wäre ein Geist. Ihr habt doch gesagt, es gibt keine Geister, Frau Adelina.»

«Aber dann hast du nicht mehr geglaubt, dass er ein Geist ist und bist in den Mühlweiher gesprungen. Griet, das war gefährlich. Du hättest ertrinken können!»

«Immer noch besser als bei ihm zu sein», sagte Griet mit bitterem Trotz. «Ich habe Euch nichts gesagt, weil ich nicht wollte, dass Ihr Euch auch noch meinetwegen Sorgen macht. Da war doch schon die Sache mit der toten Frau und alldem.»

«Oh Griet.» Adelina nahm die Hände des Mädchens und drückte sie. «Ganz gleich, was und wann es ist, wenn etwas oder jemand dir Angst macht, musst du es uns sagen! Wir hätten schon viel eher etwas gegen Wulfhart unternehmen können, wenn wir gewusst hätten, dass er dir nachstellt. Versprich mir, dass du uns so etwas niemals wieder verschweigen wirst!»

Griet senkte beschämt den Kopf. «Ja, Frau Adelina.»

«Also ich finde, das war genug Schelte für heute», lächelte Benedikta und stand auf. «Ich werde mich jetzt um unser Gepäck kümmern, damit wir morgen früh zeitig abreisen können.»

«Ihr reist ab?», fragte Neklas erstaunt.

«Jawohl, mein Sohn, das werden wir.» Benedikta lächelte ihm wohlwollend zu. «Aber ich habe bereits mit Adelina abgemacht, dass wir im nächsten Frühjahr wieder herkommen werden.» Sie trat durch die Tür, wandte sich dann jedoch noch einmal um. «Nebenbei … Es überrascht mich ein wenig, Adelina, dass das Kind dich noch immer nicht ‹Mutter› nennt.» Damit verschwand sie die Stiege hinab.

†

Georg Reese und Marie Elfge kamen am späten Nachmittag des nächsten Tages zu Besuch. Reese brachte Neuigkeiten aus dem Gefängnis. Benedikta, Feidgin und Donatus waren am Morgen aufgebrochen, und Adelina war gerade dabei, einige der leeren Behältnisse in der Apotheke aufzufüllen, denn in drei Tagen, am Montag, wollte sie die Apotheke wieder öffnen. Sie schickte Mira nach nebenan, um Neklas zu holen, und nur wenig später saßen sie gemeinsam in der Küche. Auch Meister Jupp war mit herübergekommen.

«Der Prozess gegen diesen Wulfhart ist bereits beendet», begann Reese. «Nachdem es genügend Zeugen für seine Untaten gibt, war diese Sache bei den Schöffen schnell vom Tisch. Er wird morgen Mittag auf dem Neumarkt enthauptet.»

Adelina atmete scharf ein.

«Werdet Ihr der Urteilsvollstreckung beiwohnen?», fragte Reese sie.

Sie schüttelte entschieden den Kopf. «Nein, aber wenn es vorbei ist, werde ich Griet davon erzählen, damit sie keine Angst mehr vor ihm hat.»

Neklas nickte zustimmend. «Eine Hinrichtung ist nicht gerade das, was wir uns derzeit ansehen möchten.» Dann wechselte er das Thema. «Wurde Laufer noch einmal verhört?»

«O ja, deshalb sind wir ja eigentlich hier», sagte Marie aufgeregt, ließ dann jedoch ihren Onkel erzählen.

«Er hat unter der peinlichen Befragung ausgesagt, dass Hilger Quattermart und Hermann von Goch zwei der Rädelsführer bei den Patriziern sind. Aber das wussten wir ja bereits. Leider schweigt er beharrlich darüber, wer die Kontaktperson in der Stadt ist.»

«Vielleicht ist er es selbst», schlug Meister Jupp vor. «Als Gehilfe des Vogts standen ihm doch Tür und Tor offen.»

«Es muss noch jemanden geben», widersprach Reese. «Wir verfolgen noch andere Hinweise, und es scheint, als führten diese alle ins Rathaus.»

«Ihr meint, einer der Ratsherren ist der Mittelsmann?»

«Zumindest jemand aus dem engeren Umfeld», nickte Reese.

«Vielleicht sogar Gerlach vom Hauwe?» Adelina stand

auf und füllte den Krug mit frischem Most. «Dieser Caspar soll doch zu seinen Vertrauten gehört haben. Vielleicht hat vom Hauwe die Seiten gewechselt?»

Reese sah sie nachdenklich an. «Ich mag es mir gar nicht vorstellen, aber vielleicht habt Ihr recht, doch wenn vom Hauwe wirklich mit den Patriziern gemeinsame Sache macht, dann wäre das der schlimmste Verrat, den man sich vorstellen kann. Schließlich war er es, der den Verbundbrief nach unseren Vorgaben verfasst und niedergeschrieben hat. Er hat höchstpersönlich die Siegelung durch die Zünfte überwacht.» Er schüttelte resigniert den Kopf. «Aber irgendjemand muss ein falsches Spiel mit uns treiben. Vielleicht ist es tatsächlich vom Hauwe, er hält sich in letzter Zeit verdächtig oft in Siegburg auf. Gut möglich, dass er mit Quattermart und von Goch unter einer Decke steckt.»

«Laufer hat noch mehr ausgesagt», mischte Marie sich nun wieder ein. Ihre Wangen waren noch immer vor Aufregung leicht gerötet. «Er hat gesagt, mein Vater sei nicht an den Bestechungsversuchen beteiligt.»

«Habt Ihr noch einmal mit ihm darüber gesprochen?», fragte Meister Jupp.

Marie schüttelte den Kopf. «Er war in den letzten Tagen kaum zu Hause. Ich glaube, er stürzt sich in seine Arbeit, meine Vorwürfe müssen ihn schwer getroffen haben.» Sie senkte ihren Blick und fuhr mit den Fingerspitzen über die Tischplatte. Reese warf ihr einen langen Blick zu und sagte dann: «Dein Vater ist einer der Freischöffen. Wir haben inzwischen die Bestätigung des Erzbischofs.»

Marie hob ruckartig den Kopf. «Warum sagst du mir das erst jetzt?»

«Ich weiß es erst seit zwei Stunden», antwortete Reese leise. «Und es hilft uns auch nicht weiter, denn wir werden wahrscheinlich niemals erfahren, wie die Verhandlung des Femegerichts verlaufen ist und was genau dort beschlossen wurde. Wir wissen nicht, ob dein Vater wirklich an dem Urteil gegen deine Schwester beteiligt war.»

«Aber dass es sich bei Belas und Vetscholders Tod um ein Femeurteil gehandelt hat, steht fest?», hakte Adelina nach.

«Ja, wenn auch um eines, das der Erzbischof nicht billigte», bestätigte Reese. «Offenbar waren seine Leute auch schon länger auf der Suche nach den Helfern der Patrizier. Die Edelsteine zu schlucken war eine clevere Art, sie zu verstecken, das muss ich zugeben. Deshalb hat sich wohl auch Bela dazu bereit erklärt, denn bei einer Frau vermutet man ein solches Vorgehen noch viel weniger. Doch das gab wohl auch den Ausschlag für die Art und Weise ihres Todes.» Reese hüstelte. «Sie lockten Bela unter einem Vorwand ins Gaffelhaus. Ich weiß nicht, wen sie glaubte, dort zu treffen. Vielleicht Avarus, vielleicht auch jemanden, der vorgab, ihn entlasten zu können. Doch als sie dort eintraf, wurde das Femeurteil an ihr vollstreckt. Dass man ihr und später auch Avarus auch noch den Leib aufschnitt, geschah in der Hauptsache zur Abschreckung anderer Verräter, aber natürlich auch, um an die Beweisstücke zu gelangen.»

«Ich werde aber niemals erfahren, ob Vater Belas Todesurteil zugestimmt hat?» Marie stützte den Kopf in beide Hände und starrte auf den Tisch.

«Nur eine Person kann Euch die Antwort geben, die Ihr sucht: Euer Vater selbst», meinte Meister Jupp ruhig.

Marie hob den Kopf langsam wieder und blickte ihn

traurig an. Die Röte auf ihren Wangen war einer beängstigenden Blässe gewichen. «Wie soll ich ihm jemals wieder gegenübertreten können? Ich weiß nicht, wie ich weiter mit ihm unter einem Dach leben soll.»

Alle schwiegen betroffen. Nur das Zwitschern der Vögel war durch das geöffnete Fenster zu hören, dann hörte man Moses bellen und das Lachen der Mädchen, die mit dem Hund durch die Hintertür hereingepoltert kamen. Die Küchentür flog auf. Beim Anblick der schweigenden Besucher verstummten die Mädchen, doch Griet fasste sich ein Herz und fragte: «Mutter, dürfen Mira und ich hinunter zum Mühlbach gehen? Ich werde auch nicht ins tiefe Wasser springen.»

Adelina lächelte. Erfreut hatte sie zur Kenntnis genommen, dass sich das Mädchen Benediktas Bemerkung zu Herzen genommen hatte und sie nun «Mutter» nannte. «Also gut, aber nur, wenn Franziska und Ludowig euch begleiten. Und bleibt nicht zu lange, verstanden?»

«Danke, Mutter!», sagte Griet, lächelte schüchtern in die Runde und verschwand dann mit Mira und Moses nach draußen.

«Das Kind hat die Geschehnisse der letzten Tage gut verkraftet», bemerkte Reese.

Adelina nickte zustimmend. Sie fürchtete allerdings, dass Griet noch nicht so gut über ihre schrecklichen Erlebnisse hinweg war, wie es den Anschein erweckte. Zumindest nachts würde sie wohl noch längere Zeit von Albträumen geplagt werden. Meister Jupp sah Marie fest in die Augen. «Vielleicht braucht Ihr ja nicht mehr allzu lange dort zu wohnen», sagte er in bedächtigem Ton. «Es gibt eine einfache Möglichkeit für eine junge Frau, das Haus ihrer Eltern zu verlassen. Sie muss heiraten.»

Unvermittelt kehrte die Röte in Maries Wangen zurück. «Und Ihr glaubt, es gibt einen Mann, der mit meiner Familie noch etwas zu tun haben will?»

Neklas lehnte sich zu Adelina herüber. «Ist das das, wofür ich es halte?», flüsterte er.

«Psst!» Sie stieß ihn heftig in die Seite. Sie war zu neugierig auf das, was da zwischen Meister Jupp und Marie vor sich ging.

«… es Eure Entscheidung ist, Jungfer Marie. Vielleicht sollten wir das in etwas intimerer Runde besprechen. Ich könnte Euch nach Hause begleiten», sagte Meister Jupp gerade.

Marie warf ihrem Onkel einen kurzen Blick zu, der sichtlich überrascht war, jedoch keine Einwände erhob.

Als die beiden die Küche verlassen hatten, hüstelte Reese. «Ein forscher Mann, dieser Chirurg. Nicht die schlechteste Eigenschaft, wenn er auch vom Stand her unter ihr steht.»

«Glaubt Ihr, das ist ein Hindernis?», fragte Adelina.

Reese lächelte. «Ich denke, in diesem Falle nicht. Wolfram kann tatsächlich froh sein, wenn sich jemand seiner Tochter annimmt. Vor allem, da er nach der Sache mit Bela vielleicht nicht mehr lange im Schöffenamt bleiben wird.»

†

«Du weißt, dass auf Kuppelei hohe Strafen stehen», meinte Neklas zu Adelina am späten Abend, als sie sich bereits zu Bett begeben hatten. «Franziska und Ludowig, Marie und Jupp … Ich hoffe, du beschwörst damit nicht noch mehr Unheil herauf.»

«Jetzt redest du schon wie Thomasius», lachte sie. «Und außerdem habe ich rein gar nichts damit zu tun. Ich bin nur froh, dass Feidgin diese Liebesgabe von Reeses Cousin niemals erhalten hat. Das hätte mir wirklich Sorgen bereitet.»

Neklas lächelte. «Ich freue mich, dass du und Mutter euch so gut versteht. Du hattest Angst vor ihr, nicht wahr?»

«Ich hatte keine Angst!», rief Adelina empört, doch dann lachte sie. «Doch, hatte ich. Aber das ist ja auch kein Wunder, denn du hast mich vor langer Zeit einmal vor deiner verrückten Familie gewarnt.»

«Ach.» Neklas machte eine wegwerfende Handbewegung. «Das war ja noch gar nichts. Warte bis zum nächsten Frühjahr. Wenn Mutter tatsächlich eine oder zwei meiner Schwestern mitbringt, wirst du dich nach Feidgins ruhiger Art zurücksehnen. Auch wenn ich zugeben muss, dass die letzten beiden Wochen durch die beiden Todesfälle und Griets Entführung recht aufregend waren.»

Adelina kicherte und kuschelte sich an seine Schulter. «Dann sollten wir darauf achten, dass wir im nächsten Frühjahr nicht wieder in eine Mordgeschichte verwickelt werden, nicht wahr?»

«Und wie willst du das anstellen?»

Adelina überlegte. «Ich könnte Reese schwören lassen, mich nie wieder in einer solchen Angelegenheit um Rat zu bitten.»

Neklas lachte leise. «Aha, und was willst du gegen deine Neugier tun, wenn sie sich, wie ja schon so oft, als zu große Plage erweisen sollte?»

«Das weiß ich nicht», gab Adelina lachend zu.

24

«Lina, warum hat Ziska ihre ganzen Bettsachen in Vaters Kammer gebracht?» Vitus saß, seine Katze auf dem Schoß, auf der Stiege, als Adelina mit einem Korb Gemüse aus dem Garten hereinkam. Sie hatte heute die Apotheke etwas früher geschlossen und mit den Mädchen die Gemüsebeete gejätet. «Und dann hat sie auch noch Ludowigs Stiefel reingetragen», fuhr Vitus vorwurfsvoll fort.

Sorgsam stellte Adelina den Korb neben sich ab. «Weißt du, Vitus, das ist jetzt Franziskas Kammer, weil darin ein größeres Bett steht. Sie und Ludowig schlafen dort ab sofort gemeinsam.»

Vitus' Miene zeigte höchstes Erstaunen. «Aber sie sind doch gar nicht geheiratet.»

Adelina schmunzelte. «Verheiratet, meinst du. Nein, das geht auch nicht. Knechte und Mägde können einander nicht heiraten. Sie haben doch gar kein Geld, um einen Hausstand zu gründen.»

Stirnrunzelnd versuchte Vitus, diesen Zusammenhang zu verstehen. «Aber warum schlafen sie dann zusammen?»

«Nun, weil sie sich gern haben und es so möchten.»

«Aber sie zanken immerzu!», protestierte Vitus.

Adelina nickte. «Das ist richtig. Aber man kann sich auch gern haben und trotzdem zanken.»

«So wie du und Neklas?»

Verblüfft sah sie ihn an.

Er grinste. «Mit Fine zanke ich mich nie.» Dann wurde seine Miene wieder ernst. «Ich will aber nicht, dass Ludowig schlecht zu ihr ist. Dann werde ich nämlich böse!»

«Er wird bestimmt immer gut zu ihr sein», versuchte Adelina ihren Bruder zu beruhigen. Er konnte sehr schnell aufgebracht werden, und dann wusste man nie, wie er reagierte.

«Da pass ich aber auf!», sagte er mit Bestimmtheit.

«Du hast Franziska auch sehr gern, nicht wahr?», fragte sie vorsichtig.

«Klar hab ich sie lieb», erklärte er ohne Umstände. «Aber mich kann sie ja auch nicht heiraten. Ich bin ihr zu dumm.» Er lächelte. «Ludowig ist nicht dumm. Deshalb mag sie ihn lieber. Aber ich passe trotzdem auf!»

«Tu das.» Adelina strich ihm sanft über die Wange. Dass er sich selbst und die Welt um sich herum so klar wahrnahm, hätte sie niemals vermutet. «Und sie hat dich auch lieb, nur auf eine andere Art.»

«Hm.» Er streichelte der Katze über den Kopf, deren Schnurren daraufhin noch lauter wurde. «Fine mag aber nur mich am liebsten», sagte er im Brustton der Überzeugung.

Adelina hob ihren Korb wieder auf. «Wie ist es, hilfst du mir, das Gemüse zu putzen? Ich mache uns einen schönen Eintopf.»

«Mit Hammelfleisch?»

«Nein, Vitus, ohne Hammelfleisch. Heute ist Freitag», antwortete sie und erinnerte sich plötzlich an ein Gespräch mit ihrem Vater vor langer Zeit. Damals hatte er ihr die gleiche Frage gestellt. Wehmütig dachte sie an jenen Abend vor fast zwei Jahren zurück. Und mit einem Mal war ihr, als stehe ihr Vater neben ihr und lächele ihr auf seine gutmütige Art zu.

Historischer Anhang

Nachdem zuerst der Erzbischof von Köln, Friedrich III. von Saarwerden, und wenig später auch König Wenzel die neue Stadtverfassung anerkannt hatten, hofften die Kölner auf ruhigere Zeiten. Doch die gestürzten Patrizier, die bis zum Aufstand der Gaffeln den Stadtrat beherrscht hatten, ließen nichts unversucht, die alte Ordnung wiederherzustellen.

Für meine Geschichte habe ich einigen der bekanntesten Rädelsführer noch ein paar weitere Untaten angedichtet, was mir die noch lebenden Nachfahren dieser Geschlechter verzeihen mögen.

Überlieferte Tatsache ist, dass die Patrizier sich in mehr oder weniger festen Bündnissen zusammenschlossen und Geld sammelten, um Angriffe auf die Stadt Köln führen zu können.

Einer der Hauptgeldgeber und Drahtzieher war der Großgrundbesitzer, Finanzmakler und ehemalige erzbischöfliche Siegler Hermann von Goch.

So sehr sich die Patrizier, die überwiegend im Exil in umliegenden Städten lebten, auch bemühten, den neuen Stadtrat zu untergraben, es gelang ihnen nicht. Durch die Anerkennung durch Erzbischof und König gestärkt, wussten sich die Kölner gegen die wenigen Übergriffe, die tatsächlich stattfanden, zur Wehr zu setzen.

Mit den Patriziern, die so unvorsichtig waren, sich ohne Erlaubnis oder Geleit in der Stadt sehen zu lassen,